LA PORTE DU SILENCE
est le trois cent cinquantième livre
publié par Les éditions JCL inc.

24 th

Catalogage avant publication de Bibliothèque et Archives Canada

Bellotto, Henri, 1952-

La porte du silence

ISBN 2-89431-350-0

I. Titre.

PQ2702.E44P67 2006 843'.92 C2005-941630-0

Édition originale : mars 2006

LA PORTE DU SILENCE

Les éditions JCL inc.
930, rue J.-Cartier Est, CHICOUTIMI (Québec, Canada) G7H 7K9
Tél. : (418) 696-0536 – Téléc. : (418) 696-3132 – www.jcl.qc.ca
ISBN 2-89431-350-0

HENRI BELLOTTO

LA PORTE DU SILENCE

Roman

LES ÉDITIONS JCL

Nous reconnaissons l'aide financière du gouvernement du Canada par l'entremise du Programme d'aide au développement de l'industrie de l'édition (PADIÉ) pour nos activités d'édition. Nous bénéficions également du soutien de la SODEC et, enfin, nous tenons à remercier le Conseil des Arts du Canada pour l'aide accordée à notre programme de publication.

Gouvernement du Québec – Programme de crédit d'impôt pour l'édition de livres – Gestion SODEC

À tous ceux qui ont cru en moi,
qui ont eu la patience de m'écouter
et la gentillesse de me conseiller,
avec une attention particulière pour Isabelle.

Un silence profond étendait ses mailles invisibles, se partageant la suprématie des lieux avec une obscurité totale.

L'homme, assis contre l'un des murs de la cave, sentait les aspérités de la pierre lui meurtrir le dos; cette sensation lui rappela qu'il était vivant. Un mal de crâne lancinant lui brouillait l'esprit et l'empêchait de se situer. Les battements réguliers de son cœur semblaient faire partie des murs qui l'entouraient, comme s'ils s'échappaient de son corps pour insuffler un semblant de vie aux ténèbres. Il ne savait si l'espace dans lequel il se trouvait était vaste ou restreint. Ses membres lui pesaient et ses mouvements hésitants ne déclenchaient qu'un vague écho métallique. Seule son imagination lui laissait entrevoir un environnement inquiétant.

Il perçut un halètement qui paraissait vivre près de lui, obsédant; l'homme retint son souffle pour mieux écouter. Le halètement s'arrêta brusquement. Un long moment s'écoula. Les tempes résonnant des pulsions de son cœur, les poumons en feu, l'individu reprit une longue inspiration et revint à la vie; à cet instant précis, le halètement recommença.

L'homme comprit que ce qu'il croyait être une présence n'était que l'écho de sa propre respiration. L'air était sec et frais. Pourtant, une légère moiteur collait au front de cet être de chair et de sang qui essayait d'exister au milieu de cet univers minéral. Nerveusement, du bout des doigts, il palpa le sol et ce contact lui rappela la terre battue; ce simple geste raviva une douleur à son épaule gauche. C'est en voulant toucher son bras de la main droite qu'il prit conscience de l'existence des lourdes chaînes qui l'entravaient.

À présent, il se souvenait des circonstances et du motif de sa présence en ces lieux. Seule la notion du temps lui échappait et il ignorait si, dehors, là-haut, c'était le jour ou bien la nuit...

I

État du Nevada, É.-U., XXIe siècle

Le soleil broyait le paysage lunaire; la ligne d'horizon, lointaine, était rendue floue par la chaleur. Une végétation clairsemée semblait arracher un souffle de vie à une terre calcinée et ingrate. Ici, tout semblait figé: le passé fixé au présent, lui-même sans doute attaché à l'avenir. À cette heure de la matinée, les seuls éléments mobiles du tableau étaient les rares voitures qui dessinaient des lignes invisibles sur l'asphalte en se croisant et en s'ignorant.

L'une d'entre elles avalait plus impatiemment le goudron que les autres. Conduite d'une main sûre et ignorante des lois, elle justifiait largement une suspension de permis dans un pays où, c'était connu, la tolérance était peu pratiquée. Le conducteur était nerveux et impatient. Depuis qu'il avait quitté Los Angeles ce matin, il n'avait cessé de penser à cette rencontre qui l'attendait à Vegas. À côté de lui, posé sur le siège passager, un dossier assez épais était coincé dans un classeur rouge. Rouge, couleur de la vie, de la mort peut-être, du danger certainement.

La vieille Lincoln beige poursuivait son chemin inlassablement. Vestige des *seventies*, elle semblait construite pour défier l'éternité et n'avait jamais trahi ses propriétaires successifs. Sa climatisation assurait péniblement son labeur en emplissant d'un doux ronronnement l'espace enfumé du véhicule. De temps à autre, du coin de l'œil, John guettait son rétroviseur. Loin derrière, toujours à même distance depuis le matin, une Ford le suivait. De prime abord, il n'avait pas pu identifier le modèle de la voiture, mais peu à peu sa présence était devenue évidente: ce qui n'avait été pour lui qu'une simple constatation s'était transformé en inquiétude, surtout quand il avait essayé de varier sa vitesse pour mieux l'observer. En vain. Le véhicule calquait son allure sur la sienne et maintenait un écart stable. Par conséquent, il n'avait pu remarquer que sa couleur: elle était noire, noire comme la nuit, et cette tache maculant le paysage planait derrière sa Lincoln comme une menace latente.

L'heure tournait, le soleil et sa montre indiquaient maintenant midi, mais John n'avait pas faim. Toutefois un besoin naturel lui suggéra de quitter la voie rapide pour se soulager. Il pourrait en même temps se faire une idée plus précise de l'ombre qui le maternait depuis son départ. À la sortie d'une grande courbe, sans prévenir, il tourna brusquement à droite, soulevant une gerbe de poussière jaune qui aspergea copieusement sa voiture. L'œil rivé sur le miroir, il vit enfin de près passer la Ford noire. C'était un modèle récent, luxueux, aux vitres teintées, qui poursuivit sa route sans hésiter en direction de Vegas. Peut-être s'était-il trompé? Toute cette affaire commençait à le miner sérieusement. Pourtant, sa conviction était intacte: on le suivait depuis plusieurs mois déjà.

Il quitta le siège de cuir craquelé. Malgré la climatisation, sa chemise lui collait à la peau. Il fit craquer ses articulations en étirant ses membres avec application et songea qu'il aurait aimé s'asseoir sur une pierre pour méditer un peu à propos des aléas de l'existence. Il adorait parfois «perdre» son temps en de mélancoliques flâneries, mais le sentiment d'urgence se manifesta de nouveau.

Tout autour de lui, répartis çà et là sur le sol aride, des cactus dardaient leurs épineuses spatules vers le ciel. Un silence profond, comme un immense linceul invisible, enveloppait ce monde immobile. De loin en loin, quelques bruits mécaniques intermittents ou le cri lointain d'un oiseau donnaient un semblant de vie au paysage désertique. Il revint sur ses pas, soulagé. En regrimpant dans sa voiture, il constata avec satisfaction que pendant sa courte absence la Lincoln avait su préserver le confort artificiel de son air climatisé; il put ainsi retrouver un air plus facilement respirable.

La capitale des jeux et du vice flottait entre terre et ciel. Elle paraissait si lointaine, si irréelle, que son image troublée par la chaleur semblait reculer quand on avançait vers elle. Quelques minutes encore, pourtant, et le mirage serait vaincu pour laisser place à une réalité créée en plein désert. Là, dans ces étendues de la Sierra Nevada, royaume absolu du sable, de l'aridité et du silence, avait vu le jour par la seule volonté de l'homme la mégapole du rêve. Périlleux équilibre entre vice et vertu, entre affaires pour les uns et plaisirs pour les autres.

En pénétrant dans la ville, John avait considérablement réduit la vitesse de son véhicule. Le contact déjà établi avec les premiers hôtels de jeux, il roulait à présent lentement le long de la *Tropicana Avenue*. Laissant le Louxor et sa pyramide à sa gauche, il tourna à droite devant le MGM, en remontant *The Strip*, la légendaire avenue des casinos.

* * *

Le gigantesque casino-hôtel était gardé par un énorme lion, symbole de la Metro-Goldwyn-Mayer. Sur la longue liste des établissements de Vegas, il avait été l'un des premiers. Il en restait une figure emblématique, inspirant toujours l'admiration par sa taille et sa richesse. Avec plus de cinq mille chambres, des structures internes luxueuses et une apparente autonomie, il ressemblait plus à un village qu'à un hôtel.

Toujours lentement, John remontait l'artère principale de la capitale des plaisirs, dont la seule raison d'être semblait de séparer la multitude des casinos qui la longeait de chaque côté. La ville miracle était sous l'emprise d'un soleil implacable, l'activité dans les rues était réduite, tant la chaleur était intense. Les immenses trottoirs bordaient des points d'eau devenus, sous le génie de leurs créateurs, cascades, ruisseaux, bassins, dans un délire architectural incongru en plein désert. La vraie richesse de Las Vegas était là, vivante et frémissante, apportant une inestimable fraîcheur aux passants, à chacun de leurs mouvements. Elle était source de vie et sa présence en ces lieux s'était chiffrée en millions de dollars.

La vieille Lincoln se gara à côté de l'Aladin, le palace des mille et une nuits, dont quelques enseignes lumineuses clignotaient en signe de bienvenue. En quittant l'atmosphère climatisée de la voiture, John eut l'impression de mettre la tête dans un four. Immédiatement, un sentiment d'inconfort l'envahit tant la chaleur était lourde et tenace. Il marchait rapidement pour échapper à cette sensation désagréable et retrouver une ambiance respirable à l'intérieur.

La ville ne lui était pas inconnue, mais l'image qu'il gardait surtout d'elle était une vision nocturne, féerique, un scintillement multicolore généré par des centaines de milliers d'ampoules attirant infatigablement les papillons de nuit qu'étaient les joueurs et les touristes. Le soir, le spectacle se tenait autant dans les rues que dans les casinos. Les différents et multiples points d'eau, oasis permanentes de fraîcheur, devenaient alors également fontaines de lumière. Mais la nuit verrait aussi apparaître les laissés-pour-compte de la vie, anciens du Vietnam, mutilés mendiant leur maigre survivance auprès des fêtards indifférents et espérant eux aussi happer un peu de cette manne dorée pourtant inaccessible. Une image plus vraie de l'existence où se côtoient toujours les riches et les exclus. Éternelle dualité entre les gagnants et les battus. En quelque sorte le revers sordide d'une médaille flamboyante.

Le contact diurne avec Vegas était différent. Sous la chaleur torride et une agitation amoindrie, l'impression de folie, de recherche effrénée des plaisirs en était atténuée. C'est pourquoi les poules de luxe se faisaient invisibles dans la journée, la fournaise risquant d'altérer leur physique de Barbies; elles attendaient la légère fraîcheur de la soirée pour sortir leurs charmes et rabattre les clients... en toute discrétion. La prostitution était interdite dans la capitale des plaisirs.

En remontant prestement le trottoir, John regarda furtivement par-dessus son épaule, à la recherche de cette présence qu'il sentait toujours collée à lui sans pourtant la repérer. En ville, il pensait trouver une certaine sécurité parmi les passants, mais ces gens qui l'entouraient, le croisaient, l'ignoraient étaient-ils une assurance ou un danger? Quoi de plus facile que de disparaître parmi le nombre, dans l'indifférence?

Le Caesar's Palace était là, devant lui, immense, plein de suffisance, affichant déjà extérieurement toutes ses richesses. Là-bas, au loin, *The Strip* se prolongeait sur *Las Vegas Boulevard,* d'une trajectoire rectiligne, en coupant la ville en deux jusqu'à son quartier nord. L'entrée majestueuse de l'hôtel était bordée à sa droite par une succession de jardins où un gazon splendide s'étalait en un tapis presque artificiel, tant sa surface paraissait parfaite. Des palmiers étendaient leurs ailes délicates à la recherche d'une brise hypothétique et des statues de style gréco-romain imposaient leur blancheur dans ce paradis de verdure.

John ne se souvenait pas avoir vu le moindre personnel d'entretien à Vegas, pas l'ombre d'un jardinier, d'un électricien, d'un balayeur, personne. Il savait que la réfection des routes se faisait la nuit, à cause sans doute de la chaleur un peu plus supportable. L'eau dont on devait asperger le bitume devenait ainsi moins inutile... Alors? À l'aube peut-être? Il imagina une armée invisible et besogneuse, chargée des boulots indispensables à l'esthétique de cette oasis surgie de nulle part: des légions de sans-grades, chacun ayant la responsabilité d'un job précis, réalisé rapidement, à la perfection.

L'entrée de l'établissement était pavée de marbre. Un tapis rouge, immaculé, accueillait les visiteurs. Les lourdes portes franchies, la formidable machine se dévoila. À l'intérieur, le casino battait presque son plein, les heures de la journée et de la nuit se confondant pour les passionnés qui se tenaient au chevet des nombreux jeux proposés. John prit le temps de s'imprégner de l'atmosphère des lieux. Les regards qu'il croisait étaient animés d'une seule volonté: gagner! Gagner d'un coup ce qu'une vie de labeur refusait à la plupart; forcer un destin que la grande majorité trouvait injuste puisqu'il donnait tant à quelques-uns tout en ignorant les autres. Devant les machines à sous, leur gobelet plein de vingt-cinq cents, les joueurs alimentaient régulièrement les mécaniques, machinalement, consciencieusement, comme si la vie de ces engins dépendait de leur assiduité. La plupart ne se baissaient même pas pour ramasser les pièces qui en s'échappant des récipients tombaient sans bruit sur le sol recouvert de moquette épaisse.

John traversa l'espace dédié aux jeux, se faufilant de son mieux entre ces gens affairés et imperturbables. Arrivé devant un changement de niveau, John se retrouva face à un large escalier de quelques marches qui lui ouvrit une fenêtre sur le passé. Il était entré dans la partie mythique du Palace.

À Las Vegas, chaque casino incarne un thème: après

les traditionnels jeux, toujours placés à l'entrée, les touristes aisés ou curieux peuvent pénétrer, à leur choix, un monde fantastique inspiré par l'histoire ou l'imaginaire, chacun y retrouvant selon ses goûts sa part de rêve. Pour le Caesar's Palace, le thème proposé est la Rome antique. Même si, pour John, l'heure n'était ni à la détente ni à la découverte, force lui était de constater que l'investissement consacré à l'endroit pouvait laisser pantois. Tout, jusque dans les moindres détails, rappelait l'antique Cité: colonnes de marbre, statues, fontaines, boutiques; le personnel dans cette partie du casino était d'ailleurs vêtu de courtes tuniques blanches. Le goût de l'imitation avait été poussé jusqu'à reproduire une voûte céleste qui, suivant les heures de la journée, changeait de couleur pour devenir, le soir, couleur nuit constellée par une myriade d'étoiles. Vraiment du beau travail. Cela paraissait si facile quand l'obstacle financier n'en était plus un.

* * *

Le bureau était magnifique, luxueux, à l'image du Palace. Les larges baies vitrées surplombaient *The Strip*, ouvrant sur le panorama grandiose des casinos théoriquement concurrents. La nuit, vu d'ici, le spectacle devait être superbe. Les vitrages feuilletés ne laissaient filtrer aucun des bruits extérieurs et c'était dans un silence feutré que trois hommes s'entretenaient. Enfoncés dans des fauteuils de cuir rouge vin, un verre à la main, deux d'entre eux dirigeaient la discussion; le troisième écoutait distraitement, en leur tournant le dos et, les mains dans les poches, scrutait la rue en bas.

« Otlinger, je vous avais prévenu depuis longtemps. Il fallait expédier ce fouineur dès que nous l'avons senti sur nos talons! Nous ne serions pas aujourd'hui dans cette situation ridicule! »

L'homme qui avait pris la parole était entre deux

âges, ventripotent. Rien en lui ne laissait supposer une quelconque autorité si ce n'était le ton cassant de ses propos. Son costume sans style enveloppait un individu à l'évidence sans charme et sans goût. Seul un regard sombre perdu sous des sourcils broussailleux pouvait révéler un danger.

Celui à qui était adressé le message était l'opposé du précédent : grand, distingué, tout en lui respirait une classe certaine, de sa tenue vestimentaire à ses manières raffinées. Pourtant ces deux hommes d'âge équivalent avaient un point commun : le regard.

Une réponse agacée perça les lèvres serrées d'Otlinger :

« Écoutez, Speeling, vous savez très bien qu'il était quasiment impossible que cet emmerdeur arrive à certaines conclusions et remonte ainsi jusqu'à nous. En tout cas, personne ne pouvait le prévoir. De toute façon, nous sommes là aujourd'hui pour rétablir la situation en évitant toute dérive. Je vous rappelle que nous lui avons fixé ce rendez-vous pour connaître ses cartes et mieux appréhender la situation. Donc, s'il vous plaît, calmez-vous! »

Ni le ton glacial ni la teneur des propos n'avaient calmé le dénommé Speeling. Il était persuadé que la survie de leur projet passait obligatoirement par l'élimination physique du journaliste. Il allait renchérir quand on frappa discrètement trois coups à la porte du grand bureau. Le troisième personnage, jusque-là silencieux, lâcha sèchement, sans se retourner :

« Entrez! »

Une armoire ressemblant à un homme s'introduisit massivement dans la pièce, en annonçant brièvement :

« Monsieur Gattuso est arrivé. »

John était resté derrière la lourde porte en compagnie d'une seconde armoire très semblable à la première.

« Fais-le entrer et laisse-nous! »

Debout dans l'immense pièce, faisant face à présent aux principaux acteurs de ce qui pouvait être le plus grand scandale des dix dernières années, John sentit le poids des trois paires d'yeux braquées sur le dossier rouge coincé sous son bras. Ce dossier, il l'avait porté bien visiblement toute la journée, comme une garantie, comme une véritable assurance-vie.

Il jugea rapidement le décor : un bureau tout confort équivalent à un appartement conçu pour un homme puissant, habitué à commander; sans doute le grand type très chic ou alors celui qui se tenait de dos appuyé contre la grande fenêtre; le troisième faisait plutôt penser à un roquet, un de ceux qui, en plus de gueuler, mordent. Un immense aquarium éclairé et encastré dans une paroi plaquée de marbre accentuait le luxe de l'endroit. La myriade virevoltante et multicolore des poissons exotiques rappelait, si besoin était, que Las Vegas était une ville de lumière. John se sentit un peu déplacé dans ce cadre à la fois somptueux et oppressant. Son allure simple, presque négligée, le déclassait par rapport à deux des trois individus. Seule la tenue du roquet s'apparentait un peu à la sienne.

Le grand type s'extirpa lestement des profondeurs de son fauteuil. Son regard pesant et inquisiteur fouillait rapidement et sans faiblesse le visiteur. John se sentait scanné de la tête aux pieds. De toute évidence, ce rayon invisible étudiait sa personne et il avait la sensation d'être évalué ou pesé comme une vulgaire marchandise. Otlinger prit la parole pour faire de courtoises présentations.

« Monsieur Gattuso...

– Cattuso... avec un C!

– Monsieur Cattuso, donc, je vous présente monsieur Speeling, président de la Speeling and Co., société que vous connaissez sans doute; monsieur D'Amato, directeur du Palace, qui a eu la gentillesse de nous recevoir pour cet entretien; je suis monsieur Otlinger, principal actionnaire des sociétés American Corp., Norsk Inc. et Tycon Oil. Messieurs, voici monsieur John Cattuso, journaliste du très apprécié *New Herald Post* de Los Angeles, qui nous fait l'honneur de s'intéresser depuis quelque temps à nos affaires. Nous avons souhaité vous rencontrer, monsieur Cattuso, car nous sommes intrigués par l'entêtement, voire l'acharnement, que vous manifestez dans l'analyse de l'activité de nos sociétés. Nous aimerions savoir si cet intérêt est purement d'ordre professionnel ou si vous avez une autre raison, comment dire, plus personnelle? »

L'entrée en matière était directe. À présent il fallait foncer.

« Cela fait en effet plusieurs mois que j'enquête sur les connexions existantes entre vos différents groupes. Dans le cadre de mon travail, j'ai été amené à rechercher l'origine des capitaux qui les financent. La multinationale Speeling, en particulier, a attiré mon attention par ses acquisitions récentes d'autres sociétés, surtout à l'étranger, alors que sa réelle santé est, en termes de résultats, plutôt douteuse. Après des mois de patientes et difficiles recherches, j'ai remonté la filière reliant de façon sûre vos trois personnes pour arriver à une seule et logique conclusion : vous avez mis sur pied une triangulaire d'autofinancement à partir de capitaux illicites. Ces capitaux introduits en masse dans les casinos de Vegas ressortent blanchis et sont immédiatement réinjectés dans vos sociétés qui s'empressent à leur tour de les investir dans des achats, ou des "coups" boursiers tout à fait légaux. Résultat : l'argent a été lavé, légalisé, investi au nez et à la barbe de l'État et du fisc, cela d'autant plus facilement que la majorité des opérations se réalise à l'étranger. »

Tout au long de l'exposé, l'attitude de l'auditoire avait changé. D'abord curieux, les visages s'étaient tendus puis, plus les explications devenaient limpides, plus la nervosité devenait évidente. Speeling gicla de son fauteuil. Sa rage était difficilement contenue. Manifestement, l'homme était un sanguin.

« Vous êtes malade! Ce ne sont que des allégations sans aucun fondement. Nous n'allons pas nous laisser impressionner par un journaleux qui gribouille dans une presse à scandale! Vous ignorez totalement où vous mettez les pieds, les intérêts que nous représentons ne se laissent pas manipuler! »

Otlinger, plus mesuré, intervint à son tour :

« J'espère que vous réalisez, monsieur Cattuso, que vos accusations sont graves et que des rumeurs répandues sans discernement pourraient nuire gravement autant à nos intérêts qu'à... votre personne. »

La menace était claire. Ces gens, sous des apparences d'hommes d'affaires, étaient des voyous, sans conscience ni retenue; les affronter, c'était exposer sa vie. Cela, John le savait et l'avait toujours su. On n'arrive pas à un tel niveau de puissance, à amasser de telles fortunes sans se salir les mains. Il était certain que ces hommes de pouvoir avaient l'habitude d'effacer les obstacles.

« Messieurs, vous vous doutez bien que tout ce que j'avance est solidement établi et que je peux facilement le prouver et le diffuser. »

Il joignit le geste à la parole en tapotant légèrement le dossier qui ne l'avait pas quitté.

« Toutefois, mon but est différent de ce que vous supposez. »

Le troisième interlocuteur, jusque-là silencieux, se décolla finalement de la baie vitrée. De face il montra un visage fin, racé, de type très méditerranéen. Une cicatrice profonde traversait son menton carré en laissant une trace blanchâtre sur la peau hâlée. Il était plus jeune que ses deux associés, mais lui aussi était un homme de pouvoir, ses yeux cruels et ses mâchoires serrées ne laissaient aucun doute là-dessus.

« Cessons de finasser, *compare*, car vous êtes bien d'origine italienne, n'est-ce pas?

– Mes parents étaient siciliens, mais je suis né à Brooklyn. »

La réponse ne l'étonna pas. D'Amato savait que bon nombre des immigrants italiens, qui s'étaient arrêtés à New York, s'étaient fixés dans le quartier de l'East River et, tout comme la majorité de leurs compatriotes qui avaient colonisé une partie de l'île de Manhattan, ils avaient essayé de recréer une copie miniature de leur pays d'origine. Le territoire des autres arrivants, amoureusement appelé *Little Italy*, communiquait avec Brooklyn principalement par trois grands ponts: Williamsburg Bridge, Manhattan Bridge et Brooklyn Bridge. Mais ces liens matériels et aériens ne suffisaient pas pour constituer une union véritable. Dans les années 1910 ou 1920, loin de l'Italie, au fur et à mesure des arrivées, chacune des entités avait repris ses luttes régionales, tenant à imposer ses limites territoriales et à préserver son indépendance vis-à-vis des autres. Même si des années s'étaient écoulées, dans certains milieux les rivalités de clans existaient toujours. D'Amato en était d'autant mieux informé qu'il venait lui-même de Manhattan. Et aujourd'hui, pour lui, cet homme représentait une énigme. Bien qu'issus manifestement des mêmes lieux et partageant les mêmes origines, ils avaient de façon évidente sérieusement divergé dans leurs destinées. Pour l'instant, il essayait de comprendre les motivations et les buts de son « invité ».

« Bien. Que voulez-vous de nous? De l'argent? La notoriété? Vous concourez pour le Pulitzer? »

Après un très court silence, il reprit son interrogatoire:

« Qu'est-ce qui vous pousse à être aussi con? »

Le ton était brusquement devenu doucereux, menaçant. L'insulte annonçait la volonté de dominance de

D'Amato, qui cherchait à faire sentir au journaliste la fragilité de sa position.

John n'avait pas relevé l'affront. À présent, il lui fallait jouer fin, sa fierté passerait après. S'il obtenait ce qu'il cherchait, ce serait lui qui aurait gagné et, les cons, ce seraient eux.

« Bien, venons-en au fait. Vos montages financiers pourraient sans doute intéresser de nombreux lecteurs, mais c'est votre dernier projet qui explique ma présence ici et notre entretien. Vegas est devenu trop étroit pour vous, la laverie, même à plein régime, ne peut satisfaire la demande. Les capitaux mafieux affluent et vous ne pouvez ralentir la machine. Le système marche trop bien. Il vous faut donc un nouveau centre de blanchiment et vous avez déjà choisi l'emplacement de ce nouvel eldorado... »

Un coup d'œil sur les trois hommes apportait une preuve supplémentaire de la solidité du dossier de John : il avait tapé dans le mille ! Tout déballer pour les impressionner, leur ôter toute envie de discuter. Il fallait qu'ils se sentent coincés et qu'ils abdiquent. À cette seule condition il pourrait poursuivre son chemin et vivre tranquille.

« Vous avez choisi l'endroit entre Hurricane et St. George dans l'Utah, à la limite de l'Arizona. Cette région magnifique draine d'innombrables touristes et une ville du type de Vegas pourrait y naître, vous donnant alors encore plus de richesse et de puissance. Mais cette zone, à cheval sur deux États, est semi-désertique. Pour l'alimenter en eau, laquelle reste le secret de la réussite, surtout dans un endroit comme celui-là, il faudra ériger un barrage sur la Moapa River. C'est sans doute pour cela que vous avez baptisé votre nouveau projet : Acquantis. Ce serait bien sûr la fin d'un équilibre que la nature a mis des millénaires à façonner. La fin d'une région superbe ainsi que celle des réserves indiennes qui y vivent encore tant bien que mal. Je n'ai aucun doute quant à vos capacités de persuasion auprès des autorités concernées par ce projet. Les accords nécessaires à l'acquisition des terrains ne seraient pour vous que de simples formalités. Une opération de ce genre équivaudrait à la création d'un nouveau Lake Powell et c'est pour cela que ce projet... ne verra pas le jour. »

L'auditoire était muet, figé. John observa les doigts crispés sur les verres de ses vis-à-vis. Le troisième ne put réprimer un juron et enfonça rageusement ses poings dans ses poches.

« C'est là que j'interviens. C'est très simple. Vous abandonnez la création d'Acquantis sur la Moapa et je classe mon enquête, définitivement; c'est donnant, donnant. »

Speeling était sans voix, il s'épongeait le front avec un mouchoir à carreaux, conforme à son personnage. Pourtant, la climatisation assurait efficacement son office. D'Amato s'était retourné vers sa baie vitrée, sans un mot. Du bout des doigts de la main droite, il tapotait nerveusement le verre. En contrebas la rue s'agitait faiblement. Otlinger, plus tendu, rompit le silence mais toujours avec le même sang-froid.

« Quand bien même vos suppositions seraient fondées, quelles garanties aurions-nous que ce dossier serait bien classé? Il pourrait tomber entre des mains indélicates et être édité indépendamment de votre volonté.

– Les originaux sont en lieu sûr, mais je vous préviens: ma disparition de façon violente et non naturelle pourrait les remettre au goût du jour. »

Il s'assura d'un regard que tous restaient attentifs et il conclut:

« Je pense, messieurs, que nous nous sommes tout dit. Vous pouvez garder ces documents qui sont très explicites, ce ne sont que des copies. Vous n'entendrez plus parler de moi à propos de tout cela, à moins que vous n'en ayez décidé autrement. »

L'entrevue était terminée. Il avait abattu toutes ses cartes, avec une feinte sérénité, au péril de sa propre vie. Mais il croyait savoir que, voyous ou pas, les hommes d'affaires restaient toujours soucieux de leurs intérêts. Si ce précepte était exact, il avait gagné!

Au sortir du Caesar's Palace, la chaleur sèche et suffocante l'enveloppa de nouveau, mais il préférait encore cet inconfort à la température idéale du grand bureau. Il songea que des piranhas, plutôt que les poissons exotiques, n'auraient pas dépareillé l'aquarium de l'endroit qu'il venait de quitter.

Speeling était écarlate. De colère il avait renversé un verre sur son pantalon et sans retenue il agressa les deux autres.

« Qu'est-ce que je vous avais dit! Il fallait se débarrasser de ce fouille-merde avant qu'il ait eu le temps d'accumuler autant de preuves compromettantes. Maintenant, nous sommes bloqués par ses menaces! Nos commanditaires ne vont pas apprécier! »

Otlinger ne souffla mot. La situation était plus délicate qu'il ne se l'imaginait. Ce journaliste était plus que malin, il était intelligent. Il lui avait fallu l'être pour remonter toute l'affaire, sans erreur. En reconstituant chaque étape du montage, il avait su interpréter les faits pour arriver au but final du projet : la création d'une entité jumelle de Las Vegas. Il avait en outre réussi à démontrer les liens d'intérêt qui unissaient D'Amato, Speeling et lui-même; ennuyeux, très ennuyeux même. De plus, ce gars ne redoutait visiblement rien : venir les menacer, ici! Pourtant, il les connaissait. Là, le courage ressemblait plus à de l'inconscience et celle-ci, voisine de la folie, était justement dangereuse parce que imprévisible.

Après quelques instants d'intense réflexion, une conclusion logique s'imposa à Otlinger : il leur fallait absolument les originaux du dossier rouge. Après, pour retrouver les bavards, il serait toujours temps de remonter, grâce aux documents, la filière suivie par ce faux flic. Ceux qui avaient craché le morceau, les recoupements n'ayant pu se faire que par rupture du silence nécessaire à toutes leurs affaires, ne cracheraient pas alors que leurs dents!

Les regards d'Otlinger et de D'Amato se croisèrent. Ce dernier, sans un mot, traversa l'immense bureau, ouvrit la porte en appelant les deux armoires et lâcha, simplement:

« Occupez-vous de lui... proprement! »

* * *

À l'extérieur, la ville était presque calme. La Lincoln était là, fidèle, sécurisante. Dans quelques minutes, John aurait quitté ce paradis infernal. La circulation était fluide et ce fut sans encombre qu'il reprit la 15 pour rejoindre Los Angeles. La capitale du jeu s'éloignait derrière lui, semblable à un mirage, à un rêve.

La voiture filait maintenant bon train. John songea avec un pincement au cœur à Angela. Trois ans déjà, trois longues, très longues années. Aujourd'hui, elle serait fière de lui, du risque maximum qu'il avait pris pour défendre ses idées. Il aurait aimé partager ce moment avec elle. Depuis ce stupide et tragique soir de décembre où elle venait le rejoindre à Los Angeles, il n'avait jamais pu oublier ces tôles broyées par l'énorme camion. À l'intérieur de ce qui avait été une voiture, Angela n'était plus Angela. Ce n'était plus qu'un amas de chair sans vie, une enveloppe déchirée incapable de retenir le moindre souffle, la moindre espérance. Elle si belle, si brune, qui avait partagé avec lui son enfance turbulente dans Brooklyn, puis son adolescence et enfin une partie de sa vie d'adulte, ne serait plus là pour l'écouter ni le soutenir.

Cette seule pensée lui était encore insoutenable. C'était sans doute pour cela que depuis il luttait contre la route, en roulant vite et en prenant des risques inutiles. Il avait engagé un pari contre le destin, celui de le braver et de rester en vie, malgré tout. Lui qui ne buvait pas, ne fumait pas avant cette terrible soirée s'était jeté à corps perdu dans l'alcool et le tabac. Un éclair de conscience l'avait aidé à se débarrasser du premier; mais la cigarette persistait à rester sa compagne indéfectible.

En ce début d'après-midi, la Sierra Nevada était torride. La route transformée en ruban adhésif par la chaleur était pratiquement déserte. Quelques rares véhicules paraissaient lutter contre l'asphalte qui aspirait leurs roues, comme pour les engluer, les avaler. La Lincoln avait repris son allure habituelle, rapide, laissant Vegas à ses excès et à ses mythes. Elle filait à présent entre Death Valley et Mojave. Certains prétendaient que le désert était un lieu vivant, de jour comme de nuit. En cet instant, John n'entrevoyait que la chaleur de l'enfer. Ici, c'était pire que dans la Sierra qu'il venait de quitter. Surtout, ne pas tomber en panne! Le ronronnement régulier des huit cylindres le rassura sur ce point. Après des années et des années de loyaux services, pourquoi lâcher maintenant, et surtout ici? Ces paysages oubliés de Dieu semblaient immuables. L'humain en était exclu, et pourtant ils devaient rester ainsi: tels que la nature les avait conçus, les avait voulus. Ils faisaient partie d'un immense dessein, d'une planification complexe où chaque composante avait sa juste place. Même l'apparente absence de vie était une réussite, tant l'harmonie des couleurs et des contrastes du minéral était impeccable. Tout, de la pierre multicolore, de la terre mariant les ocres, de la maigre végétation et du ciel limpide semblait cohabiter dans une parfaite conception et défiait le temps dans l'ignorance totale des hommes.

John ressentit un irrépressible besoin de fumer. L'atmosphère épaisse brassée par la climatisation ne lui apportait pas cette douceur âcre qui lui était devenue indispensable. Ces doses répétées de tabac lui donnaient un semblant de paix, le projetant furtivement hors du quotidien. Parfois, il s'imaginait suivre les volutes de fumée bleutée, son corps n'étant plus alors qu'un ectoplasme sans consistance.

Le temps de se baisser vers la boîte à gants pour cueillir son paquet de Lucky Strike à moitié vide, et la Ford noire était derrière lui, imprévisible, ses vitres teintées masquant toujours ses occupants.

John sentit son cœur se serrer. Il ne comprenait plus. La partie paraissait pourtant gagnée. Ces idiots n'avaient-ils pas saisi leur intérêt? De véritables hommes d'affaires devaient faire passer leurs objectifs avant leurs pulsions, du moins, le supposait-il.

Mais pour l'instant la menace était bien présente, la Ford venant de heurter violemment l'arrière de sa voiture.

L'angoisse au ventre, John écrasa l'accélérateur au plancher, mais la Lincoln était à bout de souffle et lui demander plus relevait de la pure fantaisie. En conducteur émérite et habitué à la vitesse, Cattuso essayait d'éviter le contact avec la tache noire qui le suivait. Il sembla un temps y parvenir. Malgré l'air climatisé, la sueur perlait à son front. Les talents des deux conducteurs s'exprimaient en une joute inégale, causant une poursuite hallucinante sur le bitume fumant. Le véhicule noir, beaucoup plus puissant, accentua sa menace en percutant encore le pare-chocs de la voiture beige, tantôt à droite, tantôt à gauche, pour la déséquilibrer. À chaque coup de boutoir succédait une embardée, et maintenir la vieille huit cylindres sur la route devint acrobatique.

John Cattuso avait l'impression d'être une souris dans les pattes d'un chat, d'un sale chat noir qui jouait méchamment avec lui. Les mains moites, crispées sur le volant de cuir, il essayait en vain de calmer les palpitations presque douloureuses qui le secouaient. Alimentée par ses efforts, la sueur continuait de sourdre, lui piquant les yeux, atteignant ses lèvres et lui révélant son goût salé.

Les milles s'étaient enchaînés ainsi sur un rythme effréné contrastant avec la conduite raisonnable des rares véhicules qu'il croisait.

Puis, brusquement, le chat s'était fatigué; dans une grande courbe, il se plaça contre la souris et la poussa vers le talus, presque délicatement. La lourde Lincoln essaya vainement d'avaler la trop forte dénivellation, mais finalement retomba sur le toit en glissant sur la route, dans un nuage de poussière.

Le frottement sinistre des tôles sur l'asphalte avait cessé. Quand la poussière fut retombée, une roue, dans un couinement solitaire, tournait encore, lentement.

* * *

John était en sang, sa tête avait heurté la portière; le goût douceâtre de l'hémoglobine lui remplissait la bouche et une douleur lancinante lui labourait la jambe gauche. Il était sonné mais lucide. La sueur lui donnait des frissons dans le dos. Mais était-ce la transpiration ou la peur de finir ainsi, dans cette cage d'acier?

Soudain, une odeur persistante d'essence le prit à la gorge. Il devait sortir du véhicule rapidement, mais tous ses efforts maladroits étaient vains: étroitement imbriqué entre siège, portière et pavillon, John ne faisait plus qu'un avec la vieille postulante pour le recyclage. Une légère fumée s'échappait de l'amas froissé qui emprisonnait le moteur.

II

La jeune fille rousse qui patientait nerveusement dans l'un des nombreux couloirs du *New Herald Post* de Los Angeles était aux anges. Le couloir l'isolait à peine du brouhaha environnant. Elle entendait cette agitation palpitante qui faisait la vie d'un journal: le cliquetis incessant des fax, les sonneries des téléphones, les conversations qui se croisaient sans se mélanger, un tourbillon de mouvements et de gestes qu'elle savait tous sensés et utiles. Son admiration était réelle: comment tous ces gens faisaient-ils pour se concentrer et travailler là-dedans? À la recherche d'une contenance, elle croisait et décroisait régulièrement ses longues jambes magnifiques, essayant d'ignorer les regards masculins des employés qui, en empruntant le couloir, la déshabillaient des yeux.

Elle passa hâtivement ses doigts dans sa chevelure flamboyante, preuve indiscutable de son origine irlandaise.

Pour son stage de fin d'études de journalisme, son école avait proposé ses services à l'un des plus grands hebdomadaires de la côte ouest. Après de longues années de théorie et quelques trop courts stages dans des quotidiens, elle brûlait d'intégrer la grande famille des enquêteurs, de prouver ses capacités et de faire sa place dans ce métier qu'elle avait studieusement appris et qui la passionnait. Les instants à venir allaient être déterminants. Elle espérait vivre enfin un peu mieux qu'avec sa simple bourse. Et même si, au début, le salaire serait sans doute modeste, il serait de toute façon facilement supérieur à la poignée de dollars qui lui était allouée. Durant la première partie de ses études, ses parents l'avaient tant bien que mal soutenue financièrement, mais, à présent, avec l'éloignement, ils ne pouvaient plus supporter cette charge et elle devait se contenter de l'aide de l'État ainsi que de celle apportée par quantité de petits boulots.

Nancy avait laissé ses parents dans le Middle West, à Cedar Rapids. Pour elle, Cedar était la capitale du maïs : du maïs, toujours du maïs, du maïs à perte de vue. Les siens n'avaient jamais pu comprendre l'aversion qu'elle avait pour ces champs infinis, de couleur uniforme et sans relief. Le vent même ne parvenait pas à redonner un semblant de vie à toute cette monotonie. Elle avait besoin d'autre chose, de découvrir le monde, la vie, ailleurs. En cet instant, elle pensa qu'ailleurs, ce pourrait être ici.

La tirant de ses rêveries, une assistante souriante vint la chercher, en lui annonçant :

« Mademoiselle Shepard, monsieur Ellworth va vous recevoir. Voulez-vous me suivre ? »

Nancy se leva, heureuse de redonner un peu d'activité à ses jambes fuselées. Elle emboîta le pas à cette femme aimable qui, pour l'instant, était son fil d'Ariane. Le précieux lien conducteur la guida avec aisance parmi les nombreux couloirs qui se coupaient et se recoupaient inlassablement. En longeant les bureaux, les deux femmes croisaient un personnel affairé qui, la plupart du temps, les ignorait. Quelquefois, un regard plus appuyé suivait la visiteuse, lui rappelant, si besoin était, les réalités de ce monde.

Après environ une minute, elles arrivèrent enfin devant une porte vitrée. Des motifs évoquant des vagues étaient gravés sur les carreaux, et on ne voyait que difficilement à l'intérieur. À mi-hauteur, une plaque rectangulaire argentée portait une étiquette mentionnant: Andrew Ellworth–Rédacteur en chef. Prenant conscience que derrière cette porte se tenait sans doute le futur maître de son destin, Nancy sentit ses mains devenir moites. Son cœur, soudain d'humeur vagabonde, semblait vouloir s'échapper de sa poitrine.

La gentille assistante frappa deux coups brefs contre le verre épais et, se tournant vers la jeune visiteuse, annonça:

« C'est ici, je vous laisse. »

Simultanément, une voix lança, clairement:

« Entrez! »

Nancy se redressa en arrangeant nerveusement ses cheveux de feu, inspira profondément et ouvrit la porte. Le bureau était plutôt exigu, ou peut-être trop encombré. Des piles de dossiers semblaient faire corps avec le mobilier visible: une grande table, un ordinateur, trois chaises et une armoire. Derrière ces murs de papier, assis, un homme la regardait. La soixantaine, les cheveux blancs, ses lunettes remontées sur un front haut et dégarni, il la dévisagea d'un regard bleu et bienveillant qui la mit immédiatement à l'aise et la rassura. Son maître de stage était, sans nul doute, l'archétype du grand-père. Il se leva en lui tendant la main, un sourire affable aux lèvres.

« Bonjour, mademoiselle Shepard. Je vous en prie, veuillez vous asseoir.

– Merci, monsieur. »

Resté debout, le personnage la dominait seulement d'une courte tête. Il toussota pour s'éclaircir la voix et reprit:

« Bien, je me présente: je m'appelle Andrew Ellworth,

j'ai soixante-deux ans et le privilège d'être le rédacteur en chef de ce journal depuis dix-huit ans. Vous savez sans doute exactement en quoi consistent mes fonctions et je pense avoir peu de chose à vous apprendre à ce sujet. À moins que vous n'ayez des questions, je crois que nous pouvons aller maintenant à l'essentiel, c'est-à-dire... vous. »

Surprise par l'entrée en matière un peu directe, Nancy se contenta de faire une moue d'acquiescement, appuyée d'un hochement de tête. Notant son approbation, Ellworth reprit :

« Mademoiselle, nous sommes en relation depuis de nombreuses années avec votre école qui nous propose toujours d'excellents candidats pour des stages de fin d'année. J'ai parcouru votre dossier avec attention. Il est remarquable et je ne doute pas, si vous êtes d'accord, bien sûr, que nous fassions du très bon travail ensemble. Toutefois, je me pose quelques questions à votre sujet : premièrement, je vois que vous avez vingt-six ans et, d'habitude, nos postulants stagiaires sont, comment dire...

– Plus jeunes? »

Sentant l'embarras de l'homme, Nancy avait fini la phrase à sa place. Elle enchaîna aussitôt :

« J'ai d'abord préparé une maîtrise en biologie, ce qui explique mon entrée tardive dans le journalisme. Mes premières études étaient plus conformes aux souhaits de mes parents. J'ai compris plus tard qu'il valait mieux répondre à ses propres ambitions qu'à celles que les autres placent en vous. »

Le regard limpide était posé sur elle. Curieusement, cela ne la gênait pas, peut-être parce qu'elle sentait que l'intérêt du rédacteur pour sa personne n'était, celui-là, que professionnel. Le responsable continua :

« Je vois! Ceci m'amène à une seconde question : pourquoi une jolie fille comme vous a-t-elle choisi ce métier qui est, je vous l'affirme, loin d'être facile?

D'autres possibilités devaient sans doute vous être offertes, avec moins de difficultés? »

Nancy hésita entre le compliment qui la flattait et la mise en cause de sa vocation. Car pour elle il s'agissait vraiment d'une vocation. Sa réponse fut sans équivoque et ce fut avec un sourire radieux qu'elle répliqua:

«J'ignorais qu'il fallait être sans attraits pour réussir dans le journalisme, mais quant à la raison qui m'a poussée dans cette voie, elle est pour moi très simple: j'ai un besoin constant de rechercher la vérité et de la faire partager au plus grand nombre, même si les difficultés qui en découlent paraissent disproportionnées. »

Ellworth éclata de rire. Étant lui-même de souche irlandaise, il reconnaissait bien là le sens de la repartie, la fierté et l'obstination de ceux de sa race. Même s'il s'en défendait, il savait qu'au fond l'origine de la postulante avait joué dans le choix de sa candidature.

« Écoutez, Nancy, vous permettez?... Ceci n'est pas de la familiarité, mais au journal la plupart des gens s'appellent par leur prénom. Après tout, nous sommes ici une grande famille. Votre réponse me convient parfaitement et, après tout, comme vous l'avez souligné, vos choix vous appartiennent. J'ai l'intention de vous placer en binôme avec l'un de nos meilleurs enquêteurs. Un travail en commun avec une personne très expérimentée ne pourra que vous montrer les ficelles de ce job que vous voulez tant connaître. Pour lui, ce sera l'occasion de s'ouvrir un peu l'esprit. Fox est un ours se complaisant dans la solitude. Même au travail. Cela risque d'être votre premier challenge. À vous de vous imposer.

– Fox?

– Oui, à l'*Herald* tout le monde l'appelle ainsi. En réalité, son nom est John Cattuso.

– Pourquoi Fox?

– Parce que ce surnom lui va comme un gant. Vous comprendrez quand vous le connaîtrez. »

Nancy exultait; elle contenait difficilement sa joie. Enfin! Tant d'années, tant d'efforts pour aboutir à ce moment, si court et pourtant si intense! Cela paraissait tout à coup presque trop facile, pensait-elle, espérant ne pas se réveiller. Toutefois, quelques détails n'avaient pas été soulevés dans le bref entretien et elle ne savait comment les aborder sans heurter son interlocuteur.

Celui-ci, percevant la gêne de la candidate, intervint:

« Quelque chose vous chiffonne?

– C'est-à-dire que j'aimerais connaître... les possibilités d'intégrer le journal à la fin de mon stage... je veux dire de façon définitive... »

Ellworth ne parut pas étonné par la question. Sans doute celle-ci était-elle plus fréquente de la part des stagiaires que Nancy ne l'avait imaginé, et elle se félicita intérieurement de l'avoir posée.

« Cette possibilité existe, mais il y a beaucoup de postulants et peu d'élus. La qualité du stage est donc essentielle pour la décision finale. Pendant les six mois de votre présence parmi nous, vous aurez largement le temps de vous imprégner de l'esprit de l'*Herald* et de nous montrer vos dispositions. Ici, nous demandons: professionnalisme, sérieux et disponibilité. Je ne doute pas un instant que vous possédiez ces trois qualités. Je vous propose donc de passer demain dans la matinée pour signer le contrat que notre service du personnel vous aura préparé. Je pensais vous présenter votre nouveau collègue cet après-midi, mais, il ne s'est pas encore manifesté. »

Une sonnerie étouffée émergea soudain de la montagne de papiers posée sur la grande table, révélant à Nancy que l'équipement du bureau comportait aussi un téléphone. Le responsable de la rédaction, en s'aidant du fil qui traînait sur le sol, remonta jusqu'à l'appareil enfoui sous les dossiers.

« Oui, Ellworth! »

Nancy ne savait que faire. Elle aurait voulu rester pour interroger son futur patron sur quelques points pratiques, en particulier d'ordre pécuniaire, mais elle sentit que l'instant ne s'y prêtait plus. Les sourcils froncés, l'air à présent buté et agacé à la fois, le gentil grand-père avait changé du tout au tout. Il écoutait sans parler, mais ses yeux s'exprimaient pour lui. Après quelques minutes d'écoute, le visage tendu et blême, il raccrocha lentement le combiné.

Nancy n'existait plus pour le rédacteur en chef; plongé dans ses pensées, il n'était visiblement plus disponible. Son esprit était ailleurs.

* * *

Cité du Vatican

« Buonasera signore.

– Ciao piccolo, a domani. »

Le vieil homme regarda s'éloigner dans l'insouciance de ses vingt ans celui qu'il appelait affectueusement « petit ».

Pendant des jours il avait attendu cette soirée avec impatience, presque avec fébrilité.

Cette attente datait, en fait, depuis le moment où « on » leur avait imposé cette fameuse limite. Les mois précédents avaient pourtant passé très vite, les câblages et les essais ayant accaparé toute son énergie et son attention. Mais récemment sa conscience professionnelle avait été perturbée pour laisser place à une interrogation, qui s'était muée bien vite en une curiosité tenace. La présence de la masse sombre et menaçante qui veillait à chaque instant autour d'eux, y était certainement pour beaucoup.

Chaque fois que les obligations de son travail le rapprochaient de l'extrémité de la cour, les grognements inquiétants le prévenaient de s'en éloigner.

À présent, le chantier se terminait. Il représentait presque deux années de sa vie. C'était beaucoup pour quelqu'un qui espérait maintenant une retraite bien méritée. Il avait depuis longtemps pensé à ces longues journées de liberté qui l'attendaient, et il s'était préparé à la façon de les employer. Mais lorsqu'« ils » étaient venus le trouver, pour lui proposer ce travail de longue haleine, il avait été flatté que l'on fasse appel à lui. Ce chantier était le lieu idéal pour placer les capteurs électroniques de son invention; il jugea qu'il pourrait terminer ainsi « en beauté », une déjà longue carrière.

Il lui était arrivé parfois de regretter cette décision, lorsque le poids des ans se faisait trop lourd. Mais aujourd'hui peu importait. Cette nuit il allait savoir... enfin.

Les heures s'étaient écoulées, lentement, usant douloureusement sa belle patience. Caché dans l'ombre d'une encoignure, il attendait plongé dans ses pensées, et fut presque surpris en réalisant que la nuit était tombée. Nous étions en octobre et les journées étaient courtes.

Devant lui, le sol glissant de la cour essayait d'exister, en luisant faiblement dans la pénombre.

* * *

Los Angeles, quartier de la Central Library
21 h 30

Le soleil étirait péniblement ses derniers rayons de la journée sur la ville, éteignant progressivement des quartiers entiers. La *Hope Street* n'échappait pas à cette fatalité. La rue, gagnée peu à peu par la pénombre naissante, commença à s'éclairer artificiellement. L'endroit était plutôt calme et paraissait privilégié par rapport aux rues voisines, plus passantes. Témoins muets de la salubrité de l'endroit, les *containers* d'ordures ménagères étaient bien sagement alignés le long des murs des différents immeubles, sur lesquels quelques « tags » rappelaient la proximité de quartiers plus « chauds ».

Le bâtiment de cinq niveaux, portant le numéro 223, datait du siècle passé. Bien que faiblement éclairé, il dévoilait une façade propre, sans génie architectural mais de construction robuste. Visiblement, l'immeuble était en bonne santé et vivrait encore longtemps.

Le grand appartement qui occupait toute la surface du dernier étage était calme et enveloppé dans une douce pénombre. À l'intérieur, le silence était bercé par le froufrou inimitable des grandes pales de l'inévitable ventilateur cramponné au plafond. Elles bousculaient l'air chaud, distillant un bien-être éphémère autour d'elles.

Sur le grand lit, le corps meurtri, Cattuso repensa à cette journée mouvementée. Il revoyait chaque seconde de la cascade finale : le tonneau impeccable réalisé par sa vieille Lincoln, avec cette vision saugrenue des Lucky Strike qui volaient autour de lui, en réalisant la même figure que la voiture. Il revoyait ses efforts insensés et inutiles pour s'extirper de sa prison de métal sous la menace de l'incendie, et enfin les visages tendus et inquiets des secouristes penchés sur lui.

Le moindre geste lui était pénible, tout son corps n'étant qu'une énorme contusion. À cet instant, il aurait souhaité tourner le dos à toute cette boue, laissant aux uns les affaires sales, la corruption, les crimes et aux autres, l'ignorance ou l'inconscience. Pourquoi devait-il être celui qui dévoilerait les complots au péril de sa vie? Sa seule vocation était-elle de risquer son existence? Il aurait dû quitter aussi ce trop grand appartement, seul souvenir concret d'une courte vie à deux. Au fond, il aurait mieux valu pour lui de vivre ailleurs une autre vie, avec d'autres buts et surtout moins de risques. Mais le souhaitait-il vraiment? Un état dépressif latent ne le poussait-il pas plutôt à ignorer les conséquences de ses actes et à mener des actions insensées? Peut-être ne tenait-il plus suffisamment à la vie pour faire en sorte de la garder?

Il prit conscience, presque brutalement, que sa recherche de vérité s'apparentait plus à une forme de suicide qu'à un idéal. Cette idée lui déplut : chercher la mort par l'action des autres au lieu de se la donner soi-même n'était même pas du suicide. En était-ce une forme? Peut-être. De toute façon, le mot exact pour qualifier la démarche n'existait pas, du moins pas encore.

Le tirant brusquement de ses sombres pensées, la sonnerie de la porte d'entrée se déchaîna contre le silence. La porte était blindée et John se sentit en sécurité derrière son doublage en acier. Plusieurs instants lui furent nécessaires pour se traîner à cloche-pied jusqu'à l'extrémité du couloir. Il était soutenu dans cet effort par la sonnerie qui s'acharnait impatiemment sur ses tympans. L'œil contre le judas, John pouvait voir la mine défaite de son boss. Ellworth avait vraiment sa tête des mauvais jours. Ce fut sans un mot que Fox déverrouilla la sécurité et entrebâilla la lourde porte.

Ellworth força l'entrée en claquant le battant derrière lui. L'homme était rouge de colère et l'attente derrière le blindage n'avait rien arrangé. Même ses yeux, d'ordinaire d'un bleu si limpide, semblaient avoir foncé. Il redressa sa petite taille pour gagner quelques centimètres en espérant inutilement égaler son interlocuteur puis, sans ambages, il laissa libre cours à son tempérament d'Irlandais :

« Putain, John! Qu'est-ce que tu as encore fabriqué? Tu n'as pas l'impression d'être allé un peu trop loin cette fois? Depuis qu'Angela est morte, tu t'impliques dans des affaires de plus en plus scabreuses. Tu as profité de l'autonomie que l'*Herald* t'a consentie pour, sans m'en rendre compte, monter un dossier brûlant sur les affaires de grands groupes financiers. Les papiers que tu as sortis, tous d'excellente qualité jusqu'à présent, ne te donnent pas le droit de mettre d'autres personnes que toi en danger! Et c'est à toi d'apprécier les risques et les justes limites à ne pas dépasser! »

John avait mal à la jambe et le gros bandage autour de sa tête contenait difficilement la douleur qui fuyait de son crâne. Allonger ses hématomes sur le canapé lui extirpa un soupir de soulagement. Il répliqua sèchement :

« Merci, patron, ça ne va pas trop mal et mes jours ne sont pas en danger. Encore merci de vous en préoccuper. »

Le silence était retombé, lourdement.

Seul le ventilateur essayait inlassablement de redonner vie à l'appartement en souffletant un ennemi invisible. Le boss sembla s'apercevoir enfin de l'état dans lequel se trouvait Cattuso et sa colère s'estompa un peu. Il avait une grande estime pour le courage et la persévérance de cet homme, mais là, il jugeait que Fox était largement passé en zone rouge. De plus, il n'y était pas entré seul!

« Excuse-moi, John, je me suis emporté, mais je t'assure que les évènements expliquent et justifient ma colère. Cet après-midi, j'ai reçu un coup de fil résumant la situation et expliquant très clairement les conséquences d'une diffusion de ton enquête. Tes interlocuteurs ne sont pas des débutants et ils m'ont très sérieusement menacé ainsi que ma famille. Même si, jusqu'à présent, j'ai toujours couvert les enquêteurs du journal et toi en particulier, je ne peux plus te suivre. Comprends qu'il ne s'agit pas seulement de moi. Les miens sont également en danger. Je ne peux l'ignorer et agir comme s'ils n'existaient pas. Je suis désolé, mais je dois faire pression sur toi pour résoudre ce problème, et vite. Leurs exigences sont simples: ils veulent l'original du dossier que tu as constitué contre eux et que tu quittes l'État définitivement.»

Cattuso songeait avec amertume que, sans l'appui d'Ellworth, la partie serait beaucoup plus difficile.

«Ils» avaient bien joué le coup en menaçant la famille du «vieux». Seul concerné, celui-ci aurait sans doute foncé, malgré le risque, et sa colère s'expliquait par cette obligation à renoncer qui était nouvelle pour lui. Mais à présent tout était plus compliqué. Blessé par l'implacable logique de l'ennemi qui prenait la sienne en défaut, John voulut fanfaronner:

«Ce ne sont peut-être pas des débutants, mais ils m'ont quand même manqué. Je suis toujours là!»

Le rédacteur en chef sursauta:

«Tant de naïveté me démonte! J'espère que tu n'as pas l'innocence de croire que ta présence ici, ce soir, est due à leur maladresse? Aujourd'hui, tu n'as reçu qu'un avertissement, juste suffisant pour te montrer jusqu'où peut te mener cette affaire. J'ajoute même que, dans ton cas, la solution consistant à quitter la Californie ne suffira sans doute pas.»

John était fatigué; il aurait voulu dormir, oublier enfin ses muscles et ses os dont il pensait pouvoir énumérer le nombre exact et refermer cette porte qui l'isolait si bien de l'extérieur, qui le protégeait du monde et de ses vices. Mais il connaissait trop bien Ellworth.

Cette mule ne le lâcherait pas avant de lui avoir arraché des assurances, des garanties. Il allait de nouveau falloir jouer serré, mais cette fois contre celui qui, jusque-là, était son allié.

« Bon, que dois-je faire?

– C'est simple : tu me donnes l'original des documents, ce dossier sera alors clos et nous reparlerons de ton avenir dans le métier. »

John pouvait facilement satisfaire son chef, mais il lui fallait montrer un minimum de réticence pour paraître crédible. Ce fut d'un air buté qu'il insista :

« Une opération de ce genre se gère avec un minimum de garanties; j'aimerais savoir d'abord comment s'effectuera la remise des originaux. Cette étape franchie, qu'est-ce qui leur prouvera que nous n'aurons gardé aucune copie? Et surtout, qu'est-ce qui nous protégera ensuite d'eux? »

Le tempérament irlandais du boss s'irrita de trouver en Cattuso une obstination comparable à la sienne. Il voulait obtenir rapidement les preuves pour enfin en finir avec ce problème inhabituel et combien dangereux pour son entourage et pour lui-même. Il fallait surtout éviter de tomber dans d'éventuelles hésitations propres à créer une méfiance, laquelle compromettrait la remise des documents.

« Nom de Dieu, John! Tu veux me rendre chèvre? Puisque je te dis que tout est réglé. Qu'est-ce que tu cherches? Crois-tu que j'ai envie de courir le moindre risque? Je m'aperçois que je tiens sûrement plus à ma peau et à celle des miens que toi à la tienne! J'aimerais ajouter que ta réticence me déçoit. Puisque tu sais maintenant que ma famille est menacée, j'aurais espéré plus de compréhension de ta part. »

John Cattuso était vraiment à bout. Tenaillé par une immense lassitude, il lâcha, dans un murmure :

« Dites-moi comment... monsieur. »

Il avait mis un point d'honneur à ne jamais appeler son patron par son prénom, comme le voulait la coutume au journal, et cela malgré ses demandes réitérées. C'était pour lui une garantie d'indépendance, une façon de préserver une distance nécessaire, pour un rapport de forces éventuel toujours possible. Malgré tout, il avait accepté la familiarité du vieil homme. Sans doute son âge et la sympathie qu'il lui inspirait avaient-ils joué, permettant entre eux cette relation ambiguë. Le jeu consistait, pour l'un, à laisser l'autre se découvrir sans se dévoiler soi-même et, dans ce but, le refus d'une trop facile et trop évidente complicité était sans doute une méthode valable.

Le rédacteur en chef, sentant le fléchissement de Cattuso, donna le coup de grâce:

« Très bien, tête de mule! Je dois d'abord m'assurer que tu m'as bien remis l'original. Puis je dois me rendre à une adresse au centre-ville où je déposerai l'enveloppe dans une boîte aux lettres. Enfin, leur garantie, c'est moi. Je suis le directeur de la rédaction. Ils savent que rien ne sera publié dans notre journal sans mon accord; tant que l'*Herald* sera muet sur le sujet, ils sauront que j'ai rempli ma part du contrat. Il va sans dire que de ta franchise dépendra notre salut. Quant à toi, il nous incombera de trouver un arrangement t'éloignant suffisamment de la région et de leurs activités pour te faire oublier. O.K.? Satisfait? À toi maintenant! »

Il était vingt-deux heures. Le ventilateur continuait toujours son harassant combat, ses bras gigantesques essayant de happer d'insaisissables entités. Dehors, dans la tiédeur printanière de la nuit californienne, Los Angeles commençait une autre vie, presque aussi trépidante que sa vie diurne, dans un ronflement incessant déchiré parfois par les sirènes des patrouilles de police. Maintenant il était temps.

« C'est bon, vous trouverez ce que vous cherchez dans les archives. J'ai suivi la procédure à la lettre et tout mis dans le coffre du journal. Vous y verrez une chemise rouge marquée "Acquantis". Il n'y a rien ici, vous pouvez fouiller si le cœur vous en dit. »

Ellworth sembla hésiter sur l'opportunité de poursuivre l'entretien. Après avoir fixé John un court instant, il se dirigea vers la porte d'entrée. En soupirant, il pensa que, le dossier brûlant restitué, il pourrait enfin monter dans sa voiture sans arrière-pensée. Mais, quand même, quel putain de métier! Arrivé devant le seuil, il se retourna en lançant, presque souriant:

« Au fait, dans quelques jours, dès que tu seras présentable, une surprise t'attend au bureau. Une belle surprise. »

La lourde porte avait claqué en reconstituant une intimité qui isolait John Cattuso de l'extérieur. Il éteignit la lumière du salon et alluma la lampe près du canapé; ces mouvements anodins le firent grimacer et ce fut en pensant aux jours à venir que lentement son regard glissa vers le tiroir de la commode. Ne pas l'ouvrir, renoncer à rechercher un passé heureux devenu inaccessible. John avait fermé les yeux. Son imagination remontait rapidement le fil de ses souvenirs et, en essayant de retrouver certaines images, il entrevoyait des instants et des visages.

C'était un 26 avril, un samedi sans doute car les mariages se faisaient toujours les samedis. Un soleil radieux annonçait une belle journée de printemps, mais ce jour-là, pour John, le soleil était plus chaud, le ciel plus bleu et la vie plus belle: c'était le jour de son union avec Angela, son Angela. Tout avait été décidé rapidement: elle, son amie d'enfance, puis d'adolescence était devenue presque naturellement sa compagne. Elle l'avait suivi de New York jusqu'à Los Angeles, mais ils avaient dû se séparer un temps, car elle avait voulu poursuivre ses études d'architecture à San Francisco. Ne rentrant qu'une fois par semaine, Angela trouvait le temps long, et celui qu'elle avait surnommé Fox lui avait proposé un soir l'union sacrée. Folle de joie, elle lui avait sauté au cou et, sans répondre, elle l'avait tendrement embrassé. Cette journée, John ne l'oublierait jamais: il avait demandé à Randy Spinoza, son meilleur ami au journal, d'être son témoin, et Angela de son côté avait supplié sa copine Sarah de l'assister dans ce grand moment. Tout avait été organisé dans la précipitation, et le père Joseph, qu'ils connaissaient depuis longtemps, avait accepté de les unir dans la hâte pour le meilleur et pour le pire, même s'il ne comprenait pas pourquoi des gens qui se fréquentaient depuis des années étaient tout à coup si pressés. Comment lui expliquer que parfois certains moments magiques ne souffraient d'aucune attente et que vouloir les temporiser risquait de les désenchanter? Mais, à cet instant, tout était bien. Angela, tremblante dans son tailleur blanc écru, se tenait bien droite à ses côtés. Il sentait son émotion à travers cette main qui serrait très fort la sienne. La cérémonie avait été courte. Il y avait peu de monde, mais ce que d'aucuns auraient qualifié de mariage modeste valait toutes les unions de la terre, tant la sincérité des amis et l'amour des mariés étaient évidents.

Le temps effaçait tout, peu à peu, ne laissant dans le souvenir que les moments les plus forts. Il commençait par estomper les visages, ne préservant que des contours de plus en plus indéfinis. Étrangement les voix étaient plus tenaces, comme si l'onde sonore, pareille à une musique, imprégnait mieux la mémoire. John réalisa presque douloureusement que les traits d'Angela commençaient à lui échapper. Ils n'avaient pas eu d'enfant, le destin ne leur en avait pas laissé le temps et il ne lui restait rien d'elle. À présent, seul le tiroir pouvait lui ramener nettement ce visage et rafraîchir ses souvenirs. Il se décida à l'entrouvrir pour en sortir un cadre bordé de cuir vert. C'était une photo prise par Sarah le jour de leur mariage, avec en arrière-plan un jardinet à côté de la coquette église de Millbrae, au sud de San Francisco, où officiait le père Joseph. La mariée était éclatante, et lui tout simplement heureux et serein. On ne voyait pas l'émotion qui embuait les yeux d'Angela, mais John s'en souvenait. Il retrouva aussi la légère fossette sur la joue gauche de celle qui était devenue ce jour-là sa femme devant Dieu, et il pensa tristement que ça, en revanche, il l'avait un peu oublié.

Décidément le temps était un curieux allié qui effaçait les souvenirs de façon illogique, pour peut-être, mieux nous en guérir. En repoussant lentement le tiroir, Cattuso referma temporairement cette fenêtre qu'il venait d'ouvrir sur le passé.

* * *

Nancy avait intégré son poste de stagiaire depuis une semaine déjà, sans avoir pu rencontrer le fameux Fox. Apparemment, l'homme avait eu des déboires professionnels et seuls les bruits de couloir alimentés par des conversations saisies à la sauvette lui donnaient des informations sur ce partenaire absent. On lui avait attribué un bureau, coincé entre deux cloisons amovibles qui étaient censées l'isoler un peu d'un environnement très bruyant. En réalité, ces séparations symboliques n'avaient d'autre efficacité que de la soustraire aux regards intéressés des hommes du service qui multipliaient les prétextes pour lui parler. Elle était certes flattée de cet intérêt qui, elle le voyait, suscitait aussi la jalousie et l'irritation d'une partie du personnel féminin. Mais elle n'était pas là non plus pour se faire des ennemies et cela ne manquerait pas si elle n'arrivait pas bientôt à prendre ses distances avec les coqs du coin.

De sa place elle pouvait apercevoir, à quelques mètres, le bureau de l'homme invisible. On y trouvait le même fouillis que sur celui d'Ellworth, et Nancy espérait trouver un moment plus calme, avec moins de va-et-vient, pour aller y jeter un coup d'œil, de façon toute professionnelle, bien sûr! Après une journée occupée à du rangement de dossiers et à d'autres tâches ingrates dans le même style, elle en vint à souhaiter ardemment le retour de cet homme qui représenterait sans doute pour elle le vrai démarrage dans le métier.

Une jeune femme blonde, à peine plus âgée qu'elle, s'approcha en souriant. Elles s'étaient croisées de temps à autre dans les différents couloirs. Nancy ne l'avait pas vue le jour de son arrivée à l'*Herald*, et sans doute ne faisait-elle pas partie du même service puisque seules les personnes proches de son poste lui avaient été présentées. La jeune femme lui tendit la main en souriant.

«Je me présente, Sarah Bolton, je suis une amie de Fox. Je m'occupe des archives. Nous ne travaillons pas très loin l'une de l'autre, mais j'étais débordée et je n'ai pas pu venir vous trouver plus tôt.»

Nancy croyait cependant que c'était plus une mise à l'épreuve consistant à observer la nouvelle pour se faire une opinion; mieux valait jouer le jeu.

«Nancy Shepard, je suis stagiaire... Ce n'est pas grave, j'ai été aussi absorbée par beaucoup de paperasse et j'ai dû m'habituer à tout ça, dit-elle en montrant les alentours.

– Alors, comment vous sentez-vous dans votre nouveau décor?

– Je m'adapte facilement. Par contre, les tâches que l'on me confie sont plutôt, comment dire...

– Emmerdantes? précisa Sarah en riant. Ne vous inquiétez pas, c'est le sort réservé aux stagiaires et j'ai remarqué que vous vous acquittiez parfaitement de ce que d'autres refusent de faire. C'est un bon point pour vous. »

Nancy Shepard trouvait *miss* Bolton sympathique et elle posa la question qui lui brûlait la langue.

« Vous connaissez bien John Cattuso?

– Fox? Bien sûr! J'étais une amie très proche de sa femme Angela. »

À cette évocation, le visage souriant se ferma doucement et Nancy vit une certaine tristesse poindre dans les yeux bleu azur. Elle n'eut pas à pousser l'interrogatoire, les réponses anticipant les questions venaient d'elles-mêmes.

« John est veuf, il a perdu Angela dans un stupide accident de la route. D'ailleurs, tous les accidents ne sont-ils pas stupides? C'était une femme exceptionnelle, spontanée, passionnée, et Fox est encore très attaché à son souvenir. Tout son comportement depuis en a été changé et sa façon même d'enquêter, vous avez dû en entendre parler, est devenue préoccupante.

– Préoccupante? Pourquoi? »

Tant de confidences d'un coup étonnaient un peu Nancy, mais elle sentait que Sarah cherchait une oreille attentive.

« Pour lui! »

La jeune stagiaire pensa plutôt entendre « pour moi ». Son instinct féminin lui suggérait en effet que l'intérêt de *miss* Bolton pour Cattuso était plus qu'amical.

« Je n'ai pas prêté trop attention aux conversations sur le sujet, mais j'ai néanmoins entendu quelques allusions sur sa détermination à mener jusqu'au bout ses enquêtes. Son surnom vient-il de là?

– En effet, c'est Angela qui l'avait surnommé ainsi: Fox parce que malin comme un renard, mais aussi tenace qu'un fox-terrier, vous savez ces chiens à sanglier, capables d'attaquer l'animal même lorsqu'ils sont seuls. Je pense que ces comparaisons le caractérisent assez bien, mais vous en jugerez par vous-même quand vous travaillerez avec lui. »

Encore fallait-il que cela soit possible, songea Nancy, puisque l'intéressé brillait toujours par son absence.

Sarah était jolie. Son chemisier classique lui donnait un air un peu strict, impression aussitôt contrariée par une minijupe audacieuse qui cachait difficilement de belles jambes: mélange des genres, résultat garanti. Miss Bolton connaissait son affaire et Nancy Shepard songea qu'elle n'était sans doute pas la seule à subir l'assiduité de la basse-cour locale.

Le courant de sympathie qui était passé entre elles fut interrompu par l'arrivée d'Ellworth. Surprise par son responsable en train de discuter, Sarah tourna prestement les talons, laissant son interlocutrice, gênée, faire face à la situation. Le directeur de la rédaction s'approcha, l'air soucieux.

« Nancy, je suis inquiet, notre enquêteur émérite n'a toujours pas refait surface. Une semaine s'est écoulée depuis ma dernière visite à son domicile et je suis sans nouvelles depuis. Il a eu, à la suite d'un accident, quelques problèmes physiques dont j'ai peut-être mal jugé l'importance. J'ai essayé toute la journée de le joindre au téléphone, sans succès. Je vous propose que nous allions demain lui rendre une nouvelle visite, puisque notre homme ne daigne pas nous honorer de sa présence. Vous pourrez ainsi faire enfin sa connaissance. Qu'en dites-vous? »

La jeune stagiaire hésita. Si le journaliste ne se manifestait pas, c'était sans doute qu'il avait une bonne raison. D'autre part, laisse-t-on son responsable sans nouvelles? À moins que leur degré d'amitié ne se passe de ce genre de formalités? En tout cas, elle pouvait difficilement refuser à Ellworth de l'accompagner.

« Bien sûr! Je suis à votre disposition. Vers quelle heure irons-nous?

– Je ne sais pas exactement, je vous ferai signe dans la matinée. Ce n'est pas très loin du journal. John habite en ville. »

Nancy regarda le vieil homme qui s'en retournait. Il paraissait fatigué et beaucoup moins fringant que lors de leur première rencontre. Avant, ce devait être quelqu'un de très énergique, pensa-t-elle. Peut-être le poids des responsabilités finit-il, à la longue, par user les cuirs les plus coriaces. Cet homme lui était sympathique. Il savait être chaleureux sans être paternel et il donnait l'impression de toujours dominer la situation. Elle croyait qu'il appréciait son travail et que, sans lui adresser le moindre compliment, le directeur la jugeait quotidiennement de façon positive. Nancy savait que de s'attacher à bien assumer les tâches peu valorisantes qu'on lui confiait contribuait à construire son image au sein de l'*Herald*.

Dehors, le printemps étirait les journées, luttant contre l'obscurité en essayant de maintenir le soleil bien haut dans le ciel. Mais invariablement et comme tous les soirs l'obscurité prenait le dessus. L'astre déclinait à l'horizon et les limbes enveloppaient la ville en fermant des yeux et, quelque part, en prenant des vies. Pour Nancy Shepard, la nuit faisait parfois penser à la mort. Elle était persuadée que les accidents, les crimes, les morts naturelles, les décès de toutes origines étaient plus nombreux la nuit que le jour. Elle songea qu'une étude statistique sur le sujet serait intéressante, tant le parallèle entre le soleil qui se couche et la vie qui s'en va semblait évident.

Elle repensa à la rencontre du lendemain, à la tenue qu'elle devrait porter: provocante? sage? Comment savoir? La réaction dépendait surtout de l'interlocuteur et, à défaut de le connaître, elle se dit qu'il valait mieux s'en remettre au simple bon sens. Elle prit son sac et quitta le bureau.

* * *

Il était huit heures trente; l'*Herald* commençait à s'agiter. Certains correspondants avaient passé la nuit au journal. Ce métier était pour eux une vocation qui primait sur la normalité, les empêchant de mener une vie ordonnée et conventionnelle. Les notions de famille, vacances, horaires et repas réguliers étaient des données virtuelles. Ceux qui, dans ce cadre, arrivaient à faire coïncider ces notions avec le monde réel étaient soit privilégiés soit peu motivés par leur activité.

Nancy arriva à l'heure comme tous les matins. Elle mettait un point d'honneur à honorer son poste par sa ponctualité. Elle tenait ça de son père. Bien que les horaires d'un agriculteur soient plus libres que ceux des bureaucrates, il disait toujours: « Être à l'heure, c'est respecter le métier qui te nourrit, et le premier des devoirs du travailleur, quel qu'il soit, est d'apprécier la chance de pouvoir se nourrir. » Elle avait retenu la leçon et s'attachait à appliquer cette règle qu'elle avait fait sienne.

Après une semaine, elle avait enfin réussi à se repérer dans le dédale des différents couloirs et son chemin habituel passait inévitablement devant le bureau vitré d'Andrew Ellworth. Ce dernier était déjà là, visiblement en entretien avec quelqu'un qu'elle ne pouvait clairement discerner à cause des ondulations sur le vitrage. Nancy n'entrevoyait que deux silhouettes debout. L'une, connue, était petite et massive; l'autre, beaucoup plus grande et élancée, lui était inconnue. En dépassant le bureau, elle perçut des éclats de voix sans pouvoir saisir le sens de la discussion. Sa seule certitude était que l'ambiance devait être assez tendue.

John Cattuso ne gardait de ses péripéties qu'une légère claudication et un pansement sur le haut du front. Il était adossé au mur et écoutait avec nervosité son rédacteur en chef qui, debout, dressé comme un coq, lui faisait face.

«John, ton attitude est inqualifiable! Tu me prends pour un imbécile! Pendant ton absence, je me suis occupé de ce qui était convenu en essayant de faire le moins de vagues possible. J'ai même dû me rendre aux archives en dehors des heures du service pour éviter de donner une raison de ma présence là-bas à Sarah Bolton. J'ai dû agir comme un voleur. Je n'attendais pas grand-chose de toi, seulement que tu me donnes de tes nouvelles! Cela me paraissait légitime et j'espérais...»

Se détachant brusquement du mur, John interrompit son patron:

«J'avais besoin de faire le point. Les choses n'ont pas tourné comme je le souhaitais et il fallait que je réfléchisse à la situation. Je savais que vous auriez fait le nécessaire pour calmer le jeu et ma présence n'aurait rien changé. J'avais vraiment du mal à accepter que nous leur laissions les mains libres et il était préférable que je m'isole un peu. J'ai aussi eu besoin de cette semaine pour me refaire une santé.»

Reprenant aussitôt la parole, Andrew Ellworth enchaîna:

«Eh bien, tu vas en avoir besoin, il est temps de passer à la deuxième partie du programme; je veux parler de ton éloignement. Actuellement, en Europe, se prépare un évènement considérable, que les journaux du monde entier vont couvrir, tant sa répercussion sur au moins un cinquième de la population mondiale est certaine. Il s'agit du Jubilé de l'Église catholique romaine. Deux mille ans d'histoire réactualisés par une gigantesque manifestation qui durera toute une année en Italie, au Vatican plus précisément. Le *New Herald Post* se doit d'être présent, car nous ne pouvons pas faire moins que la plupart de nos concurrents. Je pense que cela sera l'occasion rêvée pour toi de sortir de l'impasse dans laquelle tu t'es fourré. Ce Jubilé particulier de l'an deux mille sera le plus grand et le plus long jamais organisé par l'Église. Certaines des manifestations prévues paraissent plus importantes et médiatiques que d'autres. Pour bien préparer le terrain et ramener un sujet complet, il sera nécessaire de se rendre là-bas plusieurs jours avant le début des évènements que nous aurons choisis. Tu ne partiras pas seul. Une stagiaire en fin d'études de journalisme t'accompagnera. C'est la surprise dont je t'avais parlé. Je crois qu'elle... »

Cattuso réagit impulsivement, comme à son habitude, interrompant une fois de plus le boss :

« Qu'est-ce que c'est que cette histoire? Vous m'envoyez à la rubrique des chiens écrasés? Ce sujet ne m'intéresse pas! Envoyez donc votre pouliche avec quelqu'un d'autre, moi je reste aux *States*. Au pire, je préfère quitter le journal! »

Le patron de la rédaction s'attendait à cette réplique tellement conforme à la personnalité de John, et donc totalement prévisible. Connaissant la susceptibilité de l'individu, il essayait de l'aider sans que celui-ci remarque trop la main tendue :

« J'ai bien peur, John, que tu n'aies pas compris exactement la chance que le journal t'offre. Quand j'ai remis les documents, ce mot était scotché sur la boîte aux lettres. »

Fouillant dans le tiroir de son bureau, Ellworth en retira un rectangle de papier qu'il tendit à l'enquêteur; celui-ci pouvait y lire : « *La présence de M. Cattuso n'est plus souhaitable, il serait très regrettable qu'il ne le comprenne pas.* »

La phrase était manuscrite, d'une écriture appliquée, parfaitement lisible et sans équivoque. John sentit la menace jusque dans le fond de ses entrailles et ses abdominaux se contractèrent. Il était condamné à l'exil. L'*Herald* avait des agences dans plusieurs grandes villes de par le monde et Rome faisait partie de celles-là. Il savait qu'après ce reportage il aurait les pires difficultés pour revenir. Sans doute, s'il voulait rester dans le métier, en serait-il quitte pour une expatriation de quelques années. Il était prêt à quitter la Californie. Cette semaine de réflexion l'avait amené à cette conclusion presque incontournable, mais de là à changer de continent... Cela équivalait pour lui à changer de monde et il s'y sentait nettement moins disposé. Voyant le trouble de son interlocuteur, le rédacteur en chef insista :

« John, tu dois te décider, il me faut ta réponse. Comprends que c'est une chance pour toi, compte tenu des circonstances, ta chance. Dans quelque temps, quand les choses se seront calmées, nous pourrons reconsidérer ta position au sein de l'*Herald*. Tu sais que nous avons besoin de chroniqueurs de ta valeur. Il faudra seulement que tu comprennes qu'on ne peut pas toujours changer le monde, même si cela paraît juste et nécessaire. »

John Cattuso écoutait ces mots qui se voulaient rassurants. Il se revoyait enfant à Brooklyn, quand ses parents lui tenaient le même style de langage pour le plier à leur volonté, cherchant à le convaincre d'une quelconque vérité d'adulte. Il songea que, d'habitude, « un papier », surtout à l'étranger, nécessitait une logistique assez lourde; le ou les journalistes mandatés étaient souvent accompagnés par toute une équipe technique : assistant, photographe, guide et parfois même interprète. Cela représentait un investissement relativement considérable et il fallait que l'évènement soit à la hauteur du budget consenti. Dans le cas présent, il avait cru comprendre qu'il serait laissé à lui-même... Enfin, avec la stagiaire. Cela paraissait un peu léger pour couvrir un jubilé de cette importance.

« Quel type de reportage espérez-vous? Puisque l'équipe serait réduite et donc techniquement incomplète, nous ne pourrions jamais rivaliser avec la concurrence et présenter quelque chose de sérieux.

– Il nous faut surtout des articles bien documentés, notre agence de Rome possède déjà toutes les bandes vidéo nécessaires concernant l'aspect historique du Vatican ainsi que le détail de ses musées. Ces documents d'archives serviront de support à vos commentaires écrits, pris sur le vif. Nancy, la stagiaire, est une excellente photographe; cela pourra être d'un apport utile en cas de besoin. »

Cattuso remarqua qu'Ellworth utilisait le futur pour parler d'une cause entendue, alors que lui-même s'évertuait à n'utiliser que le conditionnel pour bien lui montrer sa désapprobation et une preuve de plus de son entêtement. Il savait pourtant que cet homme en face de lui l'avait toujours aidé et soutenu depuis son arrivée au journal; qu'il l'avait presque aussitôt honoré de sa confiance et qu'aujourd'hui encore cet homme-là essayait de l'aider. John réalisa douloureusement que cette proposition de départ pour l'ancien continent était bel et bien une occasion à saisir. Elle relevait d'ailleurs plus d'un geste d'amitié de la part de son patron que d'un véritable besoin du journal. Lui, si libre, si indépendant, allait contracter une dette lourde à rembourser. Il pensa fugitivement qu'un remerciement aurait été de circonstance, mais, perturbé par cette perspective d'exil, par l'obligation de cohabiter avec cette stagiaire et aussi certainement à cause de son orgueil démesuré, il décida de renvoyer ce délicat moment à plus tard.

Ellworth sut qu'il avait le consentement de John quand celui-ci, sans un mot, se dirigea vers la porte. Les deux hommes se connaissaient parfaitement et souvent, entre eux, les silences étaient aussi éloquents que les discours.

Nancy était accaparée par ses classements. La voix d'Andrew la fit sursauter. En se retournant, elle se trouva face aux deux hommes.

« Nancy, je vous présente monsieur John Cattuso,

enquêteur au journal. John, voici mademoiselle Nancy Shepard, notre nouvelle stagiaire... Je vous laisse faire plus ample connaissance. »

Toujours aussi concis et peu cérémonieux, le rédacteur en chef s'en alla, laissant les deux protagonistes en tête à tête. Un silence s'ensuivit. Chacun observait l'autre. Nancy remarqua le regard de velours sombre, perdu dans un visage sec, aux traits réguliers, au menton carré, aux cheveux mi-longs, drus et noirs, au front haut barré par un gros pansement. L'homme était athlétique, vêtu simplement : jean et veste noire. Un tee-shirt blanc accentuait le teint mat de sa peau. La silhouette était plutôt agréable, et l'on pouvait même dire que c'était un bel homme. Une virilité et un charisme indéniables se dégageaient de sa personne. Nancy Shepard comprenait mieux l'émotion qu'il semblait susciter chez Sarah Bolton. Le journaliste n'avait manifesté aucun sentiment apparent lors de leur courte présentation, se contentant d'un hochement de la tête. La stagiaire avait eu le réflexe de tendre la main, mais, devant la froideur manifeste de l'individu, elle avait retenu son geste.

La fille était belle, trop belle. Un beau visage encadré par une cascade de cheveux flamboyants. Un regard vert émeraude, profond, intelligent. Le corps de la jeune stagiaire était censé être voilé par un jean et un chemisier blanc. Toutefois, les formes qui se devinaient sous les vêtements semblaient si parfaites que le tissu, au lieu de les effacer, semblait plutôt les mettre en valeur. John n'aimait pas ça ! Cette Nancy, dans son allure, dégageait une sensualité qui manquait de discrétion et ses qualités physiques pouvaient facilement devenir des défauts pour des enquêtes où l'anonymat serait de rigueur. Mais après tout, leur cohabitation professionnelle ne durerait qu'un temps et le sujet à traiter se révélait d'une banalité à faire pleurer. Se retournant, Fox s'en alla rejoindre son bureau nonchalamment et toujours sans un mot.

Si Nancy Shepard était surprise et décontenancée, elle était également vexée. Elle avait plus l'habitude de repousser les avances ou d'éviter les regards trop appuyés que celle de subir l'indifférence des hommes. On pouvait même dire que celui-là l'ignorait totalement sans qu'elle puisse y trouver une quelconque raison.

Pendant un long moment, occupé à ranger le capharnaüm de son bureau, le fameux Fox ne daigna pas croiser son regard, ni lui adresser le moindre mot. Ses tâches « ménagères » effectuées, il enfila sa veste et, emportant sous le bras le carton dans lequel il avait entassé ses affaires personnelles, il sortit de la pièce.

* * *

Cité du Vatican

Le vieil homme s'approcha de la petite porte en tâtonnant. Il ne voulut pas allumer sa lampe torche... pas encore.

En palpant le bois de la main, il effleura une partie métallique. Le contact froid lui indiqua qu'il avait trouvé la serrure. Il aurait pu décrire celle-ci les yeux fermés, tant il avait eu le loisir de l'observer en plein jour. Malgré ses gros rivets et ses dimensions respectables, elle n'en demeurait pas moins d'une facture très archaïque.

À l'aide d'un tournevis et d'un crochet qu'il avait confectionné dans la journée, il s'attaqua au vieux mécanisme.

Contre toute attente, celui-ci résista. Gêné par l'obscurité maintenant totale, l'intrus essayait de coordonner ses mouvements maladroits pour vaincre la porte.

La sueur perlait à son front et les paumes de ses mains moites rendaient les outils fuyants. Finalement après de longues minutes, il parvint à crocheter le verrou qui se libéra avec un claquement sec.

La tension nerveuse et l'anxiété avaient accéléré le rythme cardiaque du vieillard. Il attendit quelques instants que ses palpitations cessent avant de pousser lentement le battant contre lequel il s'était appuyé. De prime abord il ne distingua rien, son regard ne pouvant percer les ténèbres. Avançant toujours à tâtons, il se décida enfin après quelques pas incertains à allumer sa lampe.

Devant lui s'ouvrait un trou à même le sol. La lumière jaunâtre accrocha quelques marches qui paraissaient s'enfoncer dans les entrailles de l'enfer. La silhouette du visiteur était invisible, entièrement effacée par la nuit. Seule sa chevelure blanche semblait flotter de façon presque surnaturelle dans l'espace.

En descendant avec appréhension les premiers gradins de pierre, il songea à l'étrangeté de la situation. Était-ce bien lui, d'ordinaire si mesuré, si dénué de tout esprit d'aventure, qui se trouvait en ces lieux en train de braver l'interdit?

Seuls les grognements rageurs de cette présence, qui accom-

pagnait régulièrement tous ses mouvements, et dans la limite que l'«on» avait donnée à son travail, justifiaient son intrusion.

«On» avait bien clairement précisé, qu'il ne fallait en aucun cas franchir la petite porte au fond de la cour. Pourquoi?... pourquoi ce chantier énorme avec toute cette électronique, ces protections sophistiquées, pour s'arrêter précisément devant cette zone? La certitude que cela cachait quelque chose avait fait disparaître, chez lui, toutes les hésitations.

* * *

III

Rome, en l'an 1061 de sa fondation

Un jour blafard déchirait le voile de la nuit romaine. Plus tard, dans la matinée, le soleil effacerait définitivement les brumes et s'installerait, torturant la ville immense. Pour l'heure, la plus grande puissance militaire, économique et culturelle du monde connu sortait lentement de l'obscurité. Une timide lueur réveillait les jardins, les rues, les commerces, et les temples, révélant l'opulence des belles villas patriciennes. Jusqu'au port, tout n'était que senteurs délicates et richesse. Pourtant, si cette civilisation qui avait tout inventé savait vivre, elle savait aussi... faire mourir.

Depuis quelques années, un véritable raz-de-marée semait le doute et la discorde, compromettant ce prodigieux équilibre érigé par des hommes imbus de leur supériorité. La ville, maîtresse de territoires immenses et de son destin, fière d'un règne sans partage, luttait pour survivre. Pour cela, elle devait tuer, inlassablement, toujours plus. Son outil de mort, son instrument s'appelait Colisée! De plus en plus fréquemment son Empereur, l'égal des dieux du Panthéon, offrait à son peuple de gigantesques spectacles où s'illustraient non seulement toute la fierté et l'intelligence technique, mais aussi la cruauté d'une nation guerrière.

Avant ce courant dévastateur, les choses étaient

simples. Il suffisait d'offrir des jeux, où tous pouvaient donner libre cours à leurs pulsions, déchaîner leur haine et oublier leur quotidien, pour que s'affirme la toute puissance de l'autorité et que la grande cité vive ensuite sans troubles ni heurts.

Il n'y avait derrière cette terrible organisation, qu'une seule volonté, un seul but: dominer d'abord le peuple pour continuer à dominer le monde.

Habituée depuis longtemps aux rapports de force, Rome menait à présent une lutte plus sournoise, apparemment plus facile et cependant beaucoup plus incertaine. Rome se battait contre le christianisme. Chaque nuit, suite aux nombreuses délations, que rétribuait généreusement en sesterces l'Empereur, les décurions ratissaient la ville, traquant des êtres indolents et pacifiques jusque dans leurs lieux secrets de prière... Là, dans leur sombre repaire, éclairés par de pauvres lampes à huile, les adeptes de cette nouvelle religion étaient piégés comme des animaux et, sans distinction d'âge ou de sexe, étaient emmenés puis parqués dans les geôles du Colisée.

La matinée était déjà bien avancée.

Sur l'une des sept collines sacrées, dans son palais de marbre drapé d'or et de soieries, baignant dans les senteurs musquées et capiteuses des lauriers roses, Maxence, Empereur légitime de tous les Romains, se tenait à l'écoute de ses rapporteurs. Assis sur le trône des Césars, le menton appuyé sur sa main gauche, la droite jouant nerveusement avec une dague, il portait un regard hautain sur son auditoire. Derrière lui, sur le grand mur, les quatre lettres symbolisant la grandeur de Rome, S-P-Q-R, étaient gravées dans le marbre. C'était un homme jeune, de taille moyenne, avec un visage régulier et altier. Tout dans sa personne rappelait la suffisance et l'autorité. Une couronne de lauriers d'or ceignait son front haut encadré de cheveux blonds et bouclés, coupés court, à la mode romaine. Sur ses épaules, une tunique rouge sang était attachée par des fibules d'or représentant des coquillages. Par sa couleur vive et agressive, le vêtement soulignait l'importance de celui qui le portait ainsi que le passé guerrier de l'Empire qu'il représentait. Son torse était sanglé dans une armure légère, portant en relief les signes distinctifs de sa naissance, de sa charge et de sa puissance.

Mais c'était le regard de cet homme qui surprenait et pouvait inquiéter, un regard à la fois fuyant et terrible, celui d'un être capable de grandioses incertitudes, de lâcheté ou de terribles vengeances.

Il était bien le digne descendant d'hommes avides de pouvoir, dont les règnes successifs avaient été entachés de cruautés et d'exactions. Partageant avec ses prédécesseurs la même horreur pour toutes les formes d'opposition, il avait poursuivi la lutte contre le christianisme convaincu qu'il fallait broyer définitivement ce mouvement séditieux. En six années de règne, il avait déjà prouvé ses capacités à cet égard. Rien ne retenait sa haine et sa volonté de détruire les fidèles de cette religion qui survivait depuis trois cents ans déjà. Sa responsabilité de maître de l'Empire lui dictait de faire de tous les chrétiens des martyrs et il n'aurait de repos qu'à leur extinction complète. Lui réussirait là où les autres Césars avaient échoué.

Aujourd'hui, dix hommes, chacun chargé d'un quartier de la ville, se tenaient humblement devant lui.

Le plus ancien et le plus expérimenté était Caïus Ventii. Cet ancien esclave, affranchi après des années d'un dévouement aveugle à ses maîtres, connaissait comme personne la plèbe et la rue. Son sens de l'observation et son esprit d'analyse lui avaient ouvert des portes habituellement fermées aux gens du peuple et avaient fait de lui un interlocuteur écouté. Il parlait souvent au nom des autres rapporteurs et, même si aucune hiérarchie n'était établie, il était considéré un peu comme leur chef.

« Parle, Caïus! Qu'as-tu vu cette nuit? Qu'as-tu

entendu? Pourquoi dois-je attendre cette heure de la matinée pour avoir des nouvelles de Rome alors que tu connais mes ordres? »

Le ton était cinglant; l'instant était délicat.

« Seigneur, nous avons parcouru la ville pendant toute la nuit. Les chrétiens sont de plus en plus nombreux. Chaque trou, chaque cave est un lieu de prière; les croyants sont partout et il est impossible de les déloger tous. J'ai attendu aussi longtemps pour te prévenir parce que je voulais comparer mes impressions avec celles des autres rapporteurs : elles sont identiques. Le mouvement a pris beaucoup d'ampleur et il est de plus en plus incontrôlable. Les catacombes sont devenues leur lieu de culte privilégié et les en débusquer sera extrêmement difficile, compte tenu de l'étendue du terrain et de la multitude des accès secrets. »

En écoutant le rapport, Maxence avait difficilement contenu son impatience. Lorsque Caïus se tut, il bondit en laissant éclater sa rage.

« Ce ne sont pas quelques plébéiens terrés comme des rats qui pourront vaincre Rome! Mon bras atteindra tous les ennemis de l'Empire et fera taire ces prières qui voudraient renverser nos dieux! J'ordonne que dès la nuit prochaine vous repartiez traquer cette vermine où qu'elle soit! Si besoin est, je ferai intervenir une légion entière pour arracher une fois pour toutes ces chrétiens à leurs terriers! »

Vaincus par l'autorité et la colère de leur maître, les dix hommes se retirèrent en silence, avec un sentiment de lassitude et d'impuissance. À peine osaient-ils penser : « Pourquoi cet homme si redouté, ce demi-dieu ne comprenait-il pas que le monde qui l'entourait était en train de changer et que cette croyance à présent si répandue pouvait bousculer l'ordre établi? »

Maxence se tourna vers sa garde impériale. Un centurion s'en détacha aussitôt en se frappant la poitrine.

Attaché à la personne de l'Empereur et chef de sa garde, il donnait par sa prestance et son uniforme une impression de force.

« Oui, Seigneur?

– Flavius, toi qui as affronté plus d'ennemis et de barbares que la plupart de mes soldats, as-tu peur des chrétiens? »

Le prétorien savait que, contrairement à la majorité des autres, il pouvait parler librement. Il faisait partie de l'élite, des héros de la légion, de ceux dont on disait qu'ils mourraient sur place sans reculer d'un pas. Cette même race de soldats avait, des centaines d'années auparavant, connu la grande révolte menée par Spartacus. Lorsque les légions avaient cédé les unes après les autres devant les esclaves avides de liberté, Rome, sur le point d'être débordée, avait appelé en ultime recours ses cohortes d'exception. Dans une situation d'infériorité numérique, elles avaient finalement écrasé la rébellion et restauré la sécurité dans l'Empire. Le jugement de cet homme de fer comptait plus pour Maxence que celui de tous ses espions réunis.

« Seigneur, pour toi et pour Rome je donnerais ma légion et ma vie. Mais mon devoir est de t'informer que cet ennemi est différent des hordes qui harcèlent nos frontières : il ne se bat pas et il ne tue pas. Pourtant, il ne craint ni le glaive ni le pilum. Leur Dieu leur ayant promis l'immortalité, les chrétiens ne semblent redouter aucune souffrance tant leur croyance est forte. Au Colisée même, ils n'inspirent aux geôliers qu'un sentiment de respect tant leur foi est grande et inébranlable devant la mort. »

Excédé par cette mise en garde, l'Empereur se leva pour quitter l'immense salle. Il avait le désagréable sentiment d'être dominé par les évènements. Une page de l'histoire de Rome semblait vouloir se tourner malgré lui. Cela ne se pouvait ni ne serait! Les fils des dieux, les

Imperatori, avaient toujours vaincu et asservi le monde. Lui, Maxence, dernier héritier de la longue lignée des Césars, ne voulait ni ne pouvait capituler.

En longeant les énormes colonnes de marbre blanc striées de veinules sombres, il songea qu'en fait il connaissait très mal ceux qu'il considérait comme des traîtres, ne les ayant vus que de loin dans l'arène, démembrés par les fauves. Il n'avait même jamais approché ces humains. Pour lui, ils n'étaient que les acteurs gratuits et soumis des spectacles grandioses destinés au peuple. Sa décision était prise : il devait voir de plus près cette population inconnue et juger de ses capacités de faire trembler l'Empire.

La garde prétorienne l'avait suivi. Sans se retourner, il jeta, par-dessus son épaule à Flavius :

« Nous allons au Colisée! »

L'Empereur, accompagné de son escorte, quitta la douce quiétude de son palais du mont Palatin. Sous un ciel serein, il pouvait contempler les collines entourant l'immense ville. À ses pieds, toute cette vie palpitait au rythme de sa volonté. Le plan architectural régulier, parfaitement bien tracé, s'offrait au regard dominateur du dieu vivant. Le paysage était superbe. Au loin, le Tibre, fleuve impérial, serpentait imperturbablement, comme il le faisait depuis des siècles, enlaçant les différents quartiers de Rome. Ce fut avec un incommensurable sentiment de fierté que Maxence songea qu'il en était le maître absolu.

Toujours sous la protection de la garde prétorienne, il entreprit de traverser la ville. À travers les délicates tentures ajourées qui recouvraient le baldaquin impérial porté par huit esclaves nubiens, il pouvait à loisir voir et entendre ce qui se passait dans son entourage. Sans un mot, le cortège avançait rapidement, d'un pas cadencé. De temps à temps, les halètements des porteurs en sueur et le frottement des cuirasses venaient donner une sonorité à cette chenille silencieuse. L'Empereur était maintenant au cœur de sa ville, cette capitale immense et incomparable qu'il savait rendre inhumaine chaque jour davantage. Le soleil était à son degré spatial le plus élevé. Seules les rives du Tibre véhiculaient une brise légère qui rendait l'air soutenable; ailleurs la poussière et la chaleur étaient étouffantes. Au passage de l'escorte impériale, la foule s'écartait et se figeait. Respect ou défiance? L'Empereur sentait que les certitudes d'hier n'étaient déjà plus celles d'aujourd'hui.

Maxence arriva aux abords du Colisée. L'énorme bâtiment de travertin blanc, bien que momentanément déserté par les spectateurs, était néanmoins l'objet d'une activité constante destinée à assurer son entretien. Par sa taille impressionnante l'édifice écrasait toute autre présence et paraissait vide. S'il fallait un symbole représentatif de la puissance de Rome et de l'Empire, c'était assurément au Colisée que revenait cet honneur. Construit dans ce but par Vespasien et Titus, il était fait pour traverser les siècles et crier au monde le génie et la force de ses créateurs.

Étroitement encadré, l'Empereur gravit les imposantes marches de pierre qui conduisaient jusqu'à l'accès principal. Reconnaissant Maxence, quatre gardes postés à l'entrée s'effacèrent en frappant bruyamment et presque simultanément leur poitrine. Le seuil, bordé de lourdes grilles de fer, s'entrouvrit pesamment, libérant le passage à la troupe. Celle-ci, à l'ombre des couloirs, pouvait apercevoir l'arène auréolée de lumière, calme, reposante. Cette trompeuse tranquillité serait plus tard perturbée par une foule nombreuse, hurlante et déchaînée.

Mais l'intérêt du descendant des dieux était ailleurs. S'il connaissait parfaitement l'arène, ses entrailles de pierre, où régnaient la chiourme, la misère et les lamentations, lui étaient moins familières.

Maxence précédait maintenant sa garde. Il se dirigeait vers la droite de l'entrée, empruntant un long corridor elliptique. La lumière naturelle éclairait le trajet par zones régulières, au gré des ouvertures pratiquées dans les murs gigantesques. Après une cinquantaine de mètres, le petit groupe se trouva devant un homme de taille impressionnante, le visage et les bras couverts de cicatrices, le crâne rasé, qui semblait garder l'accès à un autre corridor. Celui-là, faiblement éclairé, s'enfonçait dans le sous-sol. À l'apparition de Maxence, le gardien leva sa tête massive et salua, le bras tendu, sans un mot.

Un ordre sec tomba des lèvres de l'Empereur.

«Je veux voir les chrétiens, conduis-moi!»

Le ton était autoritaire, indiscutable et ignorait délibérément la présence des autres membres du groupe. Toujours sans un mot, l'homme saisit une torche fichée dans un anneau de fer scellé dans le mur et, passant devant, commença une descente rapide. Le dernier des Césars, Flavius, et trois soldats le suivirent prestement; le reste de la garde attendit en haut de l'escalier. Les sandales de cuir claquaient sur la pierre creusée par endroits et leur bruit saccadé résonnait contre les voûtes plusieurs fois centenaires. Après une dizaine de marches, les hommes sentirent une fraîcheur bienfaisante. Une semi-clarté marquait les abords du couloir exigu, où deux hommes de front passaient de justesse. Quelques torches, çà et là, donnaient une vague lumière, fragile équilibre entre clarté et ténèbres. La pente cessa bientôt et l'étroit boyau s'incurva pour retrouver une trajectoire horizontale. Les six hommes parvinrent dans un dédale de pièces et de recoins où la luminosité était plus importante, les torches étant assistées par des soupiraux situés au niveau du sol de l'arène. Ils débouchèrent dans une salle plus grande, encore plus claire où, régnait également une activité soutenue autour de machines complexes, destinées à produire des effets spectaculaires très appréciés par le public. Elles étaient capables de soulever des charges énormes, mais leurs systèmes de poulies, leviers et cordages demandaient une surveillance régulière.

Dès qu'ils remarquèrent la présence de l'Empereur, tous les hommes saluèrent, puis un lourd silence s'installa. On sentit la même interrogation muette dans tous leurs regards : pourquoi Maxence était-il là, alors qu'habituellement il assistait aux joutes préparatoires des gladiateurs dans une partie opposée du Colisée? Passant devant les imposantes mécaniques, entraînant ses visiteurs, le guide traversa un étroit passage aboutissant dans une grande salle où s'alignaient des cages munies d'épaisses grilles de fer. Derrière eux le travail et la rumeur avaient repris. La fraîcheur faisait maintenant place à une légère humidité qui générait une fine couche de salpêtre sur les parois.

À l'approche des visiteurs, des grognements se levèrent. Une odeur âcre et persistante flottait dans l'air, le rendant difficilement respirable. L'effluve des fauves mélangée à celle de leurs déjections était aussi impressionnante que les bêtes elles-mêmes. Rebuté par l'inconfort des lieux, Maxence regretta presque son entêtement à vouloir fouiller les bas-fonds, mais sa volonté de voir de près les ennemis de l'Empire était la plus forte et le poussait à poursuivre.

Une véritable ménagerie était regroupée là, pour le futur plaisir des cinquante mille spectateurs du Colisée. Ces animaux de toutes origines et de toutes races, allaient des plus dociles, comme les chameaux ou les girafes, aux plus dangereux, comme les lions ou les tigres. Ces derniers étaient de précieux alliés pour l'élimination des chrétiens. Les félins, le plus souvent à jeun, trouvaient en ces humains vêtus de haillons un repas facile et régulier. Lorsque les organisateurs des jeux voulaient pimenter les spectacles, ils armaient les victimes de courtes dagues, dont elles ne savaient ou ne voulaient pas se servir, preuve, s'il en fallait, que les chrétiens étaient des créatures indignes aussi méprisables que leur religion. Les seuls moments où on les voyait montrer du courage, c'était quand ils se jetaient à mains nues sur les animaux affamés et affolés par les cris de la foule en délire pour leur arracher les enfants jetés en pâture.

L'homme au crâne rasé poursuivit son chemin pour finalement s'arrêter devant l'entrée d'une autre salle, tout en longueur, plus sombre que les précédentes et où des cellules, elles aussi fermées par des grilles, retenaient des humains étroitement entassés. Là-bas, loin d'eux, les rugissements s'étaient un peu calmés. Derrière les lourds barreaux, des regards résignés observaient les visiteurs de cette antichambre des Enfers. Les hommes étaient d'un côté, les femmes et les enfants de l'autre. Ils étaient nombreux. Pourtant, un silence relatif régnait. Seuls les murmures réguliers des prières, mêlés à quelques sanglots, signalaient une présence humaine dans la pénombre. Si les enfants avaient été laissés avec les femmes, ce n'était pas tant par compassion, mais seulement parce que celles-ci pouvaient plus facilement les calmer et éviter ainsi que le sous-sol ne transporte l'écho des cris apeurés. Cette précaution permettait de maintenir la ménagerie voisine dans une approximative tranquillité.

S'emparant sèchement de la torche que tenait l'immense gardien, Maxence s'avança et regarda dubitativement ces êtres dociles qui semblaient penser, à en croire leur soumission, qu'ils pourraient un jour sortir vivants de là. Comment pouvaient-ils être aussi crédules? L'Empereur eut un sourire méprisant, mais il fut pourtant étonné par la confiance qui se lisait sur leurs visages meurtris. Comme si, leur sort présent étant accepté, ils pensaient déjà à une vie future. Derrière les grilles épaisses, tous les regards suivaient les mouvements de l'Empereur et, lorsqu'il s'approcha de l'une d'elles, il put voir que quelques corps sans vie gisaient parmi les vivants: ils seraient sans doute enlevés au moment de la sélection pour les jeux et donnés en pitance aux fauves.

Maxence s'approcha encore plus près. Il sentit que tous ces regards étaient exempts de haine. Seule une grande lassitude s'y lisait. Il chercha le chef. Chaque groupe se devait d'avoir un chef pour le guider. Il interrogea :

« Qui commande ici?

– Personne ne commande, nous sommes tous égaux. »

L'homme qui avait répondu était de taille moyenne et avait le visage noyé dans une barbe touffue. Ses hardes étaient en partie déchirées et il n'avait plus qu'une sandale.

« Qui es-tu? Es-tu de Rome?

– Je m'appelle Gallius, j'étais potier dans les bas quartiers de Rome et ma famille appartient à la plèbe depuis plusieurs générations.

– Qui est ton maître?

– Je ne suis pas un esclave, je suis un homme libre!

– Tu dis que tu étais potier, tu ne l'es plus?

– Non, j'enseigne maintenant la bonne parole et j'explique les Saintes Écritures aux gens du peuple.

– De quoi vis-tu si tu ne travailles pas? Tu fais sans doute partie de ces brigands, qui rançonnent et pillent la nuit sous les murailles de Rome?

– Non! Je ne suis pas un voleur! Je vis de ce que l'on me donne, de rien de plus. Tout ce qui m'appartient est sur moi, devant toi. »

Le spectacle qu'il offrait était désolant. Le plus misérable des esclaves de Rome était sans doute mieux vêtu que cet homme libre.

« Où mes soldats vous ont-ils trouvés?

– Dans les catacombes.

– Les catacombes sont fouillées toutes les nuits. Pourquoi y retournez-vous?

– C'est un lieu calme, propice au recueillement.

Malgré le risque, nous espérons toujours pouvoir y prier en attendant des jours meilleurs. Et puis, le site est très étendu, beaucoup d'entre nous en réchappent; tu ne vois ici que bien peu de nos frères. »

L'homme semblait si sûr de sa foi que, paraissant oublier toute prudence, il avouait la présence régulière des chrétiens dans les cimetières souterrains. Surpris par cette naïveté, l'Empereur interrogea encore :

« L'Empire est immense et vous êtes peu nombreux pour provoquer autant de troubles. Sais-tu ce qui vous attend, tes compagnons et toi-même? Vous moquez-vous autant de la vie pour la donner aussi facilement au Colisée?

– César, notre vie compte autant pour nous que pour toi la tienne. Nous ne la donnons pas pour tes spectacles, mais nous l'offrons à Notre-Seigneur. Nous savons parfaitement ce qui nous attend, mais plus tu créeras de martyrs ici, moins notre sacrifice sera inutile. Nous n'avons qu'une seule croyance et une seule foi en un seul Dieu. En échange de notre attachement, Notre Seigneur nous a promis la vie éternelle, et rien ne pourra nous faire renoncer, pas même la puissance ni la cruauté de Rome. Nous avons déjà tant souffert, que peux-tu nous enlever de plus que notre vie terrestre? »

C'était la première fois que le tout-puissant César entendait prononcer le mot « Seigneur » sans que celui-ci ne lui soit destiné.

« Par Jupiter, vous n'avez pas d'autre seigneur que moi! Je suis Maxence, Empereur de l'Empire romain! Toutes les créatures de cet Empire me doivent obéissance et soumission! Vos croyances sont contraires à la foi romaine et aux dieux du Panthéon! »

Contrarié par la résistance du chrétien, l'Empereur passa d'un ton autoritaire à un autre plus hargneux :

« Vous allez tous mourir ici! Hommes, femmes et enfants! Vos misérables existences n'auront bientôt qu'une seule utilité: amuser les spectateurs autour de l'arène! »

Terrorisés par les menaces et la voix haineuse de l'Empereur, quelques enfants commencèrent à pleurer, ce qui eut pour effet immédiat de réveiller les fauves en leur arrachant de terribles feulements. Du haut de ses sept ans, l'un d'entre eux, Livio, ses petits doigts serrés sur le fer des barreaux, dévisageait d'un regard sans espoir cet homme hautain et plein de morgue, qu'il ne connaissait pas et qui criait. Son corps affaibli par l'angoisse et les privations ne contenait plus qu'une faible énergie, tout juste suffisante pour le maintenir en vie quelques heures encore, peut-être quelques jours si tout allait bien. Ayant toujours suivi ses parents, il avait subi leur croyance; soumis malgré lui à leur idéal, il avait dû se cacher pour exister. C'était là sa seule certitude. Durant ses sept longues années, il avait finalement très peu joué mais beaucoup souffert, trop sans doute pour un innocent à qui on avait dicté un mode de pensée dont il ne comprenait que peu de chose. D'aussi loin que pouvaient remonter ses maigres souvenirs, sa vie n'avait été qu'une succession de lamentations et de prières nocturnes, dans des cachettes toujours différentes. Lorsqu'il était plus jeune, cela l'avait amusé un peu. La clandestiné ressemblait à un jeu. Progressivement, il en avait pressenti le danger. Une menace latente planait toujours sur ces réunions qui, il le savait maintenant, étaient interdites. Puis, on les avait arrêtés, bousculés, battus et, dans la cohue qui s'était ensuivie, il avait été séparé de sa mère. Livio l'avait appelée en pleurant, longtemps, désespérément, mais en vain. Elle n'était plus là pour calmer sa peur. Malgré la présence des autres, une atroce solitude l'envahissait et il se sentait gagné avec désespoir par une langueur irréversible. Alors, silencieusement, il se laissa glisser le long de la grille, s'assit sur le sol et, une dernière fois, pleura.

Indifférent au sort de l'enfant qu'il n'avait même pas remarqué, Maxence regagna avec une hâte ressemblant à une fuite l'air pur et sec de l'extérieur. Son long manteau rouge l'enveloppait en virevoltant. Tout en refaisant le chemin inverse, il n'avait cessé de penser à l'aplomb de ces êtres insignifiants et à leur volonté inflexible. Tout avait déjà été inventé : les tortures les plus savantes, les plus raffinées, propres à briser les énergies les mieux trempées. Les quelques rescapés des carnages de l'arène n'avaient aucune chance. Même lorsque les tigres ou les lions, repus, se couchaient à leurs pieds, ivres de chair et de sang, ils étaient emmenés au sous-sol du Colisée où des soldats affectés aux basses besognes égorgeaient les plus faibles et les blessés. Ceux qui avaient connu l'exaltation des cris du public ne pouvaient y goûter une seconde fois. On avait écartelé ces gens entre deux quadriges jusqu'à l'arrachement de leurs membres; on les avait couverts de naphte et transformés en torches vivantes et hurlantes; on les avait obligés à combattre entre eux mais pour un piètre spectacle, à vrai dire. Ils étaient soumis à la flagellation comme leur Christ l'avait été et ils mourraient sous les morsures du *flagellum* dont les neuf lanières, aux extrémités munies de billes de plomb, leur arrachaient à la fois des lambeaux de peau et de vie. Et pourtant, jamais Rome n'avait pu obtenir de ces chrétiens un renoncement public à leur foi, un retournement de masse, une abjuration qui aurait eu valeur de symbole.

Lorsqu'il repassa devant les quatre gardes de l'entrée, ceux-ci le saluèrent de nouveau mais il les ignora, car en cet instant il portait en lui un sentiment d'échec inexplicable à ses yeux. Il se rendait compte avec agacement qu'il s'était abaissé, puisqu'il avait parlé avec un être inférieur sur lequel il avait la certitude de n'avoir aucune prise. Il avait voulu voir pour comprendre, mais il remontait de l'enfer en ayant perdu son temps, gardant plus que jamais en lui cette incompréhension totale d'une foi qui le dépassait. Comment un vagabond sans culture, dont l'existence même avait moins de valeur que celle d'un animal de trait, avait-il pu lui tenir tête? À lui, Maxence! Lui qui répondait souvent à l'assemblée des sénateurs pourtant aguerris aux exercices du langage. La réponse était peut-être dans le poids des mots plus que dans la façon de les utiliser?

Les Nubiens étaient restés debout, leur seul repos consenti ayant été de poser le lit impérial au sol. Leurs corps sombres et musclés, tous identiques, contrastaient étrangement avec le sol crayeux éclaboussé de lumière.

À peine l'Empereur avait-il fait quelques pas hors du Colisée qu'il remarqua la présence d'un émissaire du Sénat, qui attendait assis à l'ombre d'un cyprès. La fonction du serviteur, vêtu d'une courte tunique blanche, était facilement identifiable grâce à une écharpe rouge qui ceignait sa taille. À l'apparition de Maxence, il se leva prestement et s'approcha en saluant, le bras tendu. Sans un mot il tendit un parchemin roulé sur lui-même, porteur d'un cachet de cire rouge. L'Empereur s'en empara d'un geste brusque et renvoya le courrier d'un signe dédaigneux de la tête. Il n'avait nul besoin de lire la missive pour en deviner le contenu: il savait déjà que le Sénat le réclamait d'urgence. Depuis plusieurs mois, en plus des chrétiens, il lui fallait affronter le mécontentement des sénateurs partagés entre lui-même et Constantin. Ce dernier voulait rallier la nouvelle croyance et déchoir Rome de son rang de centre du monde. Ne voulant pas céder aux exigences des législateurs, Maxence avait plusieurs fois ignoré des convocations semblables à celle-ci, mais aujourd'hui sa décision était prise. En s'approchant du baldaquin impérial, toujours suivi par Flavius et sa garde rapprochée, il ordonna:

« Au Sénat! »

Remontant la Voie sacrée, la petite troupe s'arrêta finalement devant le Forum.

La construction était à l'image de tout ce que Rome avait su imaginer : gigantesque, autant dans ses dimensions que dans sa prestance. C'était dans ce bâtiment revêtu de marbres et de stucs colorés que siégeait le plus souvent le Sénat. Son assemblée, forte de ses mille membres, était seule capable de discuter les ordres de l'Empereur et de publiquement le désavouer. Maxence gravit lentement les lourds gradins de pierre menant à la Curie. Escorté de sa garde, il fit irruption dans l'hémicycle. À l'apparition du manteau de pourpre et des soldats, le brouhaha qui s'entendait de l'extérieur cessa aussitôt. La tension était perceptible. Tous les regards étaient posés sur l'Empereur apparemment impassible. Les sénateurs attendaient de lui une réponse, LA réponse.

Puis, rapidement, l'agitation reprit, l'assemblée exhortant un vieil homme à prendre la parole. Catina l'Ancien se leva. Sa toge blanche drapait de dignité ce vieillard dont le regard gris-bleu, étonnamment vif et alerte, contrastait avec son visage ridé.

« César, nous attendons ta réponse depuis des semaines! Tu ne peux plus ignorer notre requête et te soustraire indéfiniment à nos appels! Nous pensons tous maintenant que, pour survivre, Rome ne doit plus exterminer les chrétiens, mais adopter à son tour leur religion. Pour juguler leur croyance, tu devrais faire égorger plus de la moitié de la ville. Il n'est plus une famille plébéienne qui ne compte en son sein un ou plusieurs adeptes. Nous courons à l'insurrection! L'Empire ne peut combattre à la fois le peuple et les barbares qui poussent nos frontières. Nos propres soldats ne comprennent pas comment un seul Dieu peut apporter autant de force et de sérénité aux croyants, malgré les tortures et les souffrances qui leur sont infligées. La force de Rome à travers les siècles a toujours été sa faculté d'adaptation aux différents mouvements de l'histoire. Nous te demandons de nouveau de former un triumvirat avec Constantin et le Sénat pour protéger l'Empire et redonner à notre capitale sa force et sa stabilité. Tu dois prendre ta décision, nous t'avons accordé assez de temps. Tu dois nous répondre! Maintenant! Pour que vive Rome! »

Son ton était sec et impérieux. Pour que le sénateur emploie le langage des Césars et qu'il ose un affrontement direct, il était clair que tout le Sénat était derrière lui.

Sous l'assaut, Maxence n'avait pas bougé, car il avait deviné le discours qui l'attendait. Seule la fermeté du vieux Catina l'avait un peu surpris. D'ordinaire, les sénateurs, virtuoses dans le maniement du verbe, s'attachaient toujours à préserver les formes dans chacune de leurs interventions. Mais à présent la situation était toute différente. Pour la première fois le Sénat lui intimait un ordre.

Un lourd silence s'était de nouveau installé, l'Empereur retenait encore la réponse attendue par tous. On lui demandait un partage du pouvoir. Dût-il capituler devant les exigences de l'assemblée, il resterait dans le triumvirat celui qui avait renoncé et ses jours seraient comptés. La faiblesse n'avait jamais été appréciée à Rome, surtout en période de crise. D'un geste nerveux, l'Empereur leva le plat de la main, le bras tendu de façon autoritaire en direction de l'auditoire, et tourna lentement sur lui-même. Puisque le Sénat le désavouait, il se passerait de son appui et vaincrait seul!

« Sénateurs, c'est dans l'adversité que Rome reconnaîtra ses fils! Vous avez choisi Constantin et ce que, par faiblesse, vous appelez la raison, plutôt que la force. Mes fidèles légions briseront son armée! Mars et Jupiter me donneront la force de détruire les ennemis de l'Empire! Je rétablirai la stabilité intérieure de la cité des Césars en exterminant les chrétiens qui prétendent remplacer nos dieux. Lorsque vous assisterez à ma victoire, vous saurez que votre choix était indigne de Rome! »

La menace était à peine voilée. Les législateurs savaient que d'avoir défié Maxence n'était pas sans risque et que, malgré leur nombre important, l'Empereur pouvait facilement éliminer les plus influents d'entre eux et redevenir, en cas de victoire, le César que tous redoutaient, à défaut de le vénérer.

Le Sénat avait enfin obtenu la réponse qu'il attendait. Fidèle à ses positions, son assemblée soutint inconditionnellement « l'usurpateur », prenant fait et cause pour ses idées, favorisant son approche de la ville.

Quelques jours plus tard, les armées de Maxence et de Constantin se rencontrèrent sur le pont Milvius, enjambant le Tibre aux portes de la capitale. Le combat dura toute la journée. Le sang des fils de Rome teinta le Latium d'un rouge fratricide. Les corps des légions ennemies, entremêlés, disaient toute la brutalité et la détermination des deux factions. Prêtant son concours à cette tuerie, le fleuve sacré charria une multitude de cadavres et, débarrassa la scène des acteurs devenus inutiles. Toute la science romaine du combat s'illustra ce jour-là dans une lutte sans pitié. Longtemps l'issue de la bataille demeura incertaine, mais peu à peu le soleil déclinant, indifférent aux problèmes des hommes, désigna un vainqueur. En 1061 après la fondation de Rome ou plutôt en 312 après Jésus-Christ conformément au calendrier chrétien, Constantin l'emporta et Maxence perdit la vie.

Le christianisme instauré par le nouvel Empereur renversa alors le Panthéon des dieux romains; de nouvelles règles s'imposèrent à Rome et modifièrent radicalement ses fondements mais l'Empire, lui, continua de régner grâce à cette énergie nouvelle, pendant des siècles encore et encore sous un même soleil de plomb.

IV

Aéroport de Los Angeles
Salle d'embarquement numéro 23

Vol 114 à destination de Rome. Il était quatorze heures vingt. Nancy ne décolérait pas.

Ils avaient fait le trajet ensemble du *New Herald Post* jusqu'à l'aéroport. Ensemble, c'était beaucoup dire. Comme deux parfaits étrangers eût été plus conforme au silence pesant qui s'était établi entre eux avant même leur départ du journal. Cet homme était un véritable sauvage! Ou du moins se comportait-il comme tel! Ignorant la moindre politesse, il n'avait jamais esquissé un geste avenant ou manifesté la plus élémentaire courtoisie pour, par exemple, l'aider à porter ses bagages, lui tenir une porte ou plus simplement lui donner préséance pour monter dans le taxi. Il se comportait exactement comme s'il était seul! Ce qu'elle avait pris tout d'abord pour de l'inattention ou de l'indifférence s'était imposé à elle, de plus en plus, comme une antipathie clairement affichée à son égard. Elle avait à présent deux possibilités: soit laisser courir en attendant que «Monsieur Cattuso» daigne la considérer comme une présence à part entière et finalement lui adresser la parole, soit alors provoquer l'affrontement, crever l'abcès pour obliger le misanthrope à sortir de son mutisme.

John était mal dans sa peau. Il sentait qu'il quittait son pays pour longtemps, abandonnant ici une part de lui-même, faite de nombreux souvenirs heureux mêlés de souffrances. À cet instant, il avait le sentiment de fuir un passé trop chargé qu'il n'avait jamais réussi à apaiser. Avant son départ, il lui restait toutefois une chose importante à accomplir. En tournant et retournant la grande enveloppe de papier marron entre ses doigts, il se dit que la poster serait sans doute sa dernière action concrète sur ce continent.

Nancy observait son voisin du coin de l'œil. L'air buté, elle ignorait les regards autour d'elle, qui détaillaient l'anatomie de ses longues jambes. Toute son attention était portée sur cette enveloppe que Cattuso faisait voyager lentement entre ses mains. Ayant réussi à relever furtivement l'adresse du destinataire, elle s'en étonna tellement qu'elle crut d'abord s'être trompée. Il n'en était rien. Le courrier était bien adressé au *Washington Daily*, à l'attention de M. Patrick Gowan.

Elle connaissait de réputation ce journal, farouche concurrent de l'*Herald*. Les deux quotidiens, bien que distants l'un de l'autre, se menaient une guerre sans merci. Leur taille était comparable et les milliers de milles les séparant paraissaient insuffisants et dérisoires, tant les coups bas étaient fréquents et appuyés. Il était de notoriété publique que les deux adversaires ne se ménageaient pas.

Surprise par un sifflement persistant, comme tous les gens de la salle d'embarquement, Nancy tourna la tête. L'énorme 747 s'approchait de son quai. Bientôt le gigantesque oiseau de métal emporterait les rêves de la jeune femme sous d'autres cieux. C'était la première fois qu'elle quittait les États-Unis pour rejoindre un pays lointain. La découverte d'une nouvelle culture, d'un nouveau monde l'effrayait un peu. Si elle parlait plutôt bien le français, elle ne comprenait que peu l'espagnol et ignorait tout de l'italien. Elle doutait que la première de ces trois langues lui soit d'une quelconque utilité là-bas. Quant aux deux autres sœurs latines, étaient-elles suffisamment proches du français pour qu'elle puisse se débrouiller? Elle en doutait. Elle s'apprêtait à aborder un pays et une langue inconnus, avec pour seul sésame l'anglais qui, s'il ouvrait bien des portes, ne les ouvrirait pas forcément toutes. Cela ajoutait encore à son anxiété. Elle était à deux doigts de réaliser ses objectifs, mais elle avait toujours pensé pouvoir s'affirmer dans ce métier, sur sa terre natale, avant de devoir conquérir d'autres horizons.

Le souvenir de Cedar fit naître chez elle un regret fugitif. Là-bas au moins, elle connaissait les gens et leur mode de vie, certes un peu fruste mais sans surprise. Elle jugea sur l'instant que ce qui était sans surprise était aussi, certainement, sans danger.

Nancy avait l'impression que le voyage qui se préparait avait été précipité, comme si un intérêt majeur et inconnu d'elle avait dicté la décision d'Ellworth. Oui, décidément, elle avait en elle une sorte de sentiment flou, inqualifiable : était-ce de l'appréhension ou un quelconque pressentiment? Elle n'aurait su le dire.

Perdue dans ses pensées, elle resta un moment les yeux posés sur la carlingue étincelante de l'avion. Quand elle se retourna, elle constata que son charmant compagnon s'était absenté. Le cherchant du regard, elle le vit qui revenait, tranquillement, les mains vides.

* * *

Aéroport de Fiumicino, Rome

Le gros porteur écrasa élégamment le bitume incandescent de ses quelque trois cents tonnes. Il finit lentement sa course en bout de piste, comme un robot ailé à bout de forces.

À travers les hublots, les passagers pouvaient découvrir leur nouvel univers, dont les formes et les contours étaient rendus flous par la chaleur. Visiblement en ce début d'après-midi, il faisait très chaud à Rome, et ce n'était que le printemps.

Nancy Shepard était épuisée. Coincée pendant des heures entre les sièges peu espacés du Boeing, elle avait mal dormi et la proximité de son taciturne compagnon de voyage n'avait rien arrangé, rendant le vol interminable. Les conditions de cette première partie du voyage l'avaient rendue amère : tant de rêves, de travail acharné, de sacrifices, de boulots ingrats pour aboutir finalement à ce mutisme, à ce mépris de la part d'un inconnu qui paraissait rejeter sur elle une culpabilité qui la dépassait. Tous ces efforts consentis étaient-ils le juste prix à payer pour vivre en retour cette pesante cohabitation? Parce que débutante, était-elle obligée de supporter cette froide rancœur qui n'avait rien à voir avec le métier?

John était irrité. Cette présence le gênait, d'autant qu'il sentait le ressentiment que la stagiaire manifestait à son endroit. Il se savait peu agréable de compagnie, mais c'était involontaire. Parlant naturellement peu, habitué à travailler en solo, il n'aimait pas devoir épiloguer sur ses émotions. Il pouvait rester des heures dans un silence impressionnant. Cette habitude devait sans doute agacer sa « partenaire », mais il jugea qu'il était trop tôt pour lever le voile et nouer un semblant de relation; trop tôt pour oublier que Los Angeles était loin, très loin derrière l'océan, que sa vie passée était restée là-bas, accrochée à un coin d'herbe surmonté d'une plaque de granit noir avec un nom et deux dates gravés dessus.

Dès qu'ils furent sortis de l'aéroport, John s'approcha d'un taxi et lui donna l'adresse de l'agence de l'*Herald*. Ellworth avait situé celle-ci près du centre de Rome : au 131, *via Montebello*.

Le premier contact avec le vieux continent commença par un constat d'ordre purement matériel: les voitures étaient nettement plus petites qu'outre-Atlantique. Conséquence immédiate, John eut l'impression d'être assis sur Nancy. L'espace confiné auquel ils étaient réduits favorisait le rapprochement a priori improbable des deux passagers. Le chauffeur, un homme très brun avec un front dégarni qu'il souhaitait manifestement compenser par une abondante moustache, les jaugea d'un air affable et commercial, avant de demander:

«Vous êtes étrangers? Américains, hein?»

John se demanda si l'Américain qui voyage ne transportait pas avec lui un label particulier, une marque visible propre à le rendre identifiable en toute circonstance et en tout lieu. L'homme s'était exprimé en italien. Cattuso comprenait et parlait la langue d'origine de ses ancêtres. Mais le manque de pratique lui faisait défaut et à certains moments il devait un peu chercher son vocabulaire. Il lâcha pourtant presque aussitôt, dans la langue de ses parents:

«Américains, oui, de Los Angeles.»

Surpris par l'intonation de ses propres mots, John sentit un flot de souvenirs ressurgir. Il repensa à ses grands-parents paternels qui parlaient très peu l'anglais, s'obstinant à converser en sicilien. Il retrouva cet accent chantant inimitable qui, déjà lorsqu'il était enfant, emplissait ses oreilles, ouvrant son imagination sur un pays lointain et inconnu. Le chauffeur, visiblement heureux de trouver une possible conversation, ajouta:

«Bienvenus à Rome, la plus belle ville du monde! J'espère que vous resterez suffisamment pour la découvrir et l'apprécier. Si vous avez besoin d'un taxi pendant votre séjour, je suis à votre disposition. Voici la carte de ma station, vous n'aurez qu'à demander Beppi, tout le monde me connaît.»

John prit rapidement la carte qui lui était tendue,

en souhaitant que le conducteur se retourne pour se consacrer un peu plus sur la circulation très dense à cette heure de la journée. Cattuso n'aimait pas être passager. Comme la plupart des gens qui roulent vite, il préférait conduire lui-même. La Fiat Croma filait en prenant des libertés inconnues de John. Il pensait pourtant avoir peu à apprendre dans ce domaine. Apparemment, ici, ce type d'excès n'était pas le trait comportemental d'un individu, mais plutôt un style de conduite adopté à l'unanimité. John se tenait à la poignée du pavillon pour éviter le contact de la jeune stagiaire et il devait anticiper chaque changement de direction pour ne pas être surpris et se retrouver trop près d'elle.

Nancy restait blottie dans son coin, essayant de garder un semblant de distance entre elle et Cattuso. Elle tirait souvent nerveusement sur sa minijupe, pour voiler le galbe de ses jambes et les soustraire aux coups d'œil fréquents du chauffeur qui semblait consacrer beaucoup de temps à l'étude de son rétroviseur intérieur. Remarquant les efforts répétés de mademoiselle Shepard, John se demanda pourquoi les femmes en général éprouvaient le besoin de cacher ce qu'elles avaient d'abord pris bien soin d'exposer. Était-ce de leur part un jeu ou une forme de pudeur? Décidément, celui qui avait dit que la femme était un être incompréhensible était un bon analyste.

Un virage plus prononcé plaqua Nancy contre John Cattuso. Celui-ci sentit son coude s'appuyer sur le sein gauche de la jeune femme. L'abondante chevelure lui caressa un instant le visage. Ce contact furtif et presque charnel le troubla. Nancy se décala aussitôt, en bredouillant:

« Pardon... »

Gênée, elle avait senti la pression du coude de son compagnon sur sa poitrine. Une chaleur subite lui monta aux joues, les colorant d'un rose fugitif. Pendant ce court instant, elle avait pu sentir contre elle l'odeur musquée de l'homme et, se recroquevillant dans son espace, elle emportait avec elle un peu de cette senteur masculine composée de sueur et de tabac blond.

Ils avaient quitté la zone encerclant l'aéroport et entraient dans les faubourgs de la ville. Les deux passagers silencieux et surpris découvraient une multitude de quartiers, de rues et de ruelles qui constituaient un labyrinthe inextricable. Les artères importantes étaient sans particularités, mais les rues secondaires semblaient le vivier d'une population hétéroclite et certainement nombreuse, à en juger par la quantité de linge étendu aux fenêtres. On voyait de loin cette multitude de sous-vêtements et linges de toute sorte qui cherchait une hypothétique brise pour sécher. Mais le soleil méridional ne pouvait compter que sur sa seule ardeur pour assurer le service attendu.

Malgré leur fatigue, les deux passagers restaient attentifs et émerveillés par le foisonnement intense de la circulation, par la masse compacte et mouvante des gens affairés. Toute cette population à pied ou motorisée créait un mouvement permanent qui ressemblait à un gigantesque cœur palpitant au milieu d'une poitrine de pierre. En s'approchant progressivement du centre de la Cité, on pouvait découvrir que chaque artère, chaque avenue débouchait invariablement sur un site archéologique, une place entourant une fontaine ou un monument. Ici, tel un musée à ciel ouvert, on pouvait lire l'histoire de cette ville qui avait été grandiose et qui restait, à n'en pas douter, magique.

Le taxi se frayait de force un passage dans la mouvance, imposant son statut par l'usage immodéré de son avertisseur à tons multiples. La conduite ici avait vraiment des allures de haute voltige et le chauffeur de la Fiat était sans nul doute un sacré acrobate. Toujours muré dans un silence profond, John observait, amusé, les scooters virevoltant entre les voitures, surfant au milieu des invectives des automobilistes agacés. Comparativement aux boulevards des *States*, la circulation dans les rues de Rome était anarchique, paradoxalement cela contribuait à lui donner une réalité plus humaine.

Le soleil traversait le bleu azuré du ciel, déposant sur la capitale italienne une chaleur pesante. Dehors, les gens ne semblaient pas souffrir du climat. Pourtant, dans la voiture, malgré les vitres baissées, on sentait un air chaud et sec à peine brassé par la vitesse du véhicule. Ils roulaient depuis plus d'une heure. Suivant une habitude pratiquée par tous les taxis du monde, leur chauffeur avait certainement choisi un circuit touristique, propre à extasier les visiteurs ainsi qu'à faire tourner plus longuement le compteur de la voiture. John Cattuso savait que cette visite involontaire de la ville faisait partie d'un rituel et, la fatigue aidant, il choisit de prendre la chose avec fatalisme.

Il rêvait du moment où, après s'être reposé et avoir résorbé le décalage horaire, il pourrait marcher à son rythme dans ces rues, flâner ou simplement rester assis sur ces marches de pierre qui semblaient l'attendre depuis toujours pour le transporter vers un lointain passé. Il voyait à l'horizon des palais, immenses, immuables, sur lesquels l'astre flamboyant traçait des limites d'ombres et de lumières. John aurait voulu, en cet instant, respirer ces pierres, humer cette odeur caractéristique des lichens qui racontaient mieux que quiconque leur histoire. Mais le taxi filait toujours, impitoyable, animé d'une réalité bien prosaïque.

En fait, le conducteur n'avait jamais cessé de jouer les cicérones en décrivant les différents quartiers et en vantant leur intérêt touristique. Il semblait intarissable, son attention paraissant toujours partagée entre la conduite et ses passagers. Bien vite, Nancy et John, bercés par le ronronnement métallique du diesel et assommés de fatigue, avaient ignoré le discours de leur guide pour concentrer leur attention sur l'image en oubliant le son.

Nancy Shepard remarquait des détails de la vie quotidienne qui la surprenaient, comme les tenues vestimentaires des femmes qui, bien que semblables à celles de son pays, en différaient par plus de recherche, de raffinement, de légèreté peut-être. À tous les coins de rues, sur toutes les places, les nombreux marchands de glaces donnaient à penser qu'ils faisaient partie du quotidien: peut-être la climatisation n'existait-elle pas ici et les sorbets restaient-ils la seule source de fraîcheur? La réputation des glaces italiennes avait franchi la barrière naturelle de l'océan et Nancy se jura d'y goûter et d'en user sans retenue.

La via Montebello était une rue large, bordée de cyprès méditerranéens. Les arbres majestueux dressaient leurs flèches vert foncé en direction d'invisibles étoiles, comme s'ils défiaient les cieux d'un doigt autoritaire.

La Fiat longea un moment un vaste trottoir, puis s'arrêta brusquement devant l'agence romaine de l'*Herald*. Les grands cyprès projetaient leurs ombres rectilignes sur la façade blanche du bâtiment. La course payée, le taxi démarra comme si sa vie en dépendait, certainement déjà demandé par d'autres clients.

Au premier étage de l'immeuble, la fraîcheur du bureau de Mario Pozzi redonna aux deux Américains un semblant de vigueur. Le patron des lieux les attendait et les reçut très courtoisement dans la grande pièce qui venait manifestement d'être repeinte; l'odeur des solvants flottait encore dans l'air, contribuant à imprégner l'endroit d'une atmosphère de propreté. Si l'ameublement contemporain et très design du bureau contrastait nettement avec la vétusté générale des locaux, par contre leur esthétique et leur fonctionnalité étaient indiscutables.

Ce n'est qu'après les présentations d'usage que leur hôte s'étonna de leur retard. Sans doute le chauffeur du taxi avait-il forcé sur le détour culturel… John et Nancy devaient comprendre bien vite que les notions de temps et de ponctualité étaient plus subjectives ici qu'aux *States*.

Pozzi, apparemment grand connaisseur, appréciait sans détour le physique de la jeune stagiaire de l'*Herald*. Confortablement enfoncée dans un fauteuil de cuir noir, elle ne pouvait que laisser admirer ses jambes magnifiques, peu cachées par sa minijupe. Il était évident que, même s'il se déclarait au service des deux visiteurs, il aurait aimé donner un peu plus de son temps à la jeune femme. Il s'exprimait dans un anglais très correct, mais avec un fort accent. Sa voix métallique de fumeur, agrémentée d'un léger zézaiement, donnait à sa diction une sonorité particulière.

« Monsieur Ellworth m'a contacté pour annoncer votre arrivée et préciser le but de votre mission à Rome. Je pense que le Jubilé est un grand moment, mais je n'ai pas bien saisi la véritable raison de votre visite. Nous avions sur place toutes les ressources et tous les moyens pour couvrir l'évènement. »

Il attendait visiblement une explication plausible, mais il était clair que le boss, là-bas, n'avait pas jugé utile d'informer davantage le chef de l'agence locale, lequel devait se poser des questions quant à la valeur de ses propres équipes. John sentit qu'il fallait le rassurer sur ce point pour s'en faire un allié.

« En effet, nous savions trouver ici des gens compétents et avec lesquels nous pourrions collaborer efficacement. Notre présence est justifiée par une nouvelle approche que nous voudrions donner au récit de ce moment particulier. Je pense que tous nos confrères vont pratiquer de la même façon, et un reportage de plus, même édité par l'*Herald Post*, n'apporterait pas une grande originalité. »

Mario Pozzi semblait agacé; il fronçait ses sourcils bruns et ses lèvres coiffées d'une fine moustache esquissèrent une moue perplexe. C'était un bel homme, typé, d'une quarantaine d'années. Il avait l'impression qu'on le prenait pour un idiot, et il n'aimait pas ça. Son agence étant au service de l'agence mère, son autonomie avait des limites; il était pour l'instant dans l'obligation de jouer le jeu et de plier l'échine. Dans cette perspective, il valait mieux le faire dans de bonnes conditions.

« Bien. Comment voyez-vous les choses? »

Il s'adressait à John, considérant certainement que l'initiative des opérations lui revenait. Le statut de stagiaire de Nancy ne lui donnait aux yeux de Pozzi qu'un rôle d'assistante. John sentait son interlocuteur peu convaincu: essayer de le persuader risquait d'être long. Du coin de l'œil, il avisa la mine défaite de Nancy Shepard et il renvoya la discussion au lendemain.

« Pour l'instant, je crois que ma jeune collègue a grand besoin de repos et qu'il serait plus judicieux de penser à poser nos bagages. Avez-vous quelque chose à nous proposer, un hôtel, une pension?... »

Pozzi vit l'échappatoire, mais ne put s'y soustraire.

« C'est sans problème. Pour les évènements de ce type, c'est le Vatican lui-même qui se charge de loger, à nos frais bien entendu, les reporters. Chaque journal communique au service concerné les noms de ses journalistes et reçoit en retour les adresses des logements réservés. Vos chambres sont donc déjà retenues à la pension des Glycines, *via della Croce*. Cet établissement dépendant du Vatican ne reçoit d'ordinaire que des pèlerins. C'est un endroit sans prétention mais très confortable, et je pense que vous y serez très bien accueillis. Le Vatican possède de nombreuses infrastructures *extra-muros* de ce type pour loger ses visiteurs. Une voiture de chez nous va vous y conduire. Il est inutile, je crois, que vous refassiez un tour de Rome. Le tourisme, quand on est fatigué, n'est pas vraiment très réjouissant.»

John et Nancy perçurent une légère ironie dans les propos courtois du chef d'agence. Cet homme n'était certainement pas un imbécile et il entendait le faire savoir.

* * *

Guido, l'homme à tout faire de l'Agence, les promena pendant une demi-heure à travers les rues de Rome. Sa conduite tout en heurts, accentuée par l'épuisement évident des amortisseurs de la vieille BMW, rendait le trajet particulièrement inconfortable. L'espace intérieur du véhicule étant sensiblement identique à celui de la Fiat qui les avait conduits jusqu'à l'Agence, le journaliste et sa coéquipière se tenaient chacun dans son coin pour éviter que la situation déjà vécue précédemment se reproduise. Le jeune chauffeur s'était aspergé d'eau de Cologne dont les effluves lourds et capiteux emplissaient la voiture; l'odeur, mêlée à un air pesant, rendait le tout plutôt incommode.

Fatigués et secoués, Nancy et John avaient maintenant hâte d'en finir et ignoraient complètement le discours en mauvais anglais du factotum. Celui-ci, indifférent à la passivité de ses passagers, continuait sa litanie touristique qui finit par assoupir, malgré le bruit environnant, les deux voyageurs. Le sifflement émis par les freins du vieux véhicule tira les deux journalistes de leur torpeur. Ils se trouvaient dans le centre-ville, devant un établissement à la façade discrète, sans relief architectural, mais de taille assez imposante. Une enseigne moderne indiquait: «Maison du Pèlerin, Hôtel-pension Les Glycines». Guido les accompagna jusqu'à l'accueil en portant les bagages de Nancy. Il posa les deux valises et se présenta au réceptionniste:

« Bonsoir, nous sommes mandatés par l'Agence romaine du *New Herald Post* et je crois que deux chambres ont été retenues pour ces personnes... »

Le chauffeur allait préciser les noms des futurs pensionnaires, mais le portier le coupa, sans consulter son registre :

« Effectivement, nous vous attendions. Les chambres sont prêtes, elles sont contiguës et situées au deuxième étage. Voici vos clefs, je vais faire monter vos bagages. »

Apparemment, le sourire était exclu des prestations professionnelles du responsable de l'accueil. Le visage fermé, engoncé dans un costume sombre et sévère, le personnage toisait les arrivants sans amabilité. Dans le hall, un va-et-vient incessant donnait le ton, indiquant un taux de fréquentation élevé. L'affaire tournait rond et John pensa que l'homme s'était lassé de devoir sourire continuellement à tous ces gens de passage.

Guido proposa de les accompagner jusqu'à leurs chambres, mais Nancy, précédant John, déclina poliment l'offre en remerciant le jeune coursier. Elle n'en pouvait plus et voulait éviter une conversation qui prolongerait inutilement cette journée harassante. Sans doute un peu déçu par le peu d'entrain de ses passagers, le chauffeur de la BMW ajouta, avant de se retirer :

« Je suis à votre disposition, si vous le souhaitez, pour les jours prochains. Vous perdrez certainement moins de temps qu'avec un taxi. Monsieur Pozzi m'a placé à votre service et vous n'aurez qu'à m'appeler à l'Agence. »

Il déclamait un anglais laborieux, avec un vocabulaire réduit, mais il faisait des efforts certains pour apprendre la langue, ce qui était tout à son honneur. L'essentiel était assuré puisqu'il parvenait, malgré de nombreuses hésitations, à se faire comprendre.

Une fois seule, le premier geste de Nancy fut de se déchausser et, ce faisant, elle apprécia avec volupté la fraîcheur du dallage en granit. La chambre était confortable à défaut d'être coquette, et le mobilier très classique donnait un air austère à l'ensemble. Il régnait d'ailleurs dans la pièce une atmosphère un peu triste accentuée par des murs blancs sans revêtement ni décoration. Un espace de toilette avec une cabine de douche apportait le confort minimal requis dans ce genre de pension. Seul un téléviseur, dans l'angle de la pièce, donnait une touche ludique à l'ensemble. Le grand lit accueillit la jeune femme avec fermeté et elle eut l'impression, en s'y laissant tomber, que son corps endolori était constitué d'éléments disparates et autonomes. Elle aurait voulu vider ses valises et ranger ses affaires, mais elle ne s'en sentait pas le courage. Sa faim même ne pouvait prendre le pas sur sa lassitude et, si son dernier repas remontait à plusieurs heures, dans l'avion, elle préférait encore dormir que s'attabler avec John Cattuso et sans doute soutenir son très probable mutisme.

Invariablement, ses pensées allaient vers ce «compagnon» de voyage très spécial. Elle était troublée par son attitude volontairement désagréable, par ses longs silences, mais surtout par ce regard triste qu'il promenait toujours avec lui et qu'il posait sur toute chose. Elle repensa à cet instant où ils s'étaient retrouvés serrés l'un contre l'autre, à la gêne qu'elle avait éprouvée; de nouveau elle sentit ses joues tiédir. Elle prit conscience progressivement qu'au fond, bien plus que de la rancœur, cet homme lui inspirait de la pitié. Plus tôt, elle avait été vexée qu'il prétextât sa fatigue à elle pour fausser compagnie à Pozzi. Cattuso était visiblement aussi fatigué, mais il l'avait utilisée, laissant entendre que l'élément faible du tandem, c'était elle. À présent, ceci avait peu d'importance, le résultat était acquis et Nancy pouvait enfin laisser le miracle de la récupération s'accomplir.

Dehors la nuit s'installait, lentement. La jeune stagiaire songea que la ville, comme toutes les villes du monde, changerait bientôt de population : aux habitants honnêtes et réguliers se mêlerait sans doute progressivement une faune nocturne que l'obscurité aidait à faire naître.

Les yeux accrochés au plafond, Nancy remarqua un crucifix de métal noir fixé contre le mur blanc, juste au-dessus de la tête du lit. Elle le voyait par en dessous, ce qui lui donna l'impression qu'il était placé à l'envers. Sa présence lui rappela que l'on se trouvait dans la ville sainte.

Elle voulut se doucher, mais une irrésistible langueur la maintenait, rendant impossibles tout mouvement et toute intention. Peu à peu une main invisible lui ferma implacablement les yeux, tandis que la rumeur de *la via della Croce* semblait s'éloigner rapidement.

Les bras en croix sur le lit, John savourait son immobilité. Dans l'un des coins de la chambre, un téléviseur l'observait de son œil noir. Fatigué mais détendu, il repensa à cette longue journée, aux nouveaux personnages qui avaient croisé sa vie et qui, peut-être, la changeraient... Qui pouvait savoir? Il pensa à Nancy Shepard. Cette fille était courageuse et déterminée. Bien plus qu'il n'aurait pu l'imaginer. À aucun moment elle ne s'était plainte, ni de l'inconfort du voyage ni de son mutisme. Et pourtant, il était évident qu'elle en avait souffert. Les yeux cernés, les lèvres serrées, elle avait tout supporté sans rechigner. Il lui était aussi redevable de ne pas avoir rompu ce silence dont il avait encore besoin pour soigner sa brisure. John savait qu'il devrait tôt ou tard changer d'attitude, ne serait-ce que pour arriver à une relation professionnelle positive, mais il lui fallait seulement encore un peu de temps.

Plus tôt, dans le taxi, la proximité de la jeune femme ne l'avait pas laissé indifférent et il avait aimé le bref contact avec son corps splendide. Cette sensation le déroutait encore, car elle était venue sournoisement se mêler au souvenir d'Angela.

Quant à Pozzi, ce dernier l'avait surpris par sa perspicacité, son intuition et sa faculté à faire promptement contre mauvaise fortune bon cœur. Cet homme était sans aucun doute un professionnel aguerri qui saurait les aider.

John pensait à tout cela quand, sans raison apparente, son esprit s'échappa pour lui rappeler la silhouette bourrue du réceptionniste. L'accueil que celui-ci leur avait réservé et l'absence de vérification sur le registre des entrées lui semblèrent pour le moins inhabituels.

Il ne s'attarda pas longtemps sur le sujet : la même main invisible qui avait éteint Nancy s'insinua dans la chambre de John. Elle enserra ses pensées et, bloquant ses sens, elle l'éteignit à son tour. Dehors, dans la nuit, *la via della Croce* continuait sa vie, mais loin, toujours plus loin, dans un univers de coton.

* * *

Depuis plusieurs heures déjà, le soleil avait allumé Rome. Le fourmillement et les bruits avaient repris, ajoutant un jour de plus à la ville déjà presque trois fois millénaire.

Se dégageant laborieusement des limbes, Nancy perçut la rumeur extérieure. Celle-ci, d'abord étouffée, devint de plus en plus précise et persistante. La jeune femme s'étira langoureusement en décontractant ses muscles et s'aperçut qu'elle avait dormi tout habillée.

John venait de se raser. Une faim tenace lui rappelait l'exigence à laquelle tout corps vivant devait se soumettre, quelles que soient les circonstances. Il pensa à la jeune aspirante journaliste qui dormait sans doute encore dans la chambre voisine. Elle non plus n'avait rien pris depuis la veille et sa faim devait sans doute égaler la sienne.

Toujours sans raison apparente, l'image du réceptionniste s'imposa à lui. Ce visage fermé au regard inquisiteur, cette attitude inamicale éveillèrent en lui un intuitif sentiment de méfiance.

Cattuso avait pris le temps de vider ses deux valises et de ranger ses effets dans la grande armoire de style indéfini qui, avec le lit, deux chaises et une petite table, meublait succinctement la chambre. Saisi d'une soudaine inspiration, il ressortit de sa trousse de toilette sa bombe de mousse à raser, un flacon de gel douche et une bouteille d'after-shave. Il aligna soigneusement, et dans cet ordre, les trois objets sur le lavabo, les étiquettes tournées vers lui. En sortant, il ferma à clef, puis plaça le carton d'usage, stipulant de ne pas déranger l'occupant, sur la poignée de la porte.

Dans le long couloir régnait une fraîcheur agréable, sans doute due au granit qui recouvrait le sol et les murs jusqu'à mi-hauteur. Plusieurs femmes de chambre vaquaient à leurs occupations en promenant chacune un chariot sur lequel se trouvait du matériel d'entretien ainsi que des piles de draps propres. Elles entraient dans certaines chambres, évitant soigneusement celles où était accroché un carton semblable à celui que John avait laissé derrière lui. Des groupes de touristes de toutes origines se croisaient et se saluaient sans se comprendre. Sans doute des pèlerins venus dans la capitale du christianisme, à l'occasion du Jubilé. L'écho des conversations ricochait sur les murs et transportait cet impossible espéranto d'un bout à l'autre du corridor.

Nancy venait de se doucher. Elle avait bien récupéré des fatigues de la veille et le profond sommeil dans lequel elle s'était abîmée lui avait rendu sa vigueur d'Irlandaise. Seulement vêtue d'un peignoir, elle sentait sur sa peau mouillée la fraîcheur de l'eau que le vêtement épongeait lentement. Elle adorait, après une douche ou un bain, garder sur elle cette sensation d'humidité qui mettait longtemps à disparaître, prolongeant son intimité avec l'élément vital. Elle sursauta en entendant frapper discrètement à la porte.

« Oui?... »

La voix un peu rauque de Cattuso répondit:

« C'est moi, John. »

Un peu décontenancée et gênée par la légèreté de sa tenue, elle lança:

« Un instant, je m'habille! »

Après quelques minutes, la porte s'ouvrit sur la jeune femme qui avait enfilé un tee-shirt mauve et une minijupe beige. Elle était pieds nus et n'avait pas eu le temps de se maquiller. John ne put s'empêcher d'admirer la classe naturelle de la stagiaire. Même sans aucun artifice, sa féminité s'affirmait et il se dégageait de sa personne une telle sensualité que ce n'était certainement pas le tee-shirt moulant qui contribuerait à l'effacer. Elle le regarda, un peu tendue, l'œil interrogateur. John se lança:

« Il est plus de midi, j'ai une faim terrible. L'heure du petit-déjeuner étant largement passée, que diriez-vous d'aller déjeuner en ville? »

Une phrase complète, avec sujet, verbe et complément! Alléluia! Nancy ne laissa rien paraître de son étonnement devant cette invitation aimable, quoiqu'un peu hésitante, et elle répondit simplement, sur un ton neutre:

« J'ai également très faim, où allons-nous?

– Je ne sais pas encore... En ville, je pense. »

Si aujourd'hui se révélait le début d'un échange, ce ne serait apparemment pas le moment des grandes explications.

L'unique escalier qui desservait le bâtiment était

pour l'instant bloqué par plusieurs voyageurs qui montaient lentement leurs bagages, et le seul ascenseur, exigu, ne pouvait transporter que trois personnes simultanément. Ils durent donc attendre de pouvoir s'intercaler entre deux allers et retours avant de se retrouver seuls dans la cabine. De nouveau Nancy et John se tenaient côte à côte, dans un espace très limité. Pendant le court trajet, ils essayèrent tous deux de garder une contenance en évitant de parler et surtout en ménageant une distance suffisante afin d'éviter tout contact direct.

Dans le hall de la réception, le portier de la veille était occupé avec un groupe de voyageurs allemands. Il maîtrisait apparemment la langue de Goethe et répondait aux questions en souriant péniblement. John s'avança et le sourire forcé du vacataire disparut. L'inévitable question fusa un peu sèchement, en anglais cette fois:

« Oui, vous désirez?

– Nous voudrions déjeuner. Pouvez-vous nous conseiller?

– Bien sûr, nous avons ici un restaurant qui sert à partir de treize heures. Vous n'aurez que peu à attendre... »

Mais Cattuso précisa:

« Nous préférerions déjeuner dehors, pour découvrir un peu la ville. »

Le réceptionniste sembla hésiter, puis, toujours dans un anglais très correct, il leur indiqua en joignant le geste à la parole un support métallique au fond de la salle:

« Vous trouverez là-bas des brochures et un plan du centre de Rome. »

Se détournant des deux Américains, il s'installa devant son ordinateur et, très concentré, il commença à pianoter sur son clavier.

Nancy s'était éloignée et avait déjà pris quelques documents publicitaires qui côtoyaient, sur le support, des cartes postales de la ville ainsi que des images saintes. Elle songea fugitivement à ses parents, perdus dans leurs champs jaunes, et se promit de leur envoyer une carte de Rome, pour leur rappeler qu'elle pensait à eux, mais aussi pour leur montrer que le monde dépassait largement les limites de la ferme. Elle alla s'asseoir sur l'un des trois canapés qui meublaient le hall et, croisant bien haut ses longues jambes, elle commença sa lecture.

La plupart des documents étaient trilingues : italien, anglais, allemand, et la principale difficulté était de situer les restaurants sur le plan. S'approchant d'elle, John remarqua la ride profonde qui barrait son front. Sa concentration était visible, ainsi que les efforts qu'elle faisait pour se repérer dans le dédale des rues. Il crut bon d'intervenir pour abréger sa souffrance :

« Si nous partions au hasard? Après tout, pour l'instant, l'essentiel est de manger et nous pouvons renvoyer la découverte des bons coins à plus tard! »

Soulagée de pouvoir interrompre sa recherche, Nancy se leva aussitôt et emboîta le pas à Cattuso.

Dehors, le soleil était au zénith et écrasait de son voile plombé chaque élément du décor. L'absence du moindre souffle de vent rendait l'atmosphère pesante. La circulation battait son plein et aux ronflements des moteurs maltraités s'ajoutait la cacophonie des klaxons exagérément sollicités. En constatant ce comportement anarchique des Romains et leur manque de respect des règles, Nancy Shepard se demanda si celles-ci étaient bien utiles puisqu'elles étaient transgressées en permanence et que, selon toute évidence, cela ne posait pas de problème majeur.

La ville paraissait énorme. Pourtant, la plupart des choses semblaient réduites comparativement à leurs homologues d'outre-Atlantique. Tout en marchant, les deux Américains observaient, amusés, des véhicules aux cylindrées ridicules qui déboulaient, surgis de nulle part, et qui se frayaient un chemin dans la masse mouvante des autres voitures. Une quantité étonnante de scooters se faufilaient en zigzaguant entre les obstacles, ajoutant encore un peu plus de pagaille à la cohue générale. Malgré la chaleur, les trottoirs étaient bondés. Ce n'était encore que la fin du printemps, mais sans doute beaucoup de gens étaient-ils déjà en congé et flânaient avant d'aller déjeuner.

Cattuso marchait vite et Nancy devait presque trottiner pour rester à sa hauteur. Ils ne s'étaient éloignés que de quelques centaines de mètres en ligne droite de leur hôtel lorsque John s'arrêta devant une pizzeria et, se tournant vers sa coéquipière, déclara :

« Là... je pense que cela fera l'affaire. »

Sans attendre la réponse, il entra. Nancy, étonnée, s'assit à la table que son compagnon avait d'autorité choisie et demanda, d'un air moqueur :

« Je ne vois pas l'intérêt de venir ici; c'est quelconque et le restaurant de l'hôtel aurait aussi bien fait l'affaire. Nous avons pris un bain de foule inutile et sûrement perdu plus d'une demi-heure, sous cette chaleur. »

John se rendit compte qu'il lui devait une explication.

« Je voudrais vérifier quelque chose. Pour cela, il était nécessaire que nous quittions notre résidence sans pour autant trop nous en éloigner. »

La jeune femme ne comprenait pas. Attendant une suite logique qui ne venait pas, elle insista, soudain irritée :

« Et c'est tout? Pouvez-vous poursuivre ou ne suis-je toujours qu'un boulet que vous promenez derrière vous comme une âme en peine traîne son fardeau? Je vous rappelle que, depuis des jours, je subis votre méprisante ignorance de ma personne à un point tel que je pense indispensable d'éclaircir la situation et d'établir les règles de notre collaboration. »

Progressivement, le ton de mademoiselle Shepard avait monté, attirant l'attention des autres clients sur eux. Ignorant les regards amusés autour de leur table, la jeune stagiaire enchaîna, visiblement heureuse de laisser libre cours à son ressentiment :

« Je vous rappelle également que nous sommes venus ici en étant censés travailler ensemble ! En équipe ! Et j'ai toujours cru que cela impliquait un minimum de communication entre les partenaires. Mais, apparemment, ce concept vous est inconnu ! Monsieur Ellworth a été très clair : je dois vous assister dans ce reportage, en vous apportant toute l'aide que vous jugerez nécessaire, et je dois vous avouer que depuis quelque temps je me demande comment y parvenir si, comme c'est évident, je vous suis à ce point antipathique. »

Le tempérament de la jeune Irlandaise trop longtemps contenu s'était libéré. À présent, plusieurs personnes étaient tournées vers eux et souriaient. Pensant assister à une querelle d'amoureux, elles attendaient une réplique. Gêné que leur table devienne le centre d'intérêt des autres clients, John se pencha un peu vers Nancy et, croisant son regard, lui souffla :

« Calmez-vous, je vais vous expliquer. »

Il était arrivé à cet instant redouté où il devait nouer un contact et pour cela laisser tomber un peu de ses défenses naturelles faites de silences et de froideur.

« Je voudrais d'abord vous assurer que je n'éprouve aucune animosité à votre égard. Je me suis simplement habitué depuis plusieurs années à travailler et à vivre seul. Depuis, j'ai passé ce temps à penser et à agir sans aide et j'ai à présent du mal à normaliser mes relations avec les autres… J'aurais aimé un peu plus de temps pour que nous puissions constituer une équipe solide, mais les circonstances ne s'y prêtent guère. Pour ce qui concerne notre hôtel, j'éprouve un sentiment bizarre : une espèce de méfiance, sans doute liée à l'accueil un peu froid qui nous a été réservé. Les enquêtes difficiles que j'ai menées et les milieux malsains que j'ai fréquentés ont probablement altéré mon jugement et exacerbé chez moi un sentiment de paranoïa.»

Nancy constata que la voix calme et basse de Cattuso avait brisé la curiosité de leurs voisins et que ceux-ci étaient maintenant plongés dans leur assiette et dans leurs propres discussions. Il avait allumé l'une de ses habituelles cigarettes de tabac blond et la fumée s'envolait, aspirée par les puissants ventilateurs fixés au plafond. Nancy Shepard croisa son regard triste porté par des yeux sombres qui exprimaient une sincère mélancolie. De nouveau elle se sentit prise d'une sorte de compassion, presque de pitié pour cet homme qui avait cessé de vivre lorsqu'il avait cessé d'aimer. Elle proposa:

«Je crois que nous devrions nous faire confiance et repartir sur de bonnes bases; faisons comme si nous venions de nous rencontrer.»

Un serveur très classique, en chemise blanche et pantalon noir, interrompit involontairement le dialogue. Il s'approcha en arborant un magnifique sourire très professionnel, tenant à la main un carnet pour prendre ses commandes. Les deux correspondants de l'*Herald* firent leur choix en se laissant guider davantage par leur appétit et leur intuition que par la connaissance réelle des spécialités proposées.

John Cattuso força le silence qui s'était installé aussitôt après le départ du garçon et reprit lentement et à voix basse la discussion, là où elle avait été stoppée:

«Bien, je me présente: je m'appelle John Cattuso. Dans le métier, on m'appelle John, quelquefois Johnny et souvent Fox. J'ai trente-quatre ans, je suis veuf depuis trois ans et je n'ai pas d'enfant. Je suis enquêteur à l'*Herald* depuis environ dix ans, et plutôt spécialisé dans les affaires scabreuses. J'ai acquis dans ce domaine la réputation de toujours mener à terme mes investigations. C'est cela qui me vaut l'honneur d'être à Rome, aujourd'hui, avec vous. N'ayant jamais eu à m'occuper de quelqu'un dans le cadre de mon travail, ni à bénéficier du moindre soutien, je manque certainement de savoir-faire et de psychologie. Toutefois, avec un peu de patience de votre part, je pense que nous arriverons à travailler ensemble, je veux dire en équipe. »

La présentation avait été sommaire, mais elle avait eu au moins le mérite de décider le fameux Fox à se dévoiler un peu et c'était même lui qui avait pris l'initiative de renouer le fil magique un instant rompu. Nancy sentait, par l'intonation donnée aux phrases plus que par les mots eux-mêmes, que l'effort était sincère. Elle entrevoyait enfin une fêlure dans la glace qui les séparait et elle s'empressa de poursuivre le dialogue pour éviter tout silence susceptible d'abréger cet instant.

« Je m'appelle Nancy Shepard. Irlandaise d'origine, je suis née à Cedar Rapids il y a de cela vingt-six ans. Je me suis d'abord orientée vers des études de biologie, pour me diriger ensuite vers le journalisme. Je suis célibataire. Toute ma famille est restée dans le Middle West où mes parents et mes deux sœurs s'occupent de la ferme. Les miens me manquent. Par contre, je suis heureuse d'avoir pu quitter le cadre monotone de leur vie, la même qui m'était destinée si j'étais restée là-bas. »

John venait d'allumer une autre cigarette, sitôt la première consumée. Il fumait beaucoup, mais Nancy avait remarqué qu'il ne buvait pas. Il écoutait attentivement ce qu'elle disait sans l'interrompre. Peut-être était-il soulagé de n'avoir pas à parler lui-même.

« Ce stage est très important pour moi. Je saurai vraiment si je suis faite pour ce métier et, si c'est le cas, le journal pourrait éventuellement me garder... »

Elle voulait continuer, expliquer ses motivations, ses inquiétudes aussi, ses espoirs peut-être, pour renforcer la relation qui s'était ébauchée, mais l'homme en blanc et noir s'approcha, interrompant une fois encore le contact si difficilement établi. Il portait quatre assiettes sur ses avant-bras dans un équilibre à la limite du raisonnable et, toujours avec le même sourire resplendissant, il leur souhaita un bon appétit. D'abord contrariée par cette intrusion, Nancy pardonna bien vite au serveur. Sa faim était la plus forte et le fumet des pâtes chaudes ainsi que les couleurs méridionales des sauces la rappelèrent à la priorité de l'instant.

Ils mangeaient sans se parler, savourant des pâtes comme ils n'en avaient jamais goûté. La jeune femme, les joues rosées par l'huile pimentée qu'elle avait ajoutée à la sauce bolognaise, trouvait subitement qu'il faisait chaud et que l'endroit était mal ventilé. Elle avait commandé un verre de Lambrusco, un vin pétillant et fruité originaire de l'Émilie-Romagne, une région du nord de l'Italie. Celui-ci, servi très frais, lui apporta un instant, avec son goût de cerise, la fraîcheur escomptée avant de lui colorer encore un peu plus les joues.

Tout en mangeant, Cattuso observait discrètement sa compagne de table. Il s'amusait intérieurement de sa maladresse à capturer les spaghettis qui fuyaient trop facilement sa fourchette. Même dans cette circonstance un peu comique, sa classe naturelle la mettait à l'abri du ridicule. À cause de la solitude dans laquelle il s'était enfermé depuis le décès de sa femme, ses sentiments s'étaient sclérosés, et son intérêt pour les autres avait disparu. Cette présence qui souhaitait une reconnaissance et un dialogue était peut-être le moyen d'une sorte de renaissance. Pourtant, le repas s'était déroulé presque en silence. Les confidences du début ne s'étaient pas poursuivies et, une fois revenus dans la rue, chacun portait en soi une espèce de gêne indéfinissable, peut-être un goût d'inachevé.

Nancy remarqua que John marchait plus lentement. Il lui sembla qu'il l'attendait. À l'extérieur du restaurant, la chaleur paraissait encore plus lourde qu'à leur arrivée, et ils avaient presque hâte de retrouver la fraîcheur de l'hôtel. Il y avait autour d'eux toujours autant de monde et le bruit était, semblait-il, à son apogée. L'avenue, dont ils n'avaient pas noté le nom, n'offrait aucune particularité touristique. Ce n'était qu'une succession d'immeubles anciens, quelconques, serrés et grisés par la pollution automobile. À peine entrevoyaient-ils, au loin, dans les rues adjacentes, des monuments ou des églises. De toute évidence, ils n'étaient pas encore dans le centre historique de la capitale, mais seulement à sa périphérie.

La pension des Glycines ne désemplissait pas. La réception était bondée de touristes et de pèlerins dont les bagages, en attendant leur enregistrement, étaient entassés vers l'entrée et gênaient considérablement le passage. John remarqua que le réceptionniste habituel était absent. Celui qui le remplaçait était également polyglotte. Il se distinguait du précédent en affichant un splendide sourire.

L'ascenseur était pris d'assaut et les deux correspondants de l'*Herald* durent se frayer un passage dans l'escalier. Celui-ci véhiculait dans sa cage de granit une fraîcheur bienfaisante qui leur donna l'énergie pour grimper les deux étages, en se faufilant parmi les gens qui montaient ou descendaient.

Le carton sur la porte de la chambre de John était toujours là. Le lit était en l'air, tel que l'occupant l'avait laissé, et le ménage n'avait pas été fait. Jusque-là la logique était respectée. Mais un simple coup d'œil sur le lavabo montrait que, si l'alignement et l'ordre des objets étaient respectés, les étiquettes, elles, étaient mal orientées. Après sa rapide inspection, John ressortit et se dirigea vers la chambre de la stagiaire. Sa porte était entrebâillée: il frappa deux coups brefs.

« Oui?

– C'est moi, John... Je peux?

– Oui, entrez. »

La jeune femme s'était déchaussée. Elle était assise sur le lit et massait avec application son pied droit. Elle remarqua aussitôt l'air soucieux de Cattuso.

« Un problème? Vous avez pu vérifier ce que vous vouliez?

– Oui, j'ai vu. Ma chambre a été fouillée. »

Nancy, étonnée, crut bon d'ajouter:

« Vous en êtes sûr? Je n'ai rien remarqué dans la mienne. Le ménage a été fait, mais évidemment je ne me suis pas assurée si quelque chose manquait.

– Pour votre chambre, c'est normal puisque vous avez laissé l'accès libre. Il est inutile de déposer la clef à la réception, le personnel a un double et peut faire la chambre après le départ des locataires. En plaçant le carton rouge sur la poignée de ma porte, j'en interdisais théoriquement l'entrée.

– Et alors? s'étonna encore Nancy.

– Et alors, le ménage n'a pas été fait, ce qui est également normal, mais les lieux ont été quand même visités.

– Comment le savez-vous?

– Tout à l'heure, avant de sortir, j'ai placé en évidence trois objets suivant un ordre et une orientation bien précis. Si quelqu'un devait manipuler ces objets, même avec application, il était très peu probable qu'il retrouve la disposition d'origine.

– Je vois, c'est astucieux... Mais il faudrait voir si rien ne nous manque. Si votre chambre ou la mienne ont bien été l'objet d'une visite, c'était sans doute pour y dérober de l'argent ou des effets personnels. Dans ce cas, il faudra se plaindre auprès de la réception. »

Mais John doutait de l'éventuelle intervention d'un simple rat d'hôtel. Les objets soigneusement rangés et dans le bon ordre démontraient plus de professionnalisme, et surtout une volonté indiscutable de rendre l'intrusion invisible. Sans les étiquettes... Il retourna dans la pièce voisine sans conviction, pour vérifier que rien ne lui avait été dérobé.

Nancy, de son côté, comptait ses affaires en se demandant si la paranoïa évoquée plus tôt par l'enquêteur lui-même n'était pas plus qu'une simple éventualité. Après une dizaine de minutes, elle alla frapper à sa porte. La voix rauque et un peu métallique lui répondit :

« Oui, entrez. »

Il était occupé à ranger maladroitement ses vêtements qu'il avait dépliés sur le lit. Il lui vint l'idée de l'aider dans cette tâche, qui à l'évidence le rebutait, mais elle n'osa pas et se contenta de demander :

« Alors, il vous manque quelque chose?

– Non, rien. Et à vous?

– Non plus. Vous avez dû vous tromper en mémorisant mal le piège que vous avez tendu.

– Peut-être avez-vous raison... Oublions tout cela. Il faudrait que nous passions voir Pozzi à l'Agence. Le Jubilé commence dans quinze jours et nous devons établir avec lui le fond de notre reportage; il va nous falloir de la matière pour étayer notre travail. »

C'était la première fois depuis leur arrivée qu'il abordait l'aspect professionnel de leur voyage. Nancy appréhendait cette réunion de travail à trois dans le bureau de Mario Pozzi. Ce dernier lui avait fait sentir le rôle qu'il lui voyait tenir dans le tandem qu'elle formait avec Cattuso et elle se refusait de jouer ouvertement la subalterne, voire la potiche.

« Si vous êtes d'accord, je pense qu'il est préférable que nous en parlions d'abord. »

Un peu surprise de sa propre audace et devant le silence de John, elle poursuivit :

« J'ai une idée du fond que nous pourrions donner au documentaire... »

Cattuso parut intéressé et il incita la jeune stagiaire à continuer :

«Je ne vois pas d'inconvénient à ce que nous nous préparions avant de le voir. Après tout, une bonne réflexion préliminaire ne peut que faire avancer les choses.»

Ravie de cette approche, Nancy Shepard poursuivit son idée:

«Voilà. Je pense que la plupart des journaux concurrents, pour ne pas dire tous, vont donner à ce moment unique une approche identique, basée sur la foi avec comme toile de fond les trésors du Vatican. Même si cette façon d'aborder le sujet est inévitable, je crois indispensable d'aller plus loin, pour donner une autre dimension à notre travail. J'ai lu que les musées du Vatican sont uniques et d'une richesse inégalée. Toutefois, ils sont la partie visible, celle que l'on montre souvent et volontiers à un large public. Sans doute pouvons-nous rechercher l'inhabituel et le moins connu. En cela, Pozzi pourrait peut-être nous aider.»

John était surpris par la clairvoyance de la jeune femme; il était arrivé rapidement, lors de sa discussion avec Ellworth, à la même conclusion quant à la valeur ajoutée de l'*Herald* sur un tel sujet. Or la jeune apprentie était déjà allée plus loin! Bien sûr, il fallait parler des mêmes choses que les «autres» pour éviter le hors-sujet, mais en plus il fallait étonner avec une touche de nouveauté, d'inattendu surtout.

«Je pense que vous avez raison; il faut aller dans le sens que vous proposez et demander pour cela l'aide de Mario Pozzi. J'espère qu'il sera réceptif à nos arguments et qu'il nous épaulera.»

Nancy était soulagée. Elle sentait que sa proposition plaisait vraiment à Fox, mais surtout elle apprécia qu'il lui accorde enfin un peu d'attention. C'était peut-être enfin le début d'un vrai travail d'équipe.

* * *

L'Agence de *la via Montebello* était calme. Les quelques personnes qui occupaient les lieux n'affichaient aucunement le stress qui semblait prédominer à l'*Herald*. Pozzi les accueillit chaleureusement. Il leur offrit des rafraîchissements. Pendant quelques secondes, il n'eut d'yeux que pour la stagiaire. Celle-ci s'était vêtue d'un jean et d'un chemisier blanc bien sagement agrafé. Elle avait adopté une tenue plus propice au travail. Après ce bref instant d'inattention, le responsable s'enquit de leurs conditions d'installation. Comme un court silence succédait à sa question, sûr de la réponse, il enchaîna:

« Comme je vous l'ai dit, c'est un établissement très acceptable, offrant un niveau suffisant de confort et également une grande facilité de service pour la restauration. Cela évite de sortir en ville chercher des restaurants toujours pris d'assaut en cette saison. »

L'à-propos de la réflexion de Pozzi était à ce point évident que Nancy se demanda sur l'instant si l'hôtel ne l'avait pas prévenu de leur sortie. Cela lui parut aussitôt grotesque et elle s'en voulut presque d'épouser la paranoïa de Cattuso. Elle pensait d'ailleurs que celui-ci parlerait de ses doutes quant à la sécurité pratiquée à la pension des Glycines, mais il n'en fit rien. Sans doute était-il enfin convaincu de son erreur.

Mario Pozzi appréciait le physique de Nancy Shepard, cela, John l'avait perçu immédiatement, mais il savait aussi que c'était avec lui que le patron de l'Agence préférait s'entretenir. Sans doute un réflexe machiste lié au vieux continent. Estimant injuste de déposséder la « débutante » de son idée et se moquant des préjugés de Pozzi, il lança brièvement le débat.

« Nous nous sommes concertés, mademoiselle Shepard et moi-même, au sujet du reportage que nous devons assurer sur le Jubilé. Elle a eu, d'après moi, une excellente idée; elle va vous l'exposer elle-même et j'aimerais que vous l'écoutiez. »

Nancy fut surprise, pensant que l'enquêteur expliquerait lui-même les choses. Elle ne s'attendait pas à être mise en avant de cette façon un peu abrupte. Le directeur de l'Agence romaine de l'*Herald*, lui, s'il fut surpris, n'en montra rien, se contentant de se tourner vers Nancy en lui prêtant cette fois une attention toute professionnelle. Pendant qu'elle présentait son idée à Mario Pozzi, John s'était levé et dirigé vers une table basse sur laquelle traînaient divers journaux. Il prit l'un d'eux, le regarda brièvement, le plia et le glissa dans la poche droite de son veston. À l'autre extrémité de la pièce, Pozzi écoutait la jeune stagiaire, sans un mot, mais la moue dubitative que surmontaient les moustaches ne laissait aucun doute sur son opinion.

John était revenu s'asseoir. La jeune femme argumentait avec les mêmes éléments qu'elle avait donnés à Cattuso, mais apparemment sans obtenir les mêmes effets. Finalement, les deux correspondants purent prendre la mesure de la difficulté qui les attendait.

« Ce que vous me demandez est impossible! Ce qui est visible au Vatican l'est depuis toujours et le restera encore longtemps. Mais pour ce qui est d'un éventuel patrimoine secret, même si beaucoup de rumeurs ont couru là-dessus, je n'ai rien de suffisamment concret pour y croire, et encore moins pour en demander une autorisation de visite! J'espère que vous avez bien conscience de votre illogisme... »

Maniant toujours avec son accent métallique et un peu zézayant un anglais presque parfait, leur interlocuteur appuyait chaque mot pour bien démontrer l'impossibilité de leur requête. Il reprit son souffle et insista:

« Écoutez, nous n'avons qu'une quinzaine de jours devant nous. Il me paraît indispensable de concentrer notre travail sur des éléments solides; se disperser inutilement serait très préjudiciable à la réussite du reportage. Vous allez avoir une foule de renseignements à collecter et même si à l'Agence nous avons beaucoup de documentation, vous n'aurez que peu de temps pour tout dépouiller, même à deux.»

Déçue, Nancy chercha le regard sombre de son coéquipier; ce dernier, solidaire, s'avança un peu et insista à son tour.

«Nous ne cherchons pas l'impossible, simplement ce qui d'ordinaire n'accroche pas autant le touriste qu'une œuvre prestigieuse et connue. Peut-être une annexe où seraient rangées des créations anciennes et délaissées. Quelque chose qui montrerait que le Vatican n'est pas qu'un musée richissime, mais aussi un abri pour toutes les réalisations qui parlent de la foi.»

Nancy Shepard remercia intérieurement John Cattuso. Il avait exactement exprimé sa pensée avec les mots adaptés et avait suffisamment, à son tour, appuyé ses phrases pour bien montrer sa détermination à défendre l'idée proposée. Pozzi, silencieux et pensif, secouait la tête. Il n'était pas convaincu, mais son travail consistait aussi à obéir à Ellworth, et donc à aider dans leurs démarches les envoyés du grand journal californien. Il déplorait seulement de n'avoir pas réussi à leur démontrer la naïveté de leur intention, persuadé qu'il perdrait son temps dans cette tentative auprès des instances du Vatican.

«Je suis convaincu que la réponse sera négative. Je vais quand même poser la question à l'Office des monuments et musées pontificaux. C'est lui qui s'occupe des visites et des circuits touristiques dans la Cité léonine.»

Nancy s'étonna du qualificatif employé:

«La Cité léonine?...»

Le patron de l'Agence expliqua, avec un peu de lassitude:

«Oui, c'est ainsi que l'on nommait aussi la Cité du Vatican, en l'honneur d'un pape... Léon IV, je crois.»

Décidément, il leur faudrait beaucoup de travail à

ces deux-là pour comprendre la complexité et la richesse culturelle d'une institution dont manifestement ils ignoraient l'essentiel et il constatait déjà qu'il serait en première ligne pour leur préparer le terrain. Il poursuivit, en désignant du menton deux cartons qui se trouvaient au pied de son bureau :

« Nous avons préparé cette documentation pour vous avancer. Vous trouverez des cassettes filmées qui concernent surtout les musées, la bibliothèque vaticane ainsi que les archives du même nom. Il y a aussi un ensemble complet et assez récent de brochures traitant de la Cité. Vous n'aurez donc, a priori, pas à refaire de photos ni de recherches. Dans l'un des cartons, pour vous aider à y voir un peu plus clair, vous trouverez un *listing* qui récapitule la totalité des contenus. Une chose encore : les jours prochains, il sera sans doute nécessaire que nous communiquions fréquemment. Pour cela, ici, le plus pratique, c'est le portable. Le téléphone traditionnel n'est pas ce qui marche le mieux dans ce pays. C'est même pour cela que les lignes mobiles ont pris le pas sur les appareils fixes. L'Italie est devenu en fait l'un des leaders européens pour ce type de communications. Je peux mettre à votre disposition, pendant votre séjour, ces deux portables. Vous verrez, ils sont aussi pratiques que discrets. »

Il sortit d'un tiroir deux merveilles technologiques qu'il posa sur le bureau avant de les pousser dans la direction de ses interlocuteurs. Après avoir empoché l'une d'elles, Nancy Shepard jaugea le volume des cartons et glissa un regard inquiet vers Cattuso. Elle qui adorait lire, elle allait être servie.

La vieille BMW menée sans ménagement par Guido assura le retour des deux journalistes à la pension des Glycines. Pour l'aller, déjà, ils avaient eu recours au factotum de l'Agence et celui-ci, comme à son habitude, n'avait pas ménagé ses passagers, tant par sa conduite que par son éternel bavardage. Pourtant, force était de constater que le temps gagné par cette solution était appréciable et, pour les jours à venir, certainement précieux.

À la pension, les deux cartons atterrirent dans la chambre de John. Nancy était allée un instant se rafraîchir le visage dans la sienne. Lorsqu'elle rejoignit Cattuso pour l'aider à déballer le «cadeau» de Pozzi, elle trouva l'enquêteur penché sur un exemplaire du *Washington Daily*. Un titre en caractères gras annonçait un scandale de grande envergure. L'attention que John Cattuso portait à l'article, ainsi que le nom du journal, rappelèrent aussitôt à Nancy l'enveloppe marron qu'elle avait vue entre ses mains lors de leur départ des États-Unis.

Ayant fini sa lecture, John venait de jeter le journal sur le lit et, pendant qu'il commençait à ouvrir les cartons, la jeune femme parcourut le texte. Il y était question d'une sombre affaire où se mêlaient capitaux illicites, trafic d'influence, corruption... Plusieurs multinationales étaient citées et les noms d'hommes influents, avancés. Il y était aussi question d'une tentative, à présent avortée, de création d'un grand centre touristique.

John continuait son déballage en sifflotant. Nancy, curieuse, l'interrogea:

«Vous y êtes pour quelque chose?

– Qui? Moi?

– Oui, vous...»

Cattuso sentit qu'il était vain d'essayer de mentir à quelqu'un d'aussi intuitif, mais il essaya pourtant en répondant, d'un air étonné:

«Qu'est-ce qui vous fait croire ça?

– Une impression, ainsi qu'une certaine enveloppe marron adressée au *Washington Daily*. Le destinataire de l'enveloppe est le même que celui qui a signé l'article que j'ai sous les yeux: un certain Patrick Gowan. Alors, vous maintenez qu'il puisse s'agir d'une simple coïncidence?»

John soupira : intuitive et logique. La belle stagiaire démontrait de plus en plus les qualités d'un fin limier et il jugea inutile d'essayer de l'abuser encore.

« Soit ! C'est moi qui ai communiqué les résultats de mon enquête à ce confrère... Et en plus, c'est quelqu'un que je n'apprécie pas particulièrement. »

Nancy Shepard était abasourdie.

« Mais cela ne se fait pas ! Je croyais que l'on ne donnait jamais un *scoop* à la concurrence !

– Exact ! Mais je n'avais que deux possibilités : laisser tomber et permettre que toute cette affaire se concrétise, avec pour conséquences la réalisation d'un projet désastreux soutenu en toute illégalité ou faire passer l'information par quelqu'un d'autre pour éloigner la menace de l'*Herald* et faire capoter leur plan. Comme vous avez pu le lire, j'ai choisi la seconde solution. Je ne pouvais pas abandonner. »

La belle néophyte ne comprenait toujours pas pourquoi il fallait utiliser un tiers pour dévoiler le scandale. John dut lui expliquer les conséquences possibles de son enquête sur son entourage et sur lui-même.

« J'ai été menacé et prévenu que si l'affaire éclatait au grand jour... enfin, vous devinez aisément la suite. Mon retard à paraître au journal au moment de votre arrivée était dû à une tentative d'intimidation sur ma personne. Seul, j'aurais pu assumer tout cela, mais notre directeur de la rédaction ainsi que sa famille étaient également visés. Sachant que la déontologie du métier interdit cette pratique, je n'ai pas hésité à donner l'information, ainsi que les preuves, à la concurrence. Ceci met l'*Herald* et Ellworth à l'abri de toutes représailles puisque nous n'avons rien publié et qu'il est peu envisageable d'en déduire que nous soyons à l'origine de la fuite. "Ils" penseront tout au plus que d'autres enquêteurs suivaient parallèlement à moi, et de façon plus discrète, la même piste. Ce sera d'autant plus plausible que Patrick Gowan a la réputation bien établie d'être l'archétype de l'arriviste. »

Le raisonnement se tenait. Il était en effet peu probable que quelqu'un imagine la moindre collusion entre les deux journaux dont la rivalité était connue de tous. Par contre, l'affaire faisait tant de bruit outre-Atlantique que Nancy songea que des retombées n'étaient quand même pas à exclure.

« Ne pensez-vous pas avoir donné un cadeau empoisonné à ce Gowan? Pourquoi les menaces que vous avez subies ne seraient-elles pas aussi valables pour lui?

– Eh bien, simplement parce que les menaces qui m'étaient adressées étaient destinées à empêcher la vérité de voir le jour. Maintenant que cette dernière a éclaté, dévoilant les dessous de l'affaire, il n'y a plus aucun intérêt à menacer qui que ce soit. Pour "eux", c'est trop tard.

– Et vous-même, pensez-vous être à l'abri d'une vengeance? Dans quinze jours, vingt au plus, nous retournerons en Californie. Même si votre logique peut se vérifier, ce n'est pas une garantie absolue. Il faudra du temps avant que tout cela ne se calme, beaucoup de temps. »

John se rapprocha de Nancy Shepard.

« Écoutez, Nancy. »

C'était la première fois qu'il l'appelait par son prénom et elle sentit une légère émotion l'envahir, sans doute amenée par une sorte de prémonition.

« Je crois utile que vous le sachiez: il n'est pas envisageable pour moi de retourner en Californie... ni ailleurs aux États-Unis. C'était convenu ainsi avec Ellworth, quelques jours déjà avant notre départ. J'ai fait mon travail, en allant au fond des choses, en toute intégrité. Je ne le regrette pas, même si le prix à payer maintenant est celui de l'expatriation. J'ai laissé là-bas une partie de moi-même, de mon enfance à Brooklyn, et jusqu'au souvenir des miens. Je dois l'accepter, bien que cela soit plus difficile que je ne l'avais imaginé. »

Nancy prit conscience que cette appréhension, qu'elle avait du mal à définir et qu'elle portait en elle depuis le début de leur voyage, venait de prendre forme avec les éclaircissements donnés par Fox. Cette révélation la peinait, car, même si leur rencontre avait été placée sous le signe de l'indifférence, elle commençait à apprécier cet homme qui se dévoilait maintenant davantage, laissant entrevoir des qualités et une sensibilité qu'elle n'avait pas imaginées de prime abord. Elle pensa que ce métier était bien ingrat, puisque le résultat d'un travail consciencieux et désintéressé pouvait se révéler une sanction plutôt qu'une récompense. Et, en l'occurrence, quelle sanction! C'était en réalité une injustice très dure, trop dure.

« Qu'allez-vous faire?... Je veux dire à la fin de notre reportage?

– Je n'y ai pas vraiment réfléchi, peut-être rester ici et travailler à l'Agence avec Mario ou même aller en Sicile, d'où étaient originaires mes parents et grands-parents. Ce serait comme un retour aux sources... Il paraît que c'est très beau; ce pourrait être l'endroit rêvé pour disparaître un temps du circuit international et me faire oublier. »

Nancy imaginait mal un journaliste aux capacités de John se perdre dans une filiale sans importance et s'occuper des rubriques locales. Cela ressemblait plus à un enterrement qu'à une retraite stratégique. Un silence pesant s'était installé dans la chambre. Un trait de lumière filtrait de la fenêtre mi-close, traversait le voilage et dessinait une tache dorée sur le sol de granit. Cattuso y posa son regard sombre et mélancolique. Il se laissa porter par ce lien immatériel et captivant qui l'aida à remonter le temps jusqu'à sa vie passée, ses souvenirs, ses visages. Tout cela était bien loin tout à coup, et il sembla à John que depuis quelques jours le sablier s'était accéléré brusquement, comme pour tourner plus vite les pages du livre de son existence. D'autres évènements, d'autres pensées le détachaient d'un passé qui semblait de plus en plus lointain. Imperceptiblement, le rayon magique issu de l'astre céleste se déplaçait comme si, sa mission de connexion extratemporelle terminée, il essayait de se dégager de ces yeux qui s'étaient accrochés à lui.

« Hé! je vous parle. »

John sursauta; la main tiède de Nancy posée sur son bras l'avait surpris, en même temps qu'elle le ramenait à la réalité.

« Excusez-moi, j'étais ailleurs.

– J'ai vu... Écoutez. Je crois que le mieux pour l'instant est de se consacrer au Jubilé. Celui-ci va nous occuper suffisamment. Ensuite, il sera toujours temps d'aviser et de trouver une solution. »

John avait remarqué que la jeune femme s'était spontanément associée à son problème. Décidément, elle était remarquable, et il regrettait encore un peu plus la froideur qu'il lui avait manifestée les jours précédents, même si, dans son attitude, il savait qu'il y avait beaucoup d'amertume et peu d'animosité.

Pendant que Cattuso lui expliquait la situation, Nancy percevait en lui une sourde inquiétude qu'il pensait sans doute contenir en essayant de commenter les faits avec détachement. Elle était plus que jamais touchée par la tristesse émanant de cet homme frappé par un destin injuste et elle espérait vraiment qu'il trouve la solution qui redonnerait un sens à sa vie.

« Êtes-vous toujours persuadé que votre chambre a été visitée?

– Oui... Certain.

– Pourquoi n'en avoir rien dit cet après-midi à l'Agence? Et surtout pourquoi, dans ce cas, rester ici?

– Pozzi n'est visiblement au courant de rien, et il me paraît inutile de le mêler à tout ceci. Dans ma situation actuelle, il ne me serait d'aucun secours. J'ignore moi-même l'orientation que je veux suivre. Cette affaire s'est déroulée sur un autre continent, bien loin de la vieille Europe, et n'a, j'en suis persuadé, aucun lien avec les derniers évènements. D'autre part, pourquoi vouloir déménager? Puisque rien n'avait été caché, rien, naturellement, n'a été trouvé et ce, malgré une fouille minutieuse. Il est donc évident que nous serons désormais tranquilles et à l'abri de toute nouvelle tentative. De plus, il est vrai que l'endroit est bien situé et assez proche de l'Agence.»

La fenêtre laissait entrer les rumeurs de la rue. Dehors, les gens vivaient en une masse mouvante où chaque individu, poussé par ses propres motivations, contribuait à créer l'incohérence générale. Cet immense foisonnement absurde était un reflet de la société, comme de toute communauté sur cette planète, du moins là où se trouvaient des hommes. Nancy, perdue à son tour dans ses pensées, songeait aux différents moteurs qui poussaient chacun à aller de l'avant. Elle essaya mentalement de les énumérer: argent, amour, ambition, altruisme, curiosité, fatalisme, esprit d'aventure, d'entreprise... Elle renonça: la liste était infinie puisque liée au codage génétique de chaque personnalité. Pour compliquer le tout, différents moteurs pouvaient s'associer pour pousser les individualités et leur donner ainsi un ou plusieurs buts, ce qui rendait les choses encore plus difficiles à analyser.

Soudain, des cloches innombrables lancèrent presque simultanément leurs carillons dans un parfait désaccord. Elles emplissaient l'air d'un signal vibrant, appelant les fidèles à se rendre aux lieux de culte. Régulièrement, à heures fixes, la ville sainte oubliait son quotidien pour rappeler au monde sa vocation véritable, celle d'être la première ville de l'immense empire catholique romain. Un empire sans frontières définies, si ce n'étaient celles de la foi.

John et Nancy étaient assis côte à côte. La fraîche quiétude de la pièce et le trait de lumière qui s'était à présent décalé sur le mur incitaient au repos et à la méditation. Cattuso se sentait apaisé. La présence de la jeune femme lui permettait un échange, une activité qu'il n'avait plus pratiquée depuis longtemps, et il prit conscience du bien-être que cela lui procurait.

« Il faudrait que nous commencions à regarder de plus près tout ceci – il désigna du pouce les deux cartons –, il faut absolument que nous ayons une idée d'ensemble de cette documentation avant d'écrire quoi que ce soit sur le Vatican. Nous devrons aussi demander à Pozzi de nous fournir un magnétoscope pour visionner ses cassettes. Nous l'installerons dans l'une des deux chambres, la vôtre ou la mienne, à vous de choisir. »

Enfin, le vrai travail d'équipe allait commencer et Nancy, le cœur léger à cette idée, proposa aussitôt :

« Écoutez, j'adore lire et je suis assez rapide à cet exercice. Je vous suggère que nous nous partagions les documents et que... »

Une sonnerie évoquant un air de grande musique s'échappa du veston de John, coupant l'intervention de la stagiaire. Ils avaient été tous deux décontenancés par la mélodie, et le minuscule portable échappa quelques instants à la fouille avant d'apparaître finalement.

« Oui, Cattuso. »

La voix métallique de Mario Pozzi zézaya sur la ligne :

« Pozzi. J'ai un *scoop* à vous annoncer. Je n'y crois pas moi-même, mais l'Office des monuments donne son accord pour une visite... comment dire... extra-touristique. C'est tout à fait inhabituel. J'ai posé la question juste après votre départ et obtenu la réponse dans l'heure qui a suivi, ce qui est tout aussi étonnant. »

John paraissait ravi. N'entendant pas la conversation, Nancy ne pouvait que s'interroger sur cette évidente satisfaction.

« C'est parfait, Mario, vous avez été très efficace et je suis sûr que nous vous devons beaucoup.

– Sincèrement, je ne pense pas avoir influencé la décision. Mon seul argument a été de faire valoir que vous vouliez donner à vos articles une connotation différente de l'habituel train-train sur les musées et les trésors qu'ils renferment. Cela a paru suffisant. Toutefois, il y a une procédure à respecter et vous devrez dès demain vous rendre au bureau en question pour y obtenir vos accréditations. Guido viendra vous prendre vers neuf heures à votre hôtel. Vous avez rendez-vous à dix heures. C'est O.K. pour vous?

– O.K., c'est parfait! Nous vous remercions encore, Mario, bonsoir. »

La communication aussitôt coupée, Nancy demanda:

« Alors, bonne nouvelle?

– Excellente! Le Vatican accepte de nous promener dans une partie de ses jardins secrets. Nous sommes attendus demain à dix heures à l'Office des monuments. »

Les yeux verts de Nancy Shepard s'arrondirent de surprise:

« Incroyable!... Mais, maintenant que c'est fait, je dois avouer que les doutes de Pozzi avaient sérieusement atténué mon enthousiasme et que je n'y croyais plus vraiment. Et puis, si vite! C'est absolument génial, nous allons pouvoir faire, j'en suis certaine, un beau documentaire. »

L'enthousiasme de la jeune femme était spontané et communicatif; John retrouva cette sensation exaltante qui précédait chaque nouveau reportage, surtout si celui-ci était particulier ou inédit. Il sentait une montée d'adrénaline le submerger et doper ses facultés. Nancy était rayonnante et visiblement impatiente de commencer à travailler. Elle ajouta:

« Avant que votre portable ne sonne *La Traviata* de Verdi, je pensais que nous pourrions nous partager la documentation et entamer sa lecture. »

À ces mots, Cattuso se souvint de ses propos avant l'appel de Pozzi.

« Zut! J'ai oublié de demander à Mario de nous prêter un magnétoscope. Tant pis, demain, je soumettrai ma demande à Guido. Pour la lecture, je vous avoue que ce soir je ne me sens pas d'humeur. Mais si le cœur vous en dit, choisissez. Ensuite, pour gagner du temps, nous pourrions aller souper au restaurant de l'hôtel. Vous aurez ensuite tout le loisir de vous consacrer à votre activité favorite. »

La jeune stagiaire crut percevoir une légère ironie dans la réponse de John Cattuso. Dans le doute, elle préféra l'ignorer. La relation d'équipe qui s'était difficilement nouée entre eux était trop récente et trop importante à ses yeux pour qu'elle risque de la perturber.

Le restaurant était situé légèrement sur le côté de la réception. Il fallait sortir de l'hôtel, emprunter une allée bétonnée bordée de fleurs, pour se retrouver face à l'entrée d'une construction de même style que le bâtiment principal, mais beaucoup moins importante et de plain-pied. Une immense glycine, sans doute à l'origine du nom donné à la pension, lançait ses lianes noueuses et grosses comme des bras à l'assaut de toutes les formes à sa portée. Ses sarments ligneux semblaient n'avoir d'autres limites que celles de la construction qui les supportait. Du feuillage clairsemé s'échappaient de longues grappes de fleurs mauves, semblables aux fruits d'une énorme vigne verticale. John s'avisa que cette plante aux allures majestueuses devait avoir au moins cinquante ans. Une question saugrenue lui effleura l'esprit: s'agissait-il d'une plante gigantesque ou d'un arbre de taille moyenne? À partir de quel moment, ou plutôt de quelle dimension, un végétal pouvait-il prétendre à telle ou telle classification?

L'accès au restaurant proprement dit était précédé par un sas faisant aussi office de vestiaire. Des menus étaient affichés sous un support vitré. L'espace dédié à la restauration se composait de trois salles en enfilade qui semblaient bondées. Toutefois, les deux journalistes furent assez rapidement placés à une table. Le va-et-vient autour d'eux démontrait la rapidité du service. Une demi-douzaine de garçons de salle, vêtus d'un pantalon noir, d'une chemise blanche et d'un gilet rouge, s'affairaient en slalomant entre les tables. Par les grandes baies vitrées entrebâillées, une légère brise gonflait les voilages qui empêchaient les insectes attirés par la lumière d'envahir les lieux. À l'extérieur, la nuit romaine illuminait la Ville éternelle, lui donnant une fois encore l'occasion de briller. L'orientation des trois pièces était telle que celles-ci étaient isolées des rumeurs de la rue. Pourtant les conversations animées des convives, leurs rires et le cliquetis des couverts créaient un fond sonore et donnaient au restaurant un air de fête. C'était finalement comme si tous ces groupes d'inconnus d'origines diverses se connaissaient et faisaient partie de la même grande famille.

Nancy remarqua que, sur pratiquement toutes les tables, les verres étaient remplis d'un vin rouge à la mousse légère et capiteuse. Ici aussi le plus vieux cépage du monde, le Lambrusco, était à l'honneur. Elle observa un court instant son compagnon de table, avant de lui demander :

« Je ne voudrais pas vous paraître indiscrète, mais j'aimerais savoir pourquoi vous vous exprimez toujours en anglais, alors que vous parlez parfaitement l'italien. »

Elle avait été intriguée par ce choix, car elle aurait aimé pouvoir parler avec la même aisance que lui la langue de leur pays d'accueil. John ne parut pas étonné de la question et il se contenta de répondre, tout naturellement :

« En fait, vous avez sans doute remarqué que nos différents interlocuteurs mettent beaucoup d'application à nous parler en anglais. Il est même certain que, pour Guido, par exemple, c'est loin d'être évident. Leurs efforts sont donc tout à fait louables, et le minimum à mon avis est de leur répondre dans la même langue, ne serait-ce que pour leur montrer qu'ils se font parfaitement comprendre. Vous m'avez dit aussi ne pas comprendre l'italien et, devoir toujours attendre la traduction... Vous seriez très gênée dans les conversations. »

Effectivement, Nancy Shepard s'était rapidement rendu compte que ses connaissances en espagnol ne l'aidaient que pour la lecture, les deux langues latines permettant pour cet exercice des interprétations assez proches de la réalité; par contre, la compréhension du langage parlé était toute différente et ce n'était certainement pas l'accent italien, coulé et chantant, servi par un rythme affolant, qui lui permettrait de saisir le sens de ce qu'elle entendait.

À l'instar de John, Nancy commanda de nouveau des spaghettis, s'entêtant à saisir les longues pâtes mobiles avec autant de difficulté que d'application. Cattuso s'amusait de sa volonté à vouloir résoudre absolument le problème posé par cet aliment qui semblait animé d'une volonté d'indépendance tenace. Il lui proposa son aide avec un sourire bienveillant :

« Vous devriez utiliser votre cuiller pour les enrouler, c'est beaucoup plus facile. Regardez, comme ceci... »

Joignant le geste à la parole, il captura avec sa fourchette une pelote de pâtes qu'il plaça dans le creux de sa cuiller puis, d'une légère rotation donnée à la fourchette, il enroula la bouchée de spaghettis qui restèrent bien proprement ficelés.

« En effet, vu d'ici, ça paraît simple. J'adore les manger, mais les attraper n'est pas très évident. Je vais essayer votre méthode.

– Je n'ai aucun mérite. J'ai appris très tôt. Par mes

origines, j'étais à bonne école. Je voudrais vous poser une question personnelle, si vous le permettez... »

Nancy leva la tête, oubliant un instant son assiette fumante et ses couverts.

« Je vous en prie. J'essaierai de vous répondre, dans la mesure du possible, bien sûr. »

Un peu hésitant, il poursuivit :

« Ce déplacement à l'étranger n'a pas eu l'air de vous contrarier outre mesure. Vous n'aviez aucun lien susceptible de compliquer la situation ? Je veux dire des liens... affectifs. »

Étonnée par la question et en même temps soulagée, Nancy Shepard sourit. Elle s'attendait, sans oser se demander pourquoi, à quelque chose de plus intime.

« Je n'ai rien laissé d'important derrière moi : seulement des souvenirs, bons ou mauvais, comme beaucoup de gens je présume. Mais peut-être avec en prime un mariage raté, soldé par un divorce... ceci étant à classer parmi les choses à oublier. »

John s'en voulut un peu de sa question maladroite et s'excusa.

« Je suis désolé. Je ne voulais pas raviver de douloureux souvenirs.

– Rassurez-vous, c'est de l'histoire ancienne. J'avais vingt-deux ans et je considère maintenant cela comme une erreur de jeunesse.

– Qu'est-ce qui n'a pas marché ?

– C'est difficile à résumer. Disons pour simplifier : incompatibilité d'humeur aboutissant à une indifférence mutuelle. Heureusement, je n'ai pas eu d'enfant, ce qui a grandement facilité notre séparation.

– Un veuf et une divorcée... Nous formons une belle équipe. »

Nancy réagit, piquée au vif :

« Je ne pense pas, pour ma part, que le fait d'être

divorcée soit une tare quelconque. Vous avez l'air d'en parler comme d'une infirmité! »

Cattuso vit de la colère s'échapper des yeux couleur lagon; il sentit alors à quel point sa remarque était déplacée et avait pu blesser la susceptibilité de la jeune femme. Il crut nécessaire de préciser le fond de sa pensée pour lever l'ambiguïté de sa phrase.

« Excusez-moi, je me suis mal exprimé. Je voulais simplement dire que nous sommes à notre manière deux victimes de la vie. Vous avez sans doute perdu beaucoup de vos illusions ou de vos rêves de jeune fille... et moi, payé très cher le peu de bonheur qui m'avait été octroyé. En cela nous sommes peut-être semblables. »

En recommençant à lutter contre ses spaghettis, la stagiaire continua :

« Je suis moins défaitiste que vous. J'ai certainement commis une erreur due à l'inexpérience, mais je sais que la vie ne s'arrête pas là, que tout peut recommencer. Après un échec, chacun a la possibilité de retrouver en soi l'énergie nécessaire pour refaire sa vie. Il suffit de le vouloir, et surtout d'y croire. »

John avait relevé dans ces quelques mots une volonté farouche, une détermination qui devait sans doute guider le moindre des actes de sa compagne de table. C'était vraisemblablement une battante, capable de transformer les aléas de l'existence en expériences positives.

Lorsqu'ils quittèrent le restaurant en se frayant l'un derrière l'autre un passage parmi les tables, l'enquêteur John Cattuso connaissait un peu mieux la ravissante future enquêteuse Nancy Shepard. Dehors, la brise s'était levée, faisant naître un bruissement dans le feuillage de la glycine géante et, là-haut, dans les cieux constellés, des nuages se mouvaient en masquant partiellement les milliers d'étoiles. La douceur de la nuit était contrariée par cette fraîcheur naissante et il semblait maintenant évident que le ciel romain ne tarderait pas à faire un caprice.

Au deuxième étage de l'hôtel, les fenêtres ouvertes accueillaient l'air frais qui s'engouffrait, imprégnant les granits du long couloir.

Allongée sur son lit, Nancy savait à présent que le « sauvage » qu'elle avait côtoyé les jours précédents n'existait plus. Après leurs confidences de la soirée, elle ne voyait maintenant en lui qu'un écorché, un homme déchiré par le destin, ayant perdu tôt père et mère dans un accident de voiture. John avait essayé de reconstruire sa vie avec une compagne qu'il adorait, pour enfin la perdre dans les mêmes circonstances que ses parents. Elle comprenait mieux à présent son ostracisme envers les autres, sa volonté délibérée de s'exclure de la société et de s'éloigner des blessures qu'elle pouvait infliger. Chacune de ses attitudes s'expliquait : le regard sombre et mélancolique, amer et désabusé posé sur le monde et les gens. Peut-être parvenait-elle aussi à comprendre cette volonté inconsciente d'autodestruction.

Depuis son divorce, elle n'avait eu que quelques aventures sans lendemain, très peu comparativement à la plupart de ses amies de faculté qui, elles, fréquentaient assidûment le sexe opposé. Mais cet homme l'attirait. Elle éprouvait un besoin de plus en plus pressant de se rapprocher de lui, de le sentir près d'elle. En y pensant, elle eut presque peur d'identifier ce désir qu'elle sentait naître en elle et qu'elle arrivait difficilement à réprimer. Était-ce de la curiosité? L'envie de connaître la vie et les secrets de cet être complexe, de prime abord inaccessible? Peut-être. Une simple attirance physique? Le désir de connaître le corps et l'étreinte de cet homme ténébreux et viril qu'elle croyait capable d'une grande tendresse? Sans doute. De l'amour? Ce sentiment complexe, qu'elle avait cru à tort connaître, qui lui avait échappé mais auquel elle croyait toujours? Cette dernière possibilité l'effraya. Elle savait que vivre le tourment d'une passion non partagée lui serait insupportable; elle préférait lutter contre cette éventualité et le mieux était pour l'instant de se plonger dans la lecture qui l'attendait.

À l'extérieur, un éclair violent illumina la nuit, zébrant le ciel d'une immense et fugitive lanière argentée. De grosses gouttes issues du néant envahirent bientôt l'espace, puis la pluie tomba, de plus en plus serrée, ajoutant un crépitement sonore à la fraîcheur définitivement installée sur la ville.

Sous la porte de la chambre de Nancy, un rai de lumière filtrait. Plus clair et plus vif que la veilleuse dans le corridor, il semblait afficher toute la volonté de la jeune femme qui, dévorant la documentation remise par Pozzi, tentait de chasser ses inquiétudes.

John était debout devant la fenêtre de sa chambre, ouverte sur l'orage. Son esprit s'était enfui un instant, parcourant mélancoliquement les profondeurs obscures. Mais peu à peu son mental échappa à l'ivresse passagère de ses rêveries pour le ramener à des réalités plus pragmatiques. Ses pensées allèrent alors vers Nancy Shepard. Pendant toute la soirée, il n'avait pu s'empêcher de regarder subrepticement la jeune femme, essayant de lui cacher un intérêt qu'il sentait grandissant. Il y avait bien sûr ce corps splendide qui lui rappelait toujours plus fréquemment qu'il était encore un homme. Chaque geste de Nancy mettait en mouvement sa poitrine sensuelle ou dévoilait un peu plus ses longues jambes nerveuses et galbées. Pendant le souper, John avait surpris plus d'une fois des regards masculins qui s'attardaient sur les courbes parfaites de la belle stagiaire, sa silhouette évoquant indéniablement l'amour et ses caresses. Mais, ce qui l'émouvait davantage, c'était ses immenses yeux inquisiteurs qui semblaient fouiller son âme quand elle le regardait comme pour y lire tous ses tourments et toutes ses inquiétudes. Il éprouvait presque un sentiment de honte à l'idée que cette femme puisse éveiller en lui un désir qu'il croyait mort avec la disparition d'Angela.

La sonnerie du téléphone l'arracha brutalement à ses réflexions. Il était vingt-deux heures quinze.

« Ici la réception. »

John reconnut la voix peu sympathique du portier au sourire hebdomadaire.

« J'ai un appel de l'étranger pour vous. Je vous le passe.

– Oui... Merci. »

Une voix lointaine et familière, un peu déformée par la distance, résonna dans l'écouteur :

« Allo, John? C'est moi, Andrew... »

Cattuso préféra écourter la communication :

« Écoutez, je préfère vous rappeler; à tout de suite. »

Le hall de la réception était désert. Derrière son pupitre, le réceptionniste, assis nonchalamment, lisait une revue. Il s'interrompit, interrogeant d'un regard hermétique l'Américain qui s'était avancé vers lui.

« Je voudrais passer un appel à l'étranger. Est-ce possible d'ici?

– Bien sûr, mais vous pouviez le faire également de votre chambre. Je vais vous passer une ligne dans l'une des trois cabines, là-bas. »

Il désigna du menton le fond de la salle.

« Les indicatifs pour l'étranger sont affichés à l'intérieur. Pour le paiement de la communication, vous pouvez le régler directement ici, après votre appel, ou il sera automatiquement joint à votre note. Attendez un instant... Voilà, vous avez une ligne. Cabine numéro deux. »

Les trois boîtes vitrées étaient obscures, mais dès que John ouvrit la porte pivotante de la numéro deux, celle-ci s'éclaira aussitôt. Il était vingt-deux heures vingt à Rome, et seulement treize heures vingt à Los Angeles. Ici, la journée s'achevait lentement, appartenant déjà au passé, alors que là-bas elle commençait à peine sur un après-midi sans doute encore plein de promesses.

« Allo, monsieur? C'est moi, John. Vous vouliez me parler?

– Oui, mais pourquoi as-tu raccroché pour me rappeler ensuite? Il y a un problème?

– Non, pas de problème. J'allais seulement sortir me dégourdir les jambes et fumer un peu. La cabine est sur mon chemin.

– Bon, John, je suppose que tu as pris connaissance des suites de l'affaire dont tu t'es occupé?

– Oui, j'ai lu ça. Sale coup pour eux. Acquantis est tombé à l'eau, c'est le cas de le dire.

– En effet. Je me demande qui a bien pu informer Gowan. Tu n'as pas une idée?

– Pourquoi me posez-vous cette question? Il a sans doute dû enquêter de son côté et arriver aux mêmes conclusions que moi.

– Oui, c'est sans doute ce qu'ils ont dû penser. Il n'aura par contre pas eu l'occasion de savourer la parution de son *scoop*... Il a eu un accident de la route le lendemain du tirage. »

La gorge de Cattuso s'était nouée. Le filet de voix qui réussit à passer demanda :

« Il est?...

– Oui, malheureusement... Il a sauté d'un pont avec sa voiture. Le *Washington Daily* devra se passer de ses talents... Pauvre gars! »

Ellworth était sincère. Le journalisme est une grande famille et perdre l'un de ses membres, même concurrent, est toujours ressenti comme une tragédie.

« Avez-vous été inquiété d'une quelconque manière après la divulgation du projet dans la presse?

– Non, aucune, le calme plat. Je suppose que le rapprochement avec notre propre enquête n'a pas été fait et seul Patrick Gowan a payé pour sa témérité. Par contre, mon engagement concernant ton éloignement reste d'actualité et tu vas devoir rester loin du pays un bon moment. Bon, changeons de sujet. Je n'ai pas eu de nouvelles de Nancy Shepard. Comment se passe votre collaboration?

– C'est un bon élément. J'ai vu de la lumière sous sa porte en sortant. Pendant que je vous parle, elle avale certainement la documentation que Pozzi nous a fournie. Elle est très intuitive et dynamique. »

Ellworth n'en croyait pas ses oreilles. John Cattuso satisfait de travailler en équipe! Décidément, la vie était pleine de surprises.

« Bon, je vais te laisser. J'appellerai Mario demain pour parler un peu avec lui du reportage... par politesse. J'avais bien insisté sur l'assistance que je souhaitais lui voir vous apporter. Apparemment, il fait le nécessaire et je pense que vous pouvez vraiment vous appuyer sur lui et les membres de l'Agence locale de l'*Herald*. À bientôt, John, et n'hésite pas à m'appeler si toi ou Nancy avez besoin de quelque chose, O.K.?

– O.K., merci, mais je crois que ça ira. Je suis bien entouré. Je voudrais profiter de l'occasion pour vous remercier. Les évènements se sont un peu précipités et j'ai négligé de le faire en temps voulu. J'espère que vous comprenez... Andrew.

– Bien sûr, ne t'inquiète pas pour ça. Concentre-toi sur le Jubilé et prépare un vrai sujet, comme tu sais le faire, mais sans chercher de complications. »

V

Cité du Vatican

En s'enfonçant dans la terre, le vieil homme pensa que là-haut tout était si beau, si harmonieux, alors que dans ce lieu sordide tout était si lugubre, si humide et si froid; il était difficile d'imaginer que les deux mondes puissent appartenir au même univers. Descendant précautionneusement les marches glissantes, le visiteur sentait son inquiétude grandir.

Le noir absolu, uniquement troué par l'œil rond et jaune de la lampe de poche, s'étalait toujours plus loin, semblant ne connaître aucune limite.

Sur le parcours sinueux se dressa bientôt un nouvel obstacle, plus sérieux que le précédent, sous la forme d'une grille entravée d'une lourde chaîne. À l'extrémité de celle-ci trônait un énorme et très vieux cadenas. Le crocheter était impensable et son anse de fer était robuste. L'utilisation d'un outil plus résistant devint nécessaire.

L'homme, armé d'un tournevis, pesait maintenant de tout son poids sur la ferrure. Cet outil était le plus gros qu'il avait pu se procurer. Malgré la gêne que représentait sa taille, il l'avait emporté à tout hasard. À présent l'instrument représentait sa seule chance s'il voulait poursuivre sa visite souterraine.

Sur l'instant, lorsque le métal céda, l'intrus en sueur n'aurait su dire qui du cadenas ou du tournevis avait lâché.

Pourtant la chaîne pendait le long de la grille et son fermoir était tombé sur le sol... la voie était libre.

Après encore de longues minutes d'une marche hésitante, l'explorateur se trouva face à une porte massive, hérissée de pointes de fer. Fermée seulement par un loquet, elle n'offrit aucune résistance.

Tandis qu'il poussait le vantail rugueux, il sentit une bouffée d'air vicié lui monter au visage. Devant lui s'ouvrait une immense salle plongée dans les ténèbres.

La lueur émise par la lampe était bien trop modeste pour espérer vaincre l'obscurité; elle était toutefois suffisante pour éclairer le pied de l'escalier... et lui dévoiler un tableau dantesque.

Il aurait souhaité découvrir plus profondément les lieux, mais le sentiment de dégoût qui l'étreignait s'avéra le plus fort. Il se contenta de balayer de sa lumière artificielle les premiers mètres devant lui, puis il s'en retourna la gorge serrée.

Le temps nécessaire au retour fut très long. Incertain et trébuchant, les yeux pleins de larmes, le vieil homme peina pour retrouver son chemin. En s'éloignant il savait qu'il emportait à jamais une terrible vision d'horreur. Lorsque enfin il quitta la moiteur de la terre et sentit l'air tiède et sec de la nuit, sa vie avait changé... irrémédiablement.

* * *

La pluie avait cessé. John sortit pour essayer de chasser ce sentiment de culpabilité qui le suffoquait depuis quelques minutes. Sa silhouette se mouvait sans contours précis, nimbée par l'obscurité presque totale. Un peu plus loin, un lampadaire sans âge arrosait faiblement le sol d'une clarté diaphane. Seule l'extrémité incandescente de sa cigarette trahissait toutefois clairement sa présence dans le jardinet derrière l'hôtel. Quelques grands arbres portaient des gouttelettes de pluie accrochées à leurs feuilles, lesquelles, faiblement animées par une brise légère, agitaient imperceptiblement ces perles de cristal qui captaient les rares rayons lunaires. Cette lumière, d'une éphémère beauté, était semblable à une poussière d'étoiles espérant inutilement embraser la végétation humide.

John s'assit sur un banc de pierre; le contact froid et humide le glaça un instant... un peu plus. Oui! Il était responsable! Connaissant la soif de réussite de Gowan, il avait toujours su que de remettre à ce dernier un tel sujet équivalait à une garantie absolue de publication. Ça, c'était bien joué! Par contre, avoir négligé les conséquences possibles d'un tel acte ne supposait-il pas un mépris total de la vie d'autrui? Au fond de lui, sa conscience lui objectait que la déontologie du métier voulait que chacun estimât au mieux les risques encourus avant toute initiative. Bien sûr, cela paraissait évident, mais ce qui l'était tout autant, c'était la certitude que John Cattuso n'avait même pas évalué tous les enjeux quand il avait posté le dossier explosif.

La terre gorgée d'eau exhalait des senteurs d'humus qui se mêlaient à celles des buis omniprésents. Peu à peu le ciel se dégageait, libérant une lune toute ronde qui conférait progressivement une aura surnaturelle au décor du jardin.

Perdu dans ses pensées couleur de la nuit, John se

sentait diminué, vraiment minuscule, et il lui faudrait du temps, beaucoup de temps, pour atténuer ce goût amer, ce goût indéfinissable qui vous habite quand vous portez en vous le poids d'une faute.

* * *

Les heures s'étaient écoulées, lentement, puis les ténèbres, inexorablement, s'étaient dissipées.

Nancy Shepard subissait à présent l'agression violente de son réveille-matin. Inconscient de ses effets indésirables sur le système nerveux de la jeune femme, ce dernier lançait sans retenue ses stridulations perçantes dans toute la pièce. Nancy aplatit d'une main irritée le mécanisme, replongeant la chambre dans un calme relatif, troublé peu à peu par l'activité naissante de la rue. La jeune femme avait veillé une grande partie de la nuit, à la fois passionnée par sa lecture et préoccupée par ses problèmes personnels. Les quelques heures de sommeil qu'elle avait trouvées lui semblaient à présent dérisoires. S'arrachant péniblement à l'emprise du grand lit, elle emmena avec lassitude son corps sous la douche, ne retrouvant sa vigueur habituelle que lorsque sa peau nue fut aspergée par l'eau fraîche. Elle sentit à son contact un frisson parcourir son épiderme, dont la texture veloutée et lisse prit aussitôt un aspect granuleux. Ses seins s'affermirent sous la caresse liquide et Nancy retrouva cette voluptueuse sensation qu'elle éprouvait toujours sous l'élément vivifiant. Il était huit heures. Elle avait juste le temps de se préparer avant l'arrivée de Guido.

John regardait le plafond. La nuit avait été longue, les périodes de repos alternant avec celles de veille. Il n'aurait su dire s'il avait dormi une ou plusieurs heures. Les idées sensiblement anesthésiées par le manque de sommeil, il avait néanmoins conscience qu'il n'abordait pas cette nouvelle journée de la meilleure des façons.

Ils avaient à peine eu le temps de prendre un petit-déjeuner au restaurant de la pension que Guido les faisait demander à la réception. Toujours souriant, il les accompagna jusqu'à l'habituelle BMW.

La nuit d'orage n'était plus qu'un souvenir: le sol était sec, seules quelques taches un peu plus sombres laissaient une trace à peine perceptible. Le soleil matinal s'était déjà chargé de faire disparaître ce que la terre assoiffée avait bien voulu laisser. Un ciel limpide, d'un bleu pastel et sans le moindre nuage, laissait Rome à la merci de l'astre en fusion.

« Neuf heures dix. Nous avons juste le temps. Dans le centre, il y a de la circulation, même de bonne heure, et nous n'aurons pas le loisir de nous arrêter devant certains monuments que nous allons croiser. »

Guido, toujours dans son anglais approximatif et laborieux, avait bien résumé le but de leur trajet: aller sans détour jusqu'au Vatican en oubliant toute velléité touristique.

Des nuées de deux roues essentiellement composées de motos et de scooters surgissaient et disparaissaient, aussitôt remplacées par les vagues suivantes. Leur présence était sans doute la caractéristique dominante de la circulation à Rome. Leur étonnante mobilité et leur densité faisaient penser à un liquide mécanique qui s'écoulait dans les artères de la ville. Malgré les difficultés liées au trafic, le long du trajet, leur chauffeur s'évertuait à commenter le parcours. Les noms des *palazzi*, des églises, des fontaines, de chaque édifice qu'ils rencontraient lui faisaient évoquer un passé glorieux et riche en péripéties. Les deux journalistes ne pouvaient qu'entrapercevoir ces merveilles architecturales, mais, grâce aux explications de Guido, ils parvenaient à situer historiquement cette partie de la ville et ils comprirent qu'ils n'avaient pas traversé la plus ancienne. Cette survivance de Rome au travers des tourments de l'histoire justifiait pleinement son nom de Ville éternelle. Elle avait pu surmonter tous les aléas, pour encore montrer aujourd'hui au monde un visage millénaire, suffisamment intact, témoin de sa puissance passée.

« Nous passons devant *il Palazzo Borghese*. Au bout de cette avenue, nous traverserons *il Ponte Umberto* pour rejoindre la rive gauche du Tibre. »

Toujours encadrée par les innombrables insectes roulants, la voiture de service de l'Agence se frayait laborieusement un chemin à la recherche du moindre espace disponible. Bientôt, ils aperçurent l'ouvrage qui leur permettrait de franchir le fleuve mythique. Ses énormes piles de pierre blanchâtre plongeaient dans des eaux jaunes, sans doute colorées ainsi par la terre qu'elles charriaient. À droite et à gauche du pont *Umberto*, les ponts *Cavour* et *San Angelo*, distants de quelques centaines de mètres, enjambaient le cours d'eau boueux en le sectionnant comme pour empêcher cet immense serpent de rejoindre la mer. Guido précisa qu'une bonne vingtaine de constructions semblables permettaient de franchir l'obstacle, preuves évidentes que toutes les tentatives successives pour arrêter sa liaison avec la Méditerranée avaient échoué. John songea que, depuis deux mille ans, et certainement davantage, le tracé du fleuve avait sans doute peu bougé. Au mieux Rome avait aménagé ses berges, les stabilisant par de lourds murs de pierre. Une dizaine de mètres en contrebas du parapet, le courant trouble et insondable emportait sa couleur si singulière pour se perdre quelques kilomètres en aval dans le bleu infini du *mare nostrum*.

« Nous sommes sur *la via della Conciliazione*. Le grand mur que vous voyez à droite, là, est une partie des remparts de la Cité du Vatican. Nous allons traverser *la Piazza Pio XII* qui précède *la Piazza San Pietro*. »

Cette dernière, très vaste, s'ouvrait sur l'avenue telle une énorme tenaille. Une quadruple rangée de hautes colonnes en travertin blanc hérissait cette mâchoire gigantesque conduisant à la basilique Saint-Pierre, et chacune d'entre elles était surmontée d'une statue. Cette couronne de cent quarante personnages hauts de trois mètres, représentant, d'après Guido, tous les saints du Panthéon de la religion chrétienne, semblait accueillir les visiteurs de la plus grande église jamais construite. Au centre de la place, un imposant obélisque de granit dardait sa pointe minérale vers le ciel comme pour lui signifier: «Vois! Ici se trouve le centre de la Terre.» Encadrant l'antique monolithe, deux grandes fontaines lançaient verticalement leurs jets d'eau qui retombaient en une bruine légère.

«Je ne peux pas entrer en voiture. Je dois me garer, et nous devrons continuer à pied. Mais je pense que nous serons à l'heure. Heureusement, car, à l'Office, ils n'aiment pas attendre.»

Il était dix heures cinq et il y avait déjà une grande affluence sur la place Saint-Pierre. De nombreux pèlerins, touristes et ecclésiastiques se côtoyaient, produisant une animation conséquente. Il fallut composer avec la nonchalance de tous ces badauds et plusieurs minutes furent nécessaires pour traverser la grande surface elliptique et atteindre le poste des informations. Les deux journalistes et leur guide se présentèrent devant le bureau situé entre les colonnades, à gauche de la place légendaire. Derrière les énormes colonnes, on pouvait apercevoir la place du Saint-Office et une partie de la façade du palais lui-même, un bâtiment trapu dont l'architecture massive laissait pour le moins une impression d'austérité.

Dix heures vingt. Hâtant le pas, Guido, visiblement nerveux, avait conduit Nancy et John vers l'entrée d'un local situé de plain-pied. Là, deux personnes, des laïques apparemment, distribuaient des plans et répondaient aux diverses questions que leur posaient de nombreux visiteurs. Dès qu'ils purent à leur tour interroger l'un des vacataires, celui-ci leur indiqua une annexe située juste à côté. Guido s'inquiétait de plus en plus :

« Nous sommes en retard. J'espère que votre rendez-vous ne sera pas annulé. »

La porte s'ouvrit sur une pièce claire et exiguë, aménagée de façon impersonnelle, mais équipée du nécessaire informatique habituel dans tout bureau moderne. Quelques images religieuses suspendues rappelaient la sainteté des lieux. Deux hommes, un laïque et un ecclésiastique, comme l'attestait son col romain, se partageaient l'espace. Le jésuite, seul, leva la tête à l'entrée du trio. Il interrogea aussitôt, en anglais :

« Vous êtes les envoyés de l'Agence romaine du *New Herald Post*? »

Sans attendre la réponse, il enchaîna :

« Nous vous attendions à dix heures. Vous êtes en retard. Je ne sais pas si le rendez-vous pourra être maintenu. »

Gêné, Guido essaya de se justifier, en italien :

« Pardonnez-nous, mais c'est de ma faute. Il y avait de la circulation et je n'ai pas assez anticipé l'heure de notre départ de l'hôtel. Par contre, d'après mon patron, *il signor* Pozzi, ce rendez-vous est important. Si vous pouviez vérifier qu'il reste valable. »

Le jésuite écoutait l'explication, le visage fermé, pianotant du bout des doigts le sous-main placé sur sa table de travail. Perplexe, après un court instant il décrocha son téléphone et, appuyant sur une touche, obtint un correspondant qu'il sollicita en italien.

« *Pronto*? Ici le bureau des admissions. Les gens de l'*Herald Post* sont arrivés, Votre Éminence, mais ils sont en retard. Dois-je annuler?... Oui, d'accord. Merci. »

Le combiné reposé, il promena un œil sans complaisance sur Nancy. Il réprouvait manifestement tout à la fois sa tenue vestimentaire et sa trop grande féminité, mais il ne dit rien à ce sujet, se contentant de reprendre le fil de la discussion, en anglais:

« Le rendez-vous est maintenu. Vous avez de la chance. C'est rarement le cas. »

S'adressant aux deux Américains, l'homme d'Église demanda, d'un ton neutre:

« Auriez-vous l'obligeance de me montrer vos cartes de presse? »

Nancy Shepard et John Cattuso s'exécutèrent, présentant leurs cartons plastifiés; Guido se tenait en retrait, apparemment non concerné par la requête. Après une rapide inspection, le jésuite saisit les identités des deux visiteurs sur son clavier et introduisit ces nouvelles données dans son ordinateur. En leur rendant les cartes, il ajouta:

« Merci. À présent vous devez vous rendre au Gouvernorat. Au deuxième étage se trouve le bureau de Son Éminence le cardinal Zalinghi. C'est le responsable de la Bibliothèque et des Archives vaticanes; c'est lui qui vous recevra. »

L'essentiel de la conversation s'était déroulé en anglais et Nancy apprécia d'avoir pu suivre les évènements sans traduction. Toujours conduits par leur jeune cicérone, les deux correspondants de l'*Herald* sortirent, puis traversèrent la rangée de grandes colonnes.

Devant eux se dressait le palais du Saint-Office entrevu précédemment et dont les lourdes façades sans décoration, percées de nombreuses fenêtres, ne parlaient pas le langage de la beauté, mais celui de la rigueur: la vocation du Palais semblait être purement bureaucratique. À droite l'accès en était barré par une immense grille, dont deux hauts vantaux étaient ouverts. De part et d'autre de cette entrée se tenaient deux gardes d'une autre époque, semblant s'être échappés des couloirs du temps. C'était des hommes de grande taille, serrant chacun une longue hallebarde digne d'un musée. Ils étaient vêtus d'un uniforme à bandes d'étoffe jaune, rouge et bleue ainsi que d'un pantalon bouffant. Un drôle de béret noir était posé de travers sur leur tête. Imperturbables, le regard dans le vide, ils ne paraissaient chargés que d'un rôle purement symbolique, probablement postés là par quelque esprit farceur désireux d'étonner les touristes. Les trois visiteurs s'avancèrent vers les gardiens silencieux qui, simultanément, s'opposèrent à leur progression et d'un signe de la main leur intimèrent l'ordre de s'arrêter tandis que l'un d'eux précisait en italien :

« Le passage est interdit. Cette partie de la Cité ne se visite pas. »

Guido expliqua rapidement, en montrant sa carte de presse :

« Nous sommes attendus au Gouvernorat et nous sommes déjà en retard. »

L'homme les dévisagea un instant de ses yeux bleus, neutres et inexpressifs, avant de tourner les talons en laissant les intrus sous la surveillance de son collègue. Une minute plus tard, il revenait, en lâchant froidement :

« Vous pouvez passer. »

En prenant à droite du Palais, on voyait qu'il était conçu comme une forteresse, avec une porte massive à deux vantaux bardés de pointes en fer de forme pyramidale. Cette quantité de dards hérissait, du sol jusqu'au linteau cintré, le bois plusieurs fois centenaire dessinant des motifs réguliers et symétriques. La lourde porte et de hautes ouvertures protégées par des grilles métalliques noircies par le temps donnaient à l'ensemble une impression inquiétante de souffrance et de mystère. Ils longèrent à pied le côté gauche de la basilique Saint-Pierre, puis passèrent devant le palais du Tribunal. Ce dernier, de taille modeste, était sans charmes particuliers. Ses lignes sobres et tristes paraissaient en totale harmonie avec le rôle qui lui avait été assigné. Quelques mètres plus loin, ils dépassèrent l'église Saint-Étienne des Abyssins. Les distances séparant ces différentes entités étaient réduites et il ne leur fallut qu'une vingtaine de minutes pour arriver devant le palais du Gouverneur.

Tout au long de ce parcours, Nancy constata que les constructions qu'ils découvraient étaient toutes de styles différents, comme si les maîtres successifs des lieux avaient voulu signer leur passage, chacun à des époques diverses. L'ensemble un peu baroque et disparate n'offrait pas l'image sublime qu'elle attendait. Tout au plus pouvait-on parler de beaux bâtiments, mais sans aucune prétention architecturale. Guido lui expliqua avec difficulté qu'ils se trouvaient dans une zone sans attraits touristiques précis et que l'essentiel de la splendeur de la Cité se situait plutôt à la droite de Saint-Pierre. Là, elle verrait la beauté d'œuvres uniques au monde et pourrait s'extasier en découvrant à chaque pas des créations d'une richesse jamais égalée. Il accompagnait ses explications par de grands gestes, comme si les mouvements qu'il faisait avec ses mains et ses bras étaient indispensables à ses descriptions.

John avait remarqué que Nancy, depuis leur départ de l'hôtel, essayait de garder une certaine distance. Encore maintenant, Guido se trouvait entre elle et lui. Cattuso avait le sentiment très net que cette situation était volontaire, sans qu'il puisse avancer une explication rationnelle pour la justifier. Il lui avait semblé, pourtant, que dernièrement l'attitude de la jeune femme était franchement amicale.

Une voiture noire, venant du Gouvernorat, les croisa. Ses vitres fortement teintées ne laissaient rien voir de l'intérieur. Elle roulait lentement. Sans doute cette berline luxueuse transportait-elle un prélat de l'Église. Son immatriculation portait, en plus d'un numéro, les lettres SCV prouvant son appartenance à l'État de la Cité du Vatican.

Soudain, au détour d'un mur, des espaces verts bien ordonnés apparurent et remplacèrent les ensembles de pierre qu'ils venaient de parcourir. Une demi-douzaine de jardiniers étaient occupés à tailler des massifs de buis et à ratisser la moindre feuille pouvant créer une fausse note dans ce paysage tiré au cordeau. Sur une pelouse impeccable, pareille à un coussin de velours d'un vert tendre, on avait aménagé un gigantesque motif floral représentant les insignes de la papauté : un écusson portant une croix, surmonté de deux clefs entrecroisées, elles-mêmes coiffées d'une tiare papale à trois couronnes. Les jardiniers se retournèrent au passage du trio. Des plaisanteries et quelques sifflets fusèrent. Le physique de mademoiselle Shepard ne laissait visiblement pas indifférent le personnel laïque chargé de l'entretien du parc entourant le Gouvernorat.

Situé légèrement en hauteur par rapport à la place et à la basilique Saint-Pierre, ce dernier rappelait que le Vatican occupait l'une des sept collines de Rome, mais le temps et les aménagements successifs ayant érodé le mamelon, il ne gardait plus à présent qu'une faible déclivité. L'édifice, tout en longueur, était composé de trois constructions accolées de taille imposante. La partie centrale en retrait par rapport aux deux autres était plus haute et accueillait une grande terrasse desservie par un large escalier, centré sur l'unique entrée surmontée par un balcon à balustres, et qui donnait une symétrie parfaite au Palais, tout en lui conférant une certaine élégance, une certaine noblesse aussi, et en soulignant son importance dans la hiérarchie de la Cité-État.

Au rez-de-chaussée, un huissier examina de nouveau les cartes de presse, puis accompagna les journalistes jusqu'à l'étage. Se cantonnant dans son rôle de chauffeur-guide, Guido attendit les deux Américains dans le couloir.

Introduits auprès du cardinal Zalinghi, Nancy et John furent immédiatement impressionnés par la pagaille régnant dans le bureau. Des dossiers, empilés sur la grande table de travail, ne laissaient que peu d'espace libre. Des livres et des documents étaient aussi « rangés » à même le sol. D'imposantes bibliothèques dont les grands panneaux vitrés allaient jusqu'au plafond étaient remplies d'ouvrages de toutes sortes. La pièce devait sans doute être très claire, mais les deux immenses fenêtres étaient en grande partie occultées par des tentures qui filtraient la lumière extérieure, rendant l'atmosphère studieuse et feutrée.

À leur arrivée, un jeune jésuite, un novice sans doute chargé du secrétariat, se leva et sortit sans les saluer, les laissant en tête à tête avec *Sua Eminenza*. De prime abord, le cardinal donnait l'image d'un homme simple. Son allure et le bureau qu'il occupait semblaient en décalage avec le lustre théoriquement dévolu à sa fonction. Seuls son costume noir et strict, son col romain et sur son ventre la grosse croix dorée suspendue à une chaîne massive révélaient sa vocation. Sans sa tenue d'apparat, par sa petite taille, ses tempes grisonnantes et son allure effacée, il faisait plutôt penser au prêtre d'une paroisse qu'à un haut dignitaire du Vatican. Avec un sourire courtois, il leur désigna les sièges placés devant lui.

« Bonjour. Je suis le cardinal Pietro Zalinghi. Je vous prie d'excuser le désordre, mais nous sommes un peu débordés et confrontés à un problème d'espace. Veuillez prendre un siège... »

L'anglais parfait, sans accent ni hésitation, surprit les deux journalistes qui se regardèrent, étonnés. L'homme sourit un peu plus et s'expliqua :

« Je n'ai pas grand mérite. J'ai étudié votre langue

de nombreuses années et j'ai beaucoup voyagé dans le cadre de mes fonctions. Et puis, je pense être un peu doué pour les langues. Cela doit sans doute m'aider. »

John Cattuso et Nancy Shepard se présentèrent à leur tour, se contentant de décliner leur identité. Le haut responsable des Archives et de la Bibliothèque du Vatican reprit son introduction ainsi interrompue.

« Venons-en au fait. Vous avez sollicité, par l'intermédiaire de votre agence locale, l'autorisation d'accéder à certaines parties peu connues de notre patrimoine historique. Je dois vous avouer que, lorsque cette requête nous est parvenue, nous n'avons pas vu l'intérêt d'y souscrire. Toutefois, avant de vous répondre, nous avons dû comme c'est la règle en référer à l'autorité supérieure et son jugement sur la question a été tout autre, puisque je suis chargé de vous aider dans vos recherches. »

John sentit nettement, sous le ton cordial et détaché, que l'ecclésiastique était réticent et en désaccord avec cette fameuse « autorité supérieure », mais qu'il se pliait à la volonté de sa hiérarchie avec une apparente soumission.

« D'après ce que j'ai compris, vous souhaitez rompre avec la tradition et monter un reportage original présentant "notre" Vatican sous un jour nouveau. »

Cattuso exposa l'idée directrice qui les avait conduits, Nancy et lui, à imaginer un scénario de documentaire différent des clichés habituels. Le cardinal écouta attentivement l'exposé avant de poursuivre :

« Le Jubilé de l'an deux mille est celui de la clôture d'un millénaire et il présente donc une importance particulière pour toute la chrétienté. C'est pour cela, je suppose, qu'il a été jugé utile de faire autant de lumière que possible sur l'image projetée par l'Église à travers le monde et, en cela, votre journal est un vecteur assez puissant pour contribuer à propager cette clarté. »

Nancy regardait cet homme presque insignifiant et

qui pourtant maniait le verbe avec adresse. Elle avait le sentiment que l'audience qu'il leur accordait lui était imposée et que sous son apparente bonhomie se cachaient une volonté et une intelligence redoutables. Mais ce n'était qu'une impression et, pour autant qu'elle pouvait en juger, le prélat semblait disposé à leur accorder toute l'aide et les autorisations demandées. En tournant la tête, elle remarqua une porte qui se confondait avec les menuiseries garnissant les murs. Peut-être s'ouvrait-elle sur un bureau luxueux, digne d'un haut fonctionnaire de la papauté, alors que la pièce où se déroulait l'entrevue n'était qu'une antichambre ou simplement une pièce de travail.

L'homme d'Église décroisa ses mains, laissant apparaître une grosse bague glissée à son annulaire gauche. Les reflets carmin du rubis redonnèrent à la silhouette anodine une certaine autorité, rappelant aux personnes présentes, si besoin était, qu'un tel niveau de responsabilité n'était jamais atteint par hasard. Tout en poursuivant son monologue, il observait attentivement ses invités, comme s'il récitait mécaniquement une leçon et que son esprit fût par ailleurs totalement captivé par son examen.

« Les seules parties plus ou moins connues par le grand public et susceptibles de vous intéresser concernent les Archives et la Bibliothèque; vous trouverez peut-être là matière pour votre travail. Afin de vous aider, j'ai pensé que la personne la plus indiquée est un spécialiste que je tiens en grande estime. C'est un profès considéré au Vatican comme un érudit. Il s'est spécialisé dans les langues antiques, participe à la traduction de nombreux textes anciens et connaît parfaitement la Bibliothèque malgré son volume considérable. Oui, je pense vraiment que le père Francesco Spà est le guide qu'il vous faut. Il me paraît toutefois important de préciser quelques points de détail. Notre administration est très complexe et très hiérarchisée. Pour vous faciliter l'accession de certaines entrées, je vous conseille de respecter scrupuleusement les consignes qui vous seront données et d'éviter même toute initiative qui pourrait mettre le père Spà dans l'embarras. »

Le ton toujours aimable véhiculait à présent un message très clair : une liberté d'action mais restreinte aux limites établies. Ce que John traduisit aussitôt par : latitude réduite.

« Tout le Vatican est considéré comme un lieu saint. De plus, il est habité par quantité de pèlerins et de religieux. À ce titre, la réserve vestimentaire est la règle. Si les églises sont contrôlées par des huissiers qui en interdisent l'accès aux tenues, disons légères, d'autres endroits aux entrées apparemment plus libres n'en demeurent pas moins sur le territoire de la Cité et demandent donc d'observer la même obligation. »

Directement visée par les propos du cardinal, Nancy sentit ses joues rosir, en même temps qu'elle tirait inutilement sur sa trop courte jupe. Il avait si bien su, avec des mots choisis, la mettre mal à l'aise qu'elle se sentit coupable d'une faute assurément plus lourde que celle d'être court-vêtue. Elle se demanda s'il ne lui reprochait pas tout simplement d'être là. En levant la tête, elle regarda la grande photo du pape placée entre les deux fenêtres. La main légèrement levée et un sourire bienveillant aux lèvres, il semblait lui adresser sa paternelle bénédiction.

Ils prirent congé du très courtois cardinal Zalinghi avec l'impression d'être des invités de dernière heure. Le rendez-vous avec leur futur guide était fixé à quatorze heures et il n'était que onze heures trente.

Touchée par les propos acerbes du cardinal, Nancy Shepard se sentait mal à l'aise. Sa tenue vestimentaire, ouvertement qualifiée d'outrageuse, la gênait au point qu'elle avait l'impression d'être au centre d'une affaire scabreuse. Elle se tourna vers Cattuso et, pour la première fois depuis leur arrivée au Vatican, lui adressa directement la parole :

« J'aimerais retourner à l'hôtel pour enfiler quelque chose de plus... adapté. Est-ce possible? »

John se tourna vers Guido et l'interrogea du regard. Ce dernier, en répondant, eut une moue dubitative.

« C'est un peu juste, à mon avis. Pour retourner à la voiture, traverser le centre, surtout à midi, déjeuner et revenir en retraversant la ville, il faut au moins deux bonnes heures. Le mieux serait que vous déjeuniez sur place et que vous attendiez le prêtre, dans les jardins, par exemple. Pensez-vous avoir besoin de moi cet après-midi?

– Non, je crois que ça ira. Apparemment, ici, la plupart des gens parlent anglais. Nous vous appellerons pour le retour. Merci pour tout, Guido.

– Pas de problème. En revenant vous chercher, je vous apporterai le magnétoscope que vous m'avez demandé. »

Cattuso remercia mentalement Pozzi d'avoir placé le jeune homme à leur service. C'était plus qu'un simple chauffeur. D'un naturel serviable et d'agréable compagnie, il était devenu un collaborateur à part entière.

« Nous pouvons déjeuner ici? s'enquit John. Il y a un restaurant au Vatican?

– Oui, bien sûr, dans la partie où se trouvent les musées, il y a un grand restaurant pour les touristes et les pèlerins. Les gens gagnent beaucoup de temps en restant sur place. Ça leur permet de consacrer plus de temps aux visites. Pour se déplacer facilement dans la Cité, on trouve ce genre de plans. »

Il tira de sa poche un document qu'il déplia.

« Vous voyez, c'est là. D'ici, il faut à peine vingt à trente minutes. Je vous le laisse. À tout à l'heure. »

Nancy et John traversèrent une succession de jardins

qui, à l'image des constructions qu'ils avaient croisées en allant au Gouvernorat, étaient visiblement les fruits de concepteurs différents. Ils n'avaient pour points communs que l'ordre et la rigueur dans leurs tracés. Pour le reste, tout n'était que diversité et harmonie. Les deux journalistes ne pouvaient qu'admirer le parfait équilibre qui était donné à la végétation, domptée avec un art consommé. Des édifices anciens dont les couleurs allaient du blanc éclatant aux ocres les plus soutenus se laissaient admirer comme des perles rares, surgissant de ces jardins semblables à des écrins d'émeraudes. En remontant une allée, ils passèrent devant la Maison du Jardinier. Cette bâtisse recouvrait, semblait-il, une tour très ancienne datant peut-être du Moyen Âge. En poursuivant leur promenade, ils longèrent un corps de bâtiments. D'après le plan, ces constructions enchâssées comme des joyaux dans un épais tapis de verdure portaient des noms d'un autre temps : Petite Maison de Pie IV ou Académie pontificale des Sciences. Plus loin, sur leur droite, l'ombre gigantesque de la basilique Saint-Pierre se projetait sur le sol, imposant une limite mouvante qui semblait poursuivre lentement et inlassablement la lumière.

John observait la jeune stagiaire. Elle paraissait préoccupée.

« Vous semblez fatiguée. Nous pouvons nous arrêter un instant si vous le souhaitez.

– Oui, j'aimerais bien. J'ai un peu mal aux pieds. »

La jeune femme avait des chaussures à talons assez hauts et certaines parties des voies qu'ils empruntaient étaient tantôt goudronnées, tantôt pavées. Ces dernières portions ralentissaient sa marche et la rendaient inconfortable. Dès qu'ils avaient quitté le secteur occupé par le palais du Gouverneur, la densité des visiteurs, pèlerins ou simples touristes, s'était considérablement accrue. Les bancs étaient rares et tous assaillis par une population hétéroclite assommée par une chaleur accablante.

Nancy se contenta, pour se reposer, d'une borne de pierre en face d'une fontaine appelée « du Saint Sacrement » d'après le plan de Guido. Elle représentait une porte surmontée d'un chapiteau triangulaire et flanquée de deux tours crénelées portant chacune un dragon ailé. Ces représentations mythiques semblaient garder trois bassins superposés de tailles différentes. Le plus haut des trois recevait six jets d'eau qui s'élevaient verticalement avant de retomber en cascade sonore dans les suivants. Du bruissement cristallin de l'onde s'échappait une quiétude qui semblait avoir défié le temps.

Nancy Shepard se sentait mieux. Noyée dans une foule avide de souvenirs et de découvertes, elle passait plus inaperçue que dans les jardins du Gouvernorat. Elle se jura de ne plus parcourir la Cité du Vatican qu'en jean.

Perplexe devant l'attitude peu loquace de sa coéquipière, Cattuso essaya, dans un nouvel effort, de nouer le dialogue :

« C'est dommage, n'est-ce pas?

– Qu'est-ce qui est dommage?

– Que nous n'ayons pas le temps de visiter, comme tous ces gens-là.

– Oui. Et d'après ce que j'ai lu hier, quinze jours suffiraient à peine pour voir le Vatican et Rome en détail.

– N'avez-vous rien remarqué devant l'entrée de la Basilique, sur la place Saint-Pierre?

– Non. Qu'y avait-il de particulier?

– Il n'y avait ni vendeurs de cierges ni mendiants, alors que la presque totalité des lieux saints accepte habituellement leur présence. Il semblerait que la pauvreté soit exclue du sanctuaire de la religion chrétienne, comme si, dans ce lieu, tout devait être "carré" et propre, semblable à tous ces parcs d'une netteté irréprochable; l'image d'une main tendue, pouvant sans doute déranger un tableau aussi idyllique. »

Nancy fut touchée par la justesse de la remarque,

tant il était vrai que la beauté qui les entourait semblait intemporelle et éloignée des préoccupations de ce monde.

«Je vois ce que vous voulez dire. Tant de luxe, de richesses, cela ne ressemble pas vraiment à un symbole de pauvreté ou d'humilité.

– Exactement. Mais le monde étant ce qu'il est, je ne m'étonne pas outre mesure qu'ici les choses ne soient pas différentes. Bon, il est presque midi. Nous pourrions aller déjeuner et rejoindre notre fameux profès ensuite. Qu'en pensez-vous?

– O.K., allons-y. Cette halte a un peu soulagé mes pauvres pieds.»

Sous une feinte décontraction, la future enquêteuse se demandait avec inquiétude comment elle allait vivre dans les jours à venir cette proximité avec John. Elle avait, bien sûr, conscience que d'adopter la même attitude qu'il avait affichée durant les jours précédents, en établissant une barrière entre eux, ne mènerait à rien. Elle sentait maintenant, presque physiquement, des liens invisibles qui semblaient l'attacher toujours un peu plus fortement à cet homme qu'elle voyait de moins en moins indifférent. Espérant retrouver une contenance, elle demanda:

«À votre avis, que signifie "profès"?

– Je l'ignore, mais nous pourrons le lui demander.»

Émergeant de Rome, un tintement d'abord lointain se rapprocha pour s'amplifier progressivement en une vibration sonore désaccordée et finir par trouver son écho à l'intérieur des murailles du Vatican. Avec un léger temps de retard, les cloches de la Cité sainte répondirent à l'unisson, comme pour faire taire ces voix éloignées et subalternes. Il était midi.

D'après le plan, la superficie occupée par les parcs et les jardins représentait environ un tiers de la surface totale de la Cité, les deux autres tiers étant partagés entre les places et les constructions. Les deux journalistes marchèrent encore quelques minutes avant de pénétrer dans le secteur des musées, un exemple d'intégration où tout était offert aux visiteurs, du bureau de change jusqu'au restaurant, en passant par quelques comptoirs destinés à la vente de reproductions d'œuvres d'art et de publications en différentes langues. L'espace réservé à la restauration faisait partie de ces prestations accordées aux gens pressés «d'avaler» deux mille ans d'histoire. Son confort fonctionnel et sa rapidité de service rappelèrent aux deux chroniqueurs de l'*Herald* ceux du restaurant de la pension des Glycines. John ne mangeait pas. Il paraissait perdu dans ses pensées. Nancy le tira de ses réflexions:

«Vous n'avez pas faim?

– Non. J'ai mal dormi et je ne suis pas dans mon assiette, c'est le cas de le dire.

– Vous avez l'air préoccupé. C'est l'entrevue avec le très respectable cardinal Zalinghi qui vous rend songeur?

– En partie. Son apparente courtoisie n'a pu cacher sa défiance envers notre projet. Il semble qu'on lui ait forcé la main.

– J'ai eu exactement la même impression, en plus du reste. Mais après tout, l'essentiel est de rester positifs. Si nous obtenons les entrées que nous souhaitons, les états d'âme de ce saint homme resteront anecdotiques et ne devraient aucunement nous encombrer l'esprit.»

Cattuso était moins optimiste que mademoiselle Shepard quant aux facilités qui leur seraient accordées. Il espéra seulement qu'il n'y aurait pas trop de différences entre le discours et la réalité. Il la regarda manger avec application ses *fettuccine*. Elle avait noué ses longs cheveux de braise en queue-de-cheval; dégagée, l'élégante cambrure de sa nuque accrochait magnifiquement la lumière romaine. Quelques gouttelettes de sueur perlaient sur sa peau, aussitôt cristallisées par l'air climatisé. Sentant sur elle ce regard insistant, Nancy releva la tête, un peu gênée.

« Pourquoi me regardez-vous ainsi?

– Pour rien... Je me disais seulement que vous aviez bien fait de relever vos cheveux, cela vous va bien.

– Je fais toujours ça quand il fait très chaud. Je supporte difficilement les grosses chaleurs et ça me permet de mieux tenir le coup, en attendant une bonne douche. »

Les yeux de velours sombre la scrutaient toujours et elle eut soudain besoin de changer de sujet.

« Avez-vous déjà une idée de la façon dont nous allons travailler?

– Pas vraiment. Je pense que ça dépendra un peu de notre interlocuteur et du sujet que nous aborderons. À deux, je ne pense pas que nous ayons de gros problèmes pour boucler l'affaire. Nous pourrions alterner périodiquement nos rôles pour donner plus d'intérêt à notre travail. Qu'en pensez-vous? »

Se voir proposer par le fameux Fox une situation de parité au sein de leur duo parut flatteur à la jeune femme, car, si sa volonté de réussir était réelle, elle savait que son inexpérience l'était tout autant. Elle pensa donc fièrement que cette proposition était plus une preuve de confiance qu'une mise à l'épreuve.

La rencontre avec le spécialiste était prévue dans la cour de la Pigne, toute proche du secteur des musées. Les deux journalistes avaient traversé cette grande cour à ciel ouvert encadrée par des bâtiments d'un jaune pastel. La large allée centrale était bordée d'espaces gazonnés qui, comme partout ailleurs au Vatican, répondaient aux exigences de la perfection. À son extrémité, une grande coupole à plusieurs étages ne semblait qu'être la niche d'une énorme pomme de pin en bronze. Celle-ci, placée en haut d'un escalier monumental, orné de statues de paons également en bronze, dressait ses formes anguleuses, recouvertes d'une patine vert-de-gris déposée par les siècles.

Une foule considérable et colorée déambulait autour de Nancy et de John, photographiant le moindre détail, volant à l'histoire de ces magnifiques édifices des images qui se voulaient sublimes et éternelles.

Quatorze heures! Souriant, un petit livre à la main, un jeune séminariste s'approcha des deux envoyés de l'*Herald*. Pensant qu'il venait leur annoncer un empêchement de dernière minute, John Cattuso se tourna vers lui.

«Bonjour. Je suis le père Francesco Spà. Je pense que vous m'attendiez.»

L'anglais était parfait et son léger accent donna une sonorité joyeuse à la courte phrase. En le voyant s'avancer, John n'avait pas supposé un seul instant que le jeune homme était celui qu'ils attendaient. Les deux enquêteurs se regardèrent, surpris. La description des qualités du profès donnée par le cardinal Zalinghi s'accordait mal avec la jeunesse de l'homme qui leur tendait la main. Il avait une trentaine d'années tout au plus, une allure plutôt athlétique et un visage d'ange. Aucun point commun avec l'image que l'on pouvait se faire d'un habitué des bancs silencieux et austères d'une bibliothèque. Nancy Shepard et John Cattuso se présentèrent à leur tour. L'enquêteur exprima leur étonnement:

«Nous ne nous attendions pas à rencontrer quelqu'un de si jeune. Son Éminence nous avait parlé d'un érudit et nous avons aussitôt associé cette particularité à une personne beaucoup plus âgée.»

Le jésuite éclata de rire; un rire sonore et gai, celui d'un homme agréable et assurément sympathique.

«On me l'a déjà dit; j'ai un peu l'habitude. J'ai trente et un ans. Quant à mon érudition, je ne sais pas si c'est le terme exact à utiliser dans mon cas. Je parlerais plus modestement de spécialisation.»

Avisant un banc qui s'était miraculeusement libéré, il le désigna, en proposant :

« Allons nous asseoir, voulez-vous? »

Nancy, toujours étonnée, observait du coin de l'œil cet homme qui apparemment avait tout pour lui: la beauté, la jeunesse, l'intelligence. Pourquoi avait-il choisi le renoncement? Tout de noir vêtu, avec son classique col romain, sa croix brillante accrochée sur le revers gauche de sa veste, il semblait hors du temps et de ses tentations.

« Mon supérieur, le cardinal Zalinghi, que vous avez rencontré, m'a demandé de me mettre à votre disposition pour vous aider dans votre travail. Je suppose que s'il s'est adressé à moi, c'est pour que je vous introduise dans la Bibliothèque ou les Archives, car il n'y a que dans ce domaine que je puisse vous être d'une quelconque utilité. Avez-vous déjà une idée de ce que vous cherchez? »

Cattuso ne savait pas comment présenter le fait qu'il ignorait au fond sur quoi devaient porter les recherches. Il lui était en effet assez difficile de préciser ce qu'il fallait chercher, alors qu'il ignorait ce qu'il y avait à découvrir.

« Nous aimerions intéresser un large public à l'histoire peu connue du Vatican, lui montrer que l'Église a su, au fil des siècles, être la gardienne d'un savoir, d'une culture...

– Je ne sais pas si cela sera très original. Depuis plusieurs années déjà, le Vatican a ouvert les portes de ces deux institutions à des chercheurs de toutes sortes. De nombreux ouvrages ont été publiés, décrivant les richesses que nous détenons: manuscrits, incunables, volumes originaux, etc. »

Ces quelques précisions firent prendre conscience à John des difficultés de leur entreprise. Ce prêtre était sans doute bien placé pour connaître l'historique des lieux qu'il fréquentait régulièrement, et ses doutes sur le bien-fondé du reportage devaient être pris au sérieux. Peut-être qu'au fond ce n'était pas une si bonne idée. Mademoiselle Shepard avait senti le léger flottement dans l'attitude de son partenaire, mais elle croyait toujours à la valeur de son idée, et elle insista auprès du jeune religieux:

«Ne croyez-vous pas que l'association du Jubilé avec cette vision un peu marginale du Vatican pourrait présenter l'Église sous un jour inhabituel et ainsi encore mieux souligner son rôle?

– Je ne saurais vous dire. Peut-être. Ce qui est certain, par contre, c'est que, les autorisations concernant une partie de la Bibliothèque ou des Archives vaticanes n'étant données qu'au compte-gouttes, le grand public est sans doute peu informé de ces ouvertures qui lui ont été accordées.»

Pendant que le jésuite répondait à Nancy, John le regardait, essayant de se faire une opinion objective du personnage. Le prêtre inspirait un sentiment de confiance, tant son attitude respirait la droiture et la cordialité. Repensant à l'impression toute différente que leur avait laissée le cardinal, Cattuso demanda:

«Votre supérieur direct est bien le cardinal Zalinghi?

– Oui, c'est lui. Pourquoi?»

John répondit par une autre question.

«C'est donc lui qui a toute la latitude nécessaire pour accorder les autorisations extraordinaires?

– Oui, mais je suppose que par "extraordinaires" vous entendez "inhabituelles", n'est-ce pas?

– En effet, c'est ce que je voulais dire.

– En général, le public, quel qu'il soit, pèlerins ou simples touristes, se contente des circuits traditionnels. Ces derniers sont si complets que le temps prévu pour les parcourir est tout juste suffisant. Pour ce type de rencontre avec le Vatican, le système est bien en place et fonctionne parfaitement. Aucune autorisation n'est requise. Seules les visites de groupes avec un guide peuvent nécessiter l'intervention des huissiers, mais pour de simples raisons pratiques, d'horaires ou de contrôle d'affluence, par exemple. Dans le cas un peu plus particulier de chercheurs intéressés par l'étude de notre histoire et qui souhaitent travailler à l'intérieur même de nos murs, les autorisations nécessaires sont soumises à l'approbation de Son Éminence le cardinal Zalinghi. C'est lui qui décide de leur donner ou pas l'hospitalité. »

John voyait grandir l'influence du supérieur de Spà sur la libre circulation de l'information hors de la Cité, sans toutefois réussir à estimer la portée réelle de son pouvoir.

« Dans notre cas, est-il normal que Son Éminence nous ait reçus, nous qui ne sommes ni chercheurs ni érudits? Un huissier n'aurait-il pas pu suffire à nous mettre en relation avec vous?

— Je ne pense pas. Votre requête était un peu exceptionnelle dans le sens où vous n'appartenez pas au monde assez fermé de la recherche théologique, mais à celui beaucoup plus ouvert du journalisme. Même s'il est peu courant que le cardinal Zalinghi accepte des audiences, il était normal, je crois, qu'il vous voie pour apprécier vos intentions et le sérieux de votre travail. »

La tournure que prenait l'entretien ne convergeait pas vers la question cruciale qui brûlait les lèvres de l'enquêteur, à savoir de qui dépendait Zalinghi et de qui émanait la faveur leur ayant été accordée. Cattuso décida d'obtenir sa réponse par une approche plus directe.

« Le cardinal nous a laissé l'impression d'être quelqu'un de simple, un peu éloigné du rôle que vous nous décrivez.

— Détrompez-vous, c'est un homme très intelligent, réputé pour son savoir; il détient un poste très important et fait partie du Saint Collège. Il est pratiquement au plus haut de la hiérarchie vaticane.

– Pratiquement au plus haut?

– Oui, bien sûr. Il n'a qu'un seul supérieur avant Sa Sainteté elle-même.

– Ah? Et qui donc?

– Le cardinal Scalingeri. »

Nancy eut l'impression que, de simple discussion, l'entrevue prenait des allures d'interrogatoire; elle appréhendait que le jeune jésuite ne finisse par se lasser et perde la belle spontanéité qu'il avait manifestée en début de rencontre.

« Nous ne voudrions pas vous ennuyer avec nos questions, mon père, mais les institutions qui existent ici sont complexes et vos réponses nous aident vraiment à mieux les distinguer et les comprendre. J'ai bien lu quelques ouvrages sur le fonctionnement du Vatican, mais je dois avouer que je m'y perds un peu. »

Avec toute l'intuitive finesse dont est capable une femme, la jeune reporter avait rendu son aimable sourire au prêtre.

« Ne vous inquiétez pas, j'ai une grande patience et il est rare que je me plaigne lorsque l'on me sollicite. Vous avez raison, les différents services, administratifs ou autres, sont nombreux et leur intérêt, assez peu évident pour le profane. Pour vous faciliter les choses, je pense qu'il faudrait que je vous trace un organigramme sommaire qui éclairerait un peu votre lanterne. »

Son regard se posa sur un groupe d'Asiatiques qui gesticulaient près d'eux, intrigués par la taille de la grosse pigne.

« Je me demande s'ils savent que cette pomme de pin est vieille de pratiquement deux mille ans... »

John Cattuso sentit une légère amertume dans cette réflexion, comme si le jésuite déplorait la probable ignorance des visiteurs qui l'entouraient. Le père, un instant songeur, reprit sa phrase:

« Voulez-vous que nous avancions un peu? Il n'est

que quatorze heures vingt et si vous le souhaitez je peux déjà vous emmener à la Bibliothèque. »

Sans attendre la réponse des deux journalistes, il se leva et s'éloigna d'un pas lent et mesuré. Aussitôt, un visage lié à la jeunesse de John à Brooklyn remonta le fil du temps. Depuis quelques minutes déjà, il cherchait à qui Spà lui faisait penser, mais ce fut en le regardant marcher qu'il eut sa réponse. Vingt-cinq ans après, en repensant à ce visage serein et calme, il eut un pincement au cœur. Le père Del'uomo était l'image de ce que la Terre pouvait créer de bon : une silhouette apaisante où se nichait un cœur d'or. John n'avait jamais entendu crier ou gronder la douce voix du prêtre qui portait encore une soutane à l'ancienne. Placide, chaleureux et d'humeur toujours égale, il était aimé de tous, et sa tenue s'accordait, à la fois avec le rôle paternel et maternel qu'il assumait auprès de ses ouailles. Personne ne connaissait son prénom, il était simplement le *padre* et cela suffisait amplement. À sa mort, tout le quartier l'avait pleuré, John peut-être plus que les autres, qui n'avait que lui à qui confier ses chagrins d'enfant orphelin et solitaire. Ce jour-là, autant qu'à la mort de ses parents, il avait dû croire à l'impossible réalité, à celle qui vous fait comprendre qu'une vie d'enfant peut facilement se briser, en dépit de toute logique ou de toute pitié. Le vieux curé avait laissé une image si forte dans la mémoire de Cattuso que ce dernier ne pouvait concevoir les serviteurs de la religion qu'avec la même soutane et le même sourire que ceux de son confident.

Francesco Spà, serrant toujours amoureusement son livre, les entraîna en se frayant un passage dans la cohue des visiteurs. En tournant le dos à l'immense niche qui coiffait l'imposant œuf de bronze, le trio atteignit l'extrémité sud de la cour qui s'arrêtait face à un édifice transversal.

« À l'origine, la cour de la Pigne, où nous nous trouvons encore, communiquait avec la cour du Belvédère qui se situe derrière ce corps de bâtiment devant nous. Cette construction qui délimite à présent deux espaces distincts a été ajoutée au XVIe siècle pour constituer une extension aux deux galeries latérales de la Bibliothèque devenues trop étroites. La première partie que nous allons traverser, appelée *Braccio Nuovo*, est un musée. »

Un homme, sans doute un huissier, s'avança puis s'effaça à l'arrivée des deux journalistes et de leur guide. La présence du profès paraissait magique et propice à ouvrir bien des portes. Devant eux s'élevait une grande muraille ocre, sans fenêtres. Sa couleur uniforme et son architecture sans fioritures s'opposaient à la beauté ouvragée de la niche pourtant située dans le même espace. Enracinées au même sol, les deux entités si différentes semblaient se toiser en sœurs ennemies. L'entrée monumentale de l'étroit bâtiment occupait pratiquement le tiers de sa longueur. Une dizaine de colonnes sans ciselures en travertin blanc et aussi hautes que les murs en protégeaient l'accès.

En entrant, les deux reporters eurent l'impression de franchir une énorme gueule hérissée de dents, avant de se retrouver au bout de quelques minutes dans la cour de la Bibliothèque. Derrière l'austère façade qu'ils venaient de traverser et accolée à celle-ci se trouvait une belle tour encadrée par deux escaliers.

Il ne leur fallut qu'un bref instant pour parcourir le court passage séparant le *Braccio Nuovo* de la Bibliothèque. Sans transition, la fraîcheur du grand hall remplaça si brutalement la chaleur extérieure qu'elle fit frissonner la jeune femme. De l'autre côté, on pouvait apercevoir dans la cour du Belvédère de nombreuses voitures en stationnement, ce qui laissait à penser que c'était la vocation première de ce grand espace goudronné, dont le seul agrément s'avérait être une majestueuse fontaine placée en son centre. Les deux envoyés de l'*Herald* et le jésuite étaient entourés par un nombre impressionnant de visiteurs. Aussi loin que portait le regard, on voyait la plupart d'entre eux agglutinés autour de leurs guides, alors que d'autres s'éparpillaient au gré de leurs découvertes. Toute cette agitation était en revanche presque silencieuse. Sans doute la splendeur et la richesse des lieux impressionnaient-elles tous ces profanes. Situées à mi-hauteur et à chaque angle du grand corridor, plusieurs caméras promenaient leur regard attentif et impersonnel sur cette foule en mouvement. En observant un peu plus attentivement la disposition des lieux, John Cattuso remarqua que tous les accès conduisant aux salles annexes étaient également protégés. Tels les yeux immobiles et noirs d'animaux maléfiques, les appareils de surveillance semblaient puiser leur propre énergie dans les images qu'ils transmettaient.

En voyant toutes ces personnes, caméscopes ou appareils photo en bandoulière, arpenter les couloirs du rez-de-chaussée et les larges escaliers menant aux étages, John eut aussitôt la certitude que ce n'était pas là que se situait le centre du reportage qu'il devait réaliser avec Nancy pour l'*Herald*.

« Excusez-moi, mon père, mais, sans mettre en doute la beauté et l'intérêt que présente la Bibliothèque, je ne crois pas que celle-ci puisse être le support idéal pour notre travail. Je ne sais pas ce qu'en pense ma jeune collègue, mais il me semble que l'endroit est assez largement accessible au public. »

Pour qui voulait comprendre l'intervention, John laissait entendre que le spectacle présent sous leurs yeux avait peu de chance de créer l'évènement. La place était trop connue.

Nancy Shepard était gênée. Bien que partageant l'avis de John, le moins qu'elle pût dire était que ce dernier n'était pas très diplomate. Sa réflexion était certes justifiée mais un peu abrupte et en tout cas de nature à blesser le jeune érudit. Dès leur entrée dans la grande salle, elle avait vu son regard bleu s'allumer, plein de fierté, lorsqu'il leur avait présenté ce qu'il considérait comme sa maison. Mais, toujours aimable, il parut prendre la chose sans vexation.

«Je vous avais prévenus que vous trouveriez ici une quantité importante de tableaux, sculptures ou livres inestimables, mais aussi que toutes ces richesses étaient maintenant assez connues, l'accès en ayant été grandement facilité. Nous comptons actuellement une moyenne de cent quatre-vingts lecteurs par jour qui fréquentent la grande salle de consultation de notre Bibliothèque. Sur une année, cela représente environ deux mille personnes qui étudient et analysent des écrits de toutes sortes. À part le volume de travail considérable que constituent toutes ces heures de lecture, il n'y a là rien, a priori, qui puisse intéresser un public non averti.»

Nancy sentait filer son reportage...

«Peut-être devrions-nous nous intéresser aux Archives vaticanes. Celles-ci sont sans doute moins visitées, donc moins connues. Elles constitueraient par le fait même un support plus solide pour notre documentaire. Vous pourriez nous accompagner et nous dresser un inventaire rapide de ce qu'elles contiennent...»

Le sourire du profès éclaira de nouveau son regard d'azur.

«Les Archives qui étaient jadis appelées secrètes le sont beaucoup moins aujourd'hui, puisque des gens de l'extérieur y travaillent régulièrement. Je passe moi-même là-bas une grande partie de mon temps, et j'y croise souvent de nouveaux visages. Et même s'il est vrai que leur visite est très réglementée, nos archivistes et leurs assistants accueillent là-bas chaque année au moins cinq cents chercheurs provenant d'une trentaine de pays. À propos de l'inventaire succinct que vous me demandez, c'est un peu délicat. Imaginez que vous souhaitiez résumer plus de deux mille ans d'histoire en une dizaine de lignes. C'est un peu pareil. Non, le mieux serait que je vous communique les répertoires officiels et que nous en fassions une synthèse. D'autre part, puisque vous semblez vouloir concentrer votre travail sur les textes "secrets", je vous propose de vous y conduire. Pour ce qui est de notre future collaboration, je pourrai vous consacrer environ deux heures par jour, mais plutôt l'après-midi de quatorze à seize heures, si cela vous convient. Mon emploi du temps est assez chargé, mais je ferai tout mon possible pour vous aider. Vous serez par ailleurs totalement libres de vos allées et venues. Seuls les lieux nécessitant une accréditation spéciale vous imposeront ma présence. Les Archives vaticanes sont malheureusement de ceux-là... Bien, nous pouvons y aller. J'espère que vous n'êtes pas claustrophobes. »

La jeune stagiaire qui l'était un peu s'inquiéta :

« Pourquoi?

– Parce que l'endroit est situé dans un sous-sol. En fait, vous avez marché au-dessus de lui tout à l'heure. Les Archives sont situées sous la cour de la Pigne. »

Dans la cour du Belvédère, l'entrée des Archives avoisinait celle de la Bibliothèque. Elle était toutefois un peu plus modeste et manifestement moins fréquentée. Ainsi que les deux journalistes l'avaient remarqué, l'accès à chaque endroit stratégique était filtré par un huissier. Celui qui se trouvait devant eux montait une garde nonchalante mais néanmoins efficace. À l'approche du trio, il s'effaça en esquissant un hochement de la tête. Sans doute était-ce un salut adressé au jeune jésuite. Celui-ci, se retournant vers Nancy et John, commenta, de sa voix douce et agréable :

« Voilà, nous sommes à l'entrée des Archives du Vatican. Elles descendent jusqu'à environ vingt mètres de profondeur et s'agrandissent d'à peu près un kilomètre de rangements par an. C'est le seul moyen qui a été trouvé pour stocker de façon sûre cette partie de notre patrimoine. L'endroit a nécessité des drainages importants, mais il a été conçu pour résister aux pires catastrophes, naturelles ou non. Comme vous pouvez le constater, les travaux sont assez récents, mais le résultat est concluant puisque nous pouvons archiver désormais sur un triple système de rayonnage plus de cinquante-quatre kilomètres de documents. »

Pendant que le prêtre expliquait l'architecture de ce qui s'apparentait plus à un véritable bunker antiatomique qu'à un lieu de lecture, Nancy Shepard enregistrait le discours sur son magnétophone portable. Un couloir les amena à un grand hall desservi par plusieurs ascenseurs.

« Il y a un escalier de service, mais la descente est interminable. Nous gagnerons beaucoup de temps en empruntant l'ascenseur. »

La cabine était cossue et spacieuse. L'intérieur, habillé de matériaux modernes et éclairé par une lumière légèrement tamisée, donnait à la fois une impression de confort et de richesse. L'Église n'avait pas lésiné sur les moyens pour se doter des dernières technologies.

Francesco Spà sélectionna le premier niveau. Pendant quelques secondes, éloignés du monde, ils n'eurent pour seul compagnon que le léger ronronnement de la machinerie. Cattuso rompit le silence :

« Mon père, nous nous interrogions tantôt sur la signification du mot "profès". Pourriez-vous nous en préciser l'origine ? »

La lourde cabine, dans un freinage parfaitement maîtrisé, venait de s'immobiliser sans heurt. Pendant que la porte s'effaçait, Spà, sourire aux lèvres, franchit le seuil métallique en leur expliquant :

« C'est très simple, j'appartiens à l'ordre des Jésuites, qui est une congrégation religieuse très ancienne, mise en place à l'origine pour défendre l'Église catholique contre les agressions de toutes provenances, en particulier celles des hérétiques. À une certaine époque, cette fonction avait donné à notre ordre une connotation plutôt guerrière, mais à présent tout cela appartient au passé. Les membres qui le composent se divisent en trois catégories : nous trouvons les novices, nouvellement entrés dans la confrérie, et les coadjuteurs spirituels, qui sont les adjoints de la hiérarchie. Les profès enfin sont des jésuites ayant prononcé leurs vœux et déclaré leur attachement à Sa Sainteté le pape. Comme pour la plus grande part de notre vocabulaire, le mot profès a une source étymologique latine : *professus* dont la traduction est “qui déclare”. »

Alors qu'ils accédaient à l'entrée du premier niveau, John remarqua la présence de quatre caméras qui balayaient toute la surface visible du hall. Leur œil électronique, froid et inhumain, semblait pallier ici l'absence d'huissiers. Une observation un peu plus attentive permettait de repérer les légers mouvements qui animaient ces regards magiques. Les allées et venues étaient manifestement visualisées et contrôlées de façon permanente.

Devant eux s'ouvrait une suite de longues travées équipées de classeurs verticaux, contenant une quantité impressionnante de documents. De loin en loin, des espaces de travail avaient été aménagés. Sur chacun d'eux était placé un ordinateur avec son écran. Un peu dépitée, Nancy fut surprise par le nombre de personnes occupant les lieux. Parcimonieusement éclairée par une lumière artificielle et diaphane, la grande salle divisée en rangées abritait une trentaine de lecteurs et de commis qui s'activaient dans un silence relatif. Si la maigre luminosité conférait aux Archives une atmosphère studieuse et feutrée, les espaces de travail s'agrémentaient de lampes halogènes, un complément indispensable à la lecture.

La voix claire et musicale du profès baissa d'un degré pour n'être plus qu'un murmure, en harmonie avec la vocation de l'endroit.

« Les personnes que vous voyez en blouses bleues sont des archivistes. Leur travail consiste à classer tous les nouveaux ouvrages que nous désirons présenter en rayons, ainsi qu'à aider les chercheurs. »

Nancy dut s'approcher pour saisir le fil à peine audible de l'explication. Le jésuite poursuivait.

« Nous avons réalisé un classement par fichiers informatiques qui facilite grandement la localisation des livres dans les classeurs. Une fois que le manuscrit est identifié, on présente ses coordonnées à la personne chargée de la travée concernée qui remet le document au demandeur. Chaque élément sorti des rayonnages est inscrit sur un bordereau qui fait l'objet d'une saisie informatique. Les gens que vous voyez penchés sur ces textes anciens sont des savants, des chercheurs ou des professeurs. Tous ont obtenu des accréditations spéciales leur permettant de consulter les différents niveaux des Archives. »

John Cattuso leva le regard. Loin devant lui un œil le fixait. Tournant la tête, il en vit un autre dans le couloir suivant. Le prêtre les dirigea vers un poste de travail vacant, situé à une dizaine de mètres d'eux. Leur passage ne suscita aucune réaction parmi les érudits qui restèrent plongés dans leurs études, accrochés par ces lignes centenaires qui captivaient toute leur attention.

Adoptant le même ton que Spà, John le questionna, dans un murmure :

« Depuis notre passage à la Bibliothèque, j'ai remarqué un nombre impressionnant de systèmes vidéo. Pourquoi tant de précautions? Est-ce pour empêcher d'éventuels vols?

– Pas seulement pour cela. Les trésors artistiques ou historiques qui sont exposés au Vatican sont uniques et d'une valeur inestimable. Tous ces originaux représentent des siècles de culture et sont non seulement la mémoire de l'Église, mais également celle de toute l'Italie: le souvenir d'une époque où la durée pour réaliser une œuvre comptait peu au regard du résultat recherché. Savez-vous, par exemple, qu'en 1972 la célèbre *Pietà* de Michel-Ange, dont la création avait nécessité des mois de labeur acharné, a été sauvagement mutilée en quelques instants à coups de marteau par un déséquilibré? Il a fallu d'importants et minutieux travaux de restauration pour lui redonner toute sa majesté, et encore. C'est grâce à un éclairage approprié que les interventions des spécialistes restent invisibles aux profanes. Vous ne la verrez plus qu'au travers d'une cage de verre blindé, comme un simple bibelot abrité de la poussière. C'est aussi pour éviter ce genre de mésaventures que la Cité s'est dotée de toute cette infrastructure de protection.»

Cattuso avait vraiment le sentiment d'être dans le ventre d'un gigantesque coffre-fort placé sous haute surveillance. Lui qui n'avait jamais supporté ni l'autorité ni les contrôles d'aucune sorte se sentait épié et atteint dans son intégrité d'homme libre. Il sortit nerveusement de sa poche son indispensable paquet de Luckies. Ses fidèles compagnes étaient là. Sous ses doigts, il sentit la douceur mortelle du papier bourré de tabac et ce contact le fit saliver d'impatience. En face de lui, accroché au mur et bien en évidence, un panneau très explicite interdisait de fumer. À contrecœur, il rangea sa dose de nicotine et poursuivit l'entretien:

«Oui, je comprends, mais j'ai l'impression que les Archives sont encore plus protégées que les œuvres conventionnelles, comme les peintures ou les sculptures, par exemple. Pourtant, le personnel présent devrait suffire à dissuader toute malveillance. Pourquoi placer une caméra tous les vingt mètres?»

Toujours sur le même ton, Spà poursuivit son explication :

« Les livres sont des documents fragiles et leur possible dégradation ne prendrait que quelques secondes. Je suppose que le responsable de cette installation a réfléchi à tout cela et œuvré en conséquence afin de les préserver au mieux. C'était un homme très compétent dans son domaine et il a certainement agi avec discernement. »

Nancy tendait toujours son magnétophone, mais elle se sentait de plus en plus mal à l'aise. La discussion prenait de nouveau cette allure d'interrogatoire qui lui déplaisait. Elle ne comprenait pas John Cattuso qui semblait plus s'intéresser à la logistique du bâtiment qu'à son contenu. Décidément, cet homme était bien complexe et ses démarches semblaient bien obscures.

« Vous le connaissiez? Je pensais qu'une telle installation aurait été confiée à une société de surveillance plutôt qu'à un seul individu. »

Toujours de bonne grâce, le jésuite répondit, à voix basse, à la question du journaliste :

« Oui, je le connaissais bien. Les travaux ont duré deux années au cours desquelles nous avons sympathisé. L'*ingegnere* Sorsi était un homme très cultivé et amoureux des arts en général. En fait, il ne travaillait pas seul. S'il était un génie de l'électronique et l'inventeur d'un système de surveillance sans concurrence, il employait un jeune technicien pour les travaux courants.

– Il est mort?... Je veux parler de Sorsi.

– Je ne crois pas. Malgré son âge respectable, il paraissait en parfaite santé. Il est subitement tombé malade peu avant la fin des travaux et c'est son jeune assistant qui a dû terminer l'installation. Avec difficulté d'ailleurs. L'élève ne parvenait pas à égaler son maître. »

La jeune stagiaire de l'*Herald*, sentant son coéquipier décidé à poursuivre sur le sujet, crut bon de préciser :

« Vous nous avez parlé d'une plage horaire de deux heures. Il est déjà seize heures quinze et nous ne voudrions pas trop abuser de votre temps. »

Le prêtre parut soulagé par l'intervention de la jeune femme et, comme s'il avait attendu poliment cette occasion, il s'en saisit avec son habituel sourire :

« Vous avez raison, le temps file de façon déraisonnable. Je vous propose que nous nous retrouvions devant l'entrée des Archives demain, à quatorze heures. Nous terminerons la visite du premier niveau que nous compléterons avec celle du second. Je vous aurai préparé l'organigramme et les répertoires dont nous avons parlé. Pour le moment, si vous avez un peu de temps, je vous conseille d'aller voir la chapelle Sixtine. Exceptionnellement, il y a une visite guidée qui débute à seize heures trente. Vous aurez juste le temps avant la fermeture des portes. »

Fox pensait que le Vatican était une ville ouverte et il s'étonna de ce couvre-feu :

« La Cité est fermée la nuit ?

– Oui, il y a cinq portes. Toutes ferment à vingt heures ou vingt heures trente au plus tard. Seule la porte Sainte-Anne reste ouverte jusqu'à minuit. C'est une porte de service par laquelle transitent à la fois des visiteurs, le personnel laïque et le ravitaillement nécessaire à la vie de la Cité léonine. Passé cet ultime délai, vous seriez arrêtés par les gardes suisses qui effectuent leurs rondes. »

Repensant à la foule des pèlerins qui rendait les déplacements difficiles, Cattuso chercha une autre solution pour les jours à venir, préférant éviter de se heurter de nouveau au problème du transport :

« J'ai vu de nombreux véhicules garés dans la cour du Belvédère. Faut-il une autorisation spéciale pour circuler en voiture ? Nous gagnerions du temps pour venir jusqu'à la Bibliothèque.

– Vous avez raison, l'accès est interdit au public, mais je vais m'en occuper tout de suite. La circulation est en effet très réglementée et les stationnements illicites sont assez fortement pénalisés. Nous ne bénéficions que de peu de place et une certaine rigueur est nécessaire. »

* * *

En quittant les Archives, Nancy et John retraversèrent la cour de la Pigne pour rejoindre le hall conduisant à la chapelle Sixtine. Après avoir parcouru de nombreux escaliers et couloirs, ils débouchèrent dans une salle tout en longueur, appelée salle des Cartes géographiques et qui résumait les connaissances, à certaines époques, du pourtour méditerranéen. Victimes de leur succès, les magnifiques cartes murales avaient créé des attroupements qui gênaient le passage. Ensuite, la progression devint de plus en plus difficile, car les différents salons qui se succédaient, par leur faste et leur beauté, provoquaient également des ralentissements importants. Les deux reporters arrivèrent enfin devant l'entrée de la chapelle où s'étirait une longue file en attente.

John estima qu'il faudrait un bon quart d'heure avant d'en franchir le seuil. D'après les commentaires qu'il surprenait, ce délai était très raisonnable, surtout en période de Jubilé. Il crut même comprendre qu'il pouvait facilement tripler dans le cas des visites du matin ou de l'après-midi. Sans doute attirés par la notoriété des œuvres exposées, les visiteurs s'empressaient-ils de commencer leur circuit touristique par la découverte de cette partie du Vatican, laissant la dernière visite de la journée pour les plus patients, ou les plus avertis.

La vaste salle rectangulaire d'environ cinq cents mètres carrés qu'était la chapelle Sixtine contenait péniblement ses admirateurs. La première vision qu'elle offrait aux regards médusés des visiteurs était celle d'un foisonnement inimaginable de figures peintes sur les murs et sa voûte. Cette dernière, bordée d'ogives, représentait des personnages de la Genèse. Immédiatement, la taille des sujets et la hauteur au sol de la fresque permettaient d'imaginer les prouesses techniques qu'avait dû mettre en œuvre Michel-Ange pour réaliser ce prodige. Sur le dépliant que lisait Nancy apparaissaient les noms de nombreux artistes de la Renaissance italienne qui avaient œuvré en ces lieux: Mino da Fiesole, Matteo da Lecce, Le Pérugin, Pinturicchio, Botticelli et bien d'autres. Tous ces noms plus ou moins connus des profanes avaient tour à tour marqué de leur talent les murs de la fameuse chapelle dont on imaginait difficilement, qu'un jour, ils avaient été nus. Ce fut toutefois l'autel qui captiva aussitôt l'attention de la journaliste. Finement décoré, il portait un crucifix flanqué de chaque côté de trois candélabres munis de cierges blancs. Michel-Ange avait imprégné de son génie le grand mur auquel s'adossait cet autel. Sur un fond d'azur, des scènes du Testament s'imbriquaient jusqu'à former une gigantesque parade dans une débauche de couleurs et une maîtrise parfaite des formes. La création se poursuivait sur l'immense plafond. Elle était si vivante et d'une composition si réaliste que Nancy sentit monter en elle une émotion étrange. Les teintes étaient vives et d'une telle fraîcheur qu'elle s'imagina voir le vieil homme, tout à l'exercice de son art, à la fois cramponné à son échafaudage et à ses pinceaux, dans un fragile équilibre rendu douloureux par l'effort physique exigé.

Elle chercha Cattuso du regard. Elle aurait aimé partager le sentiment très fort que suscitait en elle l'œuvre grandiose. Elle eut du mal à le retrouver parmi la foule, bien qu'il ne fût qu'à quelques mètres d'elle, contemplant lui aussi l'immense fresque. Elle s'approcha de lui. Il semblait complètement subjugué par le fascinant tableau. La jeune stagiaire souffla à voix basse:

« Notre prêtre avait raison, c'est absolument fantastique. »

John acquiesça :

« C'est bien plus que cela. L'homme qui a sorti ceci du néant était plus qu'un artiste, c'était un magicien. C'est comme s'il avait voulu résumer toute l'histoire de l'homme à travers la religion, et avec quelle créativité, quelle liberté d'expression. Ses personnages sont tellement différents de ceux des autres peintres ! »

Nancy comprit que l'émotion qu'elle ressentait était largement partagée par Fox. Les mots, ainsi que les explications, étaient inutiles. Toute œuvre de talent n'existe que par les sentiments qu'elle inspire. Point n'est besoin d'expliquer ou de comprendre pour aimer, il suffit de ressentir. Ce mur portait à lui seul une explication possible du Grand Mystère, et d'une façon si belle qu'elle en devenait convaincante.

* * *

Cité du Vatican

« Buongiorno signore. »

La traditionnelle réponse ne vint pas. Celui que le vieil homme appelait « Piccolo » s'étonna du mutisme de son patron. Il se mit au travail attribuant ce silence inhabituel à la fatigue. Après tout, le « vieux » avait bien au moins soixante-cinq ans et il faisait de longues journées.

Il ne commença à s'inquiéter sérieusement que, lorsque, ayant besoin de renseignements techniques ou de consignes particulières, il n'obtint plus de sa part que des explications hésitantes ou carrément erronées. Cela correspondait si peu au personnage qu'il comprit que le « vieux » était ailleurs et son attitude anormale l'inquiéta sérieusement.

L'homme passa une bonne partie de sa journée assis contre une colonne, prostré dans un silence impressionnant, en ignorant l'apprenti qui s'agitait autour de lui.

Il repensait à ces derniers jours, à sa satisfaction d'avoir relevé le défi de ce travail ambitieux, et d'avoir terminé le chantier un an avant le grand jubilé tel qu'il s'y était engagé.

Mais surtout il ne cessait de revivre son aventure de la veille, qui avait remplacé cette satisfaction par un immense désarroi.

Comment avait-on pu traiter ainsi des êtres humains? au nom de quelle idéologie avait-on pu perpétrer de tels actes?

Il se morfondit ainsi pendant de longues heures, mais sans trouver de réponse. Lorsqu'il quitta son lieu de méditation, il alla trouver son ami le prêtre. Malgré leur différence d'âge les deux hommes s'entendaient parfaitement. Ils parlèrent longuement, mais le vieux technicien n'osa pas lui avouer sa découverte. Tout au plus avait-il tenté d'aborder d'autres sujets que ceux de leurs conversations habituelles. Le jeune ecclésiastique, comme à son habitude, répondit de bonne grâce à toutes ses questions. Pourtant, faute de précision, ses réponses ne pouvaient calmer la tristesse du vieil homme ni son accablement.

Moralement très affaibli, il répondit à peine au jeune apprenti qui lui souhaita une bonne soirée. Il n'imaginait pas les jours à venir, ni ne pensait à la fin des travaux. Pour lui, beaucoup de choses s'étaient arrêtées la veille. Comment allait-il vivre après « ça »? et surtout avec qui pourrait-il en parler?

Il était dix-neuf heures; la journée s'étirait peu à peu laissant s'installer la nuit. Le responsable du chantier tournait en rond dans la cour sans parvenir à la quitter, un peu comme s'il attendait d'elle une explication qui ne viendrait pas.

Derrière lui un grognement rauque qu'il connaissait bien résonna dangereusement. Lorsqu'il se retourna, il comprit aussitôt que ses questions resteraient à jamais sans réponse, et que pour lui tout était fini...

* * *

VI

Les deux enquêteurs de l'*Herald* attendaient Guido devant la porte Sainte-Anne. Ils avaient cheminé jusque-là silencieusement, les yeux encore pleins des images peintes par un vieillard passionné, mort depuis des centaines d'années, mais dont le génie avait traversé et défié le temps. Nancy repensa à l'attitude de Cattuso envers le jésuite :

« Excusez-moi si je suis indiscrète, mais j'aimerais savoir pourquoi vous avez littéralement assailli le père Spà de vos questions. Le ton que vous avez employé me paraissait plus proche de celui d'un interrogatoire que... »

Elle ne finit pas sa phrase, pensant que son coéquipier réagirait aussitôt; ce dernier n'en fit rien. Il écoutait distraitement, le regard lointain. Elle poursuivit :

« Il fait sûrement tout pour nous faciliter la tâche, bien que cela lui demande sans doute une surcharge de travail. J'ai peur qu'il finisse par se lasser de notre présence. »

Sortant de son rêve, Fox sembla retrouver le sens des mots qu'il entendait et prendre conscience des inquiétudes de Nancy.

« Je n'ai rien contre Spà, au contraire : je suis sûr que c'est un homme affable et éminemment serviable. Je ne voudrais en rien le vexer. Pourtant, plus j'y pense et plus j'ai le sentiment que nous passons à côté de nos objectifs initiaux. Premièrement, nous envisagions d'enquêter sur la Bibliothèque, afin d'en arriver à présenter un reportage novateur. Il s'avère que ce service est archi-fréquenté. Nous avons déplacé alors notre centre d'intérêt vers les Archives que nous pensions plus secrètes, pour constater que pas moins de cinq cents chercheurs arpentent les lieux tout au long de l'année.

– En quoi le père Spà est-il responsable de tout cela? Est-ce une raison pour s'en prendre à lui?

– Non, bien sûr, mais avouez qu'il y a de quoi être perplexe quant à l'avenir de notre sujet. En fait, je pense qu'à partir de maintenant nous avons deux possibilités : soit nous orienter vers un descriptif assez traditionnel du fonctionnement des Archives et réaliser un documentaire sans grande originalité...

– Soit?...

– Soit essayer de montrer toute la complexité du Vatican : son système de surveillance, sa hiérarchie, enfin, tout ce que le grand public ignore. C'est pour cela que je compte sur Spà pour nous renseigner. Mais peut-être que ma façon de le questionner n'est pas la meilleure. »

Nancy sursauta :

« Mais ce n'est pas ce qui était convenu! L'autorisation qu'on nous a accordée était spécifiquement destinée à l'étude de la Bibliothèque, voire à celle des Archives. Comment allons-nous justifier notre volte-face auprès de Spà et de ses supérieurs? Quant à Pozzi, il est aussi persuadé que le thème que nous avons choisi est bien défini. Je me demande bien comment nous allons lui expliquer qu'il avait raison de douter de l'à-propos de notre choix et que, grâce à lui, contre toute attente, nous avons obtenu un laissez-passer que nous n'allons pas utiliser? »

John paraissait avoir réfléchi à tout. Il enchaîna, sans hésiter:

«Pour ne pas occasionner de difficultés ou d'incidents, le plus sage serait que nous nous partagions le travail. Pozzi et vous, vous pourriez vous concentrer sur l'idée initiale. Dans un premier temps, vous resteriez donc avec lui à l'Agence. Quant à moi, je poursuivrais sur place la piste des "Arcanes du Vatican". Il n'est pas indispensable dans l'immédiat que Mario apprenne notre changement de cap. Si, après trois ou quatre jours au maximum, je n'obtiens pas les résultats escomptés, je bouclerai le reportage en votre compagnie. D'ici là, je vous promets d'interroger Spà de façon plus diplomatique.»

Nancy Shepard était abasourdie. Elle qui pensait réaliser en commun avec Fox le premier reportage de sa toute nouvelle carrière, allait devoir travailler avec ce bellâtre de Mario, qui passerait sans doute plus de temps à la courtiser qu'à l'aider. Elle était déçue et comprenait un peu mieux à présent pourquoi John Cattuso se trouvait très souvent dans des situations délicates: c'était aussi naturel pour lui d'attirer les ennuis que pour Michel-Ange de tenir un pinceau.

* * *

John regardait du coin de l'œil la belle stagiaire... l'air buté, elle avait défait sa queue-de-cheval, libérant la masse flamboyante de sa chevelure. Contrariée par la tournure des évènements, elle semblait avoir opté pour un silence tenace.

Guido les avait ramenés à la pension des Glycines. Durant le trajet, sentant le malaise qui s'était installé entre les deux journalistes, contrairement à son habitude, il avait mis fin à ses tentatives de dialogue. À l'hôtel, il s'était contenté de leur remettre le magnétoscope et de s'enquérir des horaires pour les jours à venir. La soirée s'installait sereinement, se préparant à classer une nouvelle journée dans la grande armoire du passé. Une brise s'était levée à présent et elle gonflait légèrement les voilages de la fenêtre, remplissant la pièce d'une agréable fraîcheur. La pénombre créait une atmosphère propice au repos et à la réflexion.

Allongé sur le lit, John, tout en allumant une autre cigarette, songea à nouveau à toutes ces caméras et à cet ordre quasi militaire qui régnait partout au Vatican. Il lui sembla évident qu'une telle forteresse, retranchée derrière ces lourdes façades de pierre, devait recéler plus d'un secret. Il pensa aussi à Nancy et aux reproches qu'elle lui avait adressés. Elle réprouvait sa manière de procéder et était sans doute déçue de devoir travailler seule avec Mario Pozzi. Décidé à s'expliquer un peu plus sur les raisons profondes qui le poussaient, Cattuso emporta sous son bras le magnétoscope et alla jusqu'à la chambre de la jeune femme.

Il était vingt heures. Le long corridor drainait encore quelques pèlerins qui allaient aux communs ou se rendaient au restaurant. Un couple d'Américains se querellait sans discrétion, chacun cherchant à imposer à l'autre son choix sur l'ordre des visites prévues pour le lendemain. L'accent de l'Ouest des sexagénaires, aux intonations si particulières, lui rappela un bref instant Los Angeles et ses grandes avenues. Tout cela était bien loin maintenant. Les deux compatriotes de John le croisèrent sans le voir et, toujours sans baisser le ton, continuèrent leur dispute comme s'ils étaient seuls au monde.

Nancy ne répondit qu'après un assez long moment :

« Oui, entrez. »

Elle était en peignoir, tournait légèrement le dos à la porte et semblait occupée à classer des documents; elle ne se retourna pas vers son visiteur quand celui-ci entra dans la chambre.

« Puis-je vous parler cinq minutes? Enfin, si cela ne vous dérange pas?

– Cela ne me dérange pas. Allez-y, je vous écoute. »

Nancy rangeait toujours ses fiches et n'offrait à Cattuso que son profil.

« Voilà, avant tout, je vous apporte le magnétoscope de l'Agence. Je vais vous l'installer et vous pourrez ainsi visionner le matériel fourni par Pozzi. Je voulais aussi vous dire que si, pendant quelques jours, je vais seul au Vatican, ce ne sera que l'après-midi pendant que vous serez à l'Agence. Nous pourrons donc, si vous le souhaitez, travailler ensemble le matin. »

La stagiaire ne répondait pas. Elle s'était un peu éloignée et sortait cette fois des vêtements de son armoire. Un peu gêné par cette froideur, Fox persista à essayer de nouer le dialogue:

« Écoutez-moi, Nancy. Cette situation ne durera que quelques jours, le temps de voir si je peux trouver des renseignements susceptibles de nous aider. J'aimerais vraiment que nous réussissions un grand reportage... ensemble. Actuellement, je ne ressens pas le sujet. Laissez-moi aller jusqu'au bout de ma démarche avant que je n'abandonne définitivement cette piste. Voulez-vous? »

Lorsqu'elle se tourna enfin vers lui, John comprit pourquoi elle fuyait son regard. Elle avait pleuré. Beaucoup sans doute comme l'attestaient ses yeux gonflés et rougis. Elle le regardait tristement et enchaîna, avec lassitude:

« Je ne veux pas m'opposer à vous. Si vous jugez que votre approche est préférable pour notre travail, je suppose qu'il faut que je m'incline. Après tout, je ne suis que la stagiaire et vous, le professionnel. »

Cette résignation déplaisait à John, car il attendait plus de Nancy Shepard. Il souhaitait son entière collaboration et non une quelconque soumission dictée par des notions hiérarchiques.

«Je ne veux rien vous imposer, et surtout en aucun cas utiliser mon expérience pour vous forcer à accepter mes concepts ou mes choix. Dans l'équipe que nous formons, je n'envisage pas un instant que vous ne soyez qu'une subalterne. Nous ne ferons un travail de qualité que si nous parvenons à harmoniser nos décisions et nos idées. Si vous n'approuvez pas ma position à propos du reportage, j'abandonnerai. Après tout, Mario serait certainement du même avis que vous et il serait sensé que la majorité l'emporte.»

Nancy s'était assise sur le grand lit. Ses cheveux défaits masquaient un peu son visage. Son peignoir s'était un peu ouvert, dévoilant la naissance de sa poitrine, et John ne pouvait décrocher son regard de ces formes sensuelles qui semblaient vouloir s'échapper du tissu épais. Malgré lui, il s'imagina palpant les seins généreux aux globes parfaits et cette pensée était si forte et concrète qu'il lui sembla sentir leur frémissement au creux de sa main. Les yeux de Nancy suivirent ceux de Cattuso et elle prit conscience de l'objet de leur intérêt; d'un geste pudique, en même temps que ses joues se coloraient, elle referma un peu le col du vêtement.

«Pendant que vous serez absent, je vais passer des après-midi entiers à l'Agence. J'ai peur que cela soit bien long. Rapidement, Mario Pozzi voudra savoir pourquoi nous travaillons chacun de notre côté. Je devrai mentir pour calmer ses soupçons et je n'aime pas beaucoup ça. Le mensonge n'est pas dans ma nature.

— Vous pourrez toujours lui dire que je m'entretiens avec Spà pour obtenir des compléments d'information nécessaires au documentaire, ce qui serait vrai. Le temps que Mario commence vraiment à s'inquiéter de mes absences, j'aurai sans doute fini mes recherches... Alors, me donnez-vous cette chance?»

La jeune femme planta ses yeux d'émeraude dans ceux de John; elle vit passer dans ce regard sombre et toujours mélancolique une lueur qu'elle se sentit incapable d'éteindre. À cet instant, elle eut le sentiment d'avoir en face d'elle un visage d'enfant, plein d'espoir mais attendant avec inquiétude le jugement d'un adulte. C'était par ailleurs la première fois que John Cattuso lui donnait une totale impression de fragilité. Et cette surprenante réalité força sa décision :

« Je veux bien, pendant quelques jours, essayer d'appliquer votre méthode. Mais promettez-moi qu'en cas de difficultés ou de manque de résultats vous reviendrez sur le sujet initial. J'aime encore mieux réaliser un reportage moyen que pas de reportage du tout. Mon avenir au sein de l'*Herald* dépend du sérieux de mon travail et je ne peux pas me permettre de gâcher des années d'efforts. Je dois réussir. »

Sans un mot, John tendit la main vers celle de Nancy. Il la saisit et la serra. Ce contact doux et chaud le troubla plus qu'il ne l'aurait voulu et il eut la confirmation de ce qu'il sentait de plus en plus comme une évidence : non seulement il désirait charnellement cette femme, mais sa présence lui devenait indispensable. La jeune stagiaire avait réveillé en lui un sentiment profond qu'il avait cru unique et à jamais disparu. Pendant de longues secondes, elle avait laissé sa main dans celle de John sans même essayer de la retirer. Ce dernier répondit, la voix rendue un peu rauque par l'émotion :

« Je vous le promets. Et, quoi qu'il arrive, vous aurez votre reportage. Pour vous faciliter les choses, je vous propose d'utiliser les services de Guido pour vos transports. Quant à moi, j'appellerai un taxi pour me rendre au Vatican. »

À présent, Nancy le regardait en souriant.

« Bien. Et maintenant, si vous me la rendiez ?

– Quoi donc ?...

– Ma main ! »

John laissa à regret cette main fine, dont la chaleur l'avait surpris et réchauffé au-delà de toute espérance.

« Excusez-moi... Si nous allions dîner au restaurant de l'hôtel? Il vaut peut-être mieux nous coucher tôt. Demain, nous aurons une journée chargée et j'ai pour ma part plutôt mal dormi la nuit dernière.

– D'accord. Je suis également assez fatiguée. »

Pendant le repas, les deux journalistes établirent un modus vivendi leur permettant un partage rationnel des tâches. Nancy analyserait tous les renseignements nécessaires à la réalisation d'un sujet sur la Bibliothèque et les Archives, puis John et elle écriraient ensemble les textes destinés à accompagner leur abondante documentation. Pour préparer le montage, la jeune femme se rendrait à l'Agence de l'*Herald* en début d'après-midi et soumettrait leur travail au responsable, pendant que Cattuso rejoindrait Spà à la Cité du Vatican. Cette démarche relevait plus de la diplomatie que d'un réel besoin de correction, mais c'était sans doute le prix à payer pour conserver la pleine et entière collaboration de Mario.

La nuit s'était définitivement installée, chassant les dernières ombres. Seules, dans l'allée, subsistaient celles entretenues par le vieux lampadaire. Comme à son habitude, John était allé fumer une dernière cigarette derrière l'hôtel. Il aimait cette heure tardive où la journée déclinait, où l'obscurité masquait les misères du quotidien, cette période transitoire et indéfinie qui n'était déjà plus aujourd'hui sans être tout à fait demain. Autour de lui, les buis du jardinet exhalaient leur odeur d'humus caractéristique des vieux jardins. Un grillon solitaire lançait son vibrant appel vers une hypothétique compagne, emplissant l'air d'une mélodie champêtre, tandis qu'un ciel étoilé sans un nuage et d'une pureté infinie enveloppait cette partie du monde qui semblait échappée des couloirs du temps. Ceux qui avaient gratifié Rome du nom de Ville éternelle avaient parfaitement réussi à synthétiser sa double appartenance au passé et au présent.

Enveloppant John, les effluves du tabac blond se mêlaient voluptueusement à ceux de la végétation, composant une fragrance inhabituelle.

Nancy avait abandonné son corps au contact légèrement rugueux des draps de lin fraîchement lavés. Comme tous les soirs, elle avait pris une douche et s'était allongée nue, sans se sécher. Sa peau douce et laiteuse, constellée de taches de rousseur, retenait encore cette humidité qui s'évadait lentement en roulant sur ses formes sensuelles. La jeune femme savourait ces instants magiques qui précèdent l'entrée dans la nuit, l'heure où un semblant de lucidité permettait de faire le bilan de la journée avant que la fatigue terrasse toute velléité de résistance et que le sommeil, finalement, plonge le corps et le mental dans une sorte de coma, heureusement réversible. En repensant aux dernières heures passées, elle était sous l'emprise de sentiments contradictoires. Si elle était soulagée d'avoir pu trouver un terrain d'entente avec John, elle était néanmoins inquiète de la tournure peu rationnelle que prenaient les évènements. Tout d'abord, cet après-midi, elle avait dû se forcer pour ne pas laisser sa main dans celle de Cattuso, et ce dernier était si près qu'elle pensait qu'il allait l'embrasser. Et à vrai dire, elle l'avait même souhaité. À cet instant, elle le savait, elle n'aurait pas pu résister. Pourtant, tout allait trop vite et les sentiments qui naissaient et grandissaient en elle l'effrayaient. Elle craignait d'être encore une fois le jouet d'un destin pouvant la meurtrir et elle se refusait à vivre un nouvel échec. Mais cet homme à la fois capable d'autorité et de ténacité, incarnant l'image même de la virilité, dévoilait parfois des aspects inattendus de sa personnalité, ceux d'un être vulnérable et sensible. Le reporter si séduisant devenait, à ces moments-là, aussi touchant qu'un enfant sevré d'affection, et elle avait bien du mal à cacher son trouble quand ces grands yeux noirs se posaient sur elle.

Les jours à venir allaient sans doute apporter leur lot d'incertitudes. Nancy doutait que les choses ne se passent aussi simplement que Fox semblait le supposer ou voulait le laisser entendre. Pourquoi voulait-il, par exemple, qu'elle recherche sur Internet des renseignements sur le Vatican, alors que Francesco Spà semblait tout disposé à collaborer et à les éclairer de ses connaissances?

Toute à ces réflexions, Nancy sentit un léger frisson la parcourir et elle tira machinalement le drap sur elle; le tissu rêche accrocha la pointe de ses seins durcie par les effets de la brise qui s'était infiltrée entre les vantaux entrouverts de la fenêtre. La stagiaire aurait voulu se lever pour la fermer, mais une volonté plus forte que la sienne la contraignit à l'immobilité et, malgré les rumeurs de la rue, sans lutter elle se laissa glisser dans un monde parallèle peuplé de costumes sombres et de cols blancs.

John, lui, avait fermé sa fenêtre. Allongé sur le lit, il regardait les volutes bleutées de sa cigarette qui s'élevaient pour aller mourir contre le plafond blanc. La Lucky Strike qu'il avait fumée tout à l'heure dans le jardin et qu'il pensait être la dernière de la journée ne l'avait pas soulagé de ses inquiétudes. Nancy Shepard le déconcertait: il la sentait tour à tour amicale puis très réservée, affectueuse et proche de lui, puis froide et distante. Cette dualité permanente d'attitudes contradictoires qu'elle affichait à son égard lui laissait à penser qu'elle s'intéressait un peu à lui, mais qu'en même temps elle était sur la défensive, sans qu'il puisse s'expliquer pourquoi.

La fumée mettait de plus en plus de temps à disparaître. Elle stagnait à présent à mi-hauteur, mêlée à l'air confiné de la pièce. La cigarette avait lâché ses dernières étincelles de braise et ne laissait plus dans la chambre qu'une senteur évanescente de tabac brûlé.

* * *

Guido était étonné de n'avoir qu'un passager dans sa vieille BMW, mais il s'était efforcé tout au long du trajet allant de l'hôtel à l'Agence de parfaire son anglais en alimentant la conversation. Cela lui avait demandé un certain effort, car la belle journaliste paraissait plus encline à la réflexion qu'à la discussion.

Mario Pozzi salua Nancy avec un grand sourire et chercha John du regard. Lorsqu'il prit conscience qu'elle était venue seule, son beau sourire s'estompa. Il parut troublé et demanda, un peu hésitant :

« Vous êtes seule?

– Oui. Monsieur Cattuso a dû se rendre au Vatican pour un complément d'informations auprès du père Francesco Spà. »

Désireuse de faire rapidement diversion, la stagiaire enchaîna :

« Nous avons travaillé ensemble ce matin et avons commencé à rédiger ceci. »

Elle plaça sur le bureau du responsable de l'Agence romaine une chemise contenant une dizaine de feuillets.

« John... enfin, je veux dire monsieur Cattuso pense que je peux vous être utile pour le montage. »

Pozzi saisit les documents et promena avec insistance son regard d'aigle sur les formes généreuses de mademoiselle Shepard. Elle s'y attendait. Elle avait choisi une tenue vestimentaire de circonstance, jean et chemisier fermé, mais qui n'affectait pourtant en rien sa classe ou sa féminité. Visiblement contrarié par l'absence du reporter, le directeur de l'Agence surenchérit :

« Notre collègue nous rejoindra sans doute un peu plus tard, n'est-ce pas?

– Non, je ne crois pas. »

Nancy commençait à se sentir vraiment mal à l'aise et, à cet instant précis, elle en voulut terriblement à John.

« Il m'a aussi demandé si vous étiez connectés à Internet. J'aurais une courte recherche à effectuer pour lui.

– Bien sûr. Nous avons tout le matériel et les connexions nécessaires ici. Que cherchez-vous exactement? »

La journaliste stagiaire sentait peser sur elle le regard tenace.

« Oh, rien de précis. Quelques généralités sur l'histoire de la ville, sur son rôle à la fois de capitale de l'Italie et de la chrétienté. »

* * *

Cattuso s'était souvenu du taxi qui les avait transportés le jour de leur arrivée à Rome, de Fiumicino jusqu'à *la via Montebello*. Il avait gardé la carte que le chauffeur lui avait donnée. Beppi vint le chercher à la pension des Glycines. Affichant sa perpétuelle bonne humeur, il interrogea, en italien :

« Alors, comment va *il signore americano*? Je suis content de vous revoir. Rome vous plaît? J'espère que vous avez eu le temps de visiter. Vous avez bien fait de m'appeler. Où voulez-vous que je vous emmène? »

John essaya de répondre dans l'ordre aux questions de l'exubérant moustachu :

« Je suis aussi content de vous revoir, Beppi. Bien sûr, Rome ne peut que me plaire, c'est une ville apparemment splendide, mais pour l'instant je n'ai pu que traverser la Cité du Vatican. C'est d'ailleurs là que je dois me rendre. Je dois y être pour quatorze heures précises. »

Le chauffeur regarda rapidement sa montre et lança d'un air joyeux, apparemment inaltérable :

« Désolé, mais ça ne sera pas possible. Nous n'avons qu'une heure trente devant nous et il faut traverser tout le centre-ville. Ça encore, je peux le faire. Mais une fois à la Cité, il vous faudra marcher, et là-bas le Jubilé rend les trajets, même à pied, très longs et difficiles. J'ai bien peur que votre rendez-vous soit manqué.

– Ne vous inquiétez pas pour ça. Nous allons pouvoir entrer en voiture jusqu'à la cour du Belvédère. J'ai une autorisation. »

Beppi fronça les sourcils en regardant le journaliste, semblant soudain prendre conscience de l'importance de son passager. Les rares fois où il avait pu se garer au Belvédère, c'était pour y déposer des scientifiques ou des colis destinés à la Bibliothèque, mais c'était de toute façon des exceptions dans sa carrière déjà longue de taxi. Il lança pourtant le moteur de sa Croma, prêt à relever le défi contre le temps. John retrouva les sensations du premier jour. Les secousses, les brusques changements de direction de la voiture et les imprécations de Beppi, à la différence près qu'il jouissait de toute la banquette arrière. La Fiat avançait de façon acrobatique au milieu d'une circulation très dense et au comportement toujours aussi anarchique. Il était treize heures cinquante-cinq lorsqu'elle se rangea devant la grande fontaine de la cour. Le chauffeur, visiblement fier d'avoir gagné son combat contre la rue, se retourna vers John, un grand sourire aux lèvres. La blancheur de ses dents était accentuée par le teint mat de sa peau et par la noirceur de sa moustache.

« Et voilà. C'était juste, mais nous y sommes ! »

L'estomac encore à l'envers, John paya la course. Pris d'une subite inspiration, il interrogea le Romain :

« Vous serait-il possible de me déposer tous les jours ici, à la même heure ?

– Oui, bien sûr! Il suffit que vous me le confirmiez tous les jours, un peu à l'avance, pour que je puisse organiser mes courses. Ça durera combien de temps?

– Trois jours, quatre peut-être.

– C'est bon pour moi. Et pour le retour?

– En fin d'après-midi, vers dix-sept heures. Je vous appellerai pour que vous puissiez venir me chercher. C'est possible?

– Pas de problème. Beppi sait soigner ses clients, et il est toujours à l'heure! »

Pour les jours à venir, et pour les trajets allant de la pension au Vatican en particulier, Cattuso se promit d'appeler le taxi suffisamment à l'avance afin d'éviter de recréer une situation dommageable pour son estomac.

Le jésuite attendait devant l'entrée des Archives. Il était plongé dans la lecture d'un livre à la couverture noire ornée d'un liseré doré. En s'approchant, John eut le loisir de l'observer quelques instants. Le prêtre paraissait en totale osmose avec l'endroit, donnant une impression de sérénité imperturbable. Il ne faisait aucun doute que l'homme au costume sombre et triste était heureux. Lorsque le journaliste ne fut plus qu'à quelques pas de lui, le jeune ecclésiastique leva la tête et, refermant son livre, s'avança en souriant.

« Bonjour. Vous êtes à l'heure. C'est bien. Mais où est votre assistante?

– Je suis venu seul. Elle a dû se rendre à l'Agence de notre journal.

– Bon. Avant que j'oublie, voici les renseignements que je vous avais promis, dit-il en tirant de sa poche plusieurs feuilles pliées en quatre. Vous avez là une liste réduite des ouvrages recensés à la Bibliothèque et aux Archives. Je me suis permis de surligner les plus importants. Je vous ai également tracé un organigramme sommaire du Vatican. Vous y trouverez les différents services qui le composent ainsi que les fonctions et les noms des responsables qui les dirigent. J'espère que cette petite synthèse sera utile à votre travail. »

D'un simple coup d'œil aux documents, Cattuso put apprécier leur clarté et l'intérêt qu'ils présentaient. Spà avait réalisé un résumé de qualité, ce qui n'était pas étonnant : cela correspondait tout à fait à l'image qu'il donnait de lui-même.

« Je vous remercie d'avoir pris de votre temps pour nous aider. J'espère que cela n'a pas été trop long. En tout cas, votre apport nous sera certainement très précieux. »

Le jeune jésuite offrit de nouveau à son visiteur un splendide sourire :

« Je vous en prie. Ce n'est pas grand-chose, le tout ne m'a demandé qu'une heure ou deux. »

Ils s'étaient installés sur le dernier des espaces de travail du premier niveau, au fond de la travée principale. Le silence n'était troublé que par le froufrou des blouses bleues qui se déplaçaient çà et là, les bras encombrés d'ouvrages qu'elles déposaient sur les tables de lecture. John avait souhaité parler un peu de la liste que le prêtre lui avait confiée.

« Dites-moi, mon père, comment tous ces livres ont-ils pu traverser les siècles et rester pour la plupart dans un état de conservation aussi remarquable?

– C'est très simple. Depuis bien longtemps, les responsables de l'Église ont eu à cœur de capitaliser le savoir de leurs époques respectives. Ils ont par conséquent fait appel à des érudits qui ont récolté et classé tous les témoignages de l'Histoire, y compris bien évidemment celle de l'Église. La valeur intrinsèque de leur travail n'a jamais fléchi au cours des siècles. Les ouvrages de toute nature ont d'abord été placés dans des bibliothèques pontificales servant uniquement au pape et à la Curie. Mais, suivant la volonté des différents prélats, Nicolas V en particulier, il fut décidé que tous ces livres anciens seraient montrés et serviraient la science plutôt que de rester confinés dans des armoires. Actuellement, la Bibliothèque vaticane possède plus de soixante-quinze mille manuscrits, huit mille deux cents incunables et quelque huit cent mille volumes imprimés. »

Cattuso fut impressionné par les quantités mentionnées :

« C'est énorme! Je n'ai pas eu le sentiment, lorsque nous avons visité hier, qu'il y avait autant de livres.

– C'est normal, votre visite a été trop brève. Vous n'avez pas souhaité parcourir les étages, vous vous souvenez? En fait, nous nous sommes limités à la salle à deux nefs élevée par Fontana. Vous avez surtout vu des peintures de Botticelli et quelques livres exposés pour les pèlerins et les touristes. En approchant un peu plus, vous auriez découvert des évangéliaires du premier siècle, mais ceux-ci sont sous vitrines alors que la plupart des autres ouvrages sont enfermés dans de grandes armoires, d'où ils ne sont sortis qu'à la demande. »

Dans son for intérieur, John reconnut qu'il n'avait pas vraiment senti l'intérêt qu'il pouvait tirer de ces richesses et c'était un peu ce que le jésuite semblait, amicalement, lui reprocher.

« Mon père, je me demandais...

– Oui? »

Devant l'hésitation du reporter, le prêtre l'incita à poursuivre.

« Vous vouliez me poser une question?

– Oui. L'Église a vécu des périodes obscures où la violence a prévalu sur la charité. Je fais allusion particulièrement aux grands procès contre les hérétiques, ou ceux qu'on tenait pour tels. »

Francesco Spà s'était redressé sur sa chaise. Sa bonne humeur s'était effacée, laissant place à une certaine tension :

« Je suppose que vous voulez parler de l'Inquisition.

En effet, c'est une partie très noire de notre histoire. Là aussi beaucoup de choses ont été dites et écrites, au fur et à mesure que l'Église s'ouvrait sur son passé, mais nous sommes très loin du Jubilé et de votre sujet, ne croyez-vous pas?

– Tout ce qui est historique et vrai m'intéresse. La vérité ne devrait pas gêner les hommes de Dieu!

– Ce n'est pas la vérité qui me gêne, au contraire, mais je suis un peu étonné que vous changiez sans arrêt de centre d'intérêt. J'ai l'impression que vous n'êtes pas vraiment fixé sur le sujet que vous voulez traiter. Je me trompe?»

John Cattuso ne put se retenir de sourire: ce diable d'homme avait parfaitement senti l'incertitude dans laquelle il se débattait depuis quelques jours.

«Vous avez raison, mon père, et je vous prie de m'en excuser, mais je suis quelqu'un d'assez entier et qui n'aime pas tricher. J'ai vraiment besoin de sentir les choses pour bien les faire. Et là, ce n'est pas le cas...

– C'est ennuyeux, je vous l'accorde, mais rassurez-vous, je ne vous en veux pas le moins du monde. Je me demande simplement comment vous allez pouvoir continuer si vous n'y croyez plus.

– En fait, j'ai mon idée. Je suppose que des procès dont nous parlions il reste des traces écrites, ce que maintenant nous appellerions des minutes.»

Francesco Spà se leva sans attendre la suite de la phrase, s'éloigna de quelques pas et dit, en se retournant:

«Venez, je vous emmène au second niveau. Je voudrais vous montrer quelque chose.»

Sur leur chemin, ils croisèrent plusieurs personnes qui saluèrent le jésuite chaleureusement. D'évidence, celui-ci jouissait de la sympathie de son entourage. Le deuxième niveau, en tous points comparable au premier, était en revanche nettement moins fréquenté. Il n'y avait là qu'une dizaine de lecteurs tout au plus et quelques blouses bleues. Spà avait retrouvé toute sa quiétude. John le sentait heureux dans sa foi, au milieu de ses livres... Cet homme était, semblait-il, en accord parfait entre ce qu'il croyait et ce qui le passionnait. Le visage serein, il s'approcha d'un meuble vitré, massif et de facture moderne, qui s'illumina lorsque les deux visiteurs s'avancèrent. Derrière de lourdes vitres et posés sur des étagères de verre se trouvaient des manuscrits éclairés par des luminaires enchâssés dans les parois. La disposition et l'agencement de la vitrine révélaient la valeur de son contenu. Le prêtre commenta, d'une voix émue:

« Regardez, monsieur Cattuso, vous avez devant vous des pièces irremplaçables. Et elles sont uniques, car ce sont des originaux. Voici, à gauche, deux recueils datant des Ve et VIe siècles. Ils appartenaient aux papes Léon le Grand et Grégoire le Grand. Au-dessous, vous voyez le diplôme de l'empereur Othon II, daté du Xe siècle. »

La membrane pourpre du document portait des écritures en lettres d'or et l'éclairage faisait scintiller le texte comme des braises sur une page de sang.

« Nous avons aussi les Registres d'Innocent III contenant des bulles pontificales. Ils représentent deux mille quarante-sept volumes et sont la principale source rapportant l'histoire de toute l'Europe. Je vous épargne la liste détaillée de quantité d'autres témoins du passé. Vous constatez qu'il n'est nul besoin d'aller chercher ailleurs pour parler de l'influence de l'Église tout au long des siècles. »

John regardait ces manuscrits précieux qui avaient nécessité à leur origine des heures d'un travail minutieux et patient. Il imagina pour chacun d'eux un vieux savant appliqué et besogneux, soucieux de laisser son œuvre à la postérité. Lorsqu'il se recula, l'éclairage diminua progressivement d'intensité avant de s'éteindre.

« Nous devons ce système ingénieux à Sorsi. Il s'était également chargé de la mise en valeur des vitrines. »

À quelques mètres de là, un bureau plus grand avait été installé sur lequel se trouvaient des livres surmontés de feuilles de papier éparpillées. Une paire de lunettes à monture d'écaille était négligemment posée là, attendant son propriétaire. Le père Francesco Spà suivit le regard du journaliste:

«C'est là que je travaille en ce moment. J'essaie de traduire un vieux texte en araméen, qui me cause quelques soucis d'ailleurs. Après votre visite de l'après-midi, c'est ici que je viens jusqu'au soir. Je veille parfois très tard.»

* * *

Les heures avaient passé. Cattuso s'était livré à ce prêtre simple et accueillant. La glace de la méfiance s'était brisée et John avait offert sa personnalité intègre et torturée à l'analyse du jésuite. À son étonnement, c'est même avec une certaine sérénité qu'il lui avait parlé de son enfance à Brooklyn. Dans le hall des Archives où ils étaient remontés, Spà conversait à présent plus librement avec l'envoyé de l'*Herald*. C'était comme s'il avait enfin levé le masque d'un inconnu énigmatique pour découvrir un être d'une sensibilité insoupçonnée.

«Pourquoi avez-vous choisi ce métier, monsieur Cattuso?

– Vous pouvez m'appeler John.»

Il était rare que l'énigmatique Fox fasse cette proposition aussi rapidement.

«Cela m'a toujours semblé naturel. Approfondir les choses et dévoiler la vérité sont une seconde nature chez moi. Je suppose que cela s'appelle une vocation. Et vous-même, pourquoi avoir choisi l'Église?»

Le prêtre leva sur lui son regard rieur, de la couleur du ciel romain, et expliqua, d'une voix douce:

« C'est une drôle d'histoire. Je n'ai pas eu vraiment le choix. En fait, je suis ce qu'on appelle un enfant trouvé. Eh oui! Monsieur Cattuso... je veux dire John, trouvé comme dans les films. Je suis originaire des Pouilles, enfin je le suppose, une région très pauvre de l'Italie méridionale. J'ai été tout bonnement déposé comme un colis sur les gradins d'une église de village, puis confié à une institution religieuse qui a pris soin de moi. Depuis ma tendre enfance, l'Église a été mon unique foyer et ma seule maison. Elle a remplacé la famille que je n'avais jamais eue et m'a permis d'exister. En grandissant, je fus placé chez les jésuites qui décelèrent rapidement en moi des dispositions pour les écritures et les langues. »

Désignant le petit livre noir au liséré doré posé sur le bureau, il ajouta :

« Ce sont eux qui m'ont offert ce missel qui ne me quitte que rarement. Malgré l'évolution des usages, je l'emporte souvent avec moi. Puis de longues études au séminaire m'ont propulsé jusqu'au poste que j'occupe aujourd'hui. En fait, c'est plus l'Église qui m'a choisi que l'inverse. »

John ne pouvait qu'établir un parallèle entre leurs deux destins. Même si, de son côté, il n'avait pas été trouvé, il avait également été abandonné très tôt et sans doute Spà avait-il connu les mêmes inquiétudes et les mêmes chagrins que lui dans sa prime jeunesse.

Beaucoup de gens circulaient dans les couloirs, et les confidences devenaient plus difficiles. John regretta l'atmosphère feutrée et silencieuse du sous-sol des Archives d'autant qu'il appréciait l'écoute attentive et amicale du jeune prêtre. Brusquement, une musique légère et cavalière sortit de la poche de son blouson : *La Traviata* lui annonçait un appel. Il dut reculer de quelques pas pour mieux capter la communication.

« Oui? Cattuso.

– C'est Nancy.

— Nancy? Vous avez un problème à l'Agence?

— Non, pas vraiment, mais j'ai navigué sur Internet comme vous me l'aviez demandé…

— Oui? Qu'est-ce que cela a donné?

— Rien.

— Comment, rien?

— Rien. Le Vatican possède bien un site, très complet d'ailleurs, mais derrière chaque rubrique, c'est le vide; les moteurs de recherche sont inefficaces.

— Vous êtes sûre? Vous avez insisté?

— Bien entendu, mais chaque fois que vous voulez ouvrir le fichier identifié, il n'y a rien derrière. C'est comme une grande armoire pleine de tiroirs vides.

— Bon! Tant pis! Merci. Comment cela se passe-t-il avec Pozzi?

— C'est un peu long à expliquer, je vous raconterai ce soir, O.K.?

— O.K., Nancy. Encore merci. »

Francesco Spà s'était rapproché.

« Tout va bien?

— Oui, ça va, mais je voudrais vous poser une question. Si je vous demandais de me permettre d'accéder aux dossiers de l'Inquisition? »

Le jeune jésuite ne répondit pas. Il semblait pétrifié. Voyant son embarras, John précisa:

« Je ne veux pas vous causer de problèmes avec votre hiérarchie. Pourriez-vous simplement poser la question à qui de droit? Je me bornerai à regarder et à étudier, sans prendre de photos ni faire de photocopies. »

Hésitant, visiblement gêné, le jeune érudit se contenta d'observer une prudente réserve.

« Je doute que cela soit possible. Ces écrits sont archivés ailleurs qu'ici. Très peu de gens y ont accès, bien moins que pour les Archives; d'autre part, une seule personne est à même d'autoriser cette étude.

– Qui est-ce?
– Son Éminence le cardinal Scalingeri. »

* * *

Peu de temps après l'appel de John, Beppi avait retrouvé son client à la cour du Belvédère, puis il l'avait déposé à l'hôtel de *la via della Croce*. La bonne humeur et l'optimisme du chauffeur étaient communicatifs et Cattuso ne désespérait pas d'obtenir cette autorisation spéciale lui permettant de lire les pages les plus ténébreuses de l'histoire du Vatican. Il était rentré un peu plus tôt que prévu, car, devant le changement d'attitude de Spà, il avait préféré écourter leur entretien. Il ne voulait surtout pas briser les liens nouvellement créés entre eux avant sa demande concernant l'Inquisition.

Le grand hall de la pension était bondé. Fox eut l'impression que l'affluence n'avait pas faibli depuis leur arrivée, bien au contraire, le Jubilé faisant manifestement toujours recette. Derrière son pupitre, le taciturne portier fidèle à son poste, distribuait clefs et renseignements avec le même sourire pincé. Il observa John du coin de l'œil lorsque celui-ci franchit l'entrée, pour ensuite se diriger vers l'ascenseur.

Le long couloir du deuxième étage résonnait en transportant l'écho des conversations. Le journaliste referma la porte de sa chambre avec le sentiment de s'isoler enfin du monde extérieur, comme s'il venait de rejoindre une tanière ou un gîte secret. Les murmures qui émanaient à présent du corridor étaient incompréhensibles et lointains.

L'enquêteur de l'*Herald* déplia et disposa sur son lit les quelques feuillets que Spà lui avait donnés. L'un d'entre eux, montrant une sorte de schéma, attira son attention: c'était l'organigramme. Construit de façon pyramidale, il représentait de nombreuses cases rectangulaires avec des noms à l'intérieur. Toutes étaient reliées par un trait montrant les liaisons possibles entre elles. Mais ce qui frappa surtout le reporter, ce fut que le lien final menât à une seule case, juste en dessous de celle du pape. Elle portait un nom que John Cattuso avait déjà entendu plusieurs fois.

On frappa à la porte deux coups brefs. Cattuso, surpris dans ses réflexions, sursauta.

« Oui, entrez. »

Nancy Shepard était rayonnante : ses longs cheveux de feu tombaient en cascade sur un chemisier blanc à col fermé. Un jean indigo moulait merveilleusement ses formes galbées et allongeait encore ses jambes interminables. Tout en elle était radieux, hormis son sourire. Elle paraissait préoccupée et se laissa tomber sur le lit d'un air las, à côté des papiers épars.

« Ouf ! Je suis fourbue. »

John lui proposa une boisson qu'elle refusa. Elle n'était manifestement pas dans les meilleures dispositions pour un dialogue amical.

« Alors, racontez-moi comment s'est passé cet après-midi à *la via Montebello*.

– Plutôt ennuyeux. Pozzi n'est pas dupe. Il m'a plus d'une fois interrogée sur votre activité "complémentaire" à la mienne. Quand il a compris qu'il était inutile de me questionner davantage sur ce sujet, il m'a conduite au service montage et laissée avec l'une de ses collaboratrices. Nous avons travaillé deux heures environ, toutes les deux. Il n'est revenu que lorsque je suis allée naviguer sur Internet. Là, il a suivi tout ce que je faisais.

– Qu'est-ce qu'il a dit ?

– D'abord rien. Il s'est contenté de sourire pendant la recherche. Lorsque j'ai coupé la liaison, il m'a dit, toujours en souriant : "Vous ne trouverez rien sur la Cité du Vatican ! Les sites ne sont pas renseignés et j'aurais pu vous le dire si vous me l'aviez demandé."

En fait, j'ai passé un sale moment, grâce à vous. Je ne suis pas à l'aise dans le mensonge et cela n'a certainement pas échappé à Pozzi, qui est plutôt du genre perspicace. J'espère au moins que de votre côté la pêche aura été plus fructueuse.

– Non, j'ai avoué à Spà que le sujet initial que nous lui avions annoncé ne m'intéressait pas vraiment. Il a assez bien réagi, un peu moins bien par contre quand je lui ai demandé de pouvoir accéder aux dossiers secrets de l'Inquisition. »

Nancy n'en croyait pas ses oreilles:

« Quoi? L'Inquisition? Pourquoi l'Inquisition? Qu'a-t-elle à voir avec le Jubilé de l'Église? Nous sommes carrément hors sujet! Il est évident que vous n'aurez jamais aucune autorisation pour enquêter sur cette époque. Où cela va-t-il vous mener? Je vous rappelle qu'en cas d'échec vous deviez abandonner vos chimères. Vous me l'avez promis! »

Le rouge était monté aux joues de la jeune femme. Ainsi enflammée, elle était encore plus jolie; John ne pouvait quitter ce regard qui scintillait de dépit.

« Ce n'est pas encore un échec. J'attends la réponse de notre guide; demain peut-être, mais je ne désespère pas. Jusqu'ici et contre toute attente, nous avons obtenu des réponses favorables et, en cas de fiasco, je vous rassure, ma promesse tient toujours. »

La belle stagiaire gardait son air désappointé.

« Il va donc falloir que j'y retourne demain? Ça promet! Lorsque Mario va me voir de nouveau seule, il ne va pas manquer de me harceler. Décidément, vous me demandez beaucoup. Écoutez, je veux bien tenir ce rôle d'agent double encore demain, mais essayez d'obtenir votre laissez-passer dans la journée, avant que cela ne devienne vraiment trop dur pour moi là-bas. »

Cattuso pensait que la réponse, positive ou négative, viendrait effectivement le lendemain, du moins l'espérait-il.

« O.K., Nancy, regardez. Voici les renseignements que Francesco Spà nous avait promis. »

La stagiaire écarta les feuillets et s'arrêta sur l'un d'eux :

« Et ça, qu'est-ce que c'est?

– L'organigramme du Vatican. Regardez-le bien et dites-moi ce que vous en pensez. »

Après quelques instants d'attention, elle reposa le document.

« Cela me paraît bien compliqué. Je ne pensais pas que tant de services pouvaient cohabiter sur un espace aussi restreint : Curie romaine, Gouvernorat, Maison pontificale, Fabrique de Saint-Pierre... tous sont subdivisés en de nombreux offices. Quel imbroglio! On s'y perd. Par contre, je remarque que le Gouvernorat est le plus structuré et le plus complexe. Il rassemble une véritable légion de services subalternes : congrégations, bureaux, tribunaux. Il encadre même une police civile et une compagnie militaire.

– Vous avez fait une excellente analyse. Effectivement, c'est la plaque tournante du Vatican, le véritable centre politique et administratif de la Cité. Maintenant, regardez qui le dirige. »

Nancy reprit la page.

« Attendez, je remonte le fil. Voilà, il ne conduit qu'à une seule personne : le cardinal Scalingeri. Je remarque que c'est d'ailleurs lui qui dirige l'ensemble de l'organisation. »

En regardant un peu plus précisément, elle vit que le jésuite avait complété les cases correspondantes aux différents services par le nombre de personnes y travaillant. Une addition rapide lui apprit que trois mille cinq cents personnes dépendaient directement ou indirectement de la volonté du cardinal.

« C'est un personnage important dans la hiérarchie du Vatican, c'est même le plus important après Sa Sainteté le pape. C'est cela que vous vouliez me montrer?

– Oui, et c'est de lui, d'après Spà, que viendra la réponse à ma requête.

– Veuillez excuser ma franchise, mais, d'après moi, il y a peu de chances qu'une telle autorité s'intéresse aux états d'âme d'un reporter américain, si talentueux fût-il; vous n'allez sans doute obtenir qu'une fin de non-recevoir qui va nous compliquer les choses.

– Vous avez peut-être raison. Nous verrons. La journée de demain sera sûrement décisive et... hormis le plan professionnel, vous n'avez pas eu de problèmes avec Mario? J'ai cru remarquer qu'il était assez sensible à votre charme et peut-être a-t-il voulu user du sien? »

Nancy le regarda, essayant de deviner comment elle devait interpréter cette question.

« À part me déshabiller du regard, il n'a rien osé que je puisse qualifier d'incorrect. Mais pourquoi cela vous préoccupe-t-il?

– Pour rien, après tout, vous êtes jeune, jolie et célibataire, autant de qualités qui vous rendent attractive.

– Je vous remercie pour ces compliments, même si le qualificatif d'attractive me paraît un peu inapproprié.

– Vous avez raison, je voulais dire attirante...

– C'est ce que vous pensez de moi?

– Oui, certainement, comme la plupart des hommes qui vous croisent.

– Je ne sais pas, je ne m'en préoccupe pas. »

John sentit une boule lui nouer le ventre. Il était comme un collégien emprunté et gaffeur devant la fille de ses rêves. Il aurait tant voulu serrer ce corps chaud et sensuel, lui communiquer son ardeur, puis l'emmener au plus fort de la passion jusqu'à l'extase. Pourtant, il restait là, immobile, sans pouvoir dire si son blocage venait de sa propre réserve ou d'un visage qui flottait encore parfois dans les couloirs de sa mémoire. Pour retrouver une contenance qui commençait à lui échapper, la stagiaire décida d'orienter la discussion sur un plan strictement journalistique.

« Qu'allons-nous faire, maintenant, en attendant cette fameuse réponse?

– Demain matin, je pense que nous pourrions travailler ensemble, comme ce matin. Pendant que vous retournerez seule à l'Agence en début d'après-midi, j'irai trouver notre contact au Vatican. J'espère avoir le feu vert de Son Éminence, à défaut de quoi, fidèle à ma promesse, je reviendrai vous rejoindre à *la via Montebello.* »

VII

La Fiat de Beppi traversa une nouvelle fois un des larges ponts enjambant le Tibre. Le fleuve mythique charriait toujours inlassablement son limon jaunâtre dans ses lacets. En témoin fidèle de l'histoire millénaire de Rome, il était lié au destin de la ville jusqu'à la fin des temps. Serpentant langoureusement à perte de vue, il semblait vouloir imposer une frontière liquide entre la Ville éternelle et la Cité du pape. Le chauffeur conduisait plus calmement. Il n'était que treize heures vingt. Contrairement à la veille, ils avaient largement le temps.

C'était le cinquième jour. Le cinquième jour, déjà, que John était dans la ville sainte, avec le sentiment d'avoir piétiné et perdu son temps. Après les premières prises de contact rapides des deux premiers jours, les choses avaient professionnellement peu évolué, et il se sentait enlisé dans une situation inconfortable. Tout allait dépendre de la volonté d'un inconnu omnipotent. Beppi tira Fox de ses pensées par un freinage violent appuyé d'un juron :

« *Porco diavolo*! Vous avez vu ça? J'ai failli lui passer dessus! »

Imperturbable, le scooter continua son chemin en coupant de nouveau la route à d'autres voitures et en suscitant les mêmes réactions.

« Ils se croient seuls au monde. Le plus étonnant, c'est que les accidents sont peu nombreux par rapport au nombre d'infractions. Au fait, je voulais vous demander où était passée votre jolie collègue. Vous ne travaillez plus ensemble? »

John constata que le physique de Nancy avait fait encore une victime.

« Si, bien sûr. Pour quelque temps, elle travaille sans moi à notre agence de Rome. »

Le moustachu avait passé plusieurs heures déjà avec son passager depuis leur première rencontre, et son caractère enjoué le portait facilement vers la familiarité.

« Elle a l'air gentille. Et quelle classe! C'est tout à fait le genre de femmes qu'aiment les Italiens. Vous ne devriez pas trop la laisser seule, vous allez vous la faire piquer! »

Il ponctua sa dernière phrase d'un grand éclat de rire joyeux. La fontaine à deux niveaux de la cour du Belvédère était baignée d'une eau dont la couleur rappelait celle des yeux de mademoiselle Shepard. Cattuso pensa qu'il n'avait pas remarqué, la veille, cette particularité. Combien de temps fallait-il pour tout voir, tout observer et tout mémoriser d'un endroit, quel qu'il soit? Sans doute encore une question sans réponse.

Il était treize heures quarante-cinq et, en le cherchant du regard, Fox constata que Francesco Spà n'était pas encore arrivé. Adossé contre l'entrée de la Bibliothèque, le reporter pouvait embrasser d'un regard l'ensemble de la cour devant lui. Les voitures qui s'y trouvaient étaient toutes garées bien sagement, aux emplacements prévus. Bien qu'on fût en Italie, ici, comme dans un monde à part, les règles étaient strictement respectées.

John sursauta. Une main venait de se poser sur son épaule. Il réalisa en même temps qu'il était quatorze heures et que Spà était là.

« Bonjour, John. Vous êtes toujours seul?

– Bonjour, mon père. Oui, pour un jour ou deux encore, je ne sais pas exactement.

– Où voulez-vous que nous allions? À l'extérieur, il fait beau, mais c'est plutôt bruyant.»

Ils étaient entourés d'un furieux brouhaha: un groupe très dense de visiteurs se pressaient à l'entrée du bâtiment et commençaient à perdre patience. Fox préférait les atmosphères calmes et silencieuses.

«Les Archives me paraissent mieux convenir à un entretien professionnel. Votre bureau me semble parfait.»

Ils descendirent en silence jusqu'au second niveau. Le jésuite rangea un peu les livres et les papiers qui encombraient toujours son lieu de travail. L'enquêteur de l'*Hérald* posa la question qui lui brûlait les lèvres depuis plusieurs minutes déjà et dont la réponse conditionnerait sans doute les jours à venir:

«À propos de la demande que je vous ai soumise hier, avez-vous pu obtenir un retour?»

Le jeune ecclésiastique s'éclaircit un peu la voix, avant de répondre:

«J'ai effectivement transmis votre requête à Son Éminence le cardinal Zalinghi. Celui-ci a été très étonné de votre changement de... comment dire... stratégie. Il s'est d'ailleurs déclaré dans l'impossibilité de décider lui-même de son bien-fondé et a décidé comme je le supposais d'en référer à Son Éminence le secrétaire d'État.

– Et quelle a été sa décision?

– Aucune pour l'instant, il va vous falloir attendre.»

Cattuso était déçu et confronté à des sentiments contradictoires: il était partagé entre la joie de n'avoir pas essuyé un refus immédiat et l'obligation qu'il aurait de patienter en laissant Nancy affronter les questions de Mario Pozzi.

«Croyez-vous que cela puisse être long? J'aimerais être fixé au plus tôt pour orienter mon travail.

– Je comprends votre impatience, mais dans l'immédiat je ne puis vous être d'aucune aide. Son Éminence le secrétaire d'État est très occupé par le Jubilé et votre reportage ne fait peut-être pas partie de ses priorités. »

John leva la tête. Juste au-dessus du bureau du prêtre, l'œil noir et insensible d'une caméra balayait les lieux. Le journaliste se demanda comment fonctionnait le système de surveillance et de quelle façon étaient collectées les informations.

« Mon père, je suppose que la surveillance des lieux nécessite un personnel important. Avez-vous des précisions sur la technique utilisée?

– Non, pas vraiment. Je ne suis pas du tout un spécialiste de ces choses. Je sais uniquement qu'un local très sophistiqué bardé d'écrans de télévision centralise toutes les images provenant des différents sites du Vatican. Ce dernier générant un flux annuel d'environ trois millions de visiteurs, cette précaution est nécessaire pour les raisons que je vous ai déjà données l'autre jour.

– C'est aussi Sorsi qui a installé le terminal de contrôle?

– Oui. C'est lui qui s'est occupé de toute l'installation avec le jeune Pasquale. J'ai vraiment regretté son départ, un peu brusque d'ailleurs.

– Pourquoi, un peu brusque?

– Parce qu'il allait parfaitement bien, du moins pour ce qui concernait sa santé physique. Pour le moral, c'était autre chose.

– Il avait des problèmes familiaux?

– Pas à ma connaissance. C'était un homme très croyant. Tout à coup il s'est montré assailli d'incertitudes. Il m'a posé de nombreuses questions sur l'Église, alors qu'auparavant nous parlions surtout de littérature ou d'art. C'était un excellent dessinateur.

– Il lui restait beaucoup de travail avant la fin des travaux?

– Non, pas tellement. Comme je vous l'ai dit, son assistant a dû terminer tout seul. Ça lui a pris environ un mois.

– Qu'est-ce qui lui est arrivé? Un accident?

– Non rien de tel. Comme je vous l'expliquais, la veille nous nous trouvions devant le palais du Saint-Office, où se situait son chantier à ce moment-là, et malgré son état un peu dépressif, je n'avais pas remarqué chez lui un quelconque signe de fatigue. Ce ne fut que le lendemain, en fin de matinée, qu'un huissier vint m'informer de son départ.

– Comment? Sans autres explications?...

– Non, on m'a seulement dit qu'il avait attrapé une forte fièvre nécessitant son hospitalisation immédiate. Pauvre homme. Je l'aimais bien. Il était si calme, si pondéré.

– Savez-vous s'il est toujours vivant? Et dans quel établissement il aurait été admis?

– Non, j'ignore s'il est vivant. Ces évènements remontent à des mois maintenant. Pour ce qui est du lieu de son hospitalisation, peut-être à *la Clinica del Santissimo Rosario*. C'est un établissement hospitalier dépendant du Vatican; c'est là que le personnel de la Cité est soigné en général. Je pense à cet hôpital, car je me souviens avoir aperçu une de leurs ambulances, le matin du départ de l'*ingegnere* Sorsi.

– Après cela, vous n'avez pas cherché à le revoir? Ou simplement demandé de ses nouvelles? Lui-même n'a pas essayé de vous contacter?

– Si, bien sûr. Dès le lendemain, je me suis rendu au Gouvernorat où j'ai questionné un responsable du service de santé, car j'avais l'intention de rendre visite à Renato. Mais on m'a répondu qu'il était impossible de le voir pour l'instant, son état s'étant aggravé. J'ai essayé de nouveau, les jours suivants, sans plus de succès. Après avoir renouvelé ma question pendant plusieurs semaines et obtenu invariablement la même réponse, j'étais convaincu de l'extrême gravité de son état. Ensuite, le temps a passé. J'ai longtemps pensé que Sorsi m'appellerait lui-même dès son rétablissement, mais il n'en a rien été. Puis Pasquale, son assistant, a terminé les travaux tant bien que mal et jusqu'à aujourd'hui l'*ingegnere* n'a plus donné signe de vie. »

* * *

La Fiat longeait le long mur d'enceinte, à l'ouest du Vatican. La circulation paraissait plus fluide et permettait une allure à la fois plus rapide et moins acrobatique. En moins d'une demi-heure, le véhicule sortit de la ville. Beppi emmenait John et Nancy vers le *Monte Mario*, l'une des sept collines de Rome qui, malgré une faible élévation, offrait une belle vue panoramique de la ville. La voiture s'éloignait, laissant derrière elle le souffle titanesque de la mégapole, créé par l'addition de millions de respirations indépendantes. Les avenues et les places se succédaient, côtoyant des espaces verts toujours plus nombreux.

À l'Agence, Nancy s'était étonnée de l'arrivée impromptue de Cattuso. L'attendant dans son taxi, John s'était contenté de l'appeler sur son portable et elle avait dû profiter d'une courte absence de Mario pour s'éclipser.

« Que se passe-t-il? Pourquoi êtes-vous venu me chercher si tôt?

– Je n'ai pas obtenu la réponse que j'attendais et pour vous soustraire à votre calvaire j'ai pensé qu'une promenade vous ferait plaisir.

– En effet, elle est la bienvenue, car je vous avoue que Pozzi commence à devenir franchement désagréable. Je ne sais pas si nous allons pouvoir compter bien longtemps sur sa collaboration. Où allons-nous?

– Visiter une clinique privée au *Monte Mario*. Je

pense que c'est là qu'a été hospitalisé l'ingénieur chargé de l'installation du système de surveillance du Vatican. »

Nancy Shepard se demandait où se situait le point commun entre le reportage sur le Jubilé et les caméras de surveillance vidéo de la Cité-État. Mais, les derniers évènements l'ayant rendue un peu plus fataliste, elle préféra se taire.

L'avenue qu'ils avaient suivie dès leur sortie de la ville portait le nom pompeux de *via Trionfale*. Elle était longue de plusieurs kilomètres et, après avoir traversé de façon rectiligne le faubourg nord-ouest de la ville sainte, elle serpentait à présent sur la colline, traçant sa large voie au milieu des chênes verts et des pins parasols. Des haies de lauriers roses bordaient la route, diffusant leur lourd parfum, et les vitres ouvertes du taxi laissaient pénétrer ces senteurs enivrantes qui flottaient dans l'air sec. Beppi fut tout heureux lorsque la conversation en anglais s'interrompit. Contraint au silence par l'ignorance de cette langue, il pouvait maintenant donner libre cours à son exubérance naturelle :

« C'est beau, hein! Il y a moins de poussière et ça pue moins qu'en bas. Regardez, plus nous montons et plus il y a de fleurs. »

Nancy aimait cette verdure éclaboussée par un soleil resplendissant. Elle savait que la nature est toujours belle, pour peu que la liberté de croître lui soit accordée. Il suffit parfois simplement de lui laisser le choix des couleurs et celui des essences pour obtenir le plus beau des tableaux. La ravissante stagiaire interrogea le chauffeur moustachu en anglais, et Cattuso dut traduire :

« La résidence du pape est loin d'ici?

– Pas tellement, *signorina*, mais nous lui tournons le dos. Elle est à *Castel Gandolfo*. C'est un village qui se trouve à vingt-cinq kilomètres au sud de Rome, juste au-dessus du lac *d'Albano*. C'est un bel endroit, très apprécié par les Romains, car en été il y fait assez frais. Dans l'Antiquité, déjà, les Empereurs y avaient fait construire des palais dont il reste de nombreuses ruines. La résidence papale est située à environ cinq cents mètres d'altitude, sur la pente d'un ancien volcan. Le paysage et la vue sont magnifiques. Si vous le désirez, un jour prochain je pourrai vous y conduire. »

La proposition resta sans réponse. La Fiat arrivait à une intersection entre *la via Trionfale* et *la via Spinelli*. Elle remonta cette dernière sur environ une centaine de mètres. À l'extrémité se trouvait une propriété ceinte par de hauts murs. Un majestueux portail en fer forgé de couleur blanche était grand ouvert et donnait sur un parc. Lorsque la Croma passa devant l'un des deux piliers soutenant les lourds vantaux métalliques, John put lire l'inscription suivante sur une grande plaque dorée : « *Clinica del Santissimo Rosario* ». Le taxi de Beppi s'engagea à faible allure sur le large chemin gravillonné, écrasant et tassant les cailloux qui crissaient sous ses roues. John avait toujours pensé que ce bruit si particulier était caractéristique des grandes et vieilles demeures, comme si le bitume, revêtement plus moderne, était incongru dans certains lieux chargés d'un passé plus ancien. La voiture roula pendant quelques minutes, puis le gravier blanc cessa de chanter. La clinique était une construction à deux étages, d'une architecture moderne et audacieuse, aux lignes épurées. Le bâtiment d'apparence très fonctionnelle n'en demeurait pas moins élégant et les grands arbres du parc mettaient en évidence son éclatante blancheur.

Dix-sept heures quarante. Les deux reporters de l'*Herald* se rendirent à l'accueil, pendant que Beppi attendait dans son outil de travail sur une aire réservée au stationnement. Cattuso se présenta en anglais à la jeune réceptionniste et demanda à voir un patient nommé Sorsi. L'employée regarda une liste placée devant elle, secoua négativement la tête et répondit, dans un mauvais anglais teinté d'un très fort accent:

«Sorsi?... Vous êtes sûrs du nom? Je ne le vois pas sur ma liste.»

Fox joua son va-tout:

«Absolument, *ingegnere* Sorsi.

– Je ne vois toujours pas. Enfin, si vous insistez, je vais me renseigner. Veuillez patienter quelques instants.»

Elle décrocha son téléphone et composa un numéro. Nancy tira John par la manche, pour l'éloigner un peu du bureau où s'engageait la conversation téléphonique. Elle commenta, à voix basse:

«Vous êtes gonflé! D'une part, vous n'êtes pas sûr qu'on l'ait transporté ici et, même si cela était, après plusieurs mois il y a peu de chance qu'il y soit encore.

– En effet, vous avez raison. Je n'ai aucune certitude à ce sujet.

– Alors, pourquoi insistez-vous?

– Mon attitude peut se définir de deux façons: en cas d'échec cela s'appelle de l'entêtement, et en cas de réussite cela devient miraculeusement de l'intuition. Dans la vie, vous remarquerez qu'il en va ainsi pour la plupart des choses et des situations. Le qualificatif dont on les gratifie, après, dépend avant tout de la nature du résultat.»

La jeune femme chargée de l'accueil venait de raccrocher son téléphone. Elle fit un signe de la main invitant les deux visiteurs à se rapprocher.

«Il y a bien chez nous un dénommé Renato Sorsi, mais il ne figure pas sur la liste habituelle, car il est en soins de longue durée. C'est le docteur Manieri qui s'occupe de lui. Il sera là dans quelques minutes. En l'attendant, vous pouvez vous asseoir là-bas si vous le souhaitez.»

Mademoiselle Shepard et John Cattuso s'installèrent

sur un grand banc revêtu de cuir fauve, au design futuriste. Ils étaient face à une baie vitrée qui ouvrait sur le parc. À l'extérieur, l'endroit respirait le calme et les massifs aux fleurs multicolores étaient sans doute la source d'un grand réconfort pour les convalescents qui se promenaient. Apparemment, la clinique proposait à ses « invités » des prestations de qualité et Fox se demanda quel type de patients pouvait se les offrir.

Repensant à la tirade philosophique de John, Nancy, un peu moqueuse, ajouta :

« Vous avez eu de la chance... »

Ce dernier répondit, en souriant :

« Sans doute. Mais elle fait partie du jeu. Alors autant la tenter, non? »

Un homme âgé d'une cinquantaine d'années vêtu d'une blouse blanche s'avança vers eux. Il était l'archétype du médecin ou du chercheur : un front haut d'intellectuel, un nez fin chaussé de lunettes à monture dorée. Son regard vif inspecta rapidement les deux journalistes. Il se présenta dans un anglais correct, mais contrarié par les intonations d'un accent très marqué :

« Bonjour, je suis le docteur Carlo Manieri. Vous désirez voir l'un de nos malades, je crois...

– Oui, nous désirons voir l'*ingegnere* Sorsi. Est-ce possible?

– Bien sûr. Mais pouvez-vous me dire à quel titre vous vous intéressez à Renato Sorsi, car vous ne faites sûrement pas partie de sa famille! »

Avec son aplomb habituel, John trouva une parade immédiate en présentant sa carte de presse :

« Nous sommes des journalistes américains spécialisés dans les enquêtes sur les problèmes liés à la santé. Nous avons été informés par notre journal que vous faisiez des recherches sur une étrange maladie. Nous sommes venus vous interviewer et si possible rencontrer l'un de vos patients. »

Nancy vit aussitôt que Cattuso avait visé juste en jouant sur l'ego du médecin. Ce dernier avait sans doute participé à des publications d'articles scientifiques, comme beaucoup de ses confrères d'un certain niveau, et la présence de la presse étrangère lui donnait à penser que sa renommée avait déjà franchi les frontières. Il se redressa d'un air important, semblant disposé à répondre à toutes les questions.

« Donc, vous aimeriez voir l'*ingegnere*. C'est bien sûr tout à fait possible, mais je doute que cela vous serve à quelque chose. »

Devançant la question de son interlocuteur, il poursuivit :

« Ce pauvre homme est incapable de communiquer avec qui que ce soit.

– Que lui est-il arrivé?

– Difficile à dire, même si les symptômes qu'il a manifestés sont maintenant connus. »

John Cattuso espérait une explication rationnelle à la maladie de Sorsi et les derniers mots du praticien lui laissaient un espoir dans ce sens.

« C'est donc une pathologie connue. Si c'est le cas, le remède l'est peut-être aussi?

– Mon cher monsieur, vous vous méprenez. Je ne vous ai pas dit que la maladie était connue, mais que ses symptômes l'étaient. Ce n'est pas du tout pareil. En effet, j'ai baptisé cette affection *fièvre vaticane*, car ce n'est pas le premier cas de ce type que je soigne. Je suis dans cette clinique depuis dix ans et j'ai déjà vu quelques malades présentant les mêmes troubles, malheureusement sans que l'on ne puisse rien pour eux. »

Le hall silencieux de l'établissement était traversé de temps à autre par des membres du personnel ou des malades désirant se promener à l'extérieur. Visiblement ravi de susciter leur intérêt, le docteur s'était assis auprès des deux « spécialistes des questions sanitaires ».

Il semblait décidé à poursuivre l'entretien sur le lieu même de leur rencontre. Avec ses sièges confortables et sa vue sur le parc, cet endroit ressemblait d'ailleurs plus à un salon qu'à un simple espace dédié à l'attente des visiteurs. Fox sortit un carnet de la poche de son veston et nota les premières confidences du clinicien, tout en poursuivant son interview :

« Y a-t-il toujours une issue fatale à cette fièvre?

– Jusqu'à présent, oui, toujours. Les étapes cliniques sont identiques. Mais la durée dans le temps de la maladie varie d'un sujet à l'autre.

– Comment expliquez-vous cela?

– Simplement par la résistance physique et l'âge des individus. Cela peut aller de quelques mois à un an ou deux, guère plus. »

Nancy était étonnée par l'intérêt que manifestait John pour les explications données par Manieri. Il écoutait comme si la clef d'une énigme se trouvait dans les propos du médecin, notant scrupuleusement toutes ses réponses et enchaînant les questions. Curieusement, il était beaucoup plus attentif ici qu'il avait pu l'être à la Bibliothèque.

« Avez-vous suffisamment avancé dans vos recherches pour comprendre l'évolution de la maladie, et pouvez-vous nous en expliquer les différents stades?

– Oui, mais je suis le seul à m'y intéresser, et mes progrès sont forcément plus lents que ceux que pourrait obtenir une équipe. J'ai pu quand même révéler son schéma évolutif. Voilà. Tout d'abord, le malade est atteint d'une forte fièvre qui le plonge dans un état proche du coma. Il perd toute perception du monde extérieur et reste plongé dans une profonde prostration. C'est exactement comme si toutes les connexions reliant son cerveau à son corps étaient débranchées, et nous sommes obligés de l'alimenter artificiellement. Cet état végétatif se prolonge très longtemps, puis lentement l'individu sort de sa léthargie. Il paraît retrouver certaines de ses facultés comme l'ouïe d'abord, l'usage de ses membres ensuite. »

Cattuso remplissait toujours son carnet de notes, ce qui ne l'empêchait nullement de relancer le docteur Manieri lorsque celui-ci marquait une pause. La jeune stagiaire de l'*Herald* était secrètement admirative de cette facilité que possédait John à retourner les situations à son avantage, comme cet entretien qui, de peu probable, était devenu une réalité.

« Il peut parler?

– Non, jamais. Invariablement, lorsque les choses ont l'air de s'arranger, peu après avoir retrouvé l'usage de ses mains et avant d'avoir prononcé le moindre mot, il décède d'une embolie cérébrale sans que j'aie pu trouver à cela la moindre explication.

– Pourquoi avoir donné le nom de fièvre vaticane à cette affection?

– Oh, simplement parce que les sujets que j'ai dû traiter venaient tous du Vatican. J'ai même pensé un temps qu'il y avait là-bas une espèce de virus endémique, mais c'était bien sûr totalement ridicule et j'ai rapidement abandonné cette idée. »

Nancy se demandait à quel niveau de la maladie se situait Sorsi. Comme si le praticien avait deviné cette interrogation, il enchaîna :

« Renato Sorsi a quant à lui récupéré une partie de ses facultés; il entend et comprend ce qu'on lui dit. Toutefois, il reste immobile, figé dans son fauteuil, apparemment incapable du moindre mouvement, hormis ceux des doigts de sa main droite. »

La jeune femme, pour la première fois, interrogea l'homme en blanc; celui-ci parut presque étonné d'entendre le son de sa voix.

« Puisqu'il peut bouger sa main, il peut sans doute écrire. Et s'il vous entend, vous pouvez donc communiquer avec lui.

– Ce n'est pas aussi simple, *signorina*. S'il a retrouvé en partie l'usage de sa main droite, il n'en écrit pas pour autant. Il se contente de dessiner... En fait, plutôt que dessiner, je devrais dire gribouiller, et toujours le même dessin en plus, comme une obsession. »

John Cattuso écrivait sans cesse et laissait à présent Nancy poursuivre le dialogue.

« Pensez-vous, docteur, que votre patient soit arrivé au fameux stade que vous nous avez décrit et qui précède...

– L'embolie? Je ne sais pas. Dernièrement, ses progrès se sont accélérés, mais j'ignore s'ils sont à leur maximum et donc proches de l'instant dont nous parlons. Par contre, je vais le surveiller de près et essayer d'éviter cette issue incompréhensible et jusqu'à présent inéluctable. »

Une porte s'ouvrit, laissant apparaître un vieillard dans un fauteuil roulant poussé par une infirmière. Lorsqu'ils passèrent à côté du trio, le vieil homme, vêtu d'une robe de chambre grenat, salua d'un hochement de tête sans sourire, puis, indifférent, le regard lointain, il se laissa emmener vers les massifs de fleurs.

John se demanda quelle avait été auparavant la vie de cet être indolent. Peut-être celle d'un notable, habitué à commander et maintenant réduit au bon vouloir et à l'autorité d'une demoiselle de compagnie. Manieri le tira de ses pensées:

« Il est dix-huit heures quinze. Si vous souhaitez toujours voir l'*ingegnere*, nous devons nous dépêcher, la fin des visites est fixée à dix-neuf heures et le règlement est strict. Je vous préviens cependant que l'endroit que vous allez voir offre un spectacle assez pénible. »

Fox venait d'écraser le mégot de sa cigarette dans le cendrier. En se levant, il plongea instinctivement la main dans sa poche, à la recherche du paquet de Luckies, mais en sortant du hall de la réception un écriteau le dissuada de poursuivre son geste : ils entraient dans une zone non-fumeurs. Les différents couloirs de la clinique qu'ils traversèrent étaient tous d'une propreté exemplaire et véhiculaient une odeur d'éther persistante. Seules quelques plantes exotiques emprisonnées dans de grands bacs apportaient une touche naturelle à cette atmosphère artificielle et aseptisée.

Nancy Shepard remarqua que les quelques malades qu'ils rencontraient portaient tous les mêmes robes de chambre rouge sombre. Cette standardisation de la tenue et de la couleur s'apparentait fortement au port d'un uniforme. Elle cadrait bien de la sorte avec la rigueur et l'ordre instaurés au Vatican. Après quelques minutes, le docteur Carlo Manieri et les deux enquêteurs arrivèrent devant une porte métallique. John remarqua que celle-ci était équipée d'un système de sécurité à bascule, de ceux qui ne s'ouvrent que d'un seul côté. Actionné par le médecin, le levier libéra dans un claquement sec les battants de fer sur un monde sans analogie avec celui qu'ils s'apprêtaient à quitter. À cet instant, Nancy et John eurent l'impression de faire un bond gigantesque dans le passé : derrière la clinique ultramoderne *del Santissimo Rosario* se trouvait un cloître très ancien, dont les quatre galeries couvertes entouraient un jardinet au milieu duquel trônait un puits bordé d'une magnifique margelle de pierre. Voyant l'étonnement des deux journalistes, leur guide commenta l'ouverture de cette fenêtre sur le temps :

« L'hôpital a été construit devant un couvent des bénédictines, daté du XVIe siècle. Les murs d'enceinte extérieurs sont de cette époque. Nous pénétrons dans le cloître du couvent. Ce dernier sert à présent d'annexe à la clinique. »

Le trio parcourut l'une des galeries dont le dallage de pierres noires et blanches alternées formait un damier. En foulant ce sol plusieurs fois centenaire et en côtoyant les fines colonnes de marbre blanc qui soutenaient la voûte, John eut le sentiment de remonter le cours de l'Histoire. Le soleil déclinant orientait ses rayons, aspergeant de façon oblique les lieux et dessinant des zones d'ombre empreintes de mystère. Des rosiers nains, roses et rouges, étaient posés comme des taches de couleurs sur des surfaces gazonnées, délimitées par des rangées de buis impeccablement taillés. Combien de vies avaient peuplé ce lieu paisible à l'écart du monde, combien de destins s'étaient scellés derrière ces murs épais?

Quelques personnes se trouvaient là, certaines marchant lentement, sans but apparent, d'autres prostrées dans des poses et des attitudes bizarres. Ces malades, à l'évidence, étaient différents de ceux de la clinique moderne située à moins d'une vingtaine de mètres de là.

Instinctivement, Nancy se rapprocha de John. Cette odeur de souffrance qui s'échappait du vieux monastère lui déplaisait. Un homme de petite taille faisait le tour des galeries voûtées en sautant sur le dallage. La jeune femme remarqua qu'il évitait soigneusement les dalles noires et ne se déplaçait que sur les blanches. Il leva la tête et ouvrit un grand sourire sur une bouche édentée. S'approchant de Cattuso, il le tira par la manche et simula avec deux doigts le geste du fumeur qui aspire la fumée. Ses lèvres molles laissaient passer un chuintement désagréable, semblable à celui d'un pneu qui se dégonfle.

John chercha son paquet de cigarettes pour en donner une à l'homme qui restait cramponné à son bras, mais Manieri intervint:

« Non, s'il vous plaît. Cela lui ferait plus de mal que de bien... Allons, Sandro, soyez gentil, laissez passer *il signore*, vous n'aurez pas de cigarettes aujourd'hui. »

Le regard brillant et triste, l'homme s'agrippait toujours au veston de John qui dut se dégager pour avancer.

Devant ce cas de dépendance totale, un malaise s'était installé dans le groupe, le forçant au silence. Après quelques instants, dans leurs dos, ils entendirent de nouveau les petits sauts de l'homme qui poursuivait sa ronde de pierre en pierre. Tout en marchant, Fox avait du mal à chasser de son esprit ce sourire déçu; pour exorciser cette image, il demanda au médecin:

« Il est muet?

– Maintenant, oui. Il a subi une ablation totale des cordes vocales à la suite d'un cancer du larynx. C'était un gros fumeur, avant. »

Cattuso sentait une boule gonfler son estomac, en même temps qu'il éprouvait une grande pitié pour cet inconnu sautillant.

« Il va s'en sortir?

– Aucune chance, mais je l'empêche quand même de fumer, car les substances toxiques et cancérigènes mélangées au tabac ainsi que la chaleur de la fumée irritent sa gorge. Pour les quelques mois qui lui restent, autant qu'il se concentre sur son parcours autour du cloître et qu'il oublie un peu sa gorge. Vous êtes aussi fumeur, je crois... »

En répondant « oui » du bout des lèvres, John sentit que ce mot banal entre tous avait une résonance étrange, et il continua, pour dissiper sa gêne:

« Pourquoi s'est-il adressé à moi plutôt qu'à ma collègue?

– Simplement parce qu'il a dû sentir l'odeur de vos vêtements ou voir la couleur de vos doigts. Pour un fumeur, ces indices suffisent. »

* * *

L'homme âgé, de haute taille et en blouse blanche, qui observait avec ses jumelles un point précis du monastère, était très attentif. Derrière la fenêtre de son bureau situé au dernier étage de la clinique, il avait une vue plongeante sur les vieux bâtiments construits de plain-pied en contrebas. Les «yeux magiques» portaient son regard au-delà du jardin des simples avec son vieux puits central. Il voyait jusqu'à la cour où se promenaient quelques malades. C'était cette cour qui retenait toute son attention. Il l'appelait l'enclos, presque avec plaisir, car il savait que les occupants qui s'y trouvaient n'en franchiraient jamais plus le seuil. Ils présentaient tous des pathologies très différentes, mais dont le seul point commun était d'être sans issue. Le tableau de souffrances miséreuses qu'offraient ces gens n'était pas compatible avec l'image de beauté et de confort huppé que donnait «sa» clinique. Ils étaient donc très bien là, loin des regards indiscrets, oubliés de tous, y compris de leur propre famille.

Pour l'instant, grâce à ses jumelles, il avait focalisé son intérêt sur un personnage immobile dans son fauteuil roulant. Le docteur Giovanni Mazzola continuait son observation avec beaucoup de patience, guettant attentivement les gestes laborieux que le paralytique faisait avec sa main droite. L'homme semblait tracer lentement des formes, sur un bloc placé devant lui. Le médecin qui tenait un carnet dans sa main libre posa ses jumelles, tourna quelques pages en soupirant puis, trouvant sur l'une d'elles le patient numéro 27 appelé Renato Sorsi, il écrivit, un peu hésitant: «En phase de rémission.»

* * *

Le docteur Manieri, toujours suivi des deux envoyés de l'*Herald*, traversa une grande salle voûtée qui semblait être une ancienne chapelle, comme en témoignait un autel de pierre adossé à l'un des murs. Une longue table massive encombrait le centre de la pièce et des bancs étaient disposés tout autour. Manifestement, les lieux avaient perdu leur vocation d'origine pour devenir un simple réfectoire. Au fond de la pièce, une porte basse s'ouvrit sur un autre jardin sans fleurs. Impeccablement tenu, mais un peu triste, il n'offrait qu'une couleur verte dominante où parfois se mêlaient de minuscules taches blanches ou jaunes. Les plantes qui le composaient occupaient toutes des espaces bien délimités. Carlo Manieri remarqua l'étonnement de Nancy devant ces cultures apparemment sans intérêt.

« Ce jardin a l'air de vous étonner, *signorina*.

– Oui, il n'y a pas de fleurs. Je veux dire les fleurs habituelles que l'on trouve dans ce genre d'endroit.

– C'est parce que nous sommes dans un lieu un peu particulier : c'est un jardin des simples. Au Moyen Âge, les simples étaient des végétaux cultivés pour leurs vertus médicinales reconnues. De nos jours, nous redécouvrons ce que nos ancêtres avaient patiemment appris par de très nombreuses années d'observation. Malheureusement, nous ne nous attachons qu'aux qualités gustatives de ces herbes et nous avons oublié leurs valeurs curatives. Pour la plupart, ce sont des plantes très connues : thym, lavande, camomille, sauge, laurier, etc., et les seules fleurs que vous trouverez ici sont celles que donnent les plants eux-mêmes. »

Le trio se trouva face à un mur dont le revêtement éclaté laissait paraître quelques briques. Çà et là, accrochés au mortier vétuste, des pieds de lierres cherchaient leur chemin en étalant leurs racines aériennes. Le vieux mur était étrangement affublé d'une porte de sûreté moderne, semblable à celle séparant la clinique du cloître. Précédant toujours les deux visiteurs, le médecin fit basculer le levier de sécurité et le battant s'ouvrit sur une cour de dimensions modestes.

Quelques personnes se tenaient là, indifférentes à l'intrusion. Certaines, le regard vide, déambulaient sans but apparent. D'autres, l'esprit visiblement occupé par des raisonnements absurdes, riaient d'un rire grotesque et inquiétant. D'autres encore fixaient intensément les nouveaux venus, les imaginant peut-être comme de possibles compagnons. Toutes contribuaient à maintenir le sentiment angoissant qui planait sur cette cour des miracles.

Nancy sentit un malaise palpable l'étreindre et une fois de plus elle se rapprocha de John. Elle aurait aimé avoir des ailes pour s'échapper de ces murs oppressants et elle s'imagina un instant planant, inaccessible, au-dessus de toutes ces âmes tourmentées. Une main se posa sur la sienne, légère, presque impalpable. Pourtant, la jeune stagiaire sursauta, car le contact était bien réel. Une vieille femme se tenait à ses côtés. Pieds nus, elle portait une robe de chambre qui avait dû être blanche en d'autres temps. Avec sa petite taille, elle ressemblait à une enfant qui regardait de bas en haut une grande personne. Manieri repoussa doucement la malade et expliqua son attitude :

« Elle n'est pas méchante, vous n'avez rien à craindre. Elle espère simplement le retour de ses enfants qui l'ont abandonnée depuis qu'elle a perdu la raison. Dès qu'elle aperçoit une personne étrangère, la pauvre femme s'imagine qu'on vient la chercher. »

En s'éloignant, Nancy ne pouvait détacher son regard de ce visage ridé comme une vieille pomme, ni de ces yeux sans couleur, presque sans vie, où ne brillait plus qu'une faible lueur d'espérance.

Le clinicien s'approcha d'un préau qui abritait un fauteuil roulant, dans lequel se tenait un homme figé dans une raideur presque totale. Sa main droite cependant cramponnait nerveusement un crayon et traçait des contours sur un bloc fixé contre le siège. À côté de lui, sur le sol, de nombreuses feuilles de papier froissées témoignaient de la persévérance de son occupant.

« Voici notre ami l'*ingegnere* Renato Sorsi. Renato, je vous présente deux journalistes qui sont spécialement venus vous trouver. »

* * *

Cramponné à ses jumelles, *il Direttore* sursauta... Manieri venait de pénétrer dans l'enclos avec deux étrangers. Et pourtant, il était clairement établi que cette partie de la clinique était réservée aux cas spéciaux et ne devait en aucune circonstance faire l'objet de visites. Décidément, il n'aimait pas ce Carlo Manieri, certes compétent, mais plein de suffisance et très bavard, trop. Lui, Giovanni Mazzola, était le responsable et l'administrateur de cet hôpital et il n'admettait pas l'insubordination de ses employés, fussent-ils brillants.

* * *

Nancy Shepard et John Cattuso s'approchèrent du malade dont seuls les yeux et la main droite permettaient d'affirmer qu'il était vivant. Les cheveux drus entièrement blancs, et coupés en brosse, encadraient un visage au teint blême avec une peau tendue qui lui donnait l'aspect d'un masque de cire. Les rides, naturelles pour une personne de cet âge, étaient absentes, gommées par une tension interne indéfinie et mystérieuse. La rigidité du corps semblait presque cadavérique et le buste de l'homme était si droit qu'on eût pu le croire soutenu par un quelconque artifice.

Une sonnerie s'échappa de la ceinture du médecin; celui-ci en décrocha son portable pour regarder l'origine de l'appel.

« Excusez-moi, mais je dois vous laisser quelques instants. Je suis appelé à la direction. Je n'en ai que pour quelques minutes. »

Sans bouger la tête, Renato Sorsi scrutait les visages de ses deux visiteurs. L'iris bleu de ses yeux baignait dans une cornée jaune safran, et l'alliance insolite de ces couleurs donnait au regard une profondeur morbide. John eut le sentiment de se trouver face au masque mortuaire d'une momie égyptienne. Il interrogea néanmoins les yeux, et se hasarda en italien:

«*Signor* Sorsi, vous nous entendez?»

La main s'agita un peu plus. Peut-être était-ce un signe affirmatif.

«Pouvez-vous écrire? Essayez de tracer quelques mots, nous vous répondrons.»

La main d'une blancheur extrême commença lentement un tracé qui ne ressemblait pas à de l'écriture mais à un dessin minutieux, comme si elle voulait résumer en quelques traits nets une somme de pensées confuses. La tâche paraissait insurmontable et la main laissa tomber le crayon sur le sol.

Nancy se baissa pour le ramasser, puis elle le plaça entre les doigts animés de légers tremblements. Les extrémités aux ongles longs étaient glacées et la jeune femme ressentit ce contact froid avec répulsion. Elle confia tout bas à John:

«Il est gelé. Il aurait peut-être besoin d'une couverture.»

Cattuso toucha à son tour la main de l'*ingegnere*, dont la froideur était en effet terrifiante. Il eut l'impression de poser sa main sur celle d'une statue de marbre.

«Avez-vous froid, *signor* Sorsi? Voulez-vous que nous demandions de vous rentrer?»

* * *

En parcourant le long couloir, Manieri se demandait ce que Mazzola lui voulait. Leur entente n'avait jamais été parfaite et ce dernier ne manquait jamais une occasion de lui rappeler qui dirigeait la clinique. Il entra dans le bureau avec une légère appréhension. Visiblement agacé, le directeur interrogea sèchement:

« Pouvez-vous m'expliquer qui sont ces gens, en bas, que vous avez introduits dans l'enclos?

– Ce sont deux journalistes étrangers, intéressés par le cas de Sorsi. Ils voulaient des détails sur sa maladie et désiraient le rencontrer.

– D'où viennent-ils? Et comment connaissent-ils Sorsi? »

Carlo Manieri commençait à se sentir mal à l'aise, car les questions précises de Mazzola lui laissaient entendre qu'il avait agi à la légère.

« Ce sont des Américains spécialisés dans les problèmes de santé. C'est leur journal qui les a envoyés pour enquêter sur notre malade.

– Et comment, aux États-Unis, est-on au courant de cette affection? Vous-même n'avez jamais rien publié sur le sujet, que je sache, et Renato Sorsi n'a plus de famille.

– ...

– J'ai l'impression, mon cher, que votre facilité à transgresser les règles s'est une fois de plus manifestée. Nos malades ne sont pas des moutons que l'on exhibe. Vous allez immédiatement mettre fin à cette visite inopportune et renvoyer ces gens. »

Le ton cassant de l'acariâtre septuagénaire avait fait disparaître la suffisance naturelle de Manieri et, en sortant ulcéré de la grande pièce, il prit conscience de son manque de discernement; vexé, il devait bien reconnaître que son patron était plus avisé que lui.

* * *

Le vieil homme, toujours immobile, avait lâché une fois de plus le crayon, sans s'en servir; Nancy le ramassa une nouvelle fois. Il était clair que le dialogue, de quelque nature qu'il soit, s'avérait impossible. Cela faisait bien cinq ou six fois que le crayon tombait, sans que le moindre mot apparaisse sur les pages blanches.

Cattuso entendit le levier de sécurité libérer la porte de la cour et au même instant le crayon tomba une septième fois. John se baissa à son tour pour le saisir et, dans ce mouvement, il remarqua que l'index immobile de la main droite de l'*ingegnere* pointait vers le sol. Instinctivement, Fox prit quelques feuillets froissés qu'il glissa dans la poche de son veston, avant de se relever et de replacer le crayon capricieux dans la main fermée.

De retour, le docteur Manieri avait changé d'attitude. Sa belle nonchalance pleine de superbe s'était envolée, laissant place à une nervosité évidente.

« Excusez-moi, mais il est dix-neuf heures passé. Les visites sont terminées. Nous avons des soins à donner aux malades et il est préférable que vous partiez. Si vous voulez me suivre... »

Un peu surpris, les deux envoyés de l'*Herald* s'exécutèrent et suivirent le médecin. Devant la porte, John se retourna et regarda le vieux Renato. Sa main tenait fermement le crayon que, cette fois-ci, elle n'avait pas lâché.

Lorsque le levier se verrouilla avec un claquement sec et métallique, laissant la cour de souffrances à sa solitude, une larme s'échappa de l'iris bleu de Sorsi, pour glisser sur sa joue de cire.

Beppi était plongé dans la lecture d'un journal sportif et il sursauta lorsque John frappa contre la vitre du taxi.

« Vous m'avez fait peur. Alors, cette visite? C'est une belle clinique, hein? »

Les deux journalistes se regardèrent en silence, puis Cattuso, amer, répondit :

« Oui. Vraiment une belle clinique! »

* * *

La sonnerie du téléphone déchira la quiétude de la grande pièce dont les rideaux rouge sombre occultaient la lumière extérieure. S'inscrivant bien dans le décor, une lampe au pied de bronze éclairait timidement le grand bureau. Une main nerveuse et fine, aux doigts très longs, occupée à des écritures, posa son stylo et décrocha le combiné.

« Oui?...

– Giovanni Mazzola. Nous avons eu de la visite aujourd'hui à l'hôpital.

– Continuez.

– Deux journalistes ont demandé des nouvelles de Sorsi. Vous savez, cet homme que vous nous avez envoyé il y a un an environ. Ils avaient l'air de le connaître. »

La voix écoutait en silence. Le docteur Mazzola s'inquiéta:

« Vous êtes toujours là?

– Comment étaient-ils?

– Il y avait un homme d'une trentaine d'années et une femme rousse un peu plus jeune, très belle. D'après le médecin qui a commis la bêtise de les présenter au malade, il s'agissait de journalistes américains. J'ai préféré vous prévenir. »

La voix réfléchissait, laissant s'écouler interminablement les secondes. Elle ajouta, avant de couper la communication:

« Vous avez bien fait. »

La main rejoignit sa sœur. Toutes deux entremêlèrent leurs longs doigts, semblables à des serres, puis la voix écorcha le silence qui s'était installé aussitôt après l'appel du directeur de la Clinique *del Santissimo Rosario*.

« Nous avons un petit problème. Il semblerait que notre visiteur se fasse plus pressant. »

Une autre voix répondit, dans un italien guttural :

« Il approche? »

La voix grave acquiesça, laconique :

« Oui, il semblerait.

– Faut-il intervenir?

– Non, laissons faire. »

L'autre voix aux intonations germaniques laissa entrevoir un doute sur la décision qui venait d'être prise :

« Il est dangereux.

– Pour qui? Peut-être plus pour lui-même que pour les autres. Il ne peut rien. Laissons faire. »

Le ton sec et autoritaire n'admettait aucune discussion; il mit fin au court dialogue, replongeant le grand bureau dans une sérénité que rien ne semblait devoir perturber.

* * *

Dans le taxi, Nancy repensait à leur visite à l'hôpital, à ces corps meurtris et à ces esprits errant sans espoir, dans les limbes insondables de la folie. Pourquoi fallait-il que, partout dans le monde, chaque endroit, si beau fût-il, cache une part de misère et de malheur, comme si le prix à payer pour un équilibre et une harmonie était fatalement la laideur et la souffrance?

Toute à ses pensées, au gré des virages, elle ne se vit pas glisser vers John. Bientôt son genou largement dévoilé par sa minijupe frôla celui de son voisin et, contrairement aux jours précédents, elle ne rejeta pas ce contact troublant. Aujourd'hui, elle avait choisi une tenue légère qui mettait son physique en valeur, puisque la veille son jean et son chemisier ne lui avaient apporté qu'inconfort, sans pour autant détourner l'intérêt que manifestait Pozzi pour sa personne.

Le cloître avec ses parterres de fleurs doucement éclairés par une lumière dorée occupait toutes les pensées de John. Il adorait ces lieux particuliers, empreints d'une longue histoire et où régnait une atmosphère étrange, à la limite de l'occulte. En d'autres circonstances, il aurait aimé s'asseoir auprès du vieux puits moussu, en laissant vagabonder son imagination et, il en était persuadé, des personnages auraient surgi du passé pour s'affairer en silence autour de l'endroit magique. John était certain qu'il y avait ainsi de nombreuses zones de transition qui constituaient autant de passages entre les époques, comme des passerelles à travers le temps, les seules conditions pour y avoir accès étant de savoir écouter les vibrations de l'air et de savoir lire les secrets de la pierre.

Sentant une pression contre sa jambe, il remarqua que Nancy s'était rapprochée. Il pouvait détailler à loisir ses longues jambes en partie dénudées et ne pouvait empêcher son regard de glisser vers l'entrejambe de sa jolie voisine. Aussitôt une bouffée de désir l'enveloppa, envahissant son corps en même temps qu'une chaleur incontrôlable. Ces pensées charnelles balayèrent en un instant le romantisme mélancolique qui l'habitait depuis quelques minutes.

Nancy Shepard attendait. Depuis le début du trajet, elle espérait que Cattuso sortirait de sa poche les quelques feuilles qu'il avait ramassées près du fauteuil de Sorsi. Mais il semblait les avoir oubliées.

« Vous ne regardez pas? »

Absorbé par d'autres préoccupations, Fox fut surpris et gêné par la question.

« Si... Enfin, non... De quoi parlez-vous? »

Nancy avait senti les yeux de velours caresser ses cuisses et elle crut utile de préciser :

« Je veux parler des dessins de notre malade.

– Ah oui! Je les avais oubliés. Je les ai ramassés

sans réfléchir, parce qu'il m'a semblé que l'*ingegnere* me les désignait du doigt.»

Les trois pages du bloc étaient maladroitement chiffonnées, comme si la force nécessaire à l'écrasement du papier avait été nettement insuffisante. Deux des feuilles montraient des dessins grossiers et abstraits. La seule certitude indiscutable était qu'ils désignaient un même motif difficilement identifiable. La troisième laissait apparaître une évolution très sensible du tracé. C'était sans doute la dernière en date. Les progrès réalisés permettaient de dévoiler assez nettement la porte d'un bâtiment. Ce dernier était à peine ébauché et seule cette porte assez précise paraissait intéresser son auteur.

John songea aux efforts surhumains qu'avaient dû coûter au vieil homme les nombreuses pointes représentées sur les vantaux. Sorsi avait dû puiser avec l'énergie du désespoir dans son corps glacé pour trouver les ressources nécessaires à ce travail. Fox supposa que toutes les autres pages du bloc qui se trouvaient sur le sol traitaient du même sujet et qu'elles étaient à présent le seul lien concret de cet homme avec le monde extérieur.

Nancy était tout près de John. Il sentait sa poitrine effleurer son bras droit et cette proximité presque intime acheva de le troubler. La jeune stagiaire, elle, concentrait son attention sur les croquis, sans parvenir précisément à les déchiffrer.

«Il s'agit vraisemblablement d'une porte, mais je n'en comprends pas la signification. Pourtant, j'ai l'impression d'avoir déjà vu quelque chose de semblable. Mais je ne me souviens pas où.»

John Cattuso était maintenant convaincu que l'accomplissement de tels efforts, pour un être aussi diminué, devait nécessairement avoir une grande importance et un sens véritable, du moins à ses yeux.

«J'ai la même sensation. Je connais cette porte, c'est

certain. Elle est assez détaillée pour qu'on puisse l'identifier, mais je n'arrive pas plus que vous à la situer. »

* * *

Après le dîner maintenant habituel au restaurant de la pension, les deux reporters du *New Herald Post* parcouraient les allées silencieuses du jardin de l'hôtel. Ils avaient un instant traversé le champ de lumière diaphane issu du vieux lampadaire, pour de nouveau se fondre dans la pénombre; leur présence n'était plus matérialisée que par le reflet lunaire sur leurs silhouettes et par le crissement de leurs pas sur le gravier. Leur arrivée éteignit le chant d'amour du grillon solitaire, plongeant les buis dans un silence sépulcral. Nancy remarqua que Fox n'avait pas fumé depuis leur rencontre avec le curieux et sautillant petit homme de la clinique. Peut-être l'instinct de conservation prenait-il le dessus? Le journaliste faisait tourner le paquet de blondes entre ses doigts, s'efforçant visiblement de ne pas l'ouvrir; elle choisit de lancer le débat avant qu'il ne passe à l'acte :

« Il m'a semblé que vous n'avez pas fumé depuis notre départ de l'hôpital. Vous avez décidé d'arrêter? »

Le paquet continuait de tourner lentement.

« Je ne sais pas encore. Je dois avouer que le malade qui m'a sollicité tout à l'heure m'a inquiété, et un peu ouvert les yeux. Je me rends compte que les raisons qui me poussaient à fumer ne sont plus aussi claires qu'autrefois.

– Vous en avez peut-être tout simplement moins besoin.

– C'est possible... Si jusqu'à une période récente cela m'a certainement aidé, je pense qu'à présent j'ai d'autres choix. »

Nancy Shepard n'osa pas demander lesquels. Sans

doute avait-elle peur de la réponse. Elle avait accompagné John dans le jardinet, car elle voulait absolument connaître ses intentions pour les jours à venir.

«J'aimerais savoir en quoi la visite de cet après-midi va nous aider pour notre reportage? Et surtout si vous estimez avoir trouvé les réponses que vous en attendiez?

– Pour l'instant, tout est assez confus, et j'ai du mal à relier les éléments du puzzle. Demain, j'irai voir Spà.»

La stagiaire sentait l'incertitude de son compagnon, qui paraissait hésiter sur la conduite à tenir. Sans doute était-il aussi troublé qu'elle-même après leur rencontre avec Sorsi, mais cela ne contribuait pas pour autant à faire avancer les choses.

«Écoutez, John, j'ai l'impression de me répéter, mais le temps passe. Nous sommes depuis cinq jours à Rome et notre travail n'a pas beaucoup avancé. Aujourd'hui, au soir du vingt-six mai, je n'ai remis qu'une ébauche à Mario Pozzi et nous devons terminer le reportage pour le dimanche quatre juin. Je vous rappelle que cette date représente le Jubilé des journalistes et des moyens de communication et que le journal nous a envoyés ici justement pour couvrir cet évènement. Il nous reste donc environ une semaine pour boucler proprement le sujet. Comment comptez-vous y parvenir?

– ...»

Le silence de Fox exaspérait Nancy et la voix de la jeune femme monta d'un ton:

«Vous m'écoutez, John? D'accord, nous... vous avez retrouvé l'ingénieur Sorsi que tout le monde pensait disparu. D'accord, sa situation est très préoccupante. D'accord, j'ai une grande pitié pour ce pauvre homme, mais à quoi cela nous avance-t-il et que pouvons-nous pour lui? Apparemment, le docteur Manieri fait tout son possible et ce n'est pas en nous apitoyant sur son sort que nous allons résoudre quoi que ce soit.»

Le paquet de poison tournait toujours lentement, faisant miroiter à chaque tour ses couleurs attrayantes sous les pâles rayons du soleil de minuit. Ignorant les multiples interrogations de sa voisine de banc, Cattuso l'interrogea à son tour :

« Que pensez-vous de notre balade de cet après-midi, Nancy? »

La jeune femme, irritée, rétorqua :

« C'est dans vos habitudes de répondre aux questions par d'autres questions?

– Pas vraiment. Mais vos questions sont trop précises et très pertinentes, et je n'ai pas de réponses, malheureusement. »

En soupirant, Nancy Shepard reprit le dialogue qui menaçait de s'arrêter, faute d'arguments :

« Bon. Je vais entrer dans votre jeu. Tout d'abord, j'ai trouvé cet hôpital étrange, un peu comme une médaille à deux côtés : l'un montre une image policée, pleine de sérénité et de confort, l'autre dévoile une face hideuse où prévaut la souffrance. Je vous avoue que j'ai été très mal à l'aise dans cette partie de la clinique.

– Nous avons partagé les mêmes sentiments. Avez-vous remarqué que Sorsi bougeait complètement sa main droite?

– Oui... Pourquoi?

– Parce que Manieri nous avait dit qu'il n'en bougeait que les doigts.

– Et alors? Les doigts ou la main, quelle importance?

– La différence est énorme. Cela signifie que ses progrès sont rapides, maintenant, puisque la veille son médecin traitant n'avait pas observé cette évolution. Il pourra peut-être bientôt parler.

– Et après? Que pourrait-il nous dire qui puisse nous aider pour la fameuse date, j'insiste, du quatre juin?

– Je ne sais pas. Ce que je constate par contre c'est que ce pauvre homme est éloigné de tout et de tous. Même son ami Francesco Spà ignore son état. C'est exactement comme s'il était mis au secret et à l'abri de toute indiscrétion.

– Vous pensez qu'on le cache? J'ai l'impression que vous exagérez. Après tout, il n'était pas seul, là-bas, dans la cour, et pourquoi alors vouloir exclure tous ces gens?

– ... »

Nancy laissa mourir quelques instants la discussion. Le paquet de cigarettes avait cessé son manège virevoltant, pour disparaître dans la poche de Fox. Elle voyait son profil, immobile et éclairé par la faible luminosité dispensée par la lune. À quoi pensait-il? Sur le banc, la silhouette élancée de la stagiaire de l'*Herald* était à peine perceptible. L'obscurité favorisait les confidences et créait une sorte d'intimité complice, comme si le noir avait cette faculté rare de cacher à la fois la gêne et le trouble.

« Nancy, n'avez-vous jamais songé à refaire votre vie?

– ... »

Devant le silence de la jeune femme, Cattuso pensa avoir commis une indiscrétion.

« Je ne voulais pas être...

– Non, vous n'avez pas à vous excuser. J'ai seulement été un peu surprise par le changement de sujet. Et vous-même, n'y avez-vous jamais pensé?

– C'est à votre tour de répondre aux questions par d'autres questions. À vrai dire, non. Lorsque ma femme est morte, j'ai ressenti un grand vide, comme si une part de moi avait brusquement disparu, me laissant désemparé et dans l'impossibilité de continuer le long chemin. Quand l'autre est si solidement lié à votre personne et qu'il en devient une partie intégrante, il vous paraît insurmontable de vivre sans lui. Toutes ces heures, ces jours qui s'écoulaient interminablement, sans but, étaient pour moi autant de moments de doutes et de désespoir. Je me suis longtemps demandé quel était l'avenir que le destin me réservait, si toutefois j'en avais un. Et puis, dernièrement, les choses ont changé. Les souvenirs sont toujours présents, mais je me rends compte que leur poids est différent. Je crois que j'ai enfin accepté l'absence d'Angela et, même si j'ai un peu honte de le dire, j'ai pris conscience que mon corps vivait toujours, ou du moins réapprenait à vivre.

– Pourquoi en avoir honte? Il me semble que vous avez assez souffert et que les sentiments profonds qui vous liaient à votre femme ne sont pas dévalorisés parce que vous commencez à revivre. »

Les nuages jetaient un voile pudique sur la blancheur blafarde de l'astre lunaire, atténuant encore un peu plus sa faible clarté et accentuant la noirceur du jardin. Le grillon qui s'était habitué à la présence des deux humains avait repris sa rengaine monotone.

Nancy mesurait l'immense détresse qui avait submergé John et elle était touchée par ses confidences. Cet homme était sincère et droit, il faisait partie de ces êtres d'exception qui savent aimer sans concession, fidèlement, même après la mort. La main de la jeune stagiaire tâtonna sur le banc, à la recherche de celle de John, et, lorsqu'elle la trouva, elle la serra avec tendresse.

La pénombre emprisonnait l'instant magique, le rendant intemporel. Tout à coup, le chant lancinant de l'insecte à présent familier s'interrompit, remplacé par un bruit de pas sur les gravillons. Une ombre se détachait légèrement de l'obscurité, précédée par des volutes bleutées et accompagnée par une odeur âcre de tabac brun. Les braises incandescentes de sa cigarette éclairaient fugitivement un visage sec et austère. Ignorant les occupants du banc de pierre, le fumeur avançait dans leur direction.

Lorsqu'il s'arrêta à une dizaine de mètres des deux journalistes silencieux, l'homme jeta son mégot au sol sans l'écraser. Il était maintenant assez près pour que sa démarche particulière et son profil révèlent son identité. Celle-ci ne laissa plus aucun doute lorsqu'il alluma une nouvelle cigarette, éclairant à la fois ses mains et son visage à la lueur de son briquet.

Après quelques minutes, le peu sympathique portier de la pension des Glycines tourna lentement les talons et se dirigea vers sa réception, emportant avec lui l'instant magique qu'il venait involontairement de briser.

VIII

Samedi 27 mai, 13 h 50

Une chaleur étouffante enserrait Rome et la Cité du Vatican n'échappait pas à la canicule.

John Cattuso était en avance et il attendait Spà, assis sur le rebord de la grande fontaine de la cour du Belvédère. En laissant traîner lentement sa main dans l'eau transparente du bassin, il avait l'impression de capter un peu de sa fraîcheur. Il lui sembla que l'activité dans la cour avait augmenté. Peut-être le samedi était-il un jour d'affluence particulière, cela expliquerait vraisemblablement le nombre de véhicules qui circulaient autour de lui.

Toujours ponctuel, Francesco Spà s'approcha de Cattuso en arborant son habituel généreux sourire et en lui tendant amicalement la main :

« Bonjour, John. Comment allez-vous? Quelle magnifique journée, n'est-ce pas? Je vois que vous êtes de nouveau venu seul.

– Ma collègue s'est rendue à notre agence de Rome pour y déposer notre travail de la matinée. »

Le reporter de l'*Herald* était toujours étonné de la bonne humeur apparemment inaltérable du jeune jésuite, de sa douceur ainsi que de sa convivialité. Spà le prit par le bras et l'entraîna vers la Bibliothèque :

« Où voulez-vous que nous allions? Dehors il fait

très beau, mais il fait très chaud aussi. Et puis tout ce monde... »

Autour d'eux les visiteurs se pressaient déjà à l'entrée, encore plus nombreux que la veille. John aurait aimé flâner avec le prêtre au milieu des vieux bâtiments, mais la présence de cette multitude bruyante le contrariait.

« Nous pourrions descendre dans votre bureau, aux Archives, il y fait plutôt frais.

– Vous avez raison, nous serons plus au calme pour parler de votre reportage et de la façon d'aborder les prochains jours. »

Le deuxième niveau accueillit les deux visiteurs dans sa quiétude habituelle. Les jours précédents, Cattuso n'avait pas remarqué, à la droite de l'ascenseur, un renfoncement qui était barré par un tréteau métallique; il s'en approcha, curieux de connaître sa fonction. Le jésuite rattrapa John en le mettant en garde:

« Faites attention, c'est dangereux.

– Qu'est-ce que c'est? Où cela mène-t-il?

– C'est une espèce de puits profond de plusieurs mètres. J'ai cru comprendre qu'on a fait ici un sondage pour connaître la nature du sol, en vue d'une extension possible des Archives. Un troisième niveau si vous voulez. »

Fox se pencha lentement au-dessus du barrage symbolique, bariolé de rouge et de blanc. D'un trou noir et béant d'environ deux mètres de diamètre s'exhalait une fraîcheur intense et humide qui lui piqua un instant le visage. Captivé par l'obscurité du forage que la lumière du couloir ne parvenait pas à percer, John se demanda où conduisait ce couloir vertical. S'il avait dû imaginer un chemin menant aux enfers, c'est ainsi qu'il l'aurait conçu: noir, inquiétant et paradoxalement... froid.

« C'est effectivement assez dangereux. Je ne pense pas que cette barrière soit très efficace en cas de chute.

– Cela fait plusieurs fois que je le signale au responsable des travaux, mais on m'a répondu que l'endroit était peu fréquenté et que, d'ailleurs, on allait bientôt reboucher. »

Le bureau de Spà était toujours aussi peu rangé et, comme à leur habitude, les lunettes du profès observèrent l'invité, à l'envers, avec une insolente fixité. John Cattuso attendait impatiemment de la hiérarchie du prêtre réponse à sa requête, mais il préféra dans un premier temps éluder la question qui lui brûlait les lèvres, peut-être par crainte d'essuyer un refus.

« J'ai retrouvé votre ami Sorsi. »

Francesco Spà sursauta, totalement surpris par la nouvelle. Son visage angélique exprimait à la fois joie et incrédulité :

« Comment est-ce possible? Je m'étais fait à l'idée de ne plus le revoir. Où est-il?

– Il est bien à la Clinique *del Santissimo Rosario*. Vous aviez raison.

– Oui. Mais pourquoi ce silence pendant tout ce temps? Et comment va-t-il?

– Il est plutôt dans un triste état, incapable de parler ou même de se mouvoir. »

Le prêtre s'attrista aussitôt :

« Il est paralysé? Va-t-il guérir?

– Je ne sais pas. Son médecin n'est pas très optimiste, même si dernièrement il a fait quelque progrès.

– Pauvre Renato, lui qui était si actif. Ce doit être terrible de se retrouver ainsi immobilisé. J'irai le voir très bientôt. Je suis sûr que ma visite lui fera du bien. Même s'il ne peut pas me répondre, je parlerai pour lui. Nous nous comprenions si bien! »

Fox savait que l'enthousiasme de Spà était insensé et, pour lui éviter une probable déception, il préféra lui dévoiler la gravité de l'état de l'*ingegnere* :

« Malheureusement, mon père, le dialogue n'est pas

possible. Il se contente de griffonner un dessin, toujours le même, et de toute sa personne seuls ses yeux et sa main droite semblent contenir un souffle de vie. Il n'est même pas certain qu'il entende ou comprenne ce qu'on lui dit. C'est un spectacle très éprouvant. »

Le jésuite était ému. Il repensait aux longues discussions avec le vieil homme dans les jardins du Vatican. Sorsi était un érudit capable de discourir sur des sujets très variés, et toujours avec une grande ouverture d'esprit. Avec lui, on ne voyait pas le temps s'envoler, et plus d'une fois il avait fallu le raccompagner jusqu'à la porte Sainte-Anne pour le faire sortir de la Cité, l'horaire habituel de libre circulation étant largement dépassé.

« Est-il bien soigné au moins? »

Cattuso ne voulut pas ajouter à la tristesse du profès. Comment lui dire que son ami était oublié dans une cour sordide où se promenait une partie des misères du monde! Que la complexité de sa maladie était telle qu'il était devenu davantage un cas clinique à résoudre qu'un souffrant à soulager! Que le corps du pauvre homme était si froid qu'il était impossible de savoir si une quelconque couverture aurait pu le réchauffer, la seule certitude étant que cette couverture était absente!

«Je pense que le médecin qui le suit fait le nécessaire et met tout en œuvre pour le guérir. »

Le regard bleu azur de Francesco Spà avait perdu un peu de son éclat, laissant filtrer la mélancolie qui l'avait envahi. Le jeune prêtre resta un instant songeur, puis il sembla retrouver un contact avec la réalité. Il regarda John dans les yeux:

«Je vous remercie pour lui. Quelle que soit l'issue pour Renato, je vous remercie d'avoir fait cette recherche et surtout de l'avoir retrouvé. C'est un homme bien qui ne mérite pas d'être oublié. Mais je ne m'explique pas pourquoi le Gouvernorat ne m'a pas informé de sa situation, depuis le temps. »

L'enquêteur ne savait que répondre. Tout au plus pouvait-il essayer de rassurer à défaut de convaincre.

« J'ai cru comprendre qu'il était resté pendant très longtemps dans un état presque végétatif. Sans doute a-t-on jugé que toute visite serait inutile... Enfin, je le suppose. »

Spà réfléchit quelques secondes puis, apparemment résigné, changea de sujet :

« Revenons à votre reportage, John. J'ai reçu une réponse du cardinal Zalinghi au sujet de votre requête, mais il n'en a été que le porte-parole. Cette réponse vient directement du secrétaire d'État, celui-ci étant le seul en mesure d'accorder l'autorisation nécessaire pour l'étude des dossiers secrets du Saint-Office. Le Vatican vous permet de consulter ses Archives, mais avec l'engagement formel de votre part de ne pas dupliquer ni photographier les documents que vous étudierez. C'est la première fois, à ma connaissance et à mon grand étonnement, qu'une telle facilité est accordée à un non-scientifique. Par contre, je devrai être présent toutes les fois que vous franchirez le seuil de ce bâtiment. »

John était pleinement satisfait. Son opiniâtreté était une fois de plus récompensée et il allait enfin pouvoir donner cette dimension inédite qui faisait défaut jusqu'à présent à ce fameux reportage, en lui apportant ce « plus » indispensable, capable de transformer un documentaire de routine en un dossier captivant.

Il était certain que Nancy aussi serait ravie d'étudier ces pages cachées et secrètes de l'histoire de l'Église et qu'elle l'aiderait volontiers dans ce travail de découverte. Un peu hésitant, le jeune prêtre ajouta :

« Son Éminence le cardinal Scalingeri désire vous rencontrer, seul; vous avez rendez-vous avec lui aujourd'hui à quinze heures. »

Cattuso ne put contenir son étonnement :

« Moi ? Pour quelle raison ?

– Je l'ignore. C'est un personnage assez secret qui n'aime pas trop le public. Compte tenu de sa position et de son emploi du temps, il est très étonnant que vous obteniez une audience de sa part.

– Quel genre d'homme est-ce ?

– Difficile à dire. Très certainement compétent, mais d'une discrétion à toute épreuve. Seules quelques personnes le côtoient de près, et il dirige tout le secrétariat du Vatican à partir de son bureau qu'il ne quitte que rarement. Il n'apparaît que pour les grandes manifestations, comme les jubilés, par exemple. »

Perplexe, Fox essayait d'entrevoir la raison qui pouvait motiver ce rendez-vous.

« Son Éminence me fait beaucoup d'honneur. Je ne sais pas si je mérite son attention. D'après vous, mon père, dois-je cette rencontre à ma question concernant les dossiers de l'Inquisition ? »

Spà ne savait pas pourquoi le second chef de l'Église condescendait à allouer de son précieux temps à un laïque anonyme. D'habitude, le saint homme déléguait ce genre de contact à l'un de ses secrétaires, qui lui-même le confiait à un quelconque huissier.

« Je ne sais pas. Je suppose qu'il y a bien une relation entre l'autorisation que vous venez d'obtenir et cette entrevue, mais c'est tellement inhabituel. Je ne sais vraiment que penser. Il est déjà quatorze heures trente-cinq, nous devrions y aller. Il vaut mieux ne pas être en retard. »

Après avoir quitté le bureau de Francesco Spà au second sous-sol des Archives vaticanes, Cattuso et le profès longèrent la cour du Belvédère jusqu'à son extrémité. Elle était fermée par un corps de constructions imposant et massif, aux allures de forteresse. Cet ensemble de bâtiments, tous reliés entre eux, constituait les Palais apostoliques. Les seules ouvertures entre les solides édifices étaient celles créées par de nombreuses cours de dimensions très variables. Le jésuite précédait John en lui commentant leur parcours :

« La Secrétairerie d'État occupe les deux derniers étages du Palais médiéval qui est l'un des Palais apostoliques. Celui-ci donne d'un côté sur la cour Saint-Damase, qui est de loin la plus grande des huit cours situées au milieu des Palais, et de l'autre côté sur la cour du Belvédère, que vous connaissez maintenant assez bien. »

Les couloirs de l'ensemble médiéval dédié à la secrétairerie étaient épargnés par la foule des visiteurs, ceux-ci n'ayant pas accès à la partie administrative de la Cité. Elle n'offrait d'ailleurs, d'après Spà, qu'un intérêt limité pour les non-initiés.

« Toute cette partie est réservée aux services chargés de la gestion du Vatican. Il y a, bien sûr, comme partout ici, des œuvres tout à fait remarquables, mais elles sont volontairement exclues des itinéraires de visites. Cela rendrait la circulation dans le *palazzo* particulièrement difficile à gérer, et puis, il y a déjà tant de choses à voir. »

Les gens qui parcouraient les différents niveaux, entrant ou sortant des bureaux, étaient en majorité des laïques. La tendance s'inversa au dernier étage, plutôt fréquenté par des ecclésiastiques. John admirait la prouesse et le génie des architectes qui avaient superposé avec talent à la sévère structure d'un château médiéval une lumineuse résidence de la Renaissance. Les façades de cet ajout, éclairées par de nombreuses et grandes fenêtres, laissaient abondamment pénétrer l'intense clarté du jour romain. Tout le dernier étage, en forme de loge aux poutres appuyées sur des demi-colonnes, se répartissait de part et d'autre d'un long corridor conduisant jusqu'au bureau du secrétaire d'État. Fox s'approcha de Spà qui l'avait devancé et qui attendait à présent à côté d'une grande porte finement ouvragée. Il regardait à l'extérieur. Plus bas s'ouvrait la gigantesque tenaille de la place Saint-Pierre avec en son centre l'immense obélisque de granit blanc, autour duquel gravitait une foule clairsemée. L'envoyé de l'*Herald* se demanda pourquoi le jeune jésuite retardait ainsi le moment de se présenter au bureau.

« Mon père, nous sommes à l'heure.

– Pas tout à fait, nous sommes un peu en avance, ce qui au Vatican est presque la même chose que d'être en retard. Il vaut mieux être rigoureusement ponctuel. »

La loge résonnait des moindres bruits, les renvoyant intégralement de mur en mur en un étrange ricochet.

Brusquement et comme issu du néant, un son vibrant emplit l'air, et se multiplia. Lancinantes et graves, les voix de l'Église appelaient les fils de Dieu à l'office. Quinze heures. Spà venait de frapper deux coups brefs contre l'un des lourds battants sculptés. Une voix grave fusa et lâcha sèchement, en italien :

« Entrez! »

Le jeune prêtre s'exécuta, suivi de John qui distinguait mal l'intérieur des lieux plongés dans une semi-obscurité. Le journaliste vit devant lui le profès s'incliner avec déférence et annoncer sommairement :

« Votre Éminence, la personne que vous attendiez est là. »

Une réponse brève et impérieuse claqua :

« Bien! Merci! Laissez-nous! »

Pendant que Spà s'effaçait en sortant, Cattuso s'avança un peu plus dans la grande pièce dont les contours étaient estompés par la faible luminosité. De hautes fenêtres en partie occultées par des tentures rouge foncé ne laissaient filtrer qu'une lumière minimale, timidement aidées par une lampe d'appoint. Un homme était assis, immobile derrière son bureau, le visage en partie masqué par la pénombre. Un maigre rayon de soleil pénétrant les lourds rideaux parvenait jusqu'au plan de travail et éclairait obliquement ses mains croisées. Sa voix s'éleva de nouveau et demanda, toujours en italien:

« Klaus, éclairez-nous un peu, voulez-vous! »

Même formulée poliment, la demande n'en demeurait pas moins un ordre, car le ton employé était celui du commandement, sec et autoritaire. John perçut un mouvement sur sa droite et une silhouette se déplaça jusqu'aux fenêtres pour en écarter parcimonieusement les tentures. La pénombre céda un peu de terrain, dévoilant une image plus précise de l'endroit et de ses occupants. Les rayons chargés de milliards de particules en suspension fouillaient localement la grande pièce, déposant des traînées dorées sur les obstacles qu'ils rencontraient. Des meubles anciens luisaient d'une patine centenaire, antiques témoins d'un passé raffiné. Posés çà et là, des bronzes élégants aux contours mordorés émergeaient péniblement de cette clarté indécise, paraissant eux aussi issus d'une autre époque. Sur le sol un immense tapis richement décoré entremêlait ses carmins et ses arabesques compliquées. Il se dégageait de ce lieu surgi de la Renaissance un parfum de luxe un peu suranné ainsi qu'une atmosphère oppressante.

Derrière une grande table encombrée de quantité de documents et de bibelots anciens se tenait un homme sans âge à qui les traits émaciés de son visage conféraient un profil d'aigle. Il était d'une maigreur saisissante et la peau de son cou flottait comme un jabot dans son col romain trop grand. Vêtu de noir, il portait à hauteur de poitrine une lourde croix dorée, suspendue à une chaîne massive semblable à celle du cardinal Zalinghi. D'ailleurs, leurs tenues étaient identiques, mais la ressemblance entre les deux personnages s'arrêtait là. Fox ne parvenait pas à quitter les yeux enfouis au fond de leur orbite qui le scrutaient depuis son arrivée. Le regard était d'une extraordinaire intensité et sa fixité, aussi difficile à soutenir qu'à fuir.

L'homme bougea ses mains qu'il tenait jusque-là croisées et John fut frappé par l'inhabituelle longueur de leurs doigts décharnés. À l'un d'eux, une grosse bague lançait des reflets grenat, semblable à un troisième œil, mais mobile, celui-là. À droite, la silhouette qui avait en partie éclairé les lieux restait en retrait dans une zone plus sombre.

Dans un anglais parfait, la voix prit l'initiative des présentations, toujours sur le même ton impérieux. Celui à qui elle appartenait ne devait pas aimer être contredit.

«Je suis le cardinal Scalingeri, secrétaire d'État du Vatican, auprès de Sa Sainteté le pape Jean-Paul II.»

Tournant la tête, il fixa son regard sur l'ombre.

«Et voici monsieur Klaus Hübner, notre responsable de la Sécurité dans la Cité.»

La silhouette s'avança d'un pas et sortit de l'anonymat, dévoilant un individu qui se tenait très droit. De la même taille que John, il était sec et athlétique, avait le visage anguleux, taillé à la serpe, les cheveux très courts, d'un blond presque blanc, coupés en brosse. Lui aussi était vêtu entièrement de noir. Sur le revers de son blouson miroitait un insigne argenté difficilement identifiable. Ses chaussures constituaient la seule originalité de sa tenue très classique. Leur extrémité carrée était munie de ferrures qui brillaient étrangement, accrochant la moindre parcelle de lumière. La taille démesurée de ces embouts métalliques faisait qu'ils s'apparentaient plus à des armes qu'à de simples décorations. Les yeux bleus du vigile étaient si clairs qu'ils paraissaient transparents. Toute sa personne ne semblait avoir qu'un but: le défi. À l'évidence, c'était un homme d'action. À l'annonce de son nom, Hübner inclina la tête dans un salut quasi militaire, en silence. Il ne manquait que le claquement de talons pour compléter l'attitude du parfait soldat. Dès le premier regard échangé entre Cattuso et le chef de la Sécurité, une antipathie mutuelle et presque palpable était née. Aux pieds de l'homme, une masse sombre bougea légèrement : un chien d'une taille impressionnante fixait John, paraissant jauger l'intrus de ses yeux noirs et cruels. Des crocs redoutables, d'une blancheur éclatante, scintillaient dans la gueule entrouverte. Fox, qui n'avait jamais éprouvé une grande attirance pour les dogues, ressentit aussitôt la même aversion pour l'animal que pour son maître. Ce sentiment devait sans doute être partagé par la bête qui retroussa ses babines lorsqu'elle sentit l'attention de John se porter sur elle.

« Klaus, je vous présente monsieur Cattuso, envoyé par le grand quotidien de la côte ouest des États-Unis, le *New Herald Post.* »

Un peu décontenancé par la présence des deux cerbères, le reporter se contenta d'un hochement de tête à l'intention de ses hôtes et d'un laconique :

« Votre Éminence... Monsieur... »

Après ce bref préambule, le Cardinal reprit aussitôt :

« Monsieur Cattuso, nous avons tenu à vous rencontrer, car nous devons vous avouer que votre demande concernant des documents relatifs à certaines époques, disons un peu sombres de l'histoire de l'Église, nous a quelque peu surpris. En effet, ce genre de requête nous est parfois adressé par des chercheurs désireux d'éclaircir des points obscurs du passé, mais jamais, jusqu'à présent, nous n'avons été sollicités par un journaliste. »

John sut qu'il fallait comprendre : par un simple journaliste. Le cardinal poursuivait.

« Le Jubilé de cette année est très particulier et Sa Sainteté a décidé d'ouvrir au monde les portes de l'Église catholique romaine, dans une volonté de clarté et de transparence. C'est dans cet esprit que nous avons convenu de vous accorder l'autorisation que vous avez demandée. »

Le cardinal Scalingeri, avec une habitude singulière, parlait de lui-même à la première personne du pluriel. Cattuso avait la certitude d'être devant un homme de pouvoir : tout dans son attitude le laissait à penser, à commencer par son égocentrisme exacerbé. L'ecclésiastique se leva lentement en prenant appui sur ses longs doigts et en dépliant sa haute taille. Il s'approcha de Fox. Bien que voûté, il était plus grand que lui; il le dépassait facilement d'une tête. Plus jeune, il avait dû approcher les deux mètres. Une large ceinture violine ceignait sa taille élancée et affirmait son autorité. Ses cheveux blancs clairsemés coiffaient un front très haut et ses sourcils noirs contrastaient étrangement avec la pâleur de son visage ascétique. Comme semblait l'accréditer sa démarche un peu hésitante, le premier secrétaire du Vatican était un homme déjà âgé, mais il restait sans doute animé par une vivacité intellectuelle redoutable. John avait l'habitude de côtoyer de tels hommes. Quels que soient leur nationalité, leur domaine d'activité ou leur lieu de rencontre, le regard était toujours le même. Celui de l'assurance que donne l'exercice du pouvoir.

« Nous aimerions quand même savoir, monsieur Cattuso, s'il sera fait bon usage de cette facilité que nous vous accordons, et surtout si notre confiance est bien placée. En effet, vous comprendrez que l'Église ne peut se permettre certains écarts : votre fréquentation du palais du Saint-Office ne pourra donc se faire que sous certaines conditions. »

L'enquêteur de l'*Herald* s'attendait à ce genre de discours, car Spà l'avait déjà anticipé; il savait qu'il lui faudrait se plier à toutes les contraintes exigées, sous peine d'interdiction définitive. L'alternative était simple puisqu'il n'y en avait pas.

« Je suis à la disposition de Son Éminence pour répondre à ses questions. Mais avant toute chose je voudrais la remercier de m'avoir reçu et surtout de ne pas avoir rejeté ma demande.»

Une ébauche de sourire s'esquissa sur les lèvres minces et serrées du cardinal. C'était apparemment le maximum autorisé par les muscles faciaux du vieillard, et cet éclair fugitif s'éclipsa aussitôt.

«Bien! Bien! Voici comment devront se dérouler les choses. Premièrement, vous n'entrerez au Saint-Office que seul, ce qui signifie que la présence de votre collaboratrice est exclue. Nous n'admettons que peu de visiteurs en ces lieux, question de sécurité. Le prêtre profès qui s'occupe de nos Archives sera donc la seule personne habilitée à vous accompagner là-bas. Deuxièmement, vous pourrez y rester sans lui, mais en vous engageant formellement à ne rien prendre ou reproduire des documents originaux auxquels vous aurez accès. Enfin, les écrits que vous comptez faire paraître devront absolument tous nous être soumis et ne devront en aucun cas se soustraire à notre jugement. Vous comprendrez que des erreurs d'écriture ou d'interprétation sont toujours possibles et qu'il est de notre devoir de les éviter. Nous espérons que vous saurez apprécier le privilège qui vous est accordé. Il nous faut votre acceptation pour les points que nous venons d'énoncer, ceux-ci n'étant, bien entendu, aucunement négociables.»

John n'hésita qu'un court instant. Même s'il aurait préféré avoir Nancy près de lui, même si la publication de documents anciens aurait enrichi le travail de fond, il avait conscience de l'inutilité d'essayer une quelconque médiation auprès du secrétaire d'État.

«J'assure Son Éminence que je me bornerai à mon rôle de journaliste, en observant les exigences qui me sont fixées. Quand pourrai-je commencer mes visites au Palais?

– Cela dépendra des disponibilités du prêtre qui

vous guide actuellement. Voyez ces détails avec lui. Cela ne nous concerne plus. »

Cattuso comprit que l'entrevue était terminée; il s'inclina et sortit, quittant avec soulagement l'ambiance étouffante du bureau, sous le sourire grimaçant du monstrueux molosse.

La porte massive claqua avec un bruit sourd, replongeant la pièce dans un épais silence. Quelques instants s'écoulèrent avant que la voix du cardinal Scalingeri ne le rompe, en italien :

« Qu'en pensez-vous, Klaus? »

Le jugement du chef de la Sécurité tomba, guttural et métallique :

« C'est un fouineur, et un malin. Il ne tiendra pas ses engagements.

– Je sais.

– Faut-il intervenir?

– Non, il n'y a rien à craindre. Laissons faire. »

* * *

Nancy devait constater que les relations avec Mario Pozzi s'étaient considérablement tendues depuis les jours précédents. Le directeur de l'Agence de Rome ne mâchait plus ses mots et laissait libre cours à sa mauvaise humeur.

« *Miss*, je constate une fois de plus l'absence *del signor* Cattuso. Je n'apprécie pas vraiment sa façon de préparer ce documentaire. Même si vous travaillez ensemble le matin et que vous m'apportez vos textes l'après-midi, je déplore le manque de professionnalisme de votre collègue, qui ne participe ni aux corrections indispensables ni aux réunions d'avancement. Pour l'instant, le résultat de vos travaux en commun est plutôt maigre et je pense que vous... que nous sommes en retard sur notre programme. J'ai été obligé d'en référer à votre rédacteur en chef, car je ne veux en aucun cas être impliqué dans un possible échec de ce reportage. Ellworth avait bien insisté sur le rôle d'assistance que je devais vous apporter, rôle que je ne peux exercer efficacement dans ces circonstances. Il est hors de question que je porte le chapeau si les choses devaient mal tourner. La position de notre agence est délicate, car nous sommes tenus à une certaine neutralité envers le Vatican. Son service de presse ainsi que son service juridique sont très puissants et il est exclu que nous en arrivions à une situation conflictuelle avec lui. J'ai le sentiment que monsieur Cattuso ignore délibérément les règles. Je ne sais pas ce qu'il cherche vraiment, mais je crains que son manque de tact ne finisse par nous causer des problèmes. »

Mademoiselle Shepard était encore plus mal à l'aise que les jours précédents, et sa tenue estivale n'avait rien pu arranger. Sentant l'animosité grandissante du responsable de l'Agence, elle avait pensé utiliser les charmes de sa féminité pour l'amadouer quelque peu, mais sans succès.

« Écoutez, Mario. John doit obtenir aujourd'hui des renseignements utiles sur la journée des moyens de communication sociale, ainsi que sur le Jubilé des journalistes. Dès ce soir, nous ferons le point et je vous assure que tout rentrera dans l'ordre. Il est très probable que demain nous venions vous trouver, tous les deux, pour poursuivre normalement notre travail. »

Mario Pozzi était à peine rassuré. Il voyait bien que la stagiaire se trouvait dans une situation très inconfortable et qu'elle ne maîtrisait pas le moins du monde les écarts de son collègue américain.

La stagiaire décroisa l'espace d'un instant ses longues jambes et le regard du Romain plongea furtivement entre le galbe parfait des cuisses, effleurant le jardin secret de la jeune femme. Cette fille le rendait fou. Il avait de la difficulté à se concentrer sur la conversation, de même qu'il avait du mal à lui en vouloir. C'était ce damné Cattuso qui rendait tout plus difficile, et non pas elle. Il se demanda avec une pointe de jalousie quelle était la nature de leur relation. Il croyait savoir que la belle apprentie journaliste était divorcée et que l'autre était veuf. Dans la logique de Mario, il était clair que les choses ne pouvaient en rester là.

* * *

Spà était toujours adossé à la fenêtre et il contemplait le plafond voûté richement décoré de la loge. John croisa le regard limpide du profès où se lisait une profonde tristesse. Le jésuite annonça, presque à voix basse :

« Il est mort.

– Qui?

– Renato. »

Fox était abasourdi. La veille, l'ingénieur n'était certes pas très loquace, mais ses progrès laissaient un espoir prometteur.

« Comment le savez-vous?

– Pendant votre entretien avec le cardinal Scalingeri, je suis allé téléphoner à la clinique. Je voulais savoir quand je pouvais aller lui rendre visite.

– Vous êtes sûr? À la réception, hier, ils n'avaient même pas l'air de savoir qu'il était là.

– On m'a passé son médecin, le docteur Manieri, qui m'a expliqué les circonstances de son décès.

– Une embolie?

– Oui, c'est ça. C'est arrivé cette nuit. Le docteur n'a rien pu faire, c'était irréversible. Il avait l'air très affecté. Apparemment, cela s'était déjà produit avec d'autres malades atteints des mêmes symptômes et chaque fois, son intervention avait été inutile. »

John accusa le coup. Il avait espéré le rétablissement du pauvre homme autant que les explications sur le système de surveillance très sophistiqué de la Cité du Vatican. Le jeune prêtre, quant à lui, éprouvait une peine sincère. Même s'il avait fini par oublier un peu le vieil homme, le croyant disparu, la perspective de le revoir l'avait enchanté et lui aussi déplorait sa disparition à présent définitive. Une foule de souvenirs liés à leur amitié passée surgissaient du néant, remplissant l'instant d'une pénible nostalgie. Alors que le journaliste et le jésuite parcouraient les loges somptueuses du Palais médiéval pour en ressortir, Spà, songeur, essaya de renouer avec le quotidien:

« Comment s'est passée votre entrevue avec Son Éminence?

– Vous aviez raison, c'est un homme étrange, et surtout une forte personnalité.

– Ah! Ça ne fait aucun doute. Ici, personne ne contesterait ses directives... ni ne songerait même à le faire.

– Pourquoi vit-il dans l'obscurité? J'ai eu l'impression qu'il fuyait la lumière.

– C'est exact, il a une affection aux yeux, assez rare, je crois, et lorsqu'il sort il porte des lunettes très sombres.

– Le chef de la Sécurité, dont j'ai oublié le nom, est aussi assez atypique. On dirait un soldat ou un mercenaire.

– Hübner... Klaus Hübner. C'est un Suisse allemand. Tous les gardes du Vatican, environ une centaine, sont recrutés par tradition dans les cantons helvétiques.

– Pourquoi en Suisse? À cause des différentes langues parlées dans ce pays? »

Francesco Spà sourit, oubliant l'espace d'un instant sa tristesse. Le manque de culture historique de cet Américain était saisissant, ou alors, comme la plupart de ses concitoyens, peut-être ne s'intéressait-il qu'à la seule histoire de son pays. Il trouvait John sympathique et eut un peu honte d'une telle pensée.

« Non, ce n'est pas pour cela. Ce corps d'armes avait été mis sur pied par Jules II en 1506. Une vingtaine d'années plus tard, en 1527, précisément, la Garde suisse qui protégeait le pape Clément VII fut massacrée par les mercenaires allemands de Charles Quint. Grâce au sacrifice de ses gardes, Sa Sainteté le pape put néanmoins échapper aux fantassins de l'Empereur et se réfugier au château Saint-Ange. Depuis cette époque, en souvenir de ce fait historique et pour rendre hommage à leur bravoure, les gardes chargés de la protection du pape sont toujours des Suisses. Ils surveillent plus particulièrement certaines zones de la Cité, comme le Palais apostolique, le Saint-Office et les cinq entrées du Vatican. »

Cattuso était impressionné par le savoir de son guide qui expliquait toujours tout sans effort, répondant à la moindre question, exactement comme s'il lisait un livre invisible, ouvert devant lui.

« Je suppose que leur tenue moyenâgeuse a aussi une signification.

– En effet. Leur uniforme à bandes d'étoffe jaune, rouge et bleu date du XVIe siècle. Ce sont les couleurs de la famille des Médicis. »

Bingo! John l'aurait parié!

« Et ce fameux Klaus, quel est son rôle exact?

– C'est le responsable de la Garde. C'est effectivement un personnage assez singulier qui s'occupe d'une main de fer de toute la sécurité. Je suppose que vous avez également fait la connaissance de Teufel, son chien? Ils sont inséparables.

– Teufel?... C'est un drôle de nom pour un chien. Ça sonne bizarrement.

– Je suis d'accord avec vous, surtout si l'on considère

qu'en allemand *Teufel* signifie *diable*. Vous comprendrez qu'ici, au Vatican, c'est un peu déplacé. »

Fox révisa son jugement sur le nom de l'animal. Maintenant qu'il en connaissait la signification, il lui semblait évident qu'il avait été choisi à bon escient :

« En tout cas, je trouve que le maître et la bête vont bien ensemble, car ils sont aussi souriants l'un que l'autre. »

Le profès retrouva un peu de sa gaieté naturelle à l'idée que l'on puisse comparer la gueule hérissée du compagnon d'Hübner à un sourire. La réponse était hésitante, mais elle laissait clairement entrevoir toute la méfiance que le reporter éprouvait à l'égard du dogue. Le jésuite s'en amusa en demandant, un peu ironiquement :

« Vous avez peur des chiens, John?

– Des chiens, non, mais du diable, oui! »

Le prêtre, ami des hommes et des bêtes, poursuivit son commentaire :

« Le soir, le chien accompagne le chef de la Sécurité pendant ses rondes. C'est un animal très bien dressé, qui n'aboie jamais. Quant à savoir s'il est dangereux, il est difficile de répondre à cette question puisque jusqu'ici il n'y a pas eu d'incident. Il n'est d'ailleurs jamais tenu en laisse, ni même muni d'une muselière, ce qui devrait suffire à prouver qu'il est certainement inoffensif. »

Peu convaincu par les arguments de Spà, Cattuso revit l'imposante masse noire compacte et luisante dont les yeux insondables brillaient en le regardant. Il repensa à la large tête au museau carré, avec ses mâchoires entrouvertes semblables à un énorme piège d'ivoire. Les qualificatifs qui lui vinrent à l'esprit pour décrire l'ami de Klaus furent qu'il n'était qu'une monstrueuse machine à broyer.

Le profès regarda sa montre :

« Il n'est que quinze heures trente. Nous avons le temps d'aller jusqu'au palais de la Congrégation pour la Doctrine de la Foi. C'est l'autre nom du Saint-Office. Cela vous permettra de prendre un premier contact avec les lieux, car demain, je ne pourrai pas vous y accompagner. Le dimanche est un jour particulier où je consacre tout mon temps à la prière. »

Le soleil de plomb du *mezzogiorno* happa les deux hommes dès que ceux-ci sortirent du Palais apostolique, les enveloppant dans un linceul doré éblouissant. John cligna des yeux. La clarté était si intense qu'il était difficile de regarder droit devant soi. La foule était de nouveau présente, bruyante et aussitôt pesante. Pendant le court trajet qui séparait le siège de la Secrétairerie d'État du palais du Saint-Office, l'enquêteur songeait à cet homme, là-haut, qui de ses fenêtres closes dirigeait toute cette partie du monde. Même s'il ne l'avait rencontré qu'un court moment, il avait acquis la certitude qu'il était bien plus qu'un secrétaire, fût-il le premier, bien plus aussi que le second du pape. Sa prestance, son autorité et le luxe de son bureau que la faible luminosité avait un instant dévoilé ne pouvaient correspondre qu'à un homme de l'ombre, avide de puissance. Sans doute les Empereurs qui avaient régné sur Rome, en d'autres temps, avaient-ils été des êtres d'un même calibre que celui-ci.

Alors qu'ils traversaient la rangée de colonnades située à la gauche de la place Saint-Pierre, Francesco Spà se retourna vers John :

« Vous êtes croyant, John?

– ...

– Vous ne répondez pas? Ma question vous gêne?

– Non, ce n'est pas vraiment la question qui me gêne, mais plutôt le lieu où vous me la posez. »

Le prêtre s'était arrêté. Ils avaient franchi les énormes colonnes et, ce faisant, ils s'étaient éloignés des nombreux pèlerins et visiteurs qui arpentaient la mythique place blanche et noire inondée de lumière.

« Vous n'avez jamais essayé de lire en vous, de savoir quelles sont vos convictions?

– Si, bien sûr, mais je ne suis pas certain que mes conclusions soient les mêmes que les vôtres.

– Ah? Et quelles sont-elles? »

Fox hésitait à livrer ses pensées au jeune profès, car il savait qu'il allait lui falloir expliquer et argumenter, et il n'avait pas vraiment envie de s'étendre, dans la rue, sur une question qui l'avait tourmenté pendant des années.

« Pourquoi, mon père, cet intérêt soudain pour mes états d'âme? Cela a-t-il une quelconque importance? »

Spà était étonné par cette lassitude qui émanait de la réponse de Cattuso. Il y percevait un fatalisme peu conforme à l'image de la personnalité qu'il s'était faite du reporter.

« En fait, il y a quelques jours déjà que je voulais vous poser cette question. Je suppose que pour réaliser le reportage demandé par votre journal il faut un minimum de certitudes et aussi croire en certaines valeurs, ne pensez-vous pas? Regardez autour de vous, John, tous ces gens ne sont pas seulement curieux des richesses de notre Église. Ils sont venus aussi visiter la maison de Dieu, leur maison. Cette année est exceptionnelle, car elle restera le symbole d'une grande ouverture et d'un immense rassemblement des croyants auprès du Saint-Père. Jusqu'à la fermeture en décembre de la Porte sainte, à la basilique Saint-Pierre, les différents jubilés qui marqueront chacune des étapes de la vie liturgique tout au long de l'année contribueront à la purification de la mémoire. »

John ne souhaitait pas entrer dans un débat d'idées. Pour lui, les choses étaient claires et il aurait souhaité éviter ce sujet de discussion avec Spà. Toutefois, la dernière remarque l'interpella.

« Qu'entendez-vous par purification de la mémoire?

– Sa Sainteté le pape Jean-Paul II a exprimé sa volonté de soumettre l'Église à un véritable examen de conscience. Les temps ont changé et, afin de pouvoir prêcher l'Évangile avec une parfaite crédibilité, il était souhaitable de prendre cette initiative. Elle a suscité quelques réactions, y compris chez certains dignitaires formant l'entourage immédiat du Saint-Père...

– Comme le cardinal Scalingeri, par exemple?

– ...»

Sans répondre, le jésuite avait laissé le mur sur lequel il s'était adossé. Toujours avec le journaliste dans son sillage, il traversa la place du Saint-Office. Sans cette enceinte que l'on apercevait à quelques centaines de mètres, on pouvait imaginer se trouver encore à l'intérieur du Vatican. Le palais du Saint-Office lui-même était une construction massive sans attraits: un gros bloc austère et hermétique, sans intérêt architectural. Il jurait par sa banalité, au milieu de la débauche de créativité artistique qui l'entourait.

* * *

Garés dans la large rue que Nancy, Guido et John avaient déjà empruntée quelques jours auparavant et qui séparait le vieux Palais des colonnades de Saint-Pierre, quelques cars mais surtout de nombreuses voitures avaient abandonné leurs carrosseries aux ardeurs du soleil. Une aura mouvante et instable entourait chaque forme, semblable à un mirage prêt à les subtiliser.

Marchant silencieusement à côté de son guide, Cattuso repensait à la triste fin de Renato Sorsi. Le pauvre homme avait dû lutter heure après heure pendant des mois afin de garder dans son corps glacé un mince fil de vie, mais avait en fin de compte dû capituler au seuil d'une possible rémission. Quelle dérision! Décidément la vie était trop souvent une sinistre comédie. John pensa subitement au jeune assistant de l'*ingegnere*.

« Mon père, vous m'aviez dit, je crois, que quelqu'un travaillait avec Sorsi.

– Vous voulez parler de Pasquale? Oui. Eh bien?

– Est-il possible de le rencontrer? »

Le prêtre s'arrêta.

« Je ne sais pas. Est-ce important?

– Peut-être. Il pourrait me donner les quelques précisions que je pensais demander à votre ami.

– Je ne vois pas bien ce qu'il pourrait vous dire. Il était nettement moins expérimenté que le vieux Renato. Je ne me souviens que de son nom : Calabrese... Pasquale Calabrese.

– Vous savez où il habite?

– Non, je ne me souviens pas. Je discutais surtout avec son patron, qui restait souvent très tard avec moi pour parler des artistes de la Renaissance italienne, pour lesquels il avait une véritable passion. Quant à Pasquale, il rentrait aussitôt son travail terminé. Je me souviens très bien qu'il avait une moto. Il disait que c'était beaucoup mieux qu'une voiture pour traverser Rome au milieu de la circulation. Mais attendez! Il me semble qu'il avait parlé une fois de *la via Prenestina* dans le quartier sud de la ville, mais ça remonte à assez loin et je n'en suis pas sûr du tout. »

Comme lors de sa première visite, Fox se trouva face au vieux bâtiment qui se présentait de trois quarts. Sur la droite, la haute grille était toujours gardée par ses deux sentinelles suisses qui, dans leur tenue bigarrée, se tenaient immobiles, apparemment insensibles à la forte chaleur. Derrière eux, sur l'autre façade, John pouvait apercevoir la rangée de fenêtres hautes et étroites, encadrant la grande porte à deux battants qui l'avait déjà impressionné précédemment, et dont les sommets formaient un arc de plein cintre.

L'entrée latérale du palais du Saint-Office, redoutablement munie de ses nombreuses pointes pyramidales, donna subitement tout leur sens aux dessins de Renato Sorsi. Les traits à la fois précis et malhabiles désignaient de façon évidente cet huis austère, avec sa multitude de dards acérés. En regardant le bois patiné par les siècles qui lui avaient donné cette teinte grisâtre et inimitable, une sourde angoisse étreignit la gorge du reporter de l'*Herald*, celle-là même qu'il avait ressentie quelques jours plus tôt en longeant le sinistre mur. Cette découverte le rapprochait des derniers instants du vieil homme, qui avait consacré l'essentiel de ses ultimes forces à désigner cette porte... Peut-être d'un doigt accusateur.

Francesco Spà bifurqua sur la gauche, à l'opposé de l'accès gardé par les deux hallebardiers. Cattuso, intrigué par les ferrures formidables de l'entrée dessinée par l'ingénieur, interrogea le jésuite, en la montrant du doigt :

« Mon père, cette porte, là-bas sur le côté, elle présente un aspect plutôt dissuasif. Pourquoi l'a-t-on dotée d'un tel dispositif de défense?

– À présent, ce passage n'est plus guère utilisé, mais dans le passé c'était l'entrée principale permettant d'accéder au Palais. C'était par là qu'arrivaient les présumés coupables que l'Inquisition devait juger. Il est connu que cette institution était très sévère et ses décisions ne faisaient pas toujours l'unanimité. Malgré la crainte qu'elle inspirait, des agitateurs ont fomenté des révoltes, et le bâtiment a dû subir les assauts de la population, ce qui explique les protections que vous apercevez. Aujourd'hui, cet accès est souvent fermé et ne s'ouvre que de l'intérieur, électroniquement. »

Rejoignant la gauche de l'édifice, Spà s'approcha d'une porte qui constituait l'entrée actuelle du palais de la Congrégation pour la Doctrine de la Foi. Elle était gardée par un interphone affichant une vingtaine de noms. L'un d'eux en commandait directement l'ouverture. Lorsque le profès et John franchirent le seuil du Palais, un huissier s'avança vers eux en dévisageant Cattuso. Il s'adressa au prêtre et lui réclama un justificatif de leur présence :

« Excusez-moi, *padre*, mais vous ne pouvez pas entrer avec une personne étrangère sans une autorisation spéciale.

– Nous avons cette autorisation. La Secrétairerie est au courant. J'accompagne ce monsieur pour un reportage et nous viendrons tous les jours à partir de lundi. »

L'homme hésita, puis s'effaça lentement devant l'assurance du jésuite.

L'intérieur du *palazzo* était semblable à un cloître. En son centre se trouvait une cour presque carrée. Tout autour de celle-ci, des allées couvertes formaient un portique bordé par de hautes colonnes blanches. Le soleil inondait l'intérieur du péristyle, projetant les ombres de ses piliers sur le sol de granit poli. De nombreuses portes, impeccablement vernies et bordées de pierres blanches, donnaient sur les galeries aux murs jaune pastel. La rumeur extérieure n'était plus ici qu'un murmure diffus. Seule la résonance des pas des deux hommes sur le dallage glissant réveillait les vieux murs. Lorsqu'ils furent arrivés au fond de la cour, à l'opposé de l'entrée principale, Spà s'approcha de l'une des portes, de dimensions modestes, dont les deux battants étaient munis de poignées patinées. Celui de gauche portait deux inscriptions en italien : « Archives » et « Sonner ».

« Voilà, John. Ici se trouve le bureau des Archives. Il occupe toute cette partie du Palais, ainsi que les étages. Il est un peu tard pour que nous nous y rendions maintenant. J'ai beaucoup de travail en retard à cause du texte ancien dont je vous avais déjà parlé et qui me cause toujours autant de soucis. Je propose que nous nous retrouvions lundi à quatorze heures devant les colonnades de Saint-Pierre. Par contre, pour gagner du temps, il serait souhaitable que vous m'indiquiez la période que vous souhaitez étudier. »

Cattuso ne savait que répondre. Une fois de plus, il se trouvait confronté à cette même situation : comment décrire et situer des évènements dont vous ignorez tout? Comment définir cette faculté uniquement basée sur une démarche instinctive et, loin de toute logique ou de tout fait concret qu'on appelle l'intuition?

« Mon père, je dois vous avouer que je ne connais que peu de chose sur l'Inquisition, et encore moins les dates marquantes de son histoire. Je comptais un peu sur vous pour m'aiguiller vers l'essentiel. »

Francesco Spà sourit, de cet éternel sourire bienveillant et rassurant qui faisait croire que tout allait bien et que le monde tournait parfaitement rond.

« Ne vous inquiétez pas, John. Nous trouverons bien le moyen de résumer au mieux, mais il nous faudra sans doute terminer un peu plus tard. »

Fox avait conscience du surcroît de travail qu'il occasionnait au prêtre.

« Je suis navré, *padre*, pour tous ces tracas et pour la perte de temps qui en résulte pour vous. J'en suis vraiment désolé.

– Ce n'est pas grave. Avec de la bonne volonté on arrive à tout, ne vous inquiétez pas. Je me débrouillerai. »

* * *

Nancy était épuisée. La journée avait été chaude dans tous les sens du terme et la chaleur du printemps romain n'avait pas été la plus difficile à supporter. Ayant dû subir la rancœur de Pozzi tout l'après-midi elle avait langui de se retrouver dans la quiétude de sa chambre d'hôtel. Cette fois-ci, elle était décidée à ne retourner à l'Agence qu'en compagnie de John.

Puisque celui-ci était le principal objet de l'amertume de Mario, c'était à lui d'en supporter le poids.

Pendant des jours, elle avait joué le rôle de tampon entre les deux hommes, mais à présent la situation avait atteint un tel point de tension qu'une réflexion s'imposait. Appuyée contre la fenêtre, la bouillante stagiaire repensait aux derniers évènements et à la tournure imprévue qu'avait prise ce reportage dans lequel elle avait placé tous ses espoirs. Depuis quelque temps, elle ne se sentait plus maîtresse de son destin et cette sensation l'angoissait. La peur du lendemain, aussitôt associée à celle de l'échec, était un sentiment désagréable qu'elle commençait depuis peu à connaître.

Elle fit glisser lentement ses vêtements sur le sol, libérant son corps des contraintes de la bienséance. Aussitôt, la douce fraîcheur de la chambre se colla à elle, séchant la légère moiteur de sa peau nue. Nancy se laissa tomber lourdement sur le grand lit, au milieu de la documentation qu'Ivana, la documentaliste de l'Agence, lui avait donnée. En attendant l'imprévisible Fox, elle se dit que le mieux était encore de se remettre au travail.

Pour fixer sa mémoire, elle remplissait des fiches résumant toutes les nouvelles informations qu'elle découvrait dans sa lecture et, au moins sur ce point, elle était d'accord avec Mario Pozzi : le beau John Cattuso lui laissait l'essentiel du travail de recherche, et ce n'était certainement pas le plus valorisant ni le plus plaisant.

Travailleuse et appliquée, Nancy n'avait pas vu le temps filer. Un léger frisson la parcourut, lui rappelant que les heures avaient tourné et que la journée déclinait. Elle se leva et enfila son peignoir, retrouvant le chaud et doux contact du coton sur ses épaules. Le lourd vêtement, semblable à une main de tissu, enveloppa son corps sensuel, se plaquant sur sa poitrine voluptueuse et ses hanches galbées. Au moindre mouvement, il frottait sa peau satinée comme une troublante et fugitive caresse. Vingt heures; John aurait dû être rentré depuis longtemps déjà. Nancy Shepard était à la fois inquiète et irritée. Pendant qu'elle s'habillait, deux coups brefs contre la porte la tirèrent de ses pensées.

« Oui? Qui est-ce?

– C'est moi, John.

– Un instant, j'arrive. »

Cattuso remarqua immédiatement l'agacement de la jeune femme, dont les yeux le fixaient d'une façon très explicite.

« Cela fait plus de deux heures que je suis rentrée. Où étiez-vous passé? »

Sans attendre la réponse, elle enchaîna:

« Je vous signale que je me tape la plus grosse partie du boulot depuis plusieurs jours, avec en prime l'obligation d'affronter la mauvaise humeur du *signor* Pozzi. À ce propos, il va falloir que nous ayons une discussion. »

Mademoiselle Shepard laissait parler son tempérament fougueux, haussant le ton au fur et à mesure qu'elle poursuivait:

« Je vous rappelle une fois de plus que nous avons pour objectif de réaliser un reportage en commun et que, même si je ne suis que stagiaire, il est inadmissible que vous me laissiez tout assumer, ou presque. J'ai vraiment le sentiment que vous faites cavalier seul et qu'en plus vous êtes complètement à côté du sujet qui est censé nous intéresser. Mario partage mes inquiétudes, mais à sa façon, c'est-à-dire qu'il n'a pas hésité à prévenir Ellworth de la situation. Je pense qu'il n'a pas dû être très tendre à votre égard. »

John s'était assis sur le lit et, sans un mot, il avait attendu la fin de la tirade.

« Bon! Je comprends votre énervement, mais je

peux vous donner une explication. Au moins pour mon retard. J'ai dû d'abord attendre Beppi un bon moment. La circulation en ville était infernale, encore plus que d'habitude. Cela s'est confirmé durant le retour et je descends à peine du taxi.

– Vous auriez pu au moins me prévenir avec votre portable.

– C'est vrai que j'ai un peu tendance à l'oublier, celui-là. Mais j'ignorais que vous vous inquiétiez pour moi.

– Il faut bien que quelqu'un le fasse, puisque vous avez manifestement un don pour vous fourrer dans des situations impossibles. »

John sourit.

« Je vous remercie de votre intérêt. À propos des situations dont vous parlez, cet après-midi, j'ai été reçu par un personnage important.

– Ah? Et puis-je savoir qui?

– Le cardinal Scalingeri... lui-même. »

Nancy regarda l'enquêteur avec des yeux ronds, mais au fond d'elle-même son étonnement laissait place à la certitude que ce diable de Fox était capable de lever tous les obstacles et tous les interdits.

« D'après l'organigramme, c'est une personnalité très importante. Il ne doit pas être facile de l'approcher. Comment avez-vous fait?

– Je n'ai rien fait, je n'attendais qu'une réponse de sa part et c'est lui qui a voulu me voir. Cette rencontre a été pleine d'enseignements. »

Mademoiselle Shepard oublia un instant sa rancune pour laisser parler sa curiosité naturelle:

« Quel genre d'homme est-ce?

– Un type âgé, assez hautain, sec et autoritaire, de toute façon intelligent et, d'après moi, peu habitué à jouer les seconds rôles.

– Vous avez obtenu ce que vous attendiez?

– Oui, mais en partie seulement.

– C'est-à-dire?

– J'aurai bien accès aux archives secrètes de l'Inquisition, mais seul...»

Nancy sursauta, piquée au vif:

«Sans moi? Mais pourquoi?

– Apparemment pour des questions de sécurité. Le nombre de personnes admises au palais du Saint-Office est réduit, et toutes les informations qui en sortent doivent être filtrées par la Secrétairerie d'État.»

La jeune femme était rouge d'indignation.

«Sécurité mon œil! C'est parce que je suis une femme! J'en suis certaine! Vous avez bien vu la réaction du petit cardinal qui nous a reçus l'autre jour. J'entends encore son discours mielleux et plein de reproches. C'était tout juste si je ne devais pas circuler avec un chapeau et vêtue de noir! Cela va encore se traduire par une évidence: vous là-bas et moi ici! Je vous préviens que cette fois-ci il n'en est pas question!»

John Cattuso trouvait la réaction de la stagiaire tout à fait justifiée et son amertume, légitime, mais il ne pouvait infléchir l'autorité de celui qui lui avait imposé cette obligation.

«Écoutez, Nancy, j'aurais eu bien besoin de votre aide aux Archives, car vous êtes une collaboratrice remarquable, mais Scalingeri s'y oppose et je suis bien obligé d'accepter ses contraintes. Avec l'aide de Spà, lundi et mardi prochains, je devrai récupérer les éléments nécessaires à notre portrait du Vatican. Ensuite, il nous restera quatre jours complets pour travailler ensemble sur notre reportage. D'ici là, vous ne retournerez plus à l'Agence, je vous le promets. J'appellerai Ellworth tout à l'heure pour m'arranger avec lui sur ce point. Nous irons tous les deux voir Pozzi... disons jeudi, avec le fruit de notre travail et vous verrez que tout se passera bien.

– Et pendant ces deux jours, lundi et mardi, qu'est-ce que je ferai, moi, en vous attendant? Du shopping?

– Dès lundi soir, vous aurez matière à vous occuper. Spà va m'orienter dans mes investigations et j'aurai certainement réuni suffisamment de données pour travailler.

– Et pourquoi pas demain? Le Vatican n'est pas fermé le dimanche, que je sache, et nous allons perdre une journée de plus.

– Notre ami Francesco n'est pas disponible, car il se consacre entièrement au jour du Seigneur et à la prière. Sans lui, je n'ai pas accès au Saint-Office. Mais demain ne sera peut-être pas une journée perdue, car je vous propose une promenade dans Rome. »

Le téléphone sonna dans la chambre de John, lointain mais parfaitement audible; ce dernier eut le temps, en courant, d'aller décrocher.

« Oui?

– *Signor* Cattuso? Ici la réception. Nous avons un appel pour vous.

– D'où vient-il?

– De l'étranger. Je vous le passe. »

John aurait préféré rappeler de la cabine, mais la voix d'Ellworth était déjà là, pressante :

« Allo, John? C'est moi, Andrew.

– Hello, Andrew, comment ça va?

– Moi ça va, mais je ne sais pas si on peut en dire autant pour toi! J'ai reçu un coup de fil de Pozzi. D'après ce que j'en ai retenu, il apparaît que tu ne joues pas le jeu et que le reportage est au point mort! Peux-tu également m'expliquer pourquoi tu laisses Nancy seule à l'Agence? Et surtout ce que tu manigances au Vatican? Mario craint que tu ne provoques une situation qui mettrait tout le monde dans l'embarras.

– Ne vous inquiétez pas, j'essaie simplement d'avoir des informations pour notre documentaire. J'ai d'ailleurs obtenu un laissez-passer pour des archives très peu connues du grand public.

– J'entends bien, mais je te rappelle, John, que tu dois bosser avec la stagiaire et qu'elle n'est pas là pour tout faire. Apparemment, elle assume très correctement auprès de l'Agence de Rome, mais il est inadmissible que tu la laisses aller seule là-bas. Que ça te plaise ou non, tu as l'obligation de travailler en équipe avec elle!

– Je n'ai pas de souci de ce côté. Les circonstances ici créent une situation un peu particulière, mais tout va rentrer dans l'ordre. Il serait simplement souhaitable que pendant un jour ou deux elle reste ici. Nous allons travailler à l'hôtel et ne retourner chez Mario qu'en fin de semaine prochaine pour boucler avec son équipe.

– La façon dont tu organises ton travail m'importe peu, John. Tu sais que pour moi seule l'efficacité compte, et surtout que j'attends de votre tandem une vraie collaboration. Je ne sais pas ce que tu as en tête, mais n'oublie pas que tu es responsable de tes actes, ainsi que de leurs conséquences. À toi de gérer les situations afin d'éviter les ennuis.

– O.K., je ferai pour le mieux. En attendant, essayez quand même de calmer un peu notre correspondant local.

– C'est déjà fait, je l'ai rassuré. Quoi qu'il arrive, il n'assumerait en aucun cas à ta place les conséquences de problèmes que tu aurais engendrés. »

IX

Dimanche 28 mai, 11 heures
Quartier sud de Rome

Beppi n'était pas disponible, car pour lui le repos dominical était sacré, mais il semblait s'être dédoublé, tant la conduite du chauffeur du taxi qui les avait conduits dans le sud de la ville était semblable à la sienne. *La via Prenestina* était une rue sans intérêt historique située dans un quartier populaire où fourmillaient les deux-roues au milieu d'une agitation permanente. Une population très dense occupait ses grands immeubles un peu tristes, nés après la guerre, et l'on découvrait ici un autre visage de la ville, celui du quotidien et du réel, bien loin de l'image grandiose et fastueuse que le centre historique offrait aux touristes médusés. Ici, les fontaines baroques ou les monuments anciens et précieux laissaient place aux incertitudes de la vraie vie.

Nancy n'aimait pas cette rue. Elle la trouvait trop banale, trop quelconque avec ces multitudes de fenêtres, que l'implacable soleil avait bien du mal à égayer.

« Quand vous m'avez parlé d'une promenade à Rome, je n'imaginais pas ça. Pourquoi sommes-nous venus ici?

– C'est là qu'habitait le jeune assistant de l'*ingegnere* Sorsi. Il y est peut-être encore. »

Mademoiselle Shepard soupira, essayant toujours vainement d'imaginer le lien entre le vieil homme, son assistant et le Jubilé de l'Église catholique romaine. Fox scrutait les bâtiments. La stagiaire observa qu'il semblait chercher un endroit précis.

« La rue est très longue et très peuplée. Vous avez son adresse exacte?

– Oui. J'ai vérifié dans un annuaire téléphonique, à l'hôtel. Il y a toujours un Calabrese au 23 de cette rue. »

Ce numéro était attribué à une modeste maison d'un étage, à la façade décrépite coincée entre deux immeubles. Derrière son vieux portail métallique se trouvait une cour exiguë recouverte de gravier qui séparait le trottoir de la construction. John tira sur une chaînette, ce qui déclencha le tintement champêtre d'une clochette. Après quelques instants, le battant s'ouvrit sur une femme corpulente, entre deux âges, affublée d'un tablier à larges carreaux blancs et rouges, qui regarda tour à tour les deux étrangers d'un air méfiant, avant d'interroger, d'une voix rocailleuse :

« Oui? Vous désirez?... »

John répondit en italien :

« *Buongiorno*. Vous êtes la *signora* Calabrese?

– Oui, c'est moi. Qu'est-ce que vous me voulez?

– Nous voudrions parler à votre fils Pasquale. »

Aussitôt, le visage rond et déjà peu cordial de la femme se ferma, tandis qu'elle poursuivait, d'un ton agacé :

« Qu'est-ce que vous lui voulez, à Pasquale? Et d'abord, il n'habite plus ici depuis longtemps!

– Oh! Rien de grave, rassurez-vous. Nous voulions simplement lui parler d'un ami commun, rien d'autre. Savez-vous où nous pourrions le trouver?

– Non! Je n'en sais rien! »

Cattuso observait la Romaine et il comprit à son air buté et à son regard fuyant qu'il n'en tirerait plus rien. Le fil du dialogue, déjà si mince, était rompu.

Au mépris de toute politesse, la mère du jeune

assistant de Sorsi leur tourna le dos en claquant la porte sur elle. Les deux journalistes se regardèrent un peu surpris par la brièveté de l'entretien et la fraîcheur de l'accueil. Nancy Shepard estimait qu'avoir consacré une bonne partie de la matinée à la traversée de Rome pour un si maigre résultat était une stupide perte de temps.

« Le moins que l'on puisse dire, c'est que la *mamma* de Pasquale est aussi aimable qu'une porte de prison. C'était bien la peine de venir jusqu'ici. Il ne nous reste plus qu'à rentrer. »

Fox acquiesça :

« Vous avez raison, c'est un vrai dragon. Mais je n'aime pas me déplacer pour rien. Allons voir de ce côté-là. »

Sur le palier de l'immeuble adjacent à la maisonnette se trouvait une dame âgée, toute de noir vêtue, qui balayait les quelques marches du perron. L'enquêteur de l'*Herald* s'approcha d'elle en arborant un grand sourire.

« *Buongiorno, signora.*

– *Buongiorno...* »

À l'opposé de l'interlocutrice précédente, celle-ci paraissait plus aimable. Elle posa son balai et s'avança vers les deux inconnus.

« Oui? Je peux vous aider?

– S'il vous plaît, nous voudrions parler au jeune Pasquale Calabrese.

– Vous vous trompez de numéro. C'est la maison d'à côté. Mais ça m'étonnerait qu'il y soit, il n'habite plus là depuis un bon moment déjà... »

John prit son air le plus abattu.

« C'est trop bête. Nous venons de loin pour lui donner des nouvelles de l'un de ses amis. Vous ne savez pas où nous pourrions le joindre?

– Je ne connais pas sa nouvelle adresse, mais demandez à sa maman. Elle pourra sûrement vous répondre.

– Nous avons sonné, mais apparemment il n'y a personne.

– Elle a dû aller faire ses courses. Pasquale vient parfois le dimanche vers midi porter son linge à laver, mais je ne l'ai pas encore vu aujourd'hui. Il viendra peut-être un peu plus tard.

– Il a toujours sa moto?

– Oui, une grosse moto blanche.»

Le soleil était au zénith, martelant de lumière la rue ouvrière. Quelques enfants, torse nu, jouaient au ballon sur une partie de la chaussée, ignorant totalement la circulation qui rendait leur jeu dangereux. La jeune stagiaire en sueur s'était retirée à l'ombre d'un porche, essayant vainement de se soustraire à l'accablante chaleur. Les minutes s'écoulaient, lentement, collantes, à l'image de cette moiteur qui semblait omniprésente.

Brusquement, une moto s'échappa du va-et-vient de *la via Prenestina* pour escalader le trottoir d'en face et s'arrêter devant le pavillon des Calabrese. Son jeune conducteur gara l'engin devant le portail et, un grand sac sur l'épaule, s'engouffra dans la maison. Nancy s'approcha de John.

«C'est lui. La moto est blanche et il a un gros sac. Il apporte son linge à laver, comme l'a dit la voisine. Que faisons-nous? Nous n'allons pas attendre des heures dehors, non?»

John se demandait s'il fallait sonner de nouveau au risque d'être éconduits, ou simplement attendre que le jeune homme ressorte, ce qui pouvait être long. Étrange dilemme. Le stupide casse-tête trouva rapidement sa réponse, car le portail s'ouvrit presque aussitôt sur Pasquale. Ce dernier jeta alentour un coup d'œil furtif et s'apprêta à enfourcher son bolide. En deux enjambées, Cattuso avait traversé la rue. Il n'eut que le temps de lui saisir le bras.

Le jeune assistant devait avoir vingt-cinq ans environ. Avec son visage constellé de taches de rousseur, il gardait cependant l'air d'un grand adolescent. Surpris, il sursauta et interrogea, visiblement inquiet et sur la défensive :

« Qui êtes-vous ? C'est vous qui me cherchez ? Qu'est-ce que vous me voulez ?

– Nous voulions juste vous parler quelques instants. »

L'homme se dégagea, hostile.

« Lâchez-moi. Je ne vous connais pas et je n'ai rien à vous dire. »

John Cattuso tenta son va-tout :

« Il s'agit de l'*ingegnere* Sorsi... »

Le jeune Calabrese répliqua, un peu sèchement :

« Il est mort depuis longtemps. Je ne peux rien vous dire de plus.

– En effet, il est bien mort, mais seulement depuis hier. »

Les grands yeux marron de Pasquale s'arrondirent d'étonnement.

« Comment, depuis hier ? C'est impossible ! Ce sont des histoires, je ne vous crois pas !

– Nous allons vous expliquer, voulez-vous que nous en parlions quelques minutes ? À la *trattoria*, là-bas ? »

La méfiance avait laissé place à la surprise, et cette dernière ouvrirait peut-être le chemin des confidences.

L'auberge était bondée. Son cadre modeste accueillait une clientèle hétéroclite et bruyante. L'assistant du vieux Renato regardait sa tasse de café d'un air perplexe.

« Je croyais qu'il était mort le jour même de son hospitalisation. Enfin, c'est ce qu'on m'avait dit, là-bas. Où était-il pendant tout ce temps ?...

– Dans une clinique. Depuis le premier jour de son départ du Vatican.

– Comment est-il mort ?

– Il était atteint, semble-t-il, d'une affection rarissime et pour laquelle il n'existe à ce jour aucun remède. Il paraissait revenir lentement à la vie lorsqu'une embolie l'a emporté, hier. Vous souvenez-vous des dernières journées que vous avez passées avec lui?

– Bien sûr! Mais j'aurais préféré ne plus en parler.

– Vous n'avez rien à craindre de nous. C'est le père Francesco Spà qui nous a donné votre nom. Je pense que vous pouvez lui faire confiance.

– Oui, c'est un type super. Que voulez-vous savoir?

– Simplement si vous vous rappelez un détail qui pourrait expliquer le brusque changement d'état de santé du vieil homme, par exemple.

– En fait, c'était une situation assez bizarre. Pendant deux années environ, nous avions fait l'essentiel du boulot d'installation, je veux dire dans les zones connues de la Cité. C'était un gros chantier pour seulement deux personnes, ce qui explique sa durée. Nous devions terminer par le palais de la Congrégation pour la Doctrine de la Foi. D'après l'Allemand, il fallait sécuriser une partie des bâtiments et nous arrêter à une certaine limite...

– Quel Allemand?

– Le chef de la Sécurité, Klaus Hübner.

– Continuez...

– Dès que nous sommes arrivés à cette limite, nous avions tout le temps l'Allemand sur le dos, avec sa saloperie de clebs. L'*ingegnere*, qui était d'habitude d'un calme imperturbable, était devenu nerveux. Il n'aimait pas se sentir surveillé. Il me disait que ça le gênait dans son travail. Moi, je m'en moquais. Seul le chien me foutait la trouille. Nous avons câblé ensemble jusqu'à la partie autorisée, et tout fonctionnait parfaitement.

– Et puis?

– Renato ne comprenait pas pourquoi il fallait protéger l'essentiel du Vatican et laisser de côté une extrémité des bâtiments du Saint-Office.

– Peut-être tout simplement parce qu'il n'y avait rien de particulier là-bas justifiant la poursuite de l'installation.

– Oui... peut-être, mais alors pourquoi nous surveiller sans cesse? Comme si nous risquions d'entrer dans un espace interdit?

– Qu'est-ce qui vous laissait supposer que cet espace vous était interdit?

– Ben, chaque fois que le chef de la Sécurité s'absentait, le chien restait couché dans son coin à nous observer. Je me suis souvent demandé comment la sale bête nous voyait, comme des humains ou comme de la nourriture, peut-être les deux à la fois. Toujours est-il que si l'un de nous deux s'approchait d'une petite porte basse, située au fond de la galerie, même sans vouloir y entrer, le dogue se relevait en grognant et s'arrêtait lorsque nous reculions. Ça me paraissait assez clair.

– Donc, d'après vos conclusions, la fameuse limite était cette ouverture?

– Certainement.

– Et ensuite? Que s'est-il passé?

– Renato travaillait une heure ou deux de plus que moi chaque jour. Souvent, il discutait très tard avec le père Francesco. Un soir il est resté, comme toujours, mais le lendemain, ce n'était plus le même. Il était sombre et paraissait très abattu. Quand je l'ai interrogé pour en connaître la raison, il n'a pas voulu me répondre. Ce jour-là, il a très peu travaillé, ce qui n'était pas dans ses habitudes.

– Vous a-t-il donné l'impression d'être malade?

– Pas du tout! C'est vrai que c'était quelqu'un de calme, mais ça ne l'empêchait pas de faire de longues journées de travail, et en deux ans je ne l'ai pas entendu tousser une seule fois. Je crois qu'il était plutôt solide. Ce fameux jour, j'ai noté un grand changement dans son attitude. Il avait l'air atteint moralement et passait de longs moments assis contre l'une des colonnes qui bordent la cour intérieure du Saint-Office. Il ne disait rien, le regard dans le vague. Il répondait à peine à mes questions concernant le boulot et souvent à côté. Il a gardé ce comportement toute la journée, mais quand je l'ai laissé le soir vers dix-sept heures je vous assure qu'il n'était pas malade. Du moins, physiquement. Le lendemain, quand je suis retourné sur le chantier, le vieux Renato n'était plus là et on m'a dit qu'il était mort... subitement.

– Qui vous l'a dit?

– L'Allemand... Hübner. Mais je ne comprends pas pourquoi il m'aurait menti, ni dans quel but.»

Nancy suivait la conversation sans la comprendre; elle se contentait des traductions que John lui donnait à chaque échange, mais elle percevait toute la tristesse du jeune homme qui venait de perdre une seconde fois son patron. Sans doute ce dernier avait-il réussi à tisser avec son assistant des liens de sympathie comme il avait su en tisser d'amitié avec Francesco Spà. Depuis quelques jours, elle entrevoyait assez précisément la personnalité de Renato Sorsi, faite de gentillesse et de tolérance. Elle comprenait qu'on puisse s'attacher facilement à un tel homme. Cattuso poursuivait l'interrogatoire avec insistance.

«Vous êtes resté tout seul pour terminer l'installation?

– Il fallait bien continuer, nous avions presque fini. Mais ça n'a pas été facile. L'*ingegnere* avait mis au point un système de capteurs ultrasensibles, révolutionnaires et très fiables, mais compliqués. J'ai fait des études secondaires en électronique, mais je ne comprenais que difficilement ses schémas. Chaque partie du réseau était séparée de la précédente et gérée par une minicentrale qui dépendait à son tour du terminal de contrôle. J'avais sans cesse besoin de ses explications, alors imaginez quand il n'a plus été là.

– Et, où s'est arrêtée votre intervention?

– Là où c'était planifié, deux mètres avant la petite porte.

– Vous voulez dire qu'au-delà il n'y a aucune protection?

– Aucune, du moins installée par nous. Ni par personne d'autre, car je ne crois pas qu'ils auraient autorisé qui que ce soit à franchir la limite prévue.

– Ils? De qui parlez-vous?

– ... »

Pasquale regardait sa tasse vide, dans laquelle il faisait tourner une cuiller blanche en plastique. Comme un enfant têtu, la tête basse, il jouait obstinément avec la mousse restante de son cappuccino. Devant son air buté, John sut qu'il n'obtiendrait pas de réponse à cette question.

« Et maintenant que faites-vous? Vous travaillez toujours à Rome? »

Pasquale Calabrese hésita un instant, avant de lâcher :

« Je bosse toujours dans l'électronique, mais depuis j'ai préféré changer d'air.

– Pourquoi? Qu'est-ce qui vous inquiète?

– ... »

La méfiance du jeune Romain reprenait le dessus et son inquiétude devenait de plus en plus évidente.

« Vous n'avez rien à craindre de nous, nous aimerions seulement comprendre ce qui est arrivé à Sorsi. Et vous êtes le seul à pouvoir nous y aider.

– Les derniers jours que j'ai passés là-bas, je n'arrêtais pas de penser à mon patron. Sa mort si soudaine que l'on m'avait annoncée m'intriguait. Et il y avait cette espèce de prostration où il s'était plongé la veille de sa disparition. Je sentais obscurément peser sur moi une sorte de menace. J'avais beau me raisonner, je n'arrivais plus à m'en défaire. Quelques jours avant la fin du chantier, j'ai tout plaqué en leur laissant ma dernière semaine de paye. Depuis, j'ai changé de quartier et je ne viens voir ma famille que de temps en temps. »

Il était treize heures trente et l'activité de la rue avait subitement perdu de son intensité. Les gamins avec leur ballon avaient disparu et seules quelques voitures trouaient encore le triste décor de *la via Prenestina*. Lorsque leur jeune informateur les quitta dans le ronflement rageur de sa moto, John eut le sentiment qu'on ne le verrait plus avant longtemps dans le quartier.

* * *

Nancy Shepard s'était légèrement éloignée et Cattuso hâta le pas pour la rattraper.

« Où allez-vous?

– J'ai faim. Pas vous? J'aimerais bien déjeuner, mais ailleurs qu'ici.

– Moi aussi, mais vous avez raison. Essayons de retourner dans le centre. »

Ils durent marcher une bonne demi-heure avant de trouver un taxi pour regagner la partie historique de la capitale. La Mercedes était spacieuse, et les deux journalistes retrouvèrent un peu du confort et de l'espace qu'ils avaient laissés outre-Atlantique. Fox regardait défiler les immeubles, les avenues et les gens : autant de vies qui un instant croisaient la sienne sans y interférer. Nancy observait son voisin, essayant de deviner ses pensées.

« Vous avez l'air songeur, êtes-vous satisfait de votre rencontre?

– Oui, je pense en avoir retiré le maximum.

– Ah! Et quelles sont vos conclusions? Parce que

moi je vous avoue ignorer totalement où nous allons, en ayant même plus l'impression de mener une enquête policière que journalistique.

– Eh bien, pour résumer, je pense que notre ami Renato Sorsi a été un peu poussé vers la sortie.

– Vous plaisantez! Il aurait été assassiné? Par qui et pourquoi?

– Je ne sais pas exactement, mais il a peut-être vu quelque chose qu'il n'aurait pas dû voir.»

La stagiaire secoua la tête en signe d'incrédulité.

«Là, nous nageons en plein imaginaire.

– Je vous accorde que ce n'est qu'une hypothèse, mais convenez avec moi que parfois la réalité va plus loin que l'imagination.»

Le taxi s'arrêta dans *la via Frattina*, devant un restaurant dont le chauffeur leur avait vanté les mérites. Le décor baroque exprimait toute la fantaisie italienne. Des colonnes de travertin rappelaient l'opulence de la Rome antique et les murs d'un beau rouge pompéien étaient ornés d'angelots en stuc blanc. L'immense salle était divisée par des murets de briques, surmontés de vasques débordant de fleurs. Il se dégageait de l'endroit une atmosphère douce et tranquille, préservée par une clientèle paradoxalement peu exubérante. Nancy admirait les azalées multicolores qui donnaient un air de fête à leur table.

«C'est vraiment magnifique! C'est ainsi que j'imaginais Rome: un mélange de luxe et de raffinement.»

Avisant John qui la fixait intensément, elle ajouta:

«Pourquoi me regardez-vous de cette façon? Qu'est-ce que j'ai?»

Les cheveux flamboyants de la jeune femme accrochaient la lumière, en renvoyant des reflets dorés autour de l'ovale parfait de son visage. Sa beauté, semblable à celle d'une nymphe, était encore mise en valeur par les fleurs qui l'entouraient.

« Vous êtes très belle, tout à fait dans le style de l'établissement.

– Vous vous moquez de moi. Et ne me regardez pas comme ça, cela me gêne...

– Et comment dois-je vous regarder?

– Je ne sais pas... C'est difficile à dire... mais autrement. »

Ils se regardèrent et éclatèrent de rire en réalisant l'absurdité du propos.

Pendant tout le repas, ils se racontèrent et se découvrirent, sans arrière-pensée, comme des amis de longue date qui venaient de se retrouver.

« Je voudrais vous poser une question, John.

– Oui, allez-y. J'essaierai d'y répondre.

– Êtes-vous croyant?

– Ah! Vous aussi?

– Pourquoi, moi aussi?

– Parce que Spà m'a posé la même question hier.

– Et que lui avez-vous répondu?

– Rien. L'endroit ne se prêtait guère à une discussion sur le sujet.

– Et ici, cela convient-il mieux?

– Peut-être, sans doute! Il hésita un instant avant de poursuivre. Voyez-vous, Nancy, depuis mon enfance et aussi loin que puissent remonter mes souvenirs, je garde en moi une poignante interrogation sur cette grande énigme qu'est la religion. J'ai commencé très tôt à me poser cette question fondamentale de l'existence de la puissance divine. Trop tôt. Précisément à l'âge de six ans, lorsqu'un superbe agent de police m'a pris sur ses genoux pour m'expliquer que je devais apprendre à vivre sans mes parents, sans leur affection et leur protection. J'écoutais ses paroles enroulées dans de belles phrases qui se voulaient rassurantes, mais je ne comprenais pas tout parce que c'étaient des mots d'adultes, pas faits pour un orphelin de tout juste six ans. Je n'ai retenu que la beauté de l'uniforme noir sur lequel brillaient des boutons dorés. J'étais captivé par leurs reflets et, à ce moment-là, plus intéressé par eux que par les belles phrases qui sortaient de cet uniforme. Puis le temps a passé. Jour après jour, j'ai commencé à comprendre les mots de l'agent et je me suis mis à prier tous les soirs. Je me suis mis à croire à la magie, celle qui rétablit les choses, efface les problèmes, élimine les injustices et les souffrances, mais mes parents ne sont pas revenus, et j'ai dû apprendre à me priver de leur sourire, définitivement. Le temps a encore passé, un peu plus. Un jour, un autre agent m'a expliqué que je devais cette fois apprendre à vivre sans mes grands-parents, qui étaient alors mon unique famille. Ce jour-là, l'uniforme était moins beau, les boutons ne brillaient plus et j'avais parfaitement compris le message de l'homme en noir : la magie n'existait pas. La grande leçon que j'ai tirée de ces années difficiles est que la vie se charge très efficacement de vous montrer la réalité des choses. Pourtant, malgré ces épreuves, si je ne crois pas en l'éternité, je pense qu'il existe une entité qui dirige nos existences et guide nos destins. Vous voyez, comme une présence, quelque chose d'indéfini, en charge d'orienter chacun de nous. C'est peut-être ce que certains ont appelé Dieu... »

La stagiaire eut un pincement au cœur en voyant les yeux de velours noir se perdre dans le vague, revivant sans doute de douloureux moments. Elle tendit sa main et la posa sur celle de Fox.

« Je suis désolée, John, ma question était idiote.

– Non, vous n'avez rien à vous reprocher. Vous ne pouviez pas deviner. Maintenant, c'est très loin. C'était une autre vie. À présent, si je vous pose la même question, risquons-nous le réveil d'un passé pénible ?

– Non, les choses ont été moins dramatiques pour moi. J'ai été élevée dans une famille catholique très pratiquante, mais j'avais du mal à accepter les contraintes qui m'étaient imposées, comme le catéchisme, la prière ou l'office du dimanche. Jeune, je faisais des pieds et des mains pour m'y soustraire et mes parents avaient le plus grand mal à me convaincre d'obéir. Disons que depuis cette époque j'ai gardé une certaine distance avec l'Église, peut-être en réaction aux obligations qu'on m'imposait et qui contraignaient mon libre arbitre. »

Cattuso regarda Nancy, essayant de deviner l'enfant qu'elle avait dû être, sans doute têtue et imprévisible. En l'imaginant en train de faire un caprice pour éviter la messe, il ne put s'empêcher de sourire.

« Pourquoi riez-vous?

– Pour rien. Je me disais simplement que, même jeune, il ne devait pas être très facile de vous imposer quoi que ce soit... Et aussi que je ne sais pas si nous sommes vraiment les personnes idéalement choisies pour ce reportage sur le Jubilé. »

La jeune femme sourit à son tour.

« Justement, John, nous n'en serons que plus objectifs. »

Du restaurant de *la via Frattina*, ils remontèrent *la via Propaganda* et débouchèrent sur *la Piazza di Spagna*, dont l'une des extrémités était dominée par le palais de *Propaganda Fide*. Sur cette place s'ouvrait un escalier, appelé « de la Trinité des Monts », qui montait jusqu'à l'église du même nom. Le plan de la ville que tenait Nancy expliquait que cette volée de marches, de pure style rococo, avait été bâtie en 1725. La stagiaire de l'*Herald* admirait le jeu de rampes et de terrasses couvertes de fleurs multicolores. À l'occasion de l'exposition annuelle du mois de mai, de part et d'autre de l'escalier, des tapis d'azalées blanches, roses et rouges avaient été disposés, constituant un véritable parterre végétal qui semblait surgir de la pierre elle-même. Le soleil printanier, en ajoutant une note lumineuse à cette débauche de couleurs vives, mettait la touche finale à ce tableau idyllique. L'endroit était absolument splendide. On avait rendu la partie centrale du magnifique ouvrage accessible, et de nombreuses personnes, jeunes pour la plupart, s'étaient installées de chaque côté de ses larges marches. Des couples se tenaient la main formant une image intemporelle commune à tous les amoureux de la terre.

Les deux journalistes avaient atteint la première terrasse, bordée d'une longue rambarde de pierre soutenue par des balustres. Là, une seconde montée de gradins était flanquée à droite et à gauche par des jardinets qui essayaient d'apporter un soupçon de fraîcheur à une place submergée par une lumière torride. Sur le côté, un grand palmier s'échappait des massifs de buis pour aller quérir de ses palmes dentelées une brise improbable.

Nancy s'appuya contre la rambarde et son regard s'envola, mélancolique.

« C'est vraiment très beau. Dommage que nous n'ayons que si peu dc temps à consacrer au tourisme. C'est frustrant d'être ici et de ne pas pouvoir en profiter.

– Il est assez rare d'avoir le temps de visiter les endroits qui servent de toile de fond à notre boulot. C'est un des paradoxes de notre métier. Par contre, après le 4 juin, Ellworth nous accordera peut-être une journée de répit. En attendant, voulez-vous une glace? »

Une tarentelle s'échappait, vive et allègre, d'un instrument invisible, peut-être d'un vieil orgue de Barbarie. Ses notes joyeuses et insouciantes donnaient un air de fête à l'après-midi dominical. John regardait, amusé, mademoiselle Shepard qui dégustait avec délices son cône glacé. La *panna* avait laissé une fine moustache blanche autour de ses lèvres pulpeuses. En croquant le cornet de sa glace, la pétulante Américaine se tourna vers John.

« D'après ce plan, la capitale a connu trois époques distinctes, qui se retrouvent dans son histoire et son architecture : la Rome antique, la Rome chrétienne et la Rome baroque. Par quoi continuons-nous?

– Où sommes-nous actuellement?

– En plein dans la partie baroque, caractérisée par ses places et ses fontaines célèbres. En fait, nous sommes tout près de *la via della Croce* et de notre hôtel.

– Le plus logique serait de continuer la visite de cette partie et de garder la suite pour un autre jour. »

Ils grimpèrent jusqu'au perron de l'église de la Trinité des Monts. Devant, hissé sur son piédestal, un obélisque surmonté d'une croix rivalisait de hauteur avec le double clocher du lieu saint. En redescendant *la via Propaganda*, leur visite les emmena jusqu'à la fontaine de Trevi. Ce chef-d'œuvre de l'art baroque faisait l'admiration de nombreux touristes qui s'amusaient à jeter des pièces dans ses eaux bleutées. Nancy suivait son plan et commentait la scène nautique mettant en évidence plusieurs personnages mythologiques :

« La fontaine a été achevée en 1762 et représente le dieu de la mer, Neptune, sur un char traîné par deux tritons. Il paraît que tous ceux qui jettent une pièce dans l'eau reviendront un jour à Rome. Avez-vous un peu de monnaie, John? »

Cattuso fouilla dans sa poche et tendit en riant quelques pièces à la jeune femme.

« Vous y croyez vraiment?

– Pourquoi pas? Depuis le temps, si c'était faux, cela se saurait, non? »

Effectivement, ce raisonnement très basique n'était pas sans logique. Mais c'est peut-être aussi par ce type de déduction que certaines traditions arrivent à survivre par-delà les siècles.

Au pied du char de pierre du dieu marin deux vasques superposées recevaient tour à tour une onde limpide qui s'écoulait en cascade avant de terminer sa course cristalline dans le grand bassin. Au fond de celui-ci, miroitant comme un trésor, une multitude de pièces de toutes origines accrochaient le soleil en renvoyant des reflets fugaces qui traversaient les flots. Songeuse, Nancy Shepard lançait lentement, une à une, les piécettes, en les regardant descendre en virevoltant. Lorsque la dernière eut quitté sa main pour toucher le fond de la fontaine mythique, elle ajouta :

« Nous verrons bien. »

Pendant que les touristes continuaient à enrichir Neptune, des enfants espiègles, en se donnant la main, formaient une chaîne et essayaient de récupérer les monnaies les plus proches du bord. Le dernier de la file, torse nu, avait de l'eau jusqu'au menton, mais son bras n'était pas assez long. À côté de John, une jeune femme brune venait d'allumer une cigarette dont la fumée s'élevait voluptueusement en répandant une odeur légère de tabac blond. L'évanescente tentation enveloppa Cattuso, le forçant à fouiller sa poche. Ses doigts rencontrèrent avec soulagement le paquet de Lucky Strike. En le sortant, John croisa le regard de Nancy.

« Je croyais que vous aviez décidé d'arrêter. Cela fait combien de temps déjà ?

– Trois jours, mais j'y arriverai. Question de volonté. »

Joignant le geste à la parole, il jeta le paquet intact dans une poubelle de métal pleine à ras bord. Là-bas les enfants riaient, car le dernier maillon chargé de remonter l'inaccessible richesse venait de tomber dans le bassin.

Nancy Shepard et John Cattuso avaient quitté *la Piazza di Trevi* et, en remontant *la via delle Muratte*, aboutirent sur *la via del Corso*. La large avenue les avait conduits jusqu'à *la Piazza Venezia*, où trônait le monument de Victor-Emmanuel II. L'imposante construction de travertin d'une éclatante blancheur était constituée d'une succession de larges escaliers et de terrasses dominées par un palais flanqué de hautes colonnes. Des statues, certaines de pierre, d'autres de bronze, gardaient chaque extrémité du monumental édifice. Le plan situait cet endroit comme étant le centre géographique de Rome et le lieu de départ des nombreux itinéraires touristiques de l'ancienne ville impériale. Les deux journalistes se laissaient porter par la nonchalance des Romains. Le dimanche était jour de repos, comme, théoriquement, partout, mais ici il revêtait une couleur particulière, celle de la douceur de vivre. Les gens flânaient, calmement, à leur rythme. Ils savaient que demain la pierre serait toujours là. Les touristes, eux, se démarquaient de la population locale par leur hâte, leur frénésie. Le temps leur était compté et il leur fallait s'imprégner rapidement de plusieurs siècles d'histoire. Avaient-ils seulement le loisir d'apprécier ce musée à ciel ouvert qu'était la capitale italienne? Le doute était permis.

Tout l'après-midi, Nancy et John suivirent l'itinéraire conseillé, découvrant places, fontaines, palais et églises. La jeune journaliste fixait sur la pellicule de son reflex les endroits qu'ils visitaient, choisissant les meilleurs angles, jouant avec le soleil, cherchant constamment la mise en valeur optimale du monument. Fox admirait sa patience. Elle œuvrait non seulement en professionnelle mais aussi avec sensibilité, essayant de donner vie à la moindre ombre, au plus minuscule détail. Nancy Shepard tourna la tête et vit qu'il la regardait en souriant.

« Qu'est-ce qu'il y a? Vous vous moquez encore de moi? »

Cette fois John éclata de rire.

« Vous dites ça chaque fois que je vous souris. Non,

je m'amusais seulement de votre façon de prendre vos photos. Vous faites ça très sérieusement...

– J'adore la photo. J'ai toujours l'impression de figer un instant de vie pour l'éternité. C'est pour cette raison que je choisis minutieusement mes cadrages. La plupart du temps, je développe moi-même mes négatifs, pour voir apparaître l'image. C'est un instant magique. »

Pendant qu'elle rechargeait son appareil, John s'approcha d'elle.

« J'aimerais vous poser une question. Avez-vous un surnom, ou un diminutif? »

La jeune femme répondit en riant à son tour :

« Pourquoi? Nancy, c'est trop long pour vous?

– Non, mais c'est un peu formel, comment dire, commun à tous ceux qui vous connaissent. »

Il voulait d'elle quelque chose de plus personnel, de plus intime. Elle le regarda, un peu hésitante, avant de confesser :

« Nane... Ma sœur Kathy m'appelait Nane. Elle avait un cheveu sur la langue et n'arrivait pas à prononcer la dernière syllabe de mon prénom, mais personne à part elle ne m'a jamais appelée ainsi, pas même mon ex-mari. »

Les heures avaient tourné. Implacable, la grande roue du temps n'arrêtait jamais son mouvement, même si nombreux étaient ceux qui souhaitaient la figer. John était de ceux-là. Tour à tour pressé ou nostalgique, il aurait aimé jouer avec la fluidité des jours au gré de son humeur. Le surnom de sa coéquipière lui revint en tête : Nane! En le prononçant à voix basse, il eut vraiment l'impression de partager avec elle un secret qui les rapprochait un peu plus.

Autour d'eux, la ville s'éclairait lentement, remplaçant progressivement le déclin de l'astre solaire par une infinité de points lumineux. Elle donnait l'impression de vouloir retenir le jour en repoussant l'échéance nocturne. Rome refusait de s'endormir. Les gens sortaient pour retrouver une fraîcheur bienfaisante, que seule la nuit pouvait apporter. Plus nombreux, semblait-il, que pendant la journée, ils envahissaient avenues et trottoirs, s'installaient aux terrasses des cafés, peuplaient le moindre espace de leur patrimoine avec une exubérance toute latine. Les deux journalistes eurent le sentiment que la Ville éternelle, libérée de son oppressante chaleur, commençait véritablement à vivre à partir de ce moment-là.

Pour John, ce dimanche était particulier, car il l'avait passé entièrement en compagnie de Nancy. Ils avaient partagé leurs découvertes avec le même enthousiasme, oubliant le but de leur présence dans la grande ville, pour ne se consacrer qu'à la lecture des monuments et à leur histoire. Plus d'une fois leurs corps s'étaient frôlés, leurs mains, touchées. À chacun de ces contacts, John avait ressenti cette chaleur qui lui était devenue familière quand il pensait à la ravissante stagiaire. À maintes reprises, leurs regards s'étaient croisés, cherchant réciproquement dans leurs pensées un encouragement, un accord. Fox avait le sentiment que ces silences parlaient plus et mieux que des mots. Il lui semblait lire dans le vert limpide des yeux de Nancy Shepard tout à la fois une complicité et une attente. Il eût peut-être suffi d'une pression plus appuyée sur la main de l'autre ou d'un geste tendre pour provoquer ce rapprochement qui paraissait inévitable.

Le souvenir d'Angela, quant à lui, ne revenait que ponctuellement occuper le présent, comme lentement repoussé vers les tiroirs obscurs et de plus en plus imprécis du passé.

Les heures s'échappaient rapidement, trop rapidement. La date du 28 mai allait s'éteindre, inéluctablement, et la grande roue éternelle allait, une fois de plus, tourner sans s'arrêter.

Nancy était fourbue. Ce périple touristique avait mis à rude épreuve ses voûtes plantaires, et seul l'émerveillement sans cesse renouvelé au fur et à mesure que Rome se dévoilait lui permettait d'avancer. Malgré la fatigue, elle savourait cette fin d'après-midi. Oubliant passagèrement ses craintes et ses interrogations, elle profitait pleinement de la douceur du début de soirée. Dans la turbulence des rues, elle retrouvait une grande famille où tous s'agitaient, créant un immense et foisonnant tourbillon. Chacun, en se manifestant bruyamment, semblait vouloir afficher son droit à l'existence. Dans ce concept, certains semblaient plus doués que d'autres. Elle avait observé John à la dérobée. Admirative de sa faculté d'adaptation, elle le sentait parfaitement à l'aise. Sans doute était-il aidé en cela par la langue, dont il retrouvait rapidement l'usage et le vocabulaire. Avait-il rapidement adopté cette aisance mêlée de nonchalance que certains nommeraient suffisance, et qui semblait caractériser les Romains, ou bien ce trait de caractère lui était-il naturel? Elle n'aurait su le dire, mais, certainement, ce n'était déjà plus un étranger. À cet instant, tout paraissait possible: de nouveaux horizons, de nouvelles habitudes, une nouvelle vie peut-être.

Toute la journée, elle avait espéré qu'il la prenne dans ses bras et l'embrasse, comme tous ces couples qu'ils croisaient et qui leur montraient l'exemple, mais elle apprenait à connaître cet homme et savait maintenant que son assurance professionnelle cachait une pudeur exacerbée. L'inexplicable alchimie de l'amour commençait à opérer, lentement, mais pour l'instant seuls les grands yeux de velours noir donnaient à la jeune femme l'assurance qu'elle ne se trompait pas.

Nancy, qui s'était assise sur un banc, devina une présence sur sa gauche. Un grand chien se tenait à côté d'elle, immobile et sage; instinctivement, elle tendit la main et trouva la tête chaude et douce de l'animal, qui se laissa gentiment caresser. John s'était légèrement mis en retrait.

« Faites attention, il est gros. Il pourrait vous mordre. »

La stagiaire répliqua, en souriant :

« Mais non, il n'y a aucun risque. Regardez comme il est doux. Et c'est un chien soumis.

– Comment ça, soumis? À qui?

– À personne en particulier. Chez tous les animaux il y a les dominants et les dominés, et celui-ci n'est visiblement pas un dominant. »

Cattuso, un peu agacé par la présence qu'il jugeait hostile, ajouta :

« Pour moi un chien reste un chien, et un chien peut mordre. Plus il est gros et plus il peut faire mal. »

Nancy Shepard laissa franchement éclater un rire cristallin :

« Mais je me trompe ou vous avez peur des chiens, John? Je vous assure qu'il n'y a vraiment aucun risque, du moins avec celui-ci. C'est un labrador, une race très intelligente et très docile. On peut même les laisser seuls avec les enfants. »

Appuyant les dires de la journaliste, une fillette brune de cinq ou six ans vint chercher l'animal, en le tirant par l'oreille et en le grondant; docilement, la masse noire se leva et se retira en suivant sa petite maîtresse et en dodelinant de la tête avec résignation.

« Là... Vous voyez!

– J'ignorais que vous connaissiez si bien les chiens.

– Oh, vous savez, à la campagne, il est fréquent de cohabiter avec eux. Dans une ferme ils sont très utiles. Ce ne sont pas que de simples animaux de compagnie. À la maison, nous avions deux terre-neuve et j'ai passé une bonne partie de mon enfance en leur compagnie. Ils étaient d'une gentillesse et d'une patience remarquables. Je les adorais.

– Et les dogues, qu'en pensez-vous?

– Ça, c'est une autre histoire. Ce sont des bêtes dangereuses par nature, agressives et disposant de qualités physiques impressionnantes. Je me souviens de l'un de nos voisins, il s'appelait Stanley. C'était un vieil original qui vivait seul et qui avait dressé lui-même ses chiens, deux mastiffs appelés Dog et Madog. D'une taille respectable, ils étaient chargés de la protection de son domaine. Celui-ci était clos et tous les soirs le vieux Stan lâchait ses gardes à quatre pattes. Rentrant souvent très tard et complètement imbibé de whisky, il avait pris l'habitude de se faire reconnaître de loin par ses chiens en les sifflant. Une nuit, ayant sans doute trop bu, il a oublié de siffler.

– Et alors?

– Le lendemain, on a découvert son corps mutilé par les dogues. Ils étaient couchés à côté de lui, bien sagement. Il avait suffi d'une simple erreur de leur maître pour provoquer un drame.

– Eh bien! Ce n'est pas ce genre d'histoire qui va me réconcilier avec le meilleur ami de l'homme.

– Ce type d'affaire est vraiment exceptionnel. Les réactions des chiens dépendent de leur dressage; plus l'animal est naturellement puissant et porté à l'attaque, plus le dressage doit être rigoureux. C'est ce que nous a raconté l'assistant de Sorsi à propos du molosse du chef de la Sécurité qui vous inquiète?

– Ce qui est inquiétant, c'est qu'un chien de ce poids puisse se promener sans laisse ni muselière.

– Il est vraiment si gros?

– Monstrueux.

– De toute façon, le danger sera minime tant que son maître sera là et qu'il ne sera pas menacé. C'est une règle de base pour ces animaux qui, généralement, subissent un vrai dressage. »

La nuit avait finalement gagné la bataille de la

lumière et étendu son voile obscur sur la ville. Seuls les nombreux éclairages publics maintenaient leur artificielle clarté pour remplacer la défection du soleil. Après avoir dîné dans une pittoresque pizzeria du centre, les deux journalistes avaient regagné leur hôtel-pension de *la via della Croce*. Une brise agitait faiblement, là-bas, les grappes de fleurs mauves de la grande glycine. Il était très tard et le hall de la réception était désert. À leur arrivée, le portier du premier jour sortit d'une pièce attenante et, égal à lui-même, leur tendit les clefs de leurs chambres, sans un mot, sans un sourire.

Étendu sur son lit, John entendait couler la douche dans la pièce voisine; il imaginait l'eau roulant sur les formes parfaites de Nancy. La pensée de ce corps magnifique qu'il savait nu, ruisselant et comme offert à la caresse de l'eau lui rappela ses émois de l'après-midi. La tentation de toucher ces seins lourds, de serrer contre lui ce ventre chaud et plat devenait presque douloureuse, mais il se contint. Il était encore trop tôt; demain peut-être...

X

Lundi 29 mai, 13 h 50
Cité du Vatican

Le fidèle Beppi venait de laisser John près des colonnades du Bernin. La brise de la veille n'avait pas tenu ses promesses et la pluie n'était pas venue, laissant de nouveau la place Saint-Pierre et son sol de pavés noirs exposés aux ardeurs solaires. Les touristes et les pèlerins abondaient déjà, arpentant l'immense hémicycle en un carrousel désordonné. Ignorant la foule, Cattuso avait franchi la quadruple rangée de colonnes et il retrouva Francesco Spà qui l'attendait à l'ombre, son éternel missel à la main. Toujours accompagné de son sourire angélique et bienveillant qui forçait la sympathie, le jésuite s'avança vers l'enquêteur en lui tendant la main.

« Bonjour, John. Quelle splendide journée, n'est-ce pas! Alors, vous avez pu visiter notre belle ville hier?

– Oui, nous n'avions que l'après-midi pour jouer les touristes, mais le peu que nous en avons découvert était absolument magnifique.

– Ça ne m'étonne pas. Les gens sont toujours ébahis par la richesse de Rome, et rares sont ceux qui y restent indifférents. Mais, vous savez, plus de deux mille ans d'histoire laissent forcément de nombreux témoignages. Il vous faudrait plus de temps. Peut-être à la fin de votre reportage...

– Oui, je l'espère. »

Le palais austère de la Congrégation pour la Doctrine de la Foi ouvrit sa porte; aussitôt un huissier s'approcha des deux visiteurs pour, comme son homologue du samedi précédent, contrôler le bien-fondé de leur présence. Il s'adressa à Spà :

« Mon père, cette personne est avec vous?

– Oui, nous sommes en mission. Nous venons étudier les archives secrètes du Palais avec l'accord de Son Éminence le secrétaire d'État. »

À l'évocation de la plus haute autorité administrative du Vatican, l'homme hésita un court instant, puis décida :

« Voulez-vous patienter un moment, s'il vous plaît? »

Sans attendre la réponse, il s'éloigna rapidement. Le profès souriait toujours, apparemment insensible au contretemps.

« Ne vous inquiétez pas. Nous avons simplement affaire à un appariteur zélé que je ne connais pas. Mais il a quand même raison, il vaut toujours mieux vérifier. »

Le fonctionnaire revint après quelques minutes, en s'expliquant :

« Toutes mes excuses, mon père, mais il est dans mes attributions de contrôler les entrées et les autorisations d'où qu'elles viennent. Vous pouvez accéder à la documentation sans problème. Bonne journée. »

Il y avait peu de monde autour de la cour carrée. Les murs pastel renvoyaient toujours l'écho des pas sur le dallage poli, amplifiant démesurément leur bruit. Les différentes portes donnant sur les galeries étaient fermées et il en était de même pour celle des Archives. Fox pensa qu'il était paradoxal qu'un accès de dimensions si modestes puisse être la seule protection d'un des passés les plus lourds de l'Église catholique romaine. La caméra placée juste au-dessus de sa tête, et qui le fixait de son regard vide, le convainquit du contraire. Quelques secondes après que Spà eut sonné, l'un des battants s'entrouvrit sur un homme brun, vêtu d'un ensemble noir; c'était sans doute un laïque, car il ne portait pas le classique col romain. Une barbe en collier lui conférait un air un peu désuet, le faisant ressembler aux sbires de la Renaissance. Reconnaissant le prêtre, il sourit en ouvrant un peu plus la porte.

« Bonjour, mon père.

– Bonjour, Emilio, je suis avec *il signor* John Cattuso qui est journaliste au *New Herald Post*. Nous venons pour consulter les archives. À partir d'aujourd'hui, nous serons là tous les après-midi. »

L'homme parut un peu surpris quand il apprit la profession de John. Il le dévisagea un court instant avant de s'effacer en les invitant à entrer. Devant eux s'ouvrait un long couloir, bordé de toutes parts de rayonnages conservant une quantité impressionnante d'ouvrages. Ce corridor tapissé de livres conduisait à son extrémité jusqu'à un escalier de métal. Une odeur persistante de vieux papiers flottait dans l'air. Dans un doux ronronnement, une climatisation distillait une fraîcheur bienfaisante. Le gardien avait regagné sa loge, laissant Francesco Spà et son invité parcourir la longue enfilade de rangements. En avançant, le jésuite laissait glisser sa main de manuscrit en manuscrit, en un effleurement presque sensuel.

« Regardez, John, vous avez devant vous des siècles d'histoire. Tous ces documents sont des originaux. Les plus délicats sont écrits sur du vélin, c'est-à-dire de la peau de veau mort-nés, les plus anciens sur du parchemin, qui était de la peau de mouton non tannée. La couverture de la plupart d'entre eux est en cuir, mais certaines sont en bois. Il faut prendre d'infinies précautions pour préserver ces ouvrages de l'humidité, des moisissures ou des acariens. Une contamination serait irréparable. »

Sensible aux explications du profès, John percevait tout l'amour que celui-ci portait aux vieilles écritures et à ces multitudes de lignes qui témoignaient d'un passé de plus en plus oublié.

« Nous allons monter à l'étage. Nous trouverons là une période très intéressante de l'Inquisition. »

En longeant le couloir et en regardant défiler ces ouvrages qui représentaient autant de parcelles de mémoire, John eut l'impression de remonter le temps. Les marches métalliques de l'escalier, sous les pas des deux hommes, provoquaient un tintement régulier qui résonnait étrangement dans ce temple de la pensée obscure. L'étage était semblable au rez-de-chaussée et constitué par des lignes de rayonnages, chargées de livres de toutes tailles mais dont certains étaient de dimensions respectables. Tous semblaient attendre patiemment, pour ne s'ouvrir qu'à d'hypothétiques lecteurs. Spà désigna à John une table et deux chaises dans un recoin, puis il s'éloigna, en précisant :

« Vous pouvez vous installer là-bas, je vais chercher quelque chose. Je n'en ai que pour une minute. »

Cattuso s'assit sur l'un des sièges et, regardant autour de lui, il eut le sentiment d'affronter une tâche insurmontable. Où fouiller parmi ces milliers de documents et, surtout, que chercher? L'air, bien que brassé régulièrement par la climatisation, ne parvenait pas à retrouver sa neutralité. L'odeur de vieux papiers était intacte, rappelant les lieux où sont entreposées de vieilles choses. Aussitôt, par association d'idées, John pensa à un grenier. Oui, c'était bien ce genre d'émanations, résultant d'une combinaison entre poussières, bois vieillissants et papiers humides, qui flottait ici, chargeant l'atmosphère de senteurs mélancoliques. John essayait d'imaginer la multitude de secrets, de souffrances et de cris qui se cachaient derrière ces livres. Ils en étaient les seuls témoins devant l'Histoire et avaient maintenant valeur de reliques. Le prêtre revint, toujours souriant, les bras chargés par deux gros volumes.

« Voilà, nous allons pouvoir commencer. Je vous propose de vous expliquer les raisons historiques qui ont favorisé la création de l'institution appelée "Inquisition". Je vous ferai un résumé des périodes les plus marquantes de son développement et vous présenterai les personnages qui ont animé ces différentes époques. Je pense que cette approche vous évitera de tâtonner et donc de perdre du temps, à moins que vous ne cherchiez quelque chose de précis.

– Non, rien de particulier, mais je pense que c'est effectivement la bonne méthode. Je prendrai des notes et vous enregistrerai en même temps. Encore merci pour votre aide, mon père.

– Bien, commençons. Il est fait référence dès le XIIe siècle - en 1183 plus précisément - à certains tribunaux chargés de juger les actes d'hérésie. Était appelée ainsi toute action ayant pour but de porter atteinte à la parole de Dieu, et par là même ayant pour conséquence de déstabiliser le pouvoir de l'Église. C'est le concile de Vérone qui ordonna aux évêques lombards de livrer à sa justice tous les récalcitrants à la foi catholique qui, en refusant de s'y convertir, faisaient ouvertement preuve d'hérésie. C'est ce même concile qui a le premier fixé les bases et les règles de l'Inquisition, même si alors on ne la nommait pas encore ainsi. À partir du XIIIe siècle, et pour lutter contre la montée en puissance de la révolte hérétique qui se développait dans le sud de la France, le pape Grégoire IX organisa, sous la responsabilité des Dominicains, en 1233, un tribunal spécialement chargé de juger et de punir tous les actes définis comme subversifs. À partir de cette époque, on estima comme tels la magie, la sorcellerie et l'apostasie. »

Observant l'air interrogateur de John, Spà précisa.

« Est apostat celui qui renie sa religion au profit d'une

autre. C'était aux yeux de l'Église une très grande trahison... Ces tribunaux se distinguaient par leur volonté absolue de garder le secret sur leurs informations et surtout par la brutalité des méthodes employées afin d'obtenir des aveux, preuves considérées suffisantes pour l'application des sentences. Tout le monde sait que la délation, la torture et le bûcher furent couramment employés, et bien souvent à des fins plus politiques que religieuses. L'Espagne, en la matière, a fourni de grands inquisiteurs comme Ximenes ou Torquemada, au XVe siècle; de ces périodes troublées, nous avons quantité d'écrits retraçant les procès, les jugements et les peines qui en ont résulté. Pour tout analyser, il nous faudrait des années, et ce travail a déjà été fait. »

Cattuso était fasciné par les connaissances du jésuite. La clarté de son discours facilitait grandement les choses et l'enquêteur n'avait aucune difficulté à suivre les explications du profès. Tout au plus avait-il, de temps à autre, besoin de quelques compléments.

« Pourquoi l'Inquisition, née en Italie, s'est-elle transportée en Espagne pour revenir ensuite dans son lieu d'origine?

– Au Moyen Âge, l'Espagne était déjà un vrai pays, par rapport à l'Italie qui n'était alors qu'une mosaïque de villes-États, très puissantes mais ennemies. Ces rivalités nuisaient à la cohésion que voulait l'Église. Quand l'Espagne a commencé à perdre de son influence, après avoir dilapidé les richesses qu'elle avait ramenées du Nouveau Monde, Rome a repris de son autorité. Les débuts de l'Inquisition romaine datent de 1542. Il fut un temps où cette institution a été jugée plus efficace en étant placée directement sous les ordres du pape. Paul IV, par exemple, fut un inquisiteur redouté. Par la suite, de "grands inquisiteurs" furent nommés, agissant au nom de la papauté, mais en presque totale liberté. À partir du XVIe siècle, Santori et quelques autres nous ont aussi laissé leurs noms, malheureusement associés à de terribles exactions. »

John notait avec application ces faits qui avaient entaché pour des siècles l'image de bonté et de pardon revendiquée par l'Église.

« L'Histoire nous a laissé également des noms de personnages réfractaires à toute compromission, comme Savonarole, par exemple.

– C'était aussi un représentant de l'Inquisition?

– Non. Lui, c'était un dominicain qui, au XVe siècle, haranguait la foule pour faire naître une scission au sein de l'Église. Il a été jugé, déclaré hérétique et brûlé vif. »

Cattuso, attentif, regardait Francesco Spà qui narrait ces évènements avec un détachement étonnant, paraissant raconter un quelconque récit d'où la religion chrétienne eût été absente.

« Excusez-moi, mon père, mais la façon dont vous parlez de tout cela me laisse un peu perplexe. L'Église a quand même été responsable, par ses décisions et ses actes, d'atrocités sans nom et tout ceci - de la main John désigna la multitude d'archives autour d'eux - en est sans doute le témoignage terrible et incontestable.

– Vous avez raison, John, mais en partie seulement. Ces époques sont révolues, et force est de constater qu'il n'existe pas de système parfait. La foi catholique a essayé de tout temps de se défendre contre les agressions extérieures qu'elle jugeait inadmissibles car dangereuses pour sa survie. Il y a eu l'hérésie incarnée tour à tour par les cathares, les calvinistes, les luthériens et beaucoup d'autres, et je suis d'accord avec vous pour constater que les moyens employés pour cette lutte étaient inhumains. Toutefois, et j'ai apporté ces manuscrits pour vous en convaincre, notre Sainte Mère l'Église a su réagir et évoluer. Il y a eu des périodes noires, comme celle où officiait le grand inquisiteur Santori, connu pour sa rigueur aveugle dirigée en particulier contre un moine philosophe et savant: le frère Giordano Bruno. Mais il y a eu aussi des esprits éclairés qui, en ces temps obscurs, étaient capables de clairvoyance et de lucidité.»

Sur la table, les deux livres anciens étaient sagement fermés. Les cuirs usés de leur couverture portaient des titres en latin ainsi que des chiffres romains. Spà ouvrit avec précaution le plus grand des deux puis, tournant lentement quelques pages, il expliqua:

«Ici, nous avons une partie de l'inquisition requise par le jésuite Roberto Bellarmin, qui était censeur cardinal, contre un très illustre personnage: Galileo Galilei, plus connu de nos jours sous le nom de Galilée. La rencontre de ces deux hommes devait marquer l'histoire de l'Inquisition, avec d'un côté un scientifique dont la notoriété, les propos et les écrits avaient déjà franchi les frontières, et de l'autre un juge intelligent et humain qui se refusait à condamner le précédent.»

Après l'avoir retourné, le prêtre avait repoussé le livre devant John et, le bras tendu, continuait d'en feuilleter lentement les pages.

«Je pense que Bellarmin admirait secrètement le grand savant. Comme il apparaît dans ce texte, le cardinal a, à maintes reprises, mis en garde le brillant théoricien.»

De son doigt et à l'envers, Spà suivit une ligne de caractères noirs et irréguliers qui serpentait sur la page jaunie.

«Écoutez ceci: "*L'attitude de l'accusé est difficilement défendable. Il persiste dans ses dires et, à chacune de nos mises en garde, il sourit en esquivant adroitement nos questions. Pourtant nous essayons de le prévenir, en précisant bien que s'entêter dans l'enseignement de ses théories, proches de l'hérésie, peut le conduire à sa perte.*"»

Le jésuite tourna la page et continua:

«*Aujourd'hui Galilei nous a expliqué ses vues sur le Monde et ce qu'il appelle le Grand Équilibre des Planètes. C'est un homme très instruit, très intelligent, mais trop têtu. Il ne veut rien entendre. Son raisonnement est très dangereux et complètement opposé aux dogmes de l'Église. À chacune de nos interventions, il se contente de parler de science et de mécanique céleste. Naturellement doté d'un caractère doux et affable, il est pourtant pétri de certitudes et celles-ci l'empêchent de mesurer le différend qui nous sépare.* »

John Cattuso écoutait la traduction avec attention, impressionné par l'aisance du profès, tandis qu'il essayait d'imaginer ces deux êtres d'une même époque, issus de mondes trop éloignés pour pouvoir se comprendre.

« Êtes-vous sûr, mon père, que Bellarmin ait essayé de protéger Galilée au nom de l'admiration qu'il lui portait? Ou n'a-t-il pas plutôt estimé prendre un trop grand risque en punissant quelqu'un de si grande renommée? »

Francesco Spà n'hésita pas un instant.

« Aucun doute, les textes sont très clairs à ce sujet: le cardinal a forcé la main au savant, en l'obligeant à abjurer ses convictions et à renoncer à propager son enseignement. C'est un fait. Mais il a agi dans un but précis: préserver l'autorité de l'Église tout en évitant le bûcher à l'audacieux astronome. C'était de la part du censeur une décision d'une grande sagesse. »

* * *

Tout l'après-midi, l'enquêteur de l'*Herald* avait enregistré et noté les explications du prêtre. Ce dernier avait déployé toute sa volonté et sa passion pour démontrer le changement de cap de l'Église catholique. L'Inquisition n'était plus. Son intolérance et sa violence avaient fait place à la charité et à la compréhension. Le pape actuel avait décidé de poser cette lourde croix, héritée de ses prédécesseurs, et ouvert les voies de la transparence et du renouveau pour montrer un visage de la foi enfin digne de l'enseignement originel.

Dix-huit heures. Les minutes avaient fui, invisibles et légères. Seules les voix des deux visiteurs avaient troublé cet univers silencieux, dont les livres étaient les gardiens muets. Prenant conscience de l'heure, le jésuite se leva en s'excusant.

« Il est déjà tard, nous devons partir. Emilio, le surveillant des Archives, a certainement fini son service et je ne peux pas vous accorder plus de temps. Si vous le permettez, nous poursuivrons demain.

– J'aimerais rester encore un peu pour mettre mes notes au propre. Est-ce possible? Cela me ferait gagner du temps. »

De son regard d'azur, le prêtre scruta un instant son interlocuteur.

« Ne traînez pas trop, je ne suis pas censé vous laisser seul. Mais je vous imagine difficilement arrachant des pages de ces manuscrits inestimables. Je vous crois au-dessus de ça. Essayez quand même de faire vite. Si on vous trouvait ici sans moi, j'aurais sûrement des ennuis. Toutefois, si vous êtes encore là après dix-huit heures trente, il faudrait pour franchir l'entrée principale appuyer sur le bouton doré qui commande la gâche électrique. Il est situé sous l'interphone. »

John entendit la porte du rez-de-chaussée se refermer avec un claquement sec, replongeant les longs corridors dans un silence sépulcral. Il était sans doute seul dans cette aile du Palais.

Il se leva et, en parcourant lentement le couloir, toucha à son tour les couvertures usées des vieux livres. Il fut étonné de la douceur de ce contact, car il avait imaginé les cuirs racornis par les siècles. Au contraire, malgré les craquelures, les années avaient adouci les peaux, leur conférant un velouté étonnant. Il s'approcha du grand manuscrit que Spà avait rangé. En tournant précautionneusement les fragiles pages centenaires, il regardait défiler les caractères d'une langue inconnue qui racontait des instants de vie. À ce moment, Cattuso aurait aimé connaître le latin et pouvoir déchiffrer ces lignes qui lui étaient totalement hermétiques. Tout au plus pouvait-il noter que l'écriture de Bellarmin se dégradait au fil des pages, pour, à la fin du volume, n'être plus qu'une suite de grosses lettres difficilement identifiables. Manifestement, le grand inquisiteur avait d'importants problèmes de vue... lui aussi.

John retourna s'asseoir dans le recoin et commença le classement et la recopie de ses notes, aidé par l'enregistrement qu'il avait fait de Francesco Spà. Les minutes s'écoulaient dans une quiétude étrange, où l'on n'entendait que le bruissement du papier, quelquefois troublé par la voix déformée du *padre* qui expliquait pourquoi la foi était toujours plus forte que tout. Insidieusement, les mots, les phrases du carnet se mirent à danser, d'abord fugitivement, puis de façon de plus en plus évidente. John se laissa envahir par une douce et irrépressible langueur. Il posa son stylo, cligna des yeux en se calant dans son siège et s'assoupit.

* * *

Un chant puissant s'élevait, semblant sourdre des murs eux-mêmes. C'était une lourde complainte à plusieurs voix masculines, dont l'origine était diffuse et indéterminée. D'où qu'elle vînt, sa tonalité était suffisante pour filtrer à travers les murs épais du Palais. Tiré de sa torpeur par le chant grégorien, l'enquêteur prit soudain conscience du temps qui avait filé. Il était presque vingt heures trente. Il avait dormi plus de deux heures!...

Au fond du couloir, les hautes fenêtres gardées par les grilles de fer laissaient voir la lutte entre le jour et la nuit et il devenait évident que cette dernière allait bientôt remporter une nouvelle victoire.

L'escalier tinta de nouveau sous les pas de John, animant un instant les Archives d'un écho métallique, en totale discordance avec le chant rituel. Lorsque la porte claqua derrière lui, Cattuso eut l'impression que les voix saluaient son départ.

Dehors le combat entre la clarté et la noirceur se poursuivait, laissant encore une légère incertitude sur sa durée... Il en résultait une lumière indécise, qui éclairait étrangement la cour du Saint-Office.

Le long des galeries, quelques caméras montaient une garde infatigable, visant de leurs yeux noirs et immobiles des zones bien définies. Fox remarqua qu'elles étaient orientées dans une seule direction. Selon cette orientation, elles étaient censées suivre les visiteurs qui entraient, et non pas ceux qui sortaient. Le fond de la cour, à gauche des Archives, échappait à leur champ de vision. Comme pour le reste du bâtiment, il paraissait évident que les accès étaient interdits ou surveillés de l'extérieur vers l'intérieur, et non l'inverse. Erreur de stratégie, mauvais choix technique ou confiance absolue dans le système de surveillance vidéo?

John repéra immédiatement la porte. Elle était plus petite que les autres et nullement mise en valeur. Quelconque par sa simplicité, elle ressemblait plus à une entrée de cave qu'à celle d'un bureau. L'enquêteur s'approcha, toucha le bois sec de l'unique vantail et fut un peu surpris par ce contact presque froid. Une grosse serrure, vestige d'une époque révolue, barrait l'ouverture. Des éraflures sur le métal témoignaient du viol récent des lieux.

À quelques pas de la petite porte décrite par Pasquale, il y en avait une autre, guère plus grande, mais parfaitement vernie. Sur cette dernière, une étiquette blanche stipulait: «*Servizio*». Le local qui se cachait derrière ce nom contenait plusieurs balais, des chiffons et du matériel d'entretien. Dans une caisse, John Cattuso trouva une torche électrique gainée de caoutchouc et un gros tournevis.

Après une courte résistance, la lourde ferrure céda sous la pression de l'outil... son apparente robustesse cachait un mécanisme archaïque et assez facilement crochetable. Un jeu d'enfant pour un fin technicien comme Renato Sorsi. Ce dernier n'avait laissé de son passage que quelques rayures sur le métal noirci par l'âge. Quant à John, son enfance dans les quartiers de Brooklyn lui avait assuré la formation nécessaire à ce genre d'exercice.

Hors périmètre du système de surveillance, il poussa la petite porte qui s'ouvrit en grinçant. L'origine du chant se précisa, toute proche et pourtant encore incertaine. Devant John se trouvait une cour exiguë, encadrée par de hauts murs; même en plein jour le soleil ne devait y faire qu'une courte traversée. Son sol de pavés noirs paraissait semblable à celui de la place Saint-Pierre. Peut-être dataient-ils de la même époque. Il régnait sur cet espace austère, faiblement éclairé par le jour déclinant, une atmosphère angoissante. L'endroit ressemblait à une cour de prison, mais une vieille, très vieille prison oubliée de tous. Cattuso sentait respirer ce dallage irrégulier, ces pierres et ces murs. Il savait être en présence de l'un de ces lieux magiques, porteurs d'histoire et dont un visiteur attentif pourrait capter les ondes muettes.

Au milieu de la cour, un muret rectangulaire en pierre encadrait une ouverture béante qui s'enfonçait dans le sol. Le vide créait une tache noire d'où n'émergeaient que quelques marches en granit. John descendit les premières, usées et polies par le temps. Après quelques mètres, il dut allumer sa lampe torche. Une fraîcheur bienfaisante l'enveloppa, se collant à lui en séchant rapidement la moiteur qui l'imprégnait. En même temps que ce sentiment de bien-être, une sourde inquiétude le gagnait au fur et à mesure qu'il s'enfonçait dans les entrailles minérales du palais du Saint-Office. Le couloir qui l'emportait était maintenant étroit et humide avec des marches glissantes et il dut pour assurer son équilibre s'appuyer sur les parois rugueuses qui descendaient toujours plus bas. Après plusieurs minutes, le boyau s'incurva pour continuer son chemin à l'horizontale. Le journaliste poursuivit sa progression dans un silence total, car le chant grégorien qui l'avait accompagné au début de sa quête s'était progressivement tu pendant la suite du parcours.

Soudain, le rayon lumineux de la torche accrocha une grille de fer qui fermait le conduit. Les barreaux épais portaient les marques du temps, mais l'oxydation n'avait que peu rongé le métal, lui laissant toute sa force. Le point faible de ce barrage semblait être la chaîne qui en fermait les deux vantaux. À son extrémité, un cadenas trop brillant pour revendiquer un quelconque passé laissait entrevoir que l'*ingegnere* était au moins venu jusqu'ici; sans doute le cadenas d'origine avait-il été remplacé juste après le passage du vieil homme. John utilisa une nouvelle fois le robuste tournevis pour forcer le destin. La gorge sèche, il chemina encore quelques mètres avant de se trouver devant une nouvelle porte. Massive, cette dernière était bardée de pointes pyramidales très semblables à celles qui ornaient l'entrée secondaire du Palais. L'enquêteur fut surpris de constater qu'elle ne portait aucune serrure, mais seulement un loquet. Celui-ci céda avec un claquement sec, libérant l'unique panneau qui, sous la poussée du visiteur, s'écarta dans un grincement sourd.

Cattuso sentit aussitôt une impression de vide, comme s'il aboutissait dans une grande salle; la torche épuisait son œil unique sans parvenir à traverser l'espace noir qui s'étendait devant elle.

La gorge nouée, John s'avança d'un pas. Brusquement, le sol se déroba sous ses pieds et il fut aspiré par le néant.

* * *

Vingt et une heures. Nancy était perplexe. Elle avait travaillé seule tout l'après-midi, dans la crainte de recevoir un appel de Mario Pozzi et en espérant le retour de John pour le début de soirée. D'abord irritée par son retard, elle pensa qu'il avait une fois de plus fait cavalier seul, à la recherche d'une quelconque chimère. Au fil des heures, ce retard était devenu de plus en plus conséquent, et maintenant l'irritation avait fait place à de l'inquiétude. Elle avait essayé maintes fois de le joindre sur son portable, mais sans succès. À chaque tentative, la messagerie vocale répondait à la place de Cattuso.

Nancy Shepard mesura à cet instant l'ampleur de l'attachement qui la liait déjà à son collègue. Une sourde appréhension lui pinçait le cœur, l'empêchant de se concentrer sur son travail. Elle s'allongea sur le lit en se demandant où ce diable de Fox avait bien pu aller se fourvoyer. À cette idée, sa poitrine se serra encore un peu plus, car elle n'imaginait pas de limite à l'entêtement et à la curiosité de l'enquêteur. Et bien souvent les ennuis allaient de pair avec ces qualités.

Après les évènements des derniers jours, elle le croyait sincère et disposé à partager avec elle le résultat de ses investigations. Elle eut un peu honte de ses premiers soupçons. Alors, où était-il? Et pourquoi n'appelait-il pas? Plus le temps s'écoulait et plus il devenait évident qu'un contretemps sérieux empêchait son retour. Nancy essaya une nouvelle fois d'appeler le portable de John, mais de nouveau la boîte vocale lui confirma l'inaccessibilité de son correspondant.

* * *

Les bras tendus pour protéger sa chute, John toucha durement la terre battue. La lampe torche lui avait échappé et avait rebondi plusieurs fois sans s'éteindre, protégée par son enrobage caoutchouté. Lorsque John leva la tête, la lampe roulait encore lentement sur le sol, arrosant les murs de son cercle de lumière dorée.

Comparativement au couloir frais et humide qui conduisait jusqu'ici, l'air de la grande salle était presque froid et sec. Cattuso sentait même un léger courant d'air. L'endroit était sans doute ventilé, mais sans aucun conduit visible, car l'obscurité était totale. Une odeur fade flottait, rappelant celle du tissu en décomposition. Quelques frottements à peine perceptibles, associés à des mouvements furtifs, se manifestèrent dès le plongeon de l'intrus.

John se leva et, prudemment, alla récupérer sa torche. En se baissant pour la saisir, il suivit du regard son rayon lumineux. Celui-ci éclairait un crâne qui fixait le visiteur de son orbite vide. Avec sa mâchoire inférieure décrochée, le vestige d'humain semblait sourire de cette arrivée intempestive. L'enquêteur de l'*Herald* eut un haut-le-corps en prenant conscience de l'endroit où il se trouvait.

La crypte était vaste et, de part et d'autre d'un chemin central, les murs étaient équipés de chaînes massives auxquelles étaient entravées des dizaines de corps réduits à l'état de squelettes, certains assis bien droits et appuyés contre les parois, mais la plupart dans des postures inhabituelles et presque grotesques. En s'approchant, John mesura encore un peu plus l'horreur des lieux. Par la taille de ces ossements, il n'identifia que des restes de femmes, et certaines d'entre elles tenaient étroitement serrés contre leurs chairs inexistantes de tout petits squelettes. Sans doute des nouveau-nés. La vue de ces restes morbides permettait aisément d'imaginer l'horreur des scènes qui avaient dû se dérouler ici. Certains ossements portaient des morceaux de tissus noirâtres qui pendaient en lambeaux pitoyables autour d'eux; d'autres étaient nus. L'avaient-ils été dès leur enchaînement ou les rats qui se manifestaient insidieusement étaient-ils responsables de leur dépouillement? D'autres enfin arboraient de lourds vêtements encore reconnaissables… À la vue des bures, le journaliste eut une certitude: ces femmes étaient toutes des nonnes. Elles avaient, sans nul doute, pratiqué le plus abjects des péchés capitaux, le péché de la chair, avilissant par leurs actes l'image de l'Église. Plusieurs d'entre elles portaient encore dans leurs bras le fruit de leurs amours interdites. Quant aux autres, peut-être n'étaient-elles qu'enceintes au moment de leur inhumation *in vivo*. La punition avait été à la mesure de leur faute: l'emprisonnement et la mort, pour avoir oublié leur promesse de fidélité à Dieu.

Cattuso avançait lentement au milieu de cette nécropole, avec l'impression que ces têtes sans regard ni mémoire regardaient toutes vers lui. La réalité était certainement bien pire. Avant de mourir, ces femmes avaient dû simplement regarder vers la porte, sans doute la seule issue possible de cet enfer. Combien de cris, de sanglots? Les avait-on laissées mourir de faim ou les avait-on seulement un peu nourries les premiers jours? Combien de temps avaient duré ces enterrements inhumains? Pendant combien d'années les nouvelles arrivantes avaient-elles côtoyé, le temps de leur agonie, les corps desséchés de leurs aînées? John imagina, presque douloureusement, qu'au fond de leur désespoir certaines mères avaient aussi, peut-être, choisi d'écourter le destin de leurs propres enfants.

Un peu plus loin, l'air devint plus froid et les corps

enchaînés dans cette zone étaient partiellement momifiés. La lumière jaune de la lampe déposait un cercle de clarté sur des visages tannés, la bouche ouverte sur un ultime cri muet.

Précédé par la lumière artificielle, Fox s'avança un peu plus dans le sinistre sépulcre. Il visait soigneusement l'allée centrale pour éviter de piétiner des membres décharnés qui s'étaient tendus afin d'échapper à l'étreinte des chaînes. Après plusieurs longues minutes d'une marche hésitante, il parvint à l'extrémité de la tombe commune. Le grand mur du fond ne portait aucune trace d'entraves ni de présences humaines. Apparemment, c'était simplement la fin de l'immense caveau.

John imaginait facilement le désarroi qu'avait causé la découverte de cet endroit chez Renato Sorsi. Ça avait dû être un choc terrible pour cet homme très croyant de constater toute l'horreur et la cruauté dont pouvait être capable la plus vénérable des institutions.

Cattuso balayait la paroi avec sa torche électrique lorsque soudain le rayon de celle-ci accrocha une forme noire : c'était une porte très basse surmontée d'un linteau cintré. Elle était protégée par un énorme cadenas, sans doute très ancien, mais dont la taille était plus que dissuasive. John s'approcha et cogna du poing le panneau massif. Un écho sourd lui répondit, mais sans lui révéler la nature de ce qui se trouvait derrière le bois épais.

L'enquêteur se recula légèrement et inspecta le pourtour de cette entrée discrète. Incisée sur le linteau, une inscription portait une phrase que Fox essaya de décrypter. Les lettres étaient nettes, mais la lumière crue et trop directe estompait leur relief, rendant la lecture malaisée. Une certitude pourtant : la sculpture était assez ancienne puisque des micro-organismes lents, parasites de la pierre, s'étaient incrustés dans l'écriture, la maculant de taches brunes. Après quelques instants, le texte en latin apparut, énigmatique : « DOMINI IRA QUEM SACRILEGUM PUNIT ». Sans en comprendre le sens, mais par analogie avec l'italien, John devina derrière ces mots issus du passé une mise en garde ou une menace.

Pendant qu'il essayait de mémoriser l'épitaphe, l'intensité lumineuse de sa lampe commença à baisser. Atterré à l'idée de devoir déambuler dans le noir absolu, John fit rapidement demi-tour en accélérant le pas. En remontant ces longues files macabres, figées pour l'éternité, il avait l'impression que des dizaines de paires d'yeux l'accompagnaient dans sa fuite.

Il arriva presque en courant au pied de l'escalier qui avait provoqué sa chute un peu plus tôt. À la vue de l'ouvrage sous cet angle, John comprit que son plongeon avait été inévitable. Là-haut, la porte s'ouvrait de face sur un palier étroit, sans protection, et les marches descendaient uniquement sur la gauche.

Le loquet venait de libérer la lourde porte aux pointes acérées qui permettait de retrouver le couloir lorsque brusquement l'œil magique s'éteignit, laissant le visiteur en proie aux angoisses de la cécité. Il remonta en tâtonnant sur plusieurs mètres le boyau humide et frais. Selon lui, la lourde grille qui barrait le passage aurait dû être là depuis longtemps... à moins d'une erreur de parcours. À cette seule pensée, un frisson d'angoisse le parcourut. Pourtant, à la réflexion, il ne se souvenait pas avoir rencontré la moindre bifurcation. Enfin, son pied buta contre les barreaux épais et John comprit avec soulagement que dans le noir tout était différent. Sans repères, tout devenait plus difficile, plus compliqué, et sans doute l'idée même que l'on se faisait du temps et de sa durée était modifiée. Les deux vantaux moyenâgeux s'écartèrent sans résistance avec un léger grincement.

Toujours en suivant les parois invisibles de l'étroit tunnel, le noctambule avait maintenant la certitude d'être sur le bon chemin, car la fraîcheur s'atténuait, progressivement remplacée par un air de plus en plus tiède. Enfin, une tache à peine moins sombre que la noirceur du couloir lui apprit qu'il était à l'air libre. Dehors il faisait nuit. Le temps était à l'orage et le ciel, d'habitude étoilé, était recouvert d'un manteau nuageux opaque; on n'y voyait goutte et la différence de visibilité entre la crypte et l'extérieur était minime.

Il était sans doute très tard et Cattuso pensa subitement à Nancy, imaginant assez bien l'accueil qu'elle lui réserverait.

Il allait pousser la porte séparant la cour de celle plus grande du Saint-Office lorsqu'un bruit rappelant une toux sèche l'arrêta. En collant son oreille contre le battant, il n'eut plus aucun doute: quelqu'un attendait de l'autre côté.

Fox patienta quelques longues minutes. La toux était toujours là, présente comme une menace invisible. Parfois, répondant à de brefs instants d'accalmie, elle reprenait en de courtes quintes nerveuses. Pour lui l'alternative était simple: attendre patiemment le départ de l'intrus ou tenter sa chance si celui-ci s'incrustait. Dans un premier temps, John décida d'attendre.

Une grosse goutte tomba sur sa joue. Le manteau venait de se déchirer, libérant le ciel qui commença à se liquéfier, d'abord lentement et silencieusement, puis de plus en plus vite et dans un crépitement continu. La poussière du sol s'imprégnait de cette eau céleste en exhalant une odeur fade.

À présent, le silence n'était plus interrompu que par le martèlement régulier de la pluie. Pour éviter de provoquer le moindre grincement, l'enquêteur de l'*Herald* appuya sur le battant de la porte, avec une douceur appliquée. Celui-ci s'écarta légèrement avec un sifflement à peine perceptible, de toute façon largement couvert par le staccato de l'averse. Par l'entrebâillement,

Fox pouvait détailler la galerie entourant la grande cour. Quelques mètres devant la petite porte se tenait une forme sombre appuyée contre l'une des colonnes. Elle était de dos et auréolée d'un nuage bleuté.

L'homme tirait longuement sur sa cigarette, parvenant, semblait-il, à calmer l'irritation de sa gorge de cette façon. À chaque aspiration, l'extrémité incandescente éclairait fugitivement son visage et dégageait une forte senteur de tabac brun. John essayait vainement d'identifier le personnage. Immobile, il semblait planté là comme l'un des éléments immuables du décor.

Une nouvelle quinte secoua les larges épaules de l'individu qui bougea légèrement. Dans ce bref mouvement, Cattuso surprit un reflet métallique au niveau du sol. Cet infime détail lui donna aussitôt la réponse qu'il cherchait : l'inconnu qui barrait le passage n'était autre que Klaus Hübner, le chef de la Sécurité, et le reflet appartenait à l'extrémité de l'une de ses chaussures.

Surclassant cette certitude, le journaliste sentit une poignante interrogation s'installer dans son esprit : si le maître était là, où était donc son fidèle et monstrueux animal?

Il faisait si sombre que le rideau qui s'abattait sur la cour était à peine visible. Seul l'impact des milliards de gouttes trahissait la présence de l'élément liquide. Par la petite porte entrebâillée, John essayait de percer l'obscurité au-delà de la silhouette qui grillait cigarette sur cigarette. Mais le diable à quatre pattes était invisible et son absence constituait une menace non négligeable. Malgré la pluie qui perturbait fortement l'odorat des chiens, si le dogue revenait vers son propriétaire, il ne faisait aucun doute que la situation deviendrait encore plus inconfortable. Il fallait agir vite, avant le retour du mastiff.

L'homme, toujours de dos, s'amusait à faire des ronds de fumée qui s'évanouissaient dans le noir de la cour. Fox s'approcha de lui précautionneusement, puis bondit en lui enserrant le cou d'une prise vigoureuse. Surpris par l'attaque, le chef de la Sécurité lâcha sa cigarette en jurant. Il était nerveux et athlétique; Cattuso sentait son corps noueux se débattre avec force.

Le mercenaire du Vatican savait se battre, et il prouva qu'il était bien un homme de terrain. D'un geste brusque, en prenant appui des deux pieds contre la colonne, il se projeta en arrière, écrasant violemment son agresseur contre le mur du préau. Sous le choc, John dut lâcher sa prise et se retrouva par terre à quatre pattes; Hübner, lui, était déjà debout et continuait de jurer rageusement en allemand:

« *Schweinhund! du bist tod!* »

John, pendant la lutte, pensait toujours au chien en se disant que tout ça était beaucoup trop long et que ça allait vraiment mal tourner. Le chef des gardes suisses attaquait à l'aveuglette, sans laisser le temps à son adversaire de se relever. Un premier coup de pied frôla la tête de l'enquêteur et alla s'écraser contre le mur. L'embout métallique qui armait l'extrémité de la chaussure égratigna la pierre en lui arrachant une étincelle éphémère.

John voulut se relever, mais il ne put esquiver la seconde attaque. L'homme faisait preuve d'une précision redoutable, même dans le noir. Le second coup de pied s'envola et atteignit les côtes du journaliste, qui eut l'impression que quelque chose se cassait ou se déchirait dans ses entrailles. Dans un sursaut désespéré, il saisit dans sa poche la lampe torche et frappa violemment, au hasard, de bas en haut. Il entendit le Suisse se dégonfler et tomber à genoux, avec le couinement caractéristique de celui qui est touché dans sa virilité. Fox, le souffle court, attrapa par-derrière le cou musclé de son rival et serra... serra... À cet instant, il n'aurait su dire s'il cherchait l'abandon de l'autre ou sa mort.

Hübner résistait encore, prolongeant le combat avec une énergie imbécile. Cattuso, une fois de plus, songea au grand chien et estima urgent d'abréger l'affrontement; exerçant une brusque rotation, il entraîna le cou du sbire qui craqua sinistrement sous la contrainte. Aussitôt, le corps de celui-ci se relâcha, pour ne plus être qu'une marionnette flasque, vidée de sa force.

Un voile devant les yeux, John se leva péniblement pour constater qu'au fond de la galerie une masse noire le regardait: l'animal, peut-être gêné par l'obscurité, hésitait. Sans doute ne parvenait-il pas à identifier ce qui se passait.

Il pleuvait toujours et le crépitement incessant était presque rassurant. Là-bas, la masse noire se mit en mouvement, d'abord lentement puis de plus en plus rapidement dès qu'elle identifia l'ennemi. Dans le même instant, Cattuso s'était élancé vers l'entrée principale du Saint-Office. Il courait en serrant les dents, pour lutter contre la douleur qui l'étouffait, avec la très nette impression d'avoir un beau désordre à l'intérieur du corps.

Derrière lui, la lourde machine à tuer s'était arrêtée devant le corps inanimé du responsable des gardes qu'elle reniflait en geignant. Dressée pour obéir, elle semblait attendre un ordre qui ne venait pas et resta quelques secondes immobile, désappointée par la situation. Là-bas, l'homme courait en boitant, malhabile et vulnérable. Elle sentit monter en elle cette haine des faibles que seule l'autorité de son maître savait modérer.

Maintenant, la bête noire avait repris sa course débridée, la mâchoire inférieure pendante, découverte sur ses crocs d'ivoire étincelants. Sans contrôle, elle n'avait qu'un seul but: attraper cet être qui s'enfuyait et le détruire.

La cour du Palais était entourée par un muret massif sur lequel s'appuyaient les colonnes soutenant les toitures des galeries. Le sol de granit blanc poli était rendu encore plus glissant par la pluie oblique qui s'infiltrait en ricochant sur le muret. À la moindre glissade, le dogue serait sur le fugitif.

Pour atteindre la grande porte, il fallait parcourir la moitié du pourtour de cette espèce de couloir périphérique. Le seul moyen de raccourcir la distance eût été de sauter par-dessus le parapet, mais Fox, durement touché, n'avait plus cette possibilité. En contournant l'angle droit du corridor, il songea avec angoisse que le mastiff n'aurait, lui, aucune difficulté à franchir l'obstacle. Il suffisait que son instinct l'y incite. Pour la première fois depuis longtemps, il se surprit à prier: à travers cette douleur diffuse et lancinante qui lui tordait le ventre et lui coupait le souffle, il priait pour que le bouton doré mentionné par Spà soit suffisamment visible dans la nuit et surtout qu'il ait le temps d'appuyer dessus avant que le piège vivant ne s'abatte sur lui.

L'averse continuait avec une belle constance, installant une fraîcheur bienfaisante et noyant la canicule de la journée. Quelques mètres derrière Cattuso, l'énorme canidé lancé à pleine vitesse essayait de garder un équilibre hasardeux sur le dallage brillant. Sa lourde masse luttait contre la gravité pour maintenir sa trajectoire, pendant que ses griffes inutiles glissaient sur le granit avec un crissement qui traversait le martèlement de la pluie. Le monstre n'avait pas sauté le muret, sans doute trop impulsif ou trop bête pour envisager un autre choix que celui d'aller tout droit!

Craignant une chute, John n'osait se retourner en courant et, à défaut de le voir, il ne pouvait qu'imaginer le monstrueux chien à ses trousses. Il atteignit le premier l'entrée du Palais, en sueur. Une lumière dorée brillait sur le grand panneau noir de l'interphone, comme une immense lueur d'espoir: le fameux bouton qui commandait la gâche électrique était translucide et lumineux.

L'enquêteur écrasa du poing sa seule chance de survie, et attendit une fraction de seconde, c'est-à-dire une éternité, que la porte se libère dans un claquement sec.

À peine eut-il écarté le grand battant et s'y fut-il faufilé que la bête fondit sur lui. John se sentit happé par le bas de son blouson. La mâchoire prodigieuse du dogue s'était refermée sur le tissu et tirait avec une force impressionnante, essayant de ramener le fuyard dans la cour. Arc-bouté contre l'ouverture entrebâillée, l'homme tentait de résister à l'animal avec l'énergie du désespoir. Malgré l'obscurité, il voyait nettement l'énorme tête au pelage noir et ras où luisaient méchamment les yeux d'obsidienne.

Lentement mais sûrement, la grosse tenaille d'ivoire entraînait sa prise vers l'intérieur. Tout à coup, dans un craquement libérateur, le vêtement rendit l'âme, laissant John s'affaler sur le seuil du Saint-Office tandis que, dans le même temps, le claquement sec de la gâche électrique indiquait que la grande porte venait de se refermer derrière lui.

Épuisé, il resta de longues minutes prostré contre le mur, au pied de l'entrée. Complètement trempé et haletant, il s'abandonna à cette eau qui l'aidait à lutter contre l'irrépressible engourdissement qui le gagnait. Il songea tout à coup à Hübner, ainsi qu'au craquement sinistre de son cou. L'avait-il tué? Cette idée, curieusement, ne lui causa aucun remords, tant il était sûr de ne pas avoir vraiment eu le choix. Il repensa au grand corps qui se détendait et à la vie qui s'en échappait... C'était donc cela, tuer?... La suppression de millions de fonctions complexes, par un simple geste, aussi facile que de souffler une bougie ou presque.

* * *

Beppi était perplexe. En fin d'après-midi, il avait attendu «*l'Americano*» comme tous les jours précédents dans la cour du Belvédère. Après une bonne demi-heure d'attente pendant laquelle il l'avait appelé plusieurs fois en vain sur son portable, il avait dû partir. À présent, il venait de recevoir un appel du journaliste qui lui demandait de venir le chercher devant le palais de la Congrégation pour la Doctrine de la Foi. Il était presque vingt-trois heures.

Cattuso eut du mal à se baisser pour entrer dans la Fiat. En sueur et paradoxalement frissonnant, il se laissa tomber sur le siège sous l'œil éberlué du chauffeur. Celui-ci avait subitement perdu son habituelle faconde.

«Qu'est-ce qui vous arrive? Ça ne va pas?

– Ne vous inquiétez pas, Beppi, ramenez-moi simplement à la pension... s'il vous plaît.»

L'homme lança aussitôt le moteur de la Croma et enchaîna, sans se retourner:

«Je me suis inquiété. Je vous ai attendu longtemps dans la cour, j'ai même essayé de vous joindre, mais vous aviez sans doute éteint votre portable.

– Non. Il marchait, mais, là où j'étais, les communications ne passaient sans doute pas.»

Beppi regardait John dans son rétroviseur. Il était affalé sur la banquette arrière et respirait bruyamment. Il était mouillé de la tête aux pieds et avait dû passer un bon moment dehors. Sa veste était toute déchirée. Il avait certainement été victime d'un accident, ou d'une agression, qui sait?

«Vous êtes sûr que ça va? Je peux peut-être vous aider. Je connais un bon docteur, si vous voulez?»

La réponse à peine audible fut néanmoins catégorique:

«Non! Merci! Une bonne nuit et ça ira mieux.»

Le hall de la pension des Glycines était désert: le

portier en faction avait dû s'absenter un moment et Cattuso en profita pour récupérer la clef de sa chambre. Dans les étages, il croisa des gens qui l'ignorèrent. À peine ses vêtements détrempés suscitèrent-ils leur regard. Nancy n'était pas encore couchée: un rai de lumière s'immisçait sous sa porte. Il frappa un coup bref. Une voix anxieuse répondit:

« Oui? Qui est-ce?

– C'est moi, John. »

La jeune stagiaire était prête à en découdre, à la fois inquiète et courroucée en raison du silence de son partenaire. Elle attendait ce moment depuis des heures, mais devant la mine défaite de John Cattuso elle perdit toute son agressivité.

« Mon Dieu, John! Qu'est-ce qui vous est arrivé? »

La douleur était encore plus forte à présent et John avait du mal à mettre un pied devant l'autre. Pendant que la jeune femme essayait de le soutenir, il s'avança péniblement vers le lit couvert de documents et s'y laissa tomber lourdement.

« Qu'est-ce qui vous est arrivé?

– J'ai un peu trop bu.

– Cessez de faire l'idiot! Vous vous êtes battu? Ou vous avez eu un accident?

– Un peu les deux, je crois.

– Où étiez-vous passé? Cela fait des heures que j'essaie de vous joindre. Vous aviez coupé votre portable?

– Non, mais apparemment il ne captait pas. »

Fox essaya d'enlever son blouson, ou ce qui en restait, mais ce simple geste lui arracha un gémissement de douleur; Nancy s'avança:

« Attendez, je vais vous aider. »

En ôtant le vêtement en lambeaux, elle poursuivit son interrogatoire:

« Tout le Vatican est couvert par un réseau de télécommunications. J'ai vu ses antennes quand nous avons traversé les jardins. Il est impossible de ne pas capter là-bas. Où étiez-vous donc? »

Malgré la souffrance et la fatigue, Cattuso avait besoin de parler et de se confier. Luttant contre cette langueur qui essayait de le vaincre, il se força à répondre :

« J'ai suivi le même chemin que Renato Sorsi, la veille de sa disparition.

– Et alors? Où cela vous a-t-il conduit?

– Dans un endroit innommable. Au plus profond de l'horreur.

– Vous parlez par énigmes. Pourriez-vous être un peu plus clair?

– J'ai découvert une espèce de cave immonde, au fond du Saint-Office. Il y a là un immense charnier, constitué de squelettes de femmes qui dorment là depuis des siècles. C'est cela qui a suscité un profond abattement chez notre ami. »

Nancy Shepard écoutait, pétrifiée, pendant que John continuait son récit d'une voix monocorde et lasse. À l'évidence, le ton était sincère et l'histoire, vraie.

« Poussé par la curiosité, il aura voulu franchir la fameuse limite que gardait farouchement le chien du responsable de la Sécurité. C'était un jeu d'enfant pour lui que de forcer les serrures et de poursuivre son chemin jusqu'à la crypte. »

La stagiaire s'était assise à côté de Cattuso, attentive et muette, à l'écoute de l'incroyable récit digne d'un film d'épouvante. Abasourdie par la révélation, elle essayait de comprendre la raison d'un tel châtiment.

« Qu'y avait-il exactement dans cette cave?

– Je vous l'ai dit, plusieurs dizaines de corps enchaînés, certains réduits à l'état de squelettes, d'autres presque momifiés. C'était certainement toutes des nonnes, comme tendaient à le prouver les restes de vêtements.

– C'est atroce. Pourquoi, d'après vous, les avait-on enfermées?

– Je pense que ces religieuses avaient eu le tort de rester des femmes, à une époque où l'Inquisition était reine.

– Vous voulez dire qu'elles avaient...

– Exactement... L'*ingegnere* est sans aucun doute arrivé jusque-là, car j'ai retrouvé des traces de son passage sur les différentes serrures. Son attitude, le jour précédant sa disparition, s'explique à présent parfaitement.

– J'ai déjà lu quelque chose de similaire au sujet des méthodes de l'Inquisition, mais en Espagne : on a retrouvé des restes de femmes au fond des sous-sols d'une construction religieuse dont je ne me rappelle plus le nom. Mais ici, au Vatican! Je n'arrive pas à le croire.

– Et pourtant je vous assure que ce que j'ai vu est tout ce qu'il y a de plus réel. J'ai eu l'impression de visiter une nécropole oubliée, comme si on avait voulu cacher toute une partie honteuse d'un lointain passé.

– Mais alors, pourquoi garder ces preuves accablantes? Pourquoi ne pas tout faire disparaître?

– Je pense dans un premier temps que, au gré des évènements, les mémoires s'effaçant à part celles de quelques initiés, l'endroit est peu à peu tombé dans l'oubli. Par la suite, sans doute a-t-on jugé plus simple de tout laisser en place et de seulement en condamner l'accès.

– Incroyable! Tout cela est tout à fait incroyable! Et ensuite, que s'est-il passé? »

Fox grimaça de douleur en passant sa main sur ses côtes.

« Ensuite, les ennuis ont commencé. En sortant du Saint-Office, je suis tombé sur Hübner.

– Hübner?

– Oui, le chef de la Sécurité du Vatican. Pasquale nous en a parlé... ainsi que de son chien.

– Ah oui, je me souviens. Celui qu'il appelait l'Allemand. Et après?

– Après, pour sortir, j'ai dû me débarrasser de lui.

– Comment ça, débarrasser? Qu'entendez-vous par là?

– ...

– Qu'est-ce que vous avez fait, John? Vous ne l'avez quand même pas...

– J'ai bien peur que si. C'était lui ou moi.

– Attendez, je rêve, là... Vous avez forcé plusieurs portes de la Cité du Vatican et pénétré dans différents lieux où vous n'aviez rien à faire, puis vous avez sans doute occis le responsable de la Sécurité qui vous empêchait de sortir. Rien d'autre? C'est tout?

– Pas tout à fait. Après le maître, il y a eu le dogue auquel j'ai dû laisser une bonne partie de ma veste.

– Comment avez-vous fait pour lui faire lâcher prise? Ce genre de chien n'abandonne pas facilement. Vous vous êtes "débarrassé" de lui aussi?

– Non. L'entrée principale s'ouvrait en tirant, et j'ai eu juste le temps de me glisser à travers l'ouverture avant que le clebs ne s'accroche à moi. Ensuite, nous avons tiré chacun de notre côté. Quand le veston s'est brusquement déchiré, la lourde porte s'est refermée, laissant le dogue à l'intérieur. »

La jeune femme se leva et, se tournant vers l'enquêteur, commenta, d'un air affligé :

« J'ai fait fausse route depuis le début en croyant que nous allions vraiment travailler ensemble et sortir un grand reportage. Je m'aperçois que vous avez profité de ma patience. Peut-être même avez-vous pris celle-ci pour de la naïveté, alors que j'essayais simplement de vous aider. Vous avez négligé le sujet qui nous était confié pour ne vous occuper que d'une recherche personnelle, guidé par je ne sais quelle intuition. Maintenant, nous sommes dans de beaux draps. Il va y avoir une enquête, des interrogatoires. Les étrangers admis au palais du Saint-Office sont sans doute très peu nombreux, et vous allez être rapidement soupçonné. La police ne va pas être longue à établir le lien entre votre présence là-bas et les derniers évènements.

– Pour ce qui concerne l'intervention des autorités romaines, j'ai peu de craintes, voire pas du tout: le Vatican est un État indépendant qui possède sa propre police, laquelle n'a pas la moindre obligation d'en référer aux enquêteurs de la capitale. Maintenant, après avoir vu ce que contient la crypte, je doute que la Cité papale souhaite la moindre complication. Tout au plus peut-on me soupçonner et m'interdire l'accès aux Archives.

– Et le système de surveillance vidéo? Je suppose que là-bas il doit y avoir des caméras tous les dix ou vingt mètres. Y avez-vous songé?

– C'est exact, elles sont bien présentes, mais orientées dans une seule direction. Au mieux, elles n'ont pu me filmer que de dos pendant ma fuite, et il faisait nuit noire. Je ne garantis pas la qualité des images.

– Bon, espérons que vous avez raison. Et maintenant que votre rôle de détective privé vous a conduit à cette macabre découverte, quelle suite comptez-vous donner à tout ceci?

– ...»

N'obtenant pas de réponse, Nancy Shepard poursuivit:

«J'imagine que vous allez trouver un moyen pour communiquer le *scoop*, en évitant que nous soyons directement impliqués. Dans le cas présent, c'est sans doute la meilleure chose à faire, non?

– ...»

Cattuso écoutait silencieusement la stagiaire en baissant la tête.

«John! Vous m'écoutez?

– Oui, je vous entends, mais ce n'est pas si simple. Dénoncer ces crimes n'est peut-être pas une fin en soi.

– Comment!? Qu'est-ce que cela signifie, pas une fin en soi? Ne me dites pas que vous voulez taire cette horreur que vous avez exhumée. Ou dois-je comprendre que vous avez fait tout cela par simple curiosité?

– La curiosité était bien sûr à l'origine de mes recherches, mais trop de détails et d'indices me laissent à penser qu'il y a autre chose.»

Dépassée depuis quelques minutes par cette violence surgie du passé, Nancy n'en croyait pas ses oreilles. Elle essayait de comprendre comment un simple documentaire sur le Jubilé de l'Église catholique romaine avait pu glisser vers un tel dénouement.

«D'après vous, John, toutes ces femmes qui gisent dans le noir, sacrifiées au nom d'une morale religieuse inhumaine, auront-elles enfin droit à une tombe décente ou resteront-elles ainsi, oubliées et reniées par l'Église?

– Je crains que l'histoire de ces malheureuses ne soit liée à l'Histoire tout court, et qu'à ce titre elles doivent demeurer à jamais dans l'oubli. Les sortir de l'endroit où elles reposent serait un peu comme une violation de sépulture, même si cette cave n'en est pas vraiment une.

– C'est terrible de dire cela. Ce que ces religieuses ont subi reste un meurtre abominable. Est-il envisageable, dès lors que la vérité apparaît, de tout simplement l'ignorer? Et si c'est le cas, n'est-ce pas une façon de s'associer aux meurtriers et d'en devenir complices?»

Fox réfléchit un instant avant de lâcher, laconiquement:

«Il y a autre chose, je dois continuer.»

La future enquêteuse de l'*Herald* resta figée. Elle regardait John, essayant de deviner le sens de sa courte phrase.

«Comment, autre chose? Cela ne vous suffit pas? Si après tout ça vous n'êtes pas inquiété, cela tiendra vraiment du miracle. Que voulez-vous encore aller chercher?

– Je n'ai pas terminé mon enquête. Je dois y retourner. J'ai encore une dernière porte à ouvrir.»

John était en sueur; sa chemise collait à son torse et il essaya maladroitement de l'enlever, en grimaçant. La stagiaire s'approcha de lui.

« Laissez-moi faire. Où avez-vous mal exactement?

– Là, au niveau des côtes. »

Nancy Shepard retira précautionneusement le vêtement. En ôtant le tissu trempé, elle dégagea la poitrine de l'homme où la transpiration se répandait en gouttelettes brillantes. Sur le côté gauche, de l'aisselle à la ceinture, se détachant sur la peau hâlée, s'étalait un énorme hématome en une tache presque noire. Nancy effleura la contusion, en suivant le dessin des côtes. Lorsqu'elle appuya légèrement sa caresse, le blessé laissa échapper un gémissement. Elle commenta, mi-figue, mi-raisin :

« Vous êtes douillet. Ce ne devrait pas être l'un des traits de caractère d'un aventurier tel que vous. »

John bougonna, vaguement touché dans sa susceptibilité :

« Je voudrais vous y voir. J'ai du mal à respirer, avec l'impression qu'un bus m'est passé sur le corps. »

La jeune journaliste laissa échapper un rire cristallin.

« Ne le prenez pas mal, je plaisantais, mais, je vous l'accorde, c'était de l'humour bon marché. Toujours est-il que vous avez là un fameux bleu. Comment est-ce arrivé?

– Un coup de pied, trop bien ajusté.

– Ça! Un coup de pied? Ça ressemble plutôt à une ruade de mule!

– C'est presque ça... L'Allemand avait des chaussures aux extrémités ferrées.

– Sans être spécialisée dans ce genre d'équipement, j'ai l'impression que ce sont plus les attributs d'un voyou ou d'un tueur que ceux d'un simple garde.

– Je partage tout à fait votre avis, et vous comprendrez pourquoi j'ai peu de vague à l'âme en repensant à lui. »

Nancy continuait à palper le côté tuméfié, tantôt avec douceur, tantôt en exerçant une légère pression du pouce.

«Je ne pense pas que vous ayez quelque chose de cassé. Il faudrait consulter un médecin pour vous faire prescrire une pommade antalgique, et peut-être poser un bandage. Vous avez eu de la chance, car les os auraient pu se briser sous le choc et même perforer le poumon.»

À bout de souffle, John s'était allongé; dans cette position, il respirait un peu mieux.

«J'ai travaillé tout l'après-midi avec Spà. Pouvez-vous prendre mon bloc dans la poche de ma veste? J'ai résumé son exposé sur la très sainte Inquisition. Cet homme-là est une bibliothèque à lui seul.»

La jeune femme, en cherchant le carnet, sortit de la poche intérieure du blouson un boîtier complètement écrasé: ce qui avait été un enregistreur n'était plus qu'un mélange méconnaissable de métal, de plastique et de composants électroniques.

«Eh bien! Voilà ce qui vous a valu ce bel hématome, et qui en même temps, sans doute, vous a protégé de la chaussure de votre ami. En explosant, votre magnétophone a amorti considérablement le coup.»

Nancy fouilla dans l'une de ses valises et revint vers le lit, un tube à la main.

«En attendant demain, j'ai cette pommade à base d'arnica. C'est très efficace pour soigner les contusions. Tournez-vous un peu sur le flanc, je vais essayer de l'étaler sans vous faire mal.»

Cattuso tenta de s'appuyer sur son bras droit, mais ce simple mouvement lui arracha un nouveau gémissement de douleur. Son infirmière improvisée le stoppa dans son effort.

«Bon, arrêtez. Il est inutile de forcer. Restez sur le dos, mais je vais être obligée d'insister un peu pour faire pénétrer la pommade.»

Fox sentit les mains de la stagiaire parcourir son côté meurtri; il eut le sentiment que leur contact ressemblait plus à une caresse qu'à un acte médical. Après quelques instants, une douce chaleur commença à anesthésier la zone endolorie, tandis que l'odeur lourde de l'arnica se répandait dans la pièce. Mademoiselle Shepard continuait son massage avec application. Elle procédait par des gestes lents et circulaires, pour bien diffuser l'onguent réparateur. À chaque mouvement, John voyait la poitrine de sa ravissante partenaire tendre son chemisier entrouvert. Malgré la douleur rémanente, une bouffée de désir l'enveloppa, pendant qu'une chaleur différente de celle que dispensait la pommade fouillait son bas-ventre.

Concentrée sur son exercice et attentive à éviter tout geste brusque, Nancy Shepard s'était progressivement rapprochée de Cattuso; celui-ci pouvait admirer l'ovale parfait de son visage, qui n'était qu'à une trentaine de centimètres du sien. Comme à son habitude, elle avait dégagé sa nuque en remontant sa flamboyante chevelure; la queue-de-cheval nouée par un élastique lui donnait un air faussement juvénile et ingénu. À la commissure de ses lèvres apparaissait une moue crispée qui en déformait légèrement l'ourlet parfait. John eut soudain envie de presser cette bouche pulpeuse contre la sienne et de laisser enfin parler ses sentiments.

« Nancy?...

– Oui?...

– Je voudrais vous dire quelque chose qui me tient à cœur, mais je ne trouve pas les mots pour le faire. Cela fait si longtemps. J'ai peur d'être maladroit. »

La jeune femme interrompit son travail et plongea son regard dans celui de Fox. Elle lut dans leur velours sombre plus qu'une déclaration, plus qu'un appel. Elle y découvrit un engagement, celui d'un homme qui avait retrouvé l'espoir et le désir de vivre. Elle se pencha un peu plus et, touchant de l'index droit le menton de son « patient », elle susurra :

« Alors chut... Ne dites rien... »

Leurs lèvres se joignirent, d'abord doucement, presque pudiquement, comme si leur rencontre, si longtemps évitée, devenait presque fragile. Puis leur baiser s'enhardit, devint plus charnel, plus profond. À cet instant, enfin, la grande roue cessa de tourner, le temps s'étant brusquement suspendu, pendant un moment qui leur parut une éternité.

Cattuso avait toujours mal, mais il bénissait cette douleur qui avait favorisé leur rapprochement. En dehors de ces circonstances, aurait-il jamais osé? Maintenant, ses doutes avaient fait place à une certitude : Nancy l'aimait. Il sentait ses seins lourds appuyés contre son torse. Leur contact sensuel et la vue de leur peau satinée et offerte enflamma encore un peu plus ses sens; du bout des doigts, il dégagea du chemisier les mamelons durcis par le désir, mais quand il voulut se courber pour les embrasser, un élancement semblable à une brûlure lui arracha un cri. Ce simple geste avait comprimé l'hématome et ravivé la blessure.

Ils se regardèrent et se comprirent en souriant : leur première vraie nuit d'amour ne serait pas celle-ci.

Soudain, Cattuso se surprit à maudire cette même douleur qui à présent le réduisait à une forme d'impuissance, l'empêchant de se donner complètement à celle qu'il aimait. Nancy se pencha de nouveau sur le blessé et l'embrassa longuement avec une infinie tendresse. Lorsque leurs visages se quittèrent, une alchimie s'était cristallisée, liant leurs cœurs et leurs destinées.

« Nane », les yeux brillants, fixa John et demanda doucement :

« Dites-moi, John, vous n'avez pas sérieusement l'intention de retourner là-bas, n'est-ce pas? »

XI

Mardi 30 mai, 13 h 30
Cité du Vatican

La place Saint-Pierre portait encore quelques traces de l'ondée nocturne, que le soleil s'évertuait à éponger. Ses deux grandes fontaines éparpillaient leurs myriades de gouttelettes, au gré d'une brise légère, tandis que certains visiteurs, déjà en mal de fraîcheur, s'exposaient en riant à ces embruns vivifiants.

John était en avance et, bien que s'étant appuyé à l'ombre des grandes colonnes, il était en sueur. Il avait préféré se passer des services d'un médecin et se contenter des soins de son « infirmière ». Après déjeuner et peu avant son départ pour le Vatican, celle-ci l'avait longuement massé en maugréant contre son entêtement. Mais il gardait surtout au plus profond de son être le goût de ses baisers torrides qui l'avaient réconcilié avec la vie. Encore maintenant, il lui semblait avoir emporté avec lui un peu de sa présence, désormais devenue vitale. La pommade à base d'arnica, quant à elle, avait laissé une trace de feu sur ses côtes. Si son effet apaisant était vérifié, l'échauffement résultant de son application l'était tout autant.

Depuis le matin, toutes ses pensées allaient vers Nancy Shepard, mais il s'efforça néanmoins de songer au présent et aux risques qu'il prenait. Les minutes qui allaient suivre seraient déterminantes.

Il essaya d'envisager toutes les hypothèses possibles, de l'absence de Spà à leur rendez-vous quotidien jusqu'à l'expulsion pure et simple de la Cité, en passant, bien entendu, par une éventuelle arrestation.

Il palpa doucement son côté. La douleur s'était atténuée, passagèrement endormie par l'action conjointe du massage et de l'onguent.

À présent, il attendait avec une inquiétude croissante l'arrivée du profès. Sa nervosité était encore accentuée par une furieuse envie de fumer qui lui mordait les entrailles. Il était en manque. Les évènements qui s'étaient enchaînés, imprévisibles et violents, avaient joué le rôle de palliatif, mais maintenant ce long moment d'inactivité était favorable au réveil de l'habitude et de la dépendance. Il fouilla machinalement les poches de son nouveau blouson. Sa main ne rencontra que la torche et le tournevis : infumables.

* * *

Allongée sur son lit, la jeune journaliste relisait ses notes, sans conviction. Son esprit tout entier était accaparé par le souvenir des dernières heures passées avec John. Bien qu'inachevée, leur rencontre physique avait été passionnée. Elle revoyait chacun de leurs gestes, se remémorait chaque mot, revivait chaque instant. Même s'ils ne s'étaient fait aucune promesse, les regards qu'ils avaient échangés valaient tous les serments. Ils n'étaient plus des adolescents et certaines phrases étaient inutiles.

Au contact de ce corps viril et fort, elle avait éprouvé un immense sentiment de sécurité, mêlé à une irrépressible angoisse. En analysant cette sensation paradoxale, elle comprit qu'elle venait de la sérénité qui semblait continuellement habiter Cattuso, à laquelle se mêlait la crainte qu'elle avait de le perdre. Nancy se sentait faite pour cet homme. C'était comme si, toutes ces années, elle n'avait attendu que lui. Elle s'était offerte, totalement. Et même si son corps n'avait reçu en retour que des caresses, elle avait donné son cœur et son âme. Mais l'avenir la préoccupait, leur avenir, car elle avait la conviction à présent que leurs destins seraient indissociables.

Ce matin, elle ne voulait pas qu'il retourne au Vatican et elle avait essayé de le retenir : vainement. Pour toute explication, il avait de nouveau vaguement évoqué une dernière porte à ouvrir. Son entêtement était prodigieux et elle mesurait enfin jusqu'à quel point son surnom de Fox était justifié.

* * *

Quatorze heures dix-sept. Spà était en retard et John, sans être particulièrement superstitieux, vit dans ce fait inhabituel un mauvais présage. Enfin, le grand sourire du prêtre, cinq minutes plus tard, lui redonna un semblant de quiétude. Le profès s'approcha du journaliste la main tendue.

« Bonjour, John. Comment allez-vous aujourd'hui? Pardonnez-moi pour mon retard, mais j'ai été appelé à l'Intendance. Regardez ce qu'ils m'ont donné. »

Le père Francesco tenait à la main un portable, guère plus grand que celui que possédait Cattuso. Le jésuite, amusé, montra fièrement son nouveau jouet. Sa joie était comparable à celle d'un enfant que l'on vient de gâter. L'enquêteur se dit que cet homme était voué aux joies simples, bien loin des turpitudes du monde réel.

« Bonjour, mon père, je croyais que vous en aviez déjà un. C'est habituel de nos jours.

– Oh, vous savez, je n'ai rien demandé. Je suis un peu éloigné de toute cette technique moderne. Mais on m'a dit que c'était plus pratique pour me joindre. Puisque vous êtes équipé aussi, je vais prendre votre numéro et vous donner le mien. »

Pendant qu'ils échangeaient leurs coordonnées téléphoniques, Spà regardait Fox du coin de l'œil.

« Excusez-moi, John, mais vous vous sentez bien?

– Oui, pourquoi?

– Eh bien, vous êtes en sueur, et vous êtes tout pâle. Voulez-vous un rafraîchissement?

– Non, non, rien de grave. J'ai seulement quelque chose sur l'estomac et, avec cette chaleur... Mais dès que nous serons au frais, ça ira mieux. »

En franchissant l'entrée principale du Saint-Office, John Cattuso se remémora la porte entrebâillée et le formidable museau noir qui essayait de l'entraîner à l'intérieur. Immédiatement naquit en lui la crainte de se retrouver face à face avec le molosse. Si tel était le cas, nul doute qu'en l'absence de son maître le monstrueux dogue l'agresserait aussitôt. Ce fut avec un intense soulagement qu'il vit la porte des Archives s'ouvrir. Là, au moins, il était en sécurité.

Le prêtre était égal à lui-même, affable et toujours souriant. Il s'assit dans le recoin qui les avait accueillis le jour précédent.

« Alors, John, avez-vous pu tirer quelque chose de ce que j'ai développé hier au sujet de l'Inquisition?

– Oui, bien sûr. J'en ai fait un résumé que ma collègue est en train de mettre en forme. Je voudrais encore vous remercier pour votre aide. Votre collaboration nous est très précieuse, car vous nous apportez tout à fait le genre d'informations qui échappe au grand public.

– Eh bien, si je peux vous aider, j'en suis heureux. Au fait, mademoiselle Shepard ne vous accompagne plus? J'avais cru comprendre qu'elle était pourtant intéressée par la visite de la Cité. Elle n'est pas souffrante au moins?

– Non, elle n'est pas souffrante. Vous avez toutefois raison sur un point, mon père: elle aurait vraiment aimé poursuivre son travail ici, plutôt qu'à l'hôtel, mais les autorités en ont décidé autrement et jugé sa présence indésirable.

– Les autorités? Quelles autorités?

– Celle du cardinal Scalingeri, par exemple.

– Vous êtes certain d'avoir bien compris? Peut-être n'émettait-il que des réserves sur la tenue vestimentaire de votre jeune assistante?

– Non, mon père, il n'y avait aucun doute sur son exclusion; c'était malheureusement sans équivoque. »

Spà paraissait sincèrement navré.

« Je ne vois pas en quoi la présence de la *signorina* pouvait compliquer vos visites aux Archives, ou créer un quelconque désagrément. Je suis désolé.

– Ne vous inquiétez pas, vous n'y êtes vraiment pour rien. »

Pendant quelques secondes, un silence pesant s'était installé entre les deux hommes. Le profès était pensif, visiblement contrarié par la décision de son supérieur. Fox relança le dialogue:

« Je voudrais vous poser une question. Mes connaissances en latin sont nulles, et j'aimerais vous soumettre une phrase.

– Bien sûr, je vous en prie, allez-y.

– Si ma mémoire est bonne, elle disait à peu près ceci: *Domini irem quem sacrilegum punit.* »

Francesco Spà demeura un instant interdit, avant de demander:

« Où avez-vous trouvé une phrase pareille?

– Je ne me souviens plus exactement. Il me semble l'avoir vue gravée quelque part.

– Ces mots sont terribles, et leur sens est très révélateur. Je pense toutefois que ce n'est pas *Domini irem* mais *Domini ira* qu'il faut lire: *ira* signifie colère en latin.

La traduction serait donc: “La colère de Dieu punit le profanateur”. Il n’y a pas de doute, c’est une mise en garde doublée d’une menace très nette. Ce genre de texte était couramment utilisé au Moyen Âge, pour protéger les lieux saints, comme les cimetières, par exemple.»

Pour John Cattuso, cette épitaphe gravée dans la pierre était plus qu’une simple mise en garde. C’était la preuve que l’horreur de la crypte n’était pas le point final de sa visite souterraine. Il était intimement persuadé à présent que la petite porte basse et sombre, si bien protégée par les mots, devait cacher un bien lourd secret.

Comme il l’avait fait la veille, le jésuite parla longuement de la toute-puissante Inquisition. S’il dénonça les excès de ceux qui l’avaient représentée à certaines époques, il s’appliquait surtout maintenant à mettre en lumière des personnages tolérants et humanistes.

«Voyez-vous, John, il ne faut pas penser que, par le passé, cette institution n’a été servie et dirigée que par des brutes assoiffées de puissance et de tortures. Il y a eu aussi des hommes comme le cardinal Prospero Lambertini. Cet inquisiteur du Saint-Office, archevêque de Bologne, était un érudit pondéré et plein de sagesse. Il agissait comme un scientifique, en analysant avec méthode et clairvoyance les cas qui lui étaient soumis. Pour l’anecdote, il avait démystifié la “résurrection” d’un enfant noyé en démontrant le caractère naturel de son retour à la vie. Cette renaissance ne résultait en fait que d’un phénomène purement mécanique et physiologique, comme nous le dirions aujourd’hui. Inconscient, en état de choc et placé la tête en bas, le bambin avait eu des spasmes qui avaient tout simplement facilité l’expulsion de l’eau de ses poumons. Ce cardinal était chargé de vérifier les cas de béatification, ce qu’il faisait avec beaucoup de bon sens et de méthode.

– De béatification?

– Oui. Étaient béatifiés ceux qui étaient élevés au rang de bienheureux, c'est-à-dire ceux dont l'Église avait reconnu la sainteté. En ces temps obscurs, où la science balbutiait, il était difficile d'expliquer l'inexplicable et il fallait être particulièrement vigilant pour éviter les erreurs grossières.»

Comme toujours lorsque l'on écoutait le père Francesco Spà, le temps s'envolait. À son contact, tout paraissait d'une simplicité déconcertante et ses explications détaillées donnaient une solide consistance au passé. Ce qui pouvait n'être, de prime abord, qu'une suite de faits historiques insipides devenait par sa verve un récit vivant.

En fin d'après-midi, et ainsi qu'il l'avait fait la veille, Cattuso demanda au prêtre s'il pouvait rester. Ce dernier, en souriant, lui fit la même remarque que le jour précédent, l'invitant à ne pas trop traîner. Il ne savait certainement rien des derniers évènements.

* * *

Cette fois, John ne s'était pas endormi. Deux heures durant, il avait feuilleté des livres centenaires, essayant de percer leurs textes écrits dans la langue primaire. Proche de l'italien, le latin lui était à la fois familier avec ses nombreuses déclinaisons et terminaisons inconnues. Il avait l'impression de lire des phrases d'une langue qu'il connaissait, mais que le temps avait effacée de sa mémoire. Il n'en restait que la magie de mots à la phonétique mystérieuse et parfaitement hermétique au profane qu'il était.

Il avait patienté longuement jusqu'à la tombée de la nuit pour quitter ensuite furtivement les Archives. À son grand étonnement, la petite porte au fond de la cour n'était pas verrouillée, elle était simplement tirée. Pendant qu'il descendait les premières marches conduisant vers la grande salle mortuaire, une sourde inquiétude lui tordit l'estomac. Celle-ci se confirma plus loin quand à la lueur de sa torche il trouva ouverte la grille qui barrait l'étroit couloir. La fraîcheur du souterrain qui serpentait dans les entrailles du Vatican lui donnait des frissons, mais à ceux-ci s'ajoutait un picotement désagréable, dont l'origine était tout autre. Maintenant habitué au terrain, Cattuso marchait vite. Il avait changé les piles de sa torche électrique et voulait profiter au maximum de sa précieuse lumière. La distance jusqu'à la porte ferrée lui parut plus courte que la veille. Évitant de réitérer son arrivée acrobatique dans la cave, il emprunta soigneusement l'escalier sur sa gauche.

John pensait avoir surmonté l'horreur et le dégoût que lui avait inspirés la première fois le caveau, mais il réalisa que cette deuxième visite n'atténuait en rien les effets du spectacle macabre. Il se surprit à marcher lentement, presque religieusement, le long de l'allée centrale, comprenant que les lieux lui imposaient naturellement le respect. La lumière crue scrutait les crânes vides qui le regardaient, tandis que les mêmes sourires horrifiés saluaient son retour. Les squelettes étaient nombreux; Fox eut l'idée saugrenue de les dénombrer. Pour compter rapidement les corps ou plutôt ce qui en restait, il supposa que le mieux était de comptabiliser les têtes deux par deux. Deux... quatre... six... Calculant en même temps qu'il se déplaçait, il perdit rapidement tout repère et dut renoncer, mais à ce moment-là il avait déjà compté au moins une trentaine de dépouilles.

Tous ces ossements semblaient faire partie d'un décor surréaliste et, sans les lourdes chaînes qui les entravaient, on aurait pu croire à une sinistre et douteuse mise en scène. Certains corps, défaits de leurs attaches physiques, musculaires et nerveuses, s'étaient affalés sur leurs voisins, dans des attitudes étranges.

D'aucuns étaient si intimement imbriqués qu'il devenait difficile d'attribuer à chacun sa tête ou ses membres. Un peu plus loin, assises bien droites contre le mur, deux religieuses portant encore une partie de leur bure se tenaient la main. Leurs phalanges décharnées étaient restées unies par-delà les siècles: geste ultime révélant une amitié particulière, ou besoin de réconfort pour franchir l'instant du trépas? Les deux peut-être.

John avait du mal à détacher son regard du tableau dantesque que représentaient toutes ces âmes évanouies dont ne subsistaient que les enveloppes anonymes et vides.

Guidé par l'auréole de lumière jaune qui balisait son chemin, il se retrouva devant le linteau cintré de la petite porte; il se baissa et la toucha en hésitant. Son bois massif était rugueux et son contact désagréable. La phrase incisée dans la pierre au-dessus de lui l'inquiétait. Était-ce une banale mise en garde très usitée au Moyen Âge, ainsi que le disait Spà, ou un avertissement bien spécifique à cet endroit? Le vieux et imposant cadenas était intact. Son corps de métal, noirci par le temps, ne portait aucune trace d'effraction. Il était certain que Renato Sorsi n'avait pas essayé de le crocheter: peut-être n'en avait-il pas eu le moyen... ou le temps.

Fox prit la torche électrique entre ses dents et, à l'aide du gros tournevis, attaqua l'antique serrure. Après plusieurs minutes d'efforts acharnés, il dut se rendre à l'évidence: le bras de levier créé par l'outil était nettement insuffisant pour vaincre le fer centenaire. Dépité, il donna un grand coup de pied dans l'épais vantail qui protesta en lui renvoyant un écho sourd et bref.

Bien alimentée par ses piles neuves, la lampe ne faiblissait pas. Elle fouillait le fond de la cave, survolant les restes macabres de son regard jaune et indifférent, à la recherche d'un quelconque ustensile capable de forcer la dernière porte. Dans l'angle droit de la crypte étaient entassés quelques objets apparemment anciens et recouverts de poussière. En s'approchant, John découvrit plusieurs lutrins, mais leurs fers rongés par les siècles paraissaient peu robustes. À côté d'eux, sur un corps partiellement momifié, était appuyée une forme oblongue. C'était un chandelier massif, à trois pieds. La mourante, dans son agonie, avait sans doute agrippé le lourd objet et l'avait fait chuter sur elle. Celui-ci mesurait environ un mètre cinquante et devait peser une dizaine de kilos; son sommet pointu et conique, destiné à recevoir un gros cierge, en faisait l'allié idéal pour vaincre le cadenas.

S'échappant de son front, la sueur, fidèle compagne des moments difficiles, piquait les yeux de Cattuso, puis coulait jusqu'à ses lèvres en y déposant une trace salée. Il engagea péniblement la grosse «clef» dans l'anse de la ferrure et pesa de tout son poids sur le levier improvisé. Pendant un instant interminable, les deux métaux, peut-être du même âge, hésitèrent à capituler. Le vieux cadenas tenait bon et la pointe du vieux candélabre ne pliait pas. L'équilibre se maintenait, aboutissant à une situation indécise et inadmissible. John s'appuya à la toute extrémité de la tige et jeta ses dernières forces dans l'affrontement. Un grincement suivi d'un claquement répondirent à son entêtement. La boucle venait de céder.

Pendant de longues minutes, l'enquêteur resta prostré et tremblant contre le mur. Sa lutte contre la porte l'avait épuisé. La douleur résultant de ses exploits de la veille, et jusque-là vaguement endormie, venait de se réveiller. Ayant de nouveau du mal à respirer, il dut appuyer à deux mains sur son côté pour calmer un peu les élancements. La transpiration dégoulinait dans son dos, collait sa chemise, poissait ses bras et ses jambes.

Mais la voie était libre. Il leva une dernière fois la

tête et mit la main tenant sa torche électrique sur le linteau avant de franchir en se baissant le seuil qu'il venait de violer. La lumière artificielle de la lampe fit rapidement le tour de la pièce. Fox s'attendait à explorer un espace bien plus vaste. Un peu déçu, il descendit deux marches et se retrouva dans une espèce de cave circulaire sans autre issue, qui paraissait vide.

Dès qu'il toucha le sol recouvert de dallages grossiers, une clarté diffuse, de couleur légèrement bleutée, sembla sourdre du plafond pour éclairer faiblement les lieux. Les murs bruts étaient nus. Il eut l'impression fugitive de pénétrer dans une antique chapelle. Pourtant, il n'y avait aucun autel, aucune icône, aucune croix, rien d'autre qu'un meuble placé en son centre sur lequel la faible luminosité se focalisait, comme s'il était l'unique centre d'intérêt de cet endroit.

John hésitait à s'avancer, impressionné par l'atmosphère étrange qui flottait dans la salle. Il avait le sentiment très fort de profaner un sanctuaire. Sa mémoire retrouva sans peine les mots qu'il connaissait maintenant par cœur: «Domini ira quem sacrilegum punit». Et de nouveau un frisson désagréable parcourut son dos. Il s'approcha lentement, presque effrayé par sa propre audace qui bravait l'interdit et aussi par ce qu'il appréhendait de découvrir. Encore trois mètres et il saurait.

Le meuble était austère et de facture ancienne, mais il paraissait parfaitement entretenu. Son bois sombre et vermoulu était surmonté d'une partie vitrée, elle aussi en très bon état et bien propre. L'annexe de la crypte faisait, de toute évidence, l'objet d'un nettoyage régulier.

Faiblement éclairés par la lumière ténue du plafond, sous la vitre, posés sur une étoffe brillante tissée de fils dorés, se trouvaient simplement deux rouleaux placés côte à côte. Mais sous l'œil jaune et incisif de la torche électrique, leur vraie nature se révéla: il s'agissait en fait de parchemins étroitement enroulés, et ceinturés chacun par un lien également doré. La fonction du meuble était à présent claire. C'était une châsse destinée à conserver des reliques. Ces dernières semblaient d'ailleurs étonnamment peu précieuses, et les précautions prises pour les préserver, exagérées.

Sous le verre, dans un angle, un appareil de mesure devait sans doute indiquer un degré d'humidité idéale: cet hygromètre était la preuve que l'on accordait une attention particulière au contenu du vieux reliquaire. L'enquêteur souleva lentement le cadre vitré et prit précautionneusement l'un des deux documents dont il ôta délicatement l'attache. Libéré, le rouleau se relâcha légèrement mais sans se dérouler totalement; Fox était obligé d'en tenir les deux extrémités pour le parcourir.

Le document était très ancien; la peau jaunâtre qui servait de support était rêche, craquelée par endroits, et paraissait très fragile. Elle était recouverte d'une écriture de couleur bistre. Sans doute l'encre s'était-elle dégradée au fil du temps. Le texte était constitué de caractères étranges. Peut-être s'agissait-il d'une langue morte, assurément incompréhensible pour un profane.

Le deuxième parchemin montrait la même réticence à se détendre que le premier, la même consistance, et donnait la même impression de fragilité. Sans être un expert, Fox conclut que les deux manuscrits avaient très probablement le même âge. Le texte en était tout aussi hermétique pour John, mais la terminaison des mots, la tournure des phrases, lui rappelèrent certaines inscriptions sur des stèles. Celui-ci était probablement rédigé en latin.

Lorsque Cattuso regagna les deux marches, pour quitter la pièce circulaire, le plafond s'éteignit brusquement, ramenant dans la crypte une obscurité totale, propice aux secrets. Fox laissa derrière lui l'antique vitrine... vide, emportant vers la lumière un bien mystérieux dont il ignorait la valeur et dont seul un spécialiste saurait lui dire le prix. Dès sa découverte des premiers mots et du mystère qu'ils représentaient, il avait songé à Francesco Spà. Le profès était certainement assez qualifié pour traduire ces lignes venues d'une autre époque. Le plus difficile serait de lui en expliquer la provenance.

Fugitivement éclairées par la lueur de la torche, les occupantes de la tombe oubliée saluaient à leur manière le départ du visiteur nocturne: leurs mâchoires semblaient décrochées sur un appel muet: peut-être mesuraient-elles mieux que quiconque l'ampleur du sacrilège!

Fidèle, la lampe traçait rapidement son chemin dans l'étroit boyau, à la recherche de l'air libre. Accroché à ce guide de lumière, John avait hâte de retrouver la douceur de la nuit romaine. Aussitôt qu'il sentit l'air tiède lui caresser le visage, un sentiment de soulagement le submergea, comme si inconsciemment la crainte de rester emprisonné dans le tunnel l'avait accompagné tout au long de sa visite. Le ciel étoilé était magnifique, resplendissant d'une multitude de points étincelants. La lune était pleine et diffusait une clarté diaphane sur la cour. Si là aussi l'atmosphère était étrange, à l'opposé de celle qui régnait en bas derrière la porte basse, elle avait ici un air de liberté.

Arrivé devant l'entrée des Archives, dans la cour du Saint-Office, John Cattuso, sans se soucier de l'heure tardive, composa le numéro du prêtre sur son portable. Après quelques secondes, Spà répondit:

« *Si... pronto?...*

– C'est moi, John.

– John?! Que se passe-t-il?

– Excusez-moi de vous solliciter aussi tard, mon père, mais il faut absolument que je vous voie.

– Quoi? Maintenant? Mais il est plus de vingt-trois heures. Ça ne peut pas attendre à demain?

– J'aimerais être fixé assez rapidement...

– Fixé? Fixé sur quoi?

– J'ai avec moi deux documents que j'aimerais vous soumettre.

– Des documents? Quel genre de documents? Et d'où m'appelez-vous? Vous êtes en ville?

– Ce sont des textes anciens. Non, je ne suis pas en ville, je vous appelle du Vatican.

– Quoi?! Du Vatican? À cette heure-ci? Et où êtes-vous exactement?

– Devant les Archives du Saint-Office.»

La voix du prêtre s'était étiolée, cassée par la surprise.

«Dites-moi que vous plaisantez, John.

– Pas le moins du monde. Il faut absolument que vous me traduisiez ces manuscrits. Venez, s'il vous plaît. Je vous ouvrirai.»

Il y eut un court et pesant silence, puis le jésuite lâcha, dans un souffle:

«Attendez-moi, j'arrive.»

John s'était calé dans l'angle mort de la cour afin d'échapper aux regards fouineurs des caméras. Leur orientation n'avait pas été changée et elles visaient toujours dans la même direction, ignorant l'arrière du décor. Le cloître était désert. À peine entendait-on la rumeur lointaine et très atténuée de la capitale. Il régnait une quiétude absolue sur ce petit univers sous lequel un mystère semblait terré. Cattuso avait glissé les deux parchemins dans son blouson et il sentait leur présence contre sa poitrine. Ils paraissaient si fragiles, si vulnérables. Comment imaginer qu'ils puissent être précieux ou redoutables? Mais, en ce bas monde, l'importance et la force des choses ne se mesurent pas forcément à leur taille ou à leur solidité. Tout à ses réflexions, John pensa soudainement à ce qu'il avait dit au prêtre: «Venez, je vous ouvrirai.» La nuit était claire et la visibilité, largement suffisante pour que le système de surveillance filme efficacement l'entrée principale. Il était donc exclu de s'en approcher de près ou de loin.

Les minutes s'enfuyaient, sans que l'enquêteur entrevoie la moindre solution au problème. Brusquement, un grincement rompit le silence et se répercuta tel un miaulement dans les galeries. Là-bas, la grande porte du Saint-Office venait de s'ouvrir sur une silhouette noire. Celle-ci s'avança d'un pas pressé vers les Archives et, d'une voix inquiète, appela doucement:

«John? Où êtes-vous?»

L'intéressé resta dans l'encoignure et répondit, sans bouger:

«Je suis ici, mon père, dans l'angle. Venez.»

Guidé par ces paroles, le profès un peu hésitant se dirigea vers ce coin plus sombre de la cour.

«Pourquoi vous cachez-vous?

– J'essaie d'éviter les caméras.

– Mais enfin, John, qu'est-ce qui vous a pris? Pourquoi êtes-vous ici? Si quelqu'un vous surprenait, nous aurions de gros ennuis... tous les deux. Nous avions convenu que vous ne deviez pas rester trop longtemps, vous me l'aviez promis!»

Cattuso n'aurait su dire si la pâleur du visage de son interlocuteur était due à la clarté diffuse de la lune ou à la colère. D'ailleurs, cet homme si doux était-il seulement capable d'éprouver ce sentiment? En guise de réponse, Fox se contenta d'ouvrir son blouson et de tendre les deux parchemins à l'érudit.

«Voici la raison de ma présence ici si tard. Pouvez-vous les traduire?»

Francesco Spà prit délicatement les deux rouleaux et les palpa doucement avant de déclarer, catégoriquement:

«Ce ne sont certainement pas des parchemins. Un parchemin est en peau de mouton et ceci n'est visiblement pas d'origine animale; d'après leur texture je pense plutôt à des papyrus. Ils paraissent très anciens, quoique de nos jours on sache faire de très belles imitations. Où les avez-vous trouvés?»

N'obtenant aucune réponse, il détendit l'un des documents et commença à en prendre connaissance, à la lueur de la torche électrique.

«Le texte est apparemment très vieux. Cela ressemble à du vieil araméen, un dialecte sémitique parlé par les peuples nomades vivant à l'ouest de l'Euphrate et jusqu'en Palestine. Oui, ce ne peut être qu'un original ou une excellente copie, mais c'est de toute façon très ancien. Je suis désolé, mais je ne peux pas traduire ça ici, il me faudrait du temps...»

Fox tenta son va-tout.

«L'autre manuscrit me semble écrit en latin. J'ai cru reconnaître certains mots.»

Le prêtre déroula le second papyrus.

«C'est exact, c'est bien du latin, mais là aussi dans sa forme primitive. Je dois quand même pouvoir traduire assez facilement. Éclairez-moi un peu plus, s'il vous plaît. Bon, voyons...»

Habitué au confort de ses lunettes qu'il avait oubliées et gêné par l'obscurité, Spà tenait le document assez près de son visage. Il commença la lecture en traduisant simultanément pour l'enquêteur de l'*Herald*:

«*Moi, Ponce Pilate, gouverneur et légat de Judée sur ordre du Sénat et de Caius Julius Octavianus Augustus, César, empereur de Rome et de l'Empire, en l'an 779 de l'ère d'Auguste, déclare recueillir par les présents écrits le...*» la traduction s'était interrompue. Cattuso regarda le visage du jésuite qui avait, semblait-il, encore pâli davantage; la lumière jaune et oblique de la lampe lui donnait un air fantomatique, et ses yeux écarquillés sur le texte paraissaient vouloir s'échapper de leurs orbites. Il parcourut les lignes vraisemblablement antiques pendant un assez long moment, silencieusement. Le tremblement de ses mains s'était transmis au vieux papyrus, lui redonnant un semblant de vie. John n'aurait su dire s'il lisait lentement ou s'il relisait systématiquement chaque paragraphe. Le regard dans le vide, il marmonna en italien plusieurs fois la même phrase, les lèvres tremblantes d'émotion.

« *Oh, mio Dio!... è impossibile...* »

Enfin, il se laissa tomber sur le sol, le dos appuyé contre le mur, se prit la tête entre les mains et se mit à sangloter comme un enfant.

Cattuso s'approcha de lui et posa une main sur son épaule.

« Mon père, vous avez l'air bouleversé. Pour quelle raison? Je vous en prie, parlez-moi. Que contient ce papyrus? »

Francesco Spà ne l'écoutait pas. Il continuait à pleurer doucement, la tête calée entre les genoux. Le journaliste le secoua légèrement, en insistant :

« Allons, *padre*, ce que vous avez lu vous a, je pense, fortement choqué. Dites-moi de quoi il s'agit. »

Brusquement, le profès se leva en se dégageant sèchement. Sa douceur avait disparu, laissant place à une violence insoupçonnable de sa part. Ses yeux, rougis par les larmes, brillaient de colère et il laissa libre cours à son dépit :

« Vous m'avez trompé! Depuis le début! Vous vous êtes servi de moi! Vous avez abusé de ma confiance pour mener votre enquête... Je croyais en vous, je vous estimais, vous pensant différent, et j'avais cru trouver un ami, mais en fait vous n'êtes qu'un athée et vous ne respectez rien! »

Jetant violemment le manuscrit vers John, il ajouta, en criant :

« Et maintenant, vous avez détruit ma vie... avec ça! »

Cattuso essaya de retenir l'homme d'Église par la manche, mais celui-ci se libéra nerveusement en maugréant, plein d'amertume :

« Laissez-moi! Je pense que nous n'avons plus rien à nous dire! »

Fox était atterré par l'attitude inamicale de Spà. Lui si calme, si affable et prévenant, était devenu en l'espace de quelques instants un homme comme les autres, capable de rancœur et d'hostilité. Pendant que le prêtre s'éloignait prestement, la tête baissée et le dos voûté, il réalisa que quelque chose de terrible avait touché cet homme. Lui qui semblait si loin des réalités de ce monde n'avait pu être atteint que dans une seule chose: sa foi.

L'enquêteur ramassa les deux rouleaux qui gisaient sur le sol. Que contenaient-ils donc de si redoutable? Quels secrets détenaient-ils, qui puissent défaire le calme jusque-là imperturbable de l'ecclésiastique? Une réalité s'imposait: les deux documents devaient retourner dans leur châsse, comme d'antiques reliques à oublier.

* * *

Les larmes aux yeux, Francesco Spà était reparti par la porte secondaire, celle qui avait tant intrigué Renato Sorsi; elle s'était docilement ouverte, laissant sortir le visiteur, pour se refermer avec un claquement sec derrière lui. Dehors, sur la droite, la grande grille qui séparait la Cité léonine de la capitale italienne était fermée. Une fois de plus, une longue nuit d'isolement était tombée sur le Vatican, le plongeant dans un silence d'un autre temps.

Le jésuite marchait précipitamment, mais d'un pas mal assuré, semblable à celui d'un boxeur un peu sonné. Doté d'un caractère naturellement gai et facile, il avait très peu pleuré dans sa vie, même pendant ses jeunes années d'enfant abandonné. L'Église avait veillé à lui garder ce sourire bienveillant, qui faisait l'admiration de tous. Mais aujourd'hui, il connaissait le goût salé du chagrin, car les phrases terribles qu'il avait lues l'avaient convaincu. Même si le texte était apocryphe, il restait criant d'une vérité qu'il eût été folie ou aveuglement de vouloir nier.

Spà avançait machinalement, sans visualiser les lieux qu'il traversait. L'habitude le guidait. Ses pas résonnaient lugubrement dans les couloirs déserts, donnant l'illusion que plusieurs personnes s'y déplaçaient. Absorbé par ses pensées, au détour d'une colonnade il tomba nez à nez avec un groupe de quatre hommes qu'il n'avait pas entendus venir. Silencieux, ils marchaient d'un pas cadencé et mécanique. Le chef de file des gardes suisses le salua d'un hochement de tête, à peine surpris par l'indifférence du religieux. Ces robots avaient peu de sentiments. Les quatre militaires s'éloignèrent, emportant avec eux leurs têtes blondes et leurs yeux de porcelaine bleue.

Le profès connaissait chaque recoin, chaque mur du trajet qu'il était en train de parcourir, mais ce qui était familier et amical le jour devenait facilement inconnu et inquiétant la nuit. L'espace s'habillait de noir, rendant chaque forme différente et mystérieuse. Inconsciemment, il hâta le pas. Il lui fallait regagner son bureau aux Archives, pour réfléchir, pour prier peut-être.

Il sentit soudain peser sur sa nuque une présence si forte, si imposante qu'il se retourna pour l'identifier, sûr de son existence. Mais il ne rencontra que la clarté indécise de la lune qui s'étendait parcimonieusement sur le grand couloir, et il se hâta encore un peu plus. Le hall du premier niveau était faiblement éclairé. Seules les touches d'appel translucides de l'ascenseur émettaient une luminosité tangible. Le prêtre se laissa emporter par la machine avec un curieux soulagement, ayant nettement le sentiment d'avoir laissé là-haut un fantôme qui calquait son allure sur la sienne. Pendant les quelques secondes que dura le trajet vertical, ce fut l'image du vieux papyrus qui remplit toutes ses pensées : le grain grossier des fibres végétales, la couleur édulcorée de l'encre, la forme du manuscrit, la nature même du texte... Le fait que ce document avait sans doute été découvert ici, au Vatican. Tous ces éléments avaient valeur de preuves et le doute n'était malheureusement pas permis : il avait bien lu un *volumen* datant de deux mille ans !

L'ascenseur déposa son passager devant le hall du second niveau. Celui-ci était encore plus sombre que le précédent, mais cette pénombre habituelle à partir d'une certaine heure prenait cette nuit un caractère particulier. Car la présence était toujours là, pesante, à la fois invisible et toute proche.

Spà frissonna en passant à droite de l'ascenseur. Pour rejoindre la porte d'accès aux Archives, il devait dépasser la dérisoire barrière rouge et blanc signalant les travaux qui depuis des semaines n'avaient pas évolué. Il souhaita, à cet instant, plus que tout au monde, se retrouver derrière son bureau.

Il fit deux pas et l'humidité fraîche du trou béant se posa sur son visage en même temps qu'un grognement sourd s'élevait sur sa gauche. Il n'eut que le temps de se retourner et de voir étinceler une gueule hideuse avant qu'une violente poussée ne le fasse basculer dans le vide et que le néant ne l'avale. La chute du père Francesco Spà fut silencieuse. Il n'eut pas le temps de crier et, lorsque sa tête éclata avec un bruit mat sur le rocher, au fond du trou, sa bouche était à peine entrouverte.

* * *

John suivait le halo jaune de sa lampe qui fouillait le boyau souterrain. Il marchait vite, sûr de son chemin et pressé de replacer les deux rouleaux dans leur écrin doré. Il avait tant cherché, tant fouiné, pour paradoxalement n'attendre plus qu'une chose à présent : reposer rapidement les fruits de son enquête là d'où ils venaient... en espérant le pardon de Dieu.

Les religieuses, gardiennes involontaires et sacrifiées de la crypte, accueillirent de nouveau le journaliste avec leurs larges et macabres sourires, comme si elles étaient étonnées de le voir revenir si tôt.

La salle se para de sa faible lumière bleutée dès que son profanateur en franchit le seuil. Cattuso, la gorge sèche, s'approcha du reliquaire vide et y replaça presque religieusement les manuscrits. La phrase incisée dans le linteau, à l'entrée du sanctuaire, lui revint à l'esprit, intégralement, pendant qu'un trouble indéfinissable le gagnait.

Imperceptiblement, l'éclairage dispensé par la torche se mit à pâlir et John comprit qu'il fallait se dépêcher. Il referma la porte basse derrière lui, traversa rapidement la fosse commune en laissant les pécheresses replonger dans la solitude et l'oubli. Lorsqu'il atteignit l'étroit palier, au sommet de l'escalier de la grande salle mortuaire, la clarté émise par sa lampe électrique déclinait déjà inexorablement, annonçant une fin toute proche.

L'enquêteur ouvrit la lourde porte... et se retrouva face au regard inexpressif du grand dogue. L'ivoire de ses dents scintillait dans la lueur vacillante et de sa gueule menaçante s'échappait un grondement sourd. L'animal le fixait sans bouger, sûr de sa force. Pendant une fraction de seconde, l'enquêteur se demanda s'il aurait le temps de refermer sur lui l'épais battant. L'instant suivant, il eut l'impression que sa tête éclatait. Le coup, d'une extrême violence, le projeta en arrière au pied de l'escalier. Tandis que son dos heurtait brutalement le sol avec un bruit étouffé, un voile opaque descendit sur ses yeux, et l'image obscure de la grande pièce disparut.

XII

Un silence profond étendait ses mailles invisibles, se partageant la suprématie des lieux avec une obscurité totale.

Assis contre l'un des murs de la cave, John sentait les aspérités de la pierre lui meurtrir le dos; cette sensation lui rappela qu'il était vivant. Un mal de crâne lancinant lui brouillait l'esprit et l'empêchait de se situer. Les battements réguliers de son cœur semblaient faire partie des murs qui l'entouraient, comme s'ils s'échappaient de son corps pour insuffler un semblant de vie aux ténèbres. Il ne savait si l'espace dans lequel il se trouvait était vaste ou restreint. Ses membres lui pesaient et ses mouvements hésitants ne déclenchaient qu'un vague écho métallique. Seule son imagination lui laissait entrevoir un environnement inquiétant.

Il perçut un halètement qui paraissait vivre près de lui, obsédant; John retint son souffle pour mieux écouter. Le halètement s'arrêta brusquement. Un long instant s'écoula. Les tempes résonnant des pulsions de son cœur, les poumons en feu, il reprit une longue inspiration et revint à la vie; à cet instant précis, le halètement recommença.

John comprit que ce qu'il croyait être une présence n'était que l'écho de sa propre respiration.

L'air était sec et frais. Pourtant, une légère moiteur collait au front de cet être de chair et de sang qui essayait d'exister au milieu de cet univers minéral. Nerveusement, du bout des doigts, il palpa le sol et ce contact lui rappela la terre battue; ce simple geste raviva une douleur à son épaule gauche. C'est en voulant toucher son bras de la main droite qu'il prit conscience de l'existence des lourdes chaînes qui l'entravaient.

À présent, il se souvenait des circonstances et de la raison de sa présence ici. Seule la notion du temps lui échappait et il ignorait si, dehors, là-haut, c'était le jour ou bien la nuit.

* * *

La grande pièce baignait dans une pénombre qui estompait les contours des meubles et des nombreux objets qui l'habillaient. Le vieil homme, assis derrière sa table de travail, faiblement éclairé par une lampe, fixait le mur opposé sans le voir. Ses yeux de rapace semblaient fouiller la semi-obscurité à la recherche d'un interlocuteur invisible. Ses mains aux doigts anormalement longs étaient jointes. Il paraissait prier.

Le silence religieux de la pièce, bercé par la respiration régulière et douce d'une vieille horloge de bronze, fut brutalement déchiré par une sonnerie aigrelette. Le cardinal Scalingeri regarda l'écran de son téléphone et identifia déjà la provenance de l'appel. Il était une heure du matin, et «il» appelait depuis plusieurs jours, toujours approximativement à la même heure. Le secrétaire d'État dormait peu. À son âge, les journées étaient précieuses et les moments volés à la nuit, inestimables. Ses doigts crochus se saisirent du combiné. Il demanda pour la forme, en anglais et d'une voix sèche:

«Oui? Qui est-ce?»

À l'autre bout du fil, l'homme basané à la mâchoire carrée, barrée d'une profonde cicatrice, se demanda pourquoi le cardinal rejouait tous les jours à ce petit jeu, alors qu'il connaissait parfaitement l'origine de l'appel; mais il répondit néanmoins laconiquement :

« Bonsoir, Éminence, c'est moi. Où en sommes-nous? »

La réponse fusa, claire et précise.

« Le problème est réglé, l'affaire est classée. »

Là-bas, il y eut un léger flottement.

« Vous en êtes certain? Il est malin.

– Malin ou pas, là où il est, il ne causera plus de soucis. »

Il y eut de nouveau un court silence. En quelques mots, ils s'étaient tout dit et avaient traité de l'essentiel. L'homme basané conclut brièvement :

« C'est bien, merci. Bonsoir, Éminence. »

* * *

D'Amato raccrocha, son regard sombre se posa sur l'immense aquarium qui occupait un mur entier de son grand bureau. Les poissons exotiques, allumés par les néons, scintillaient comme autant de joyaux multicolores. Il s'avança vers la grande baie vitrée qui l'isolait de la ville de lumière et pensa en souriant que, dans la vie, tout se payait. Tôt ou tard.

Une voix où pointait une légère impatience s'éleva dans son dos :

« Alors? Le nécessaire a-t-il enfin été fait? »

D'Amato se tourna lentement vers Otlinger :

« Oui. On vient de m'apprendre que notre gêneur est *out*. Définitivement. »

Un troisième personnage, manifestement plus inquiet que les deux autres, intervint prestement :

« Est-ce bien certain? Cela fait déjà plus d'une semaine que nous attendons. »

Le directeur du Palace posa son regard froid sur Speeling et lui répondit :

« Si notre "ami" l'affirme, il n'y a pas à douter de sa parole. Ses méthodes sont différentes des nôtres, mais aussi efficaces. »

Égal à lui-même, arrogant et suffisant, Speeling persifla :

« Nous avions largement les moyens d'éliminer cet enquiquineur sans en référer à quiconque. Il était inutile d'en appeler au pape pour ce travail. Et cela serait fait depuis longtemps ! »

D'Amato n'aimait pas que l'on tourne l'Église en dérision en sa présence ; il était peu pratiquant, mais sait-on jamais ? Agacé, il répliqua sèchement :

« Vous savez très bien que le pape n'est pour rien dans tout ça ! L'autorité à laquelle nous avons demandé ce service est bien plus puissante que lui. Et depuis le temps que dure notre collaboration, elle ne nous a jamais déçus. Nous avons trop d'intérêts communs pour que cela arrive. Et puis, n'oubliez pas que le "problème" s'est déplacé sur le territoire de notre ami ; il était donc plus pratique de laisser ce dernier s'occuper de lui. La façon et la durée ne sont pas importantes, seul le résultat compte. »

* * *

Le vieux cardinal déplia son interminable charpente voûtée et se leva péniblement en appuyant ses longs doigts sur le bureau. Laissant la lampe allumée, il se dirigea vers la porte. Il allait de toute façon revenir bientôt : il avait encore beaucoup de travail et n'avait pas sommeil. Il n'avait d'ailleurs jamais sommeil.

La fraîcheur de la crypte avait eu raison de la somnolence de John. Il avait à présent retrouvé toutes ses facultés et finalement compris pourquoi il se retrouvait là, enchaîné comme un animal pris au piège. Parfaitement éveillé, il attendait depuis un long moment, repensant aux évènements des derniers jours. Au moindre de ses mouvements, les lourdes chaînes pesaient sur ses bras et il entrevoyait encore plus aisément le calvaire qu'avaient subi, plusieurs siècles auparavant, les religieuses qui l'entouraient.

Malgré la noirceur profonde de la cave, il gardait en mémoire le décor funèbre et la présence muette des squelettes. Il toucha le sol en terre battue et rencontra une forme étroite et longue sur laquelle pendait un morceau de tissu à la maille grossière. Cattuso retira prestement sa main lorsqu'il réalisa qu'il venait de prendre le bras décharné de sa voisine.

Dans l'obscurité totale, sa montre fluorescente ne lui était d'aucune utilité et il ignorait depuis combien de temps il était enfermé. Allait-on le sortir de là? Ou expirerait-il dans ce caveau, oublié, comme les autres pensionnaires? S'il s'était souvent demandé comment finirait sa vie, il refusait de mourir ainsi, attaché comme un chien. Il essaya de se mettre debout, mais les ferrures étaient trop courtes et l'obligeaient à rester assis. Il se mit à tirer rageusement sur ses entraves... Sans succès. Tout juste réussit-il à faire cliqueter les anneaux massifs. Le fer centenaire lui entailla les poignets, l'obligeant à cesser son inutile révolte.

Une angoisse tenace le prit aux entrailles, lui nouant le ventre, et aussitôt des gouttelettes perlèrent sur son front. La sueur semblait vouloir fuir ce corps qui se laissait envahir par la peur. Un silence imperturbable enveloppait la crypte, seulement dérangé par les gestes désordonnés et aveugles du captif qui, dans un coin, essayait d'échapper à son destin.

Au plus fort de son anxiété, il songea à Nancy, à son visage, à son merveilleux sourire, à sa voix. Comment imaginer ne plus la revoir, ne plus la toucher? De rage, il tira une nouvelle fois désespérément sur ses fers et, une nouvelle fois, il sentit leur morsure cuisante sur ses poignets.

Un grincement métallique tira Fox de sa prostration. Au sommet de l'escalier, la porte bardée de pointes venait de s'ouvrir. Une lumière intense et crue jaillit, précédant un groupe qui s'avança silencieusement vers l'allée centrale de la grande salle pour s'arrêter devant le prisonnier. Ébloui par la clarté, John leva la tête, essayant de deviner l'identité des formes noires qui le toisaient. Peu à peu, ses yeux s'habituèrent au contraste et les silhouettes se précisèrent.

La grosse lanterne éclairait le numéro deux du Vatican dont le visage, en pleine lumière, avait des reflets inquiétants. L'ecclésiastique fixait l'homme enchaîné à ses pieds avec un sourire suffisant. À côté du secrétaire d'État, se tenait un revenant, qui portait l'éclairage à bout de bras: Klaus Hübner, droit comme un I, semblait apprécier particulièrement la scène, même si la grosse minerve blanche qui maintenait son cou ressemblait à un énorme col romain et le rendait parfaitement ridicule. Cattuso ne put s'empêcher de persifler:

« Alors, mon cher Klaus, je vois que vous vous êtes finalement converti et que vous êtes entré dans les ordres... »

Les mâchoires crispées, l'automate réparé par la science lança en jurant son pied droit et sa chaussure ferrée vers les côtes de l'enquêteur qui para en partie le coup avec son bras, mais sentit malgré tout l'acier toucher son côté déjà blessé; plié en deux par la douleur, la bouche ouverte, il essaya de retrouver son souffle.

Le cardinal intervint, sur un ton faussement réprobateur:

« Allons, allons, Klaus, un peu de tenue et de patience à l'égard de notre invité. Vous savez que nous n'aimons pas la violence. »

Se baissant vers John, il ironisa, à mi-voix :

« Alors, *signor* Cattuso, nous voici de nouveau réunis. C'était apparemment inévitable, car vous êtes quelqu'un de très obstiné. Vous n'avez pas pu vous contenter de faire le travail qui vous était demandé, simplement. Il a fallu que vous vous lanciez dans une fouille en règle. Vous aimez décidément bien trop les ennuis, monsieur John Cattuso, ou devons-nous vous appeler Fox? »

John sursauta. Seuls ses proches et ses collègues de l'*Herald*, là-bas, connaissaient ce surnom. L'homme d'Église poursuivit :

« Vous paraissez étonné. En fait, nous attendions votre visite depuis le début et nous connaissons tout, ou presque, de vous. »

Scalingeri s'arrêta un instant de parler, puis reprit, en italien :

« Nous allons d'ailleurs poursuivre cette conversation dans la langue de notre beau pays, langue que vous connaissez parfaitement, n'est-ce pas?

– ...

– Bien, nous nous sommes compris. Vous ne vous êtes jamais demandé pourquoi vous avez obtenu toutes les autorisations nécessaires à la poursuite de votre enquête? N'avez-vous jamais pensé que toutes ces portes s'ouvraient un peu trop facilement devant votre insistante indiscrétion? Pourtant, le Vatican a la réputation bien établie d'être très protégé et très secret. Votre inconscience et votre légèreté sont étonnantes, mais, à la réflexion, la curiosité est peut-être chez vous un sentiment si fort qu'il arrive à occulter tout jugement. »

John était abasourdi. Tout se mettait en place autour de lui comme un grand puzzle, ou plutôt comme une grande toile d'araignée. Rattrapé par son passé, il était tombé tête première dans un piège qui l'attendait depuis son arrivée à Rome, et force lui était de reconnaître qu'il avait foncé dedans sans la moindre hésitation.

Le cardinal Scalingeri était tout près de Cattuso, et son cou émacié à portée de main. L'attraper et le serrer devint un besoin irrépressible pour le journaliste. Il estima avoir assez de longueur de chaîne et se détendit, mais son geste resta en suspens, car aussitôt un grondement surgi des gorges de l'enfer secoua le silence. Le dogue resté dans l'ombre, devinant l'intention hostile, venait de se manifester. La gueule entrouverte, les babines retroussées sur ses formidables crocs, il avait bondi dans la lumière, n'attendant qu'un signe, un ordre pour passer à l'attaque.

Le vieux potentat se recula légèrement. Ses yeux enfoncés dans leurs orbites osseuses ressemblaient à deux lumignons prêts à s'éteindre. Malgré cela, une lueur farouche veillait, donnant au regard du vieillard une paradoxale impression de jeunesse. Il poursuivit, toujours en italien, sur un ton doucereux:

«À ce que je vois, monsieur le grand reporter, l'inconfort de votre situation ne vous a pas calmé. Vous faites partie de ces êtres que l'obstination aveugle et qui ne savent pas mesurer les conséquences de leurs actes.»

Devenant sec et autoritaire, il ajouta:

«Par votre entêtement, vous êtes allé plus loin que nous ne l'avions imaginé. Vous avez forcé un obstacle de trop, la dernière porte, celle qu'il ne fallait pas ouvrir. *Veritas mater omnium animi cruciatuum est*. Eh oui, *signor* Cattuso, la vérité est la mère de tous les tourments, car maintenant que vous savez, qu'avez-vous de plus? Vous venez de violer un terrible secret et d'apprendre en même temps que la connaissance est dangereuse pour celui qui la possède, sans qu'elle lui soit d'un quelconque intérêt s'il ne peut l'utiliser.»

John, à ces mots, comprit que le cardinal ignorait que Spà n'avait rien dévoilé du contenu des manuscrits. Il choisit de le laisser dans cette certitude.

«À vous entendre, il serait donc préférable de vivre

dans l'ignorance et le mensonge? Je pense quant à moi que la vérité n'est pas un tourment, mais une nécessité. »

Scalingeri haussa le ton :

« La vérité, une nécessité? Pauvre fou! Une fois de plus, vous estimez mal les conséquences du savoir. Avez-vous pensé aux millions de gens que cette nouvelle vérité pourrait détruire? À ceux qui ont basé toute leur vie sur le dogme de la foi? Son apostolat est devenu à présent si fort qu'il contribue à l'équilibre religieux mondial. La religion catholique est l'indispensable contrepoids, opposé aux croyances intégristes prônées par l'islam, ou à celles de l'hindouisme et du bouddhisme. Il s'agit d'un milliard cinq cent mille personnes qui, en défendant leur foi en la Rédemption, défendent sans le savoir leurs cultures et leur indépendance! Et vous venez nous parler de rétablir la vérité? Pour qui? Et surtout pourquoi? »

John accepta de poursuivre le dialogue en italien.

« Et c'est aussi sans doute pour préserver ce magnifique équilibre que cette salle cache toutes les dépouilles de ces pauvres femmes? Pour éviter que le moindre doute ne vienne fissurer l'édifice des valeurs chrétiennes, si patiemment construit? À chacune de ces mortes que l'on voudrait oublier correspond une fin atroce et inhumaine. Pensez-vous que tous ces crimes soient en accord avec la religion que vous représentez?

– Ces pauvres femmes, comme vous les appelez, se sont parjurées. Elles ont trahi l'Église et la foi chrétienne. En choisissant de devenir les épouses de Dieu, elles avaient accepté de lui consacrer un amour exclusif. Elles l'ont oublié pour n'être que des créatures indignes, et elles ont eu une fin à la hauteur de leur inconduite. »

Le ton dur et cassant était sans équivoque : le cardinal Scalingeri n'essayait même pas de faire porter à l'Inquisition le poids de cette infamie. Il paraissait intimement convaincu du bien-fondé du châtiment infligé par la vieille institution, et Cattuso était persuadé que, s'il l'avait pu, le saint homme eût été prêt, aujourd'hui, à appliquer la même sanction, sans pitié.

« Était-ce encore pour protéger les préceptes de ce dogme que vous avez éliminé l'*ingegnere* Renato Sorsi? Il était sans doute devenu un peu trop curieux... »

Le cardinal se releva péniblement en soupirant.

« Ce brave homme n'a pas pu, lui non plus, se contenter de faire ce pour quoi il était payé. Malgré toutes nos recommandations, il a franchi certaines limites... irréversibles. La curiosité est décidément un bien grand défaut.

– Avait-il découvert les manuscrits?

– Non. Depuis que nous conservons ces documents ici, vous seul avez eu ce privilège; Sorsi était curieux mais fragile. Sa quête s'est limitée à la découverte de la crypte et à celle de ses occupantes. Cela a suffi à le déstabiliser en ébranlant sérieusement sa foi... et son esprit. Il s'est aussitôt plongé dans un état dépressif, dangereux pour la discrétion que nous souhaitons préserver. »

Fox repensa au vieux Renato, à son teint livide et à ses mains glacées.

« La fièvre qui l'a frappé était trop soudaine, et surtout trop opportune, pour être naturelle. Que lui avez-vous injecté? »

Le prélat regarda l'homme enchaîné à ses pieds avec le regard d'un faucon observant une proie à sa merci.

« Curiosité, éternelle curiosité. À l'époque où la science s'apparentait facilement à la sorcellerie, certains alchimistes travaillaient en cachette à la découverte de remèdes, de potions propres à soulager des fléaux de leur temps. L'un de ces hommes, dénoncé par son entourage à la très sainte Inquisition, cherchait depuis longtemps une formule capable de vaincre un mal terrible, qui rongeait l'Orient et l'Occident: la peste. Malheureusement pour lui, l'apprenti sorcier ne trouva pas la solution au problème, mais il élabora par hasard une médication tout à fait étonnante, capable de plonger le commun des mortels dans un état proche d'une totale et souvent irréversible catalepsie. Depuis, nous avons jalousement gardé le secret de cette préparation. Celle-ci nous a permis de "traiter" de nombreux cas. Mais d'ailleurs, et cette fois à cause de vous, une autre personne de valeur a été frappée par le destin. »

John pensa immédiatement à Nancy et son cœur s'arrêta.

« De qui parlez-vous?

– D'un homme estimé de tous. Le père Francesco Spà nous a quittés ce soir. C'est une grande perte pour le Vatican. Paix à son âme; mais son attitude n'était plus acceptable. Dès lors que ce croyant inconditionnel avait été touché dans sa foi, il était devenu vulnérable et donc susceptible de se confier. »

Cattuso vit, l'espace d'une seconde, le sourire angélique du jeune prêtre. Il repensa à la sympathie que celui-ci lui avait inspirée par sa cordialité et sa douceur dès leur première rencontre. L'instant suivant, il le revit assis en larmes et désespéré. L'idée que cette image serait la dernière qu'il garderait de Spà lui fut insoutenable. La gorge nouée, contenant difficilement la rage qui l'étouffait, il demanda:

« Vous l'avez tué?

– Quel vilain mot! Dieu seul peut donner la mort. Disons que la malchance s'en est mêlée et qu'il est malencontreusement tombé. »

John, écœuré, laissa exploser sa rancœur:

« Vous n'êtes qu'une crapule! Ceux qu'on nomme les voyous ont au moins le courage d'assumer ce qu'ils sont, sans se cacher derrière une apparence de bonté;

les gens comme vous me dégoûtent. Vous êtes indigne de la soutane que vous portez! »

Hübner souriait. L'indignation du journaliste semblait l'amuser. Cet homme qui avait failli lui tordre le cou gisait maintenant à ses pieds, entortillé dans des fers qui ne le lâcheraient pas de sitôt. À cet instant précis, il ne rêvait que d'une seule chose, lâcher Teufel sur ce fouineur qui se croyait plus malin que tout le monde. Là, ce sale Yankee comprendrait ce que le mot douleur signifie. Une main se posa sur le bras du chef de la Sécurité. Le secrétaire d'État, d'un signe de la tête, lui fit comprendre que l'instant n'était pas venu. Puis, s'adressant au captif, il précisa:

« Vous mesurez mieux à présent pourquoi il était indispensable que vous soyez seul à accompagner notre regretté profès. Nous avons ainsi la certitude que vous êtes l'unique détenteur, à part quelques rares initiés, de ce que vous venez de découvrir. Cela évite bien des complications et réduit notre intervention au strict nécessaire. »

John se sentit perdu. Pourtant, il refusait de disparaître dans l'ignorance. Autant mourir pour une vérité, quelle qu'elle soit.

« Comment avez-vous découvert ces documents? D'où viennent-ils? Pouvez-vous me répondre ou ne suis-je pas digne de vos explications? »

Scalingeri laissa échapper un rire sonore et grinçant qui résonna dans la cave voûtée: le rire désagréable d'un homme tout-puissant et parfaitement serein.

« C'est une bien longue histoire, mais si vous y tenez, vous avez suffisamment intrigué pour en connaître l'essentiel. Alors, pourquoi pas le détail? Et nous avons tout notre temps, n'est-ce pas? »

Se tournant vers le responsable de la garde du Vatican, il ordonna, d'un ton faussement conciliant:

« Mon cher Klaus, ce monsieur demande quelques

éclaircissements et je doute que ceux-ci vous intéressent. Il est donc inutile que vous perdiez votre temps ici. Votre chien nous tiendra compagnie. »

En parfaite machine à obéir, le sbire s'effaça sans un mot. En haut de l'escalier, la lourde porte claqua derrière lui en renvoyant un écho pesant. Le dogue s'était assis à quelques pas de John, le fixant de ses yeux noirs dans lesquels dansait le reflet de la lanterne du cardinal. Celui-ci se rapprocha un peu et ajouta :

« Quel que soit son grade, monsieur Hübner n'est qu'un exécutant, ce qu'il fait d'ailleurs très bien et qui le rend précieux à nos yeux. Toutefois, s'il connaît l'existence des manuscrits, il en ignore le contenu et il n'est pas souhaitable que certains secrets soient trop partagés. Voyez-vous, *signor* Cattuso, de tout temps nous avons eu besoin de gens zélés, peu curieux, qui obéissent sans discuter et surtout sans oublier que c'est nous qui ordonnons. Mais je ne dois sans doute rien vous apprendre en précisant que le pouvoir est basé sur l'autorité. Bien! Revenons sur ce qui vous préoccupe. Tout remonte à l'époque de l'occupation romaine de la Palestine. Nous en avons de nombreux témoignages par les textes anciens, auxquels la Bible elle-même apporte un complément précieux. »

Le vieux prélat commença alors son récit, et Cattuso, accroché à ses paroles, eut le sentiment de remonter le temps.

XIII

Ville de Jérusalem – Palestine
Protectorat romain
An 779 de la fondation de Rome

Le soleil de l'ancienne Judée éclaboussait la Cité et ses habitants, chauffant les pierres à vif et cuisant impitoyablement la terre. En ces premières heures de la matinée, chacun savait déjà que la journée serait torride, comme toujours.

Dans son palais, dominant la métropole cosmopolite, un homme, à l'abri des murs épais, contemplait de l'une des fenêtres la ville insoumise. Si Jérusalem avait dû plier devant la force de Rome, son esprit de révolte était intact et pouvait se réveiller à la moindre occasion. Les derniers évènements l'avaient montré. Le responsable chargé de surveiller ce chaudron en constante ébullition passa la main sur ses cheveux grisonnants et coupés très court. C'était un ancien militaire habitué aux tenues de campagne, sobres et pratiques, et il n'aimait pas changer ses habitudes.

Pour le remercier de ses états de service, Rome l'avait promu gouverneur de Judée. L'Empereur et le Sénat avaient estimé que la clairvoyance et l'autorité de ce combattant seraient des armes suffisantes pour pacifier ce peuple de Sémites trop remuants.

Ponce Pilate porta à ses lèvres la coupe qu'il tenait dans sa main droite et trouva que le vin de Galilée n'avait plus ce goût qu'il appréciait tant auparavant.

C'était un signe, un de plus; il en avait assez de ce pays, de sa suffocante chaleur et de ses habitants sans cesse en rébellion. Depuis plusieurs semaines maintenant, il dormait mal et le climat n'en était pas le seul responsable. Le maître romain de la région avait mauvaise conscience, surtout depuis ces trois derniers jours.

Un visiteur s'annonça, en traversant bruyamment les colonnades du péristyle qui séparaient le couloir de la grande salle où siégeait Pilate. L'homme paraissait pressé. Le centurion Liberio Magnus se présenta en frappant de son poing fermé son pectoral doré. De haute taille, il était aussi imposant par sa carrure que par l'austérité de son visage. Le gouverneur de Judée n'aimait pas ce soldat redouté pour sa force, qui trouvait une limite imprécise entre brutalité et bestialité. C'était le genre d'individu qui exécutait les ordres, sans état d'âme, de quelque nature qu'ils fussent. Son avenir était tout tracé: il ferait partie un jour prochain de la Garde de fer, la garde impériale de l'Empereur à Rome.

En vérité, Ponce Pilate l'appréciait un peu moins depuis les jours précédents; précisément depuis le jour où il lui avait demandé de faire questionner le Nazaréen nommé Jésus. Le centurion avait interrogé lui-même le prisonnier, en mettant beaucoup de zèle à l'ouvrage, trop au goût du représentant de l'Empire en Judée.

Mais ce matin, l'homme de guerre avait perdu beaucoup de sa superbe. Il était livide et salua d'une voix mal assurée.

«*Ave*, Seigneur, les dieux soient avec toi.»

Le gouverneur, surpris par l'inhabituel manque d'assurance du centurion, répondit un peu ironiquement:

«Salut à toi, Liberio Magnus. Pourquoi cette visite précipitée? Le palais est-il attaqué par la foule?»

Visiblement perturbée, la brute ne releva pas l'ironie.

«Non, Seigneur. Je t'apporte une nouvelle qui s'est

déjà répandue dans toute la ville. Le tombeau du crucifié, que tous appellent le Christ, est vide... »

Pilate sursauta. Sa vieille expérience lui souffla qu'un nouveau problème arrivait au galop.

« Comment ça, vide? Où est passé le corps de cet homme? »

Le centurion était de plus en plus hésitant.

« Je ne sais pas, Seigneur. Il a disparu. Ses fidèles disent qu'il est monté aux cieux, qu'il est ressuscité. »

Ponce Pilate refusa d'emblée cette idée.

« Un mort est un mort! Et le corps d'un mort reste là où on le dépose! J'avais ordonné de surveiller la sépulture! Qui était de garde devant l'entrée du sépulcre?

– Je ne sais pas, Seigneur. »

Le délégué de Rome s'irrita de l'imprécision des réponses du colosse :

« Renseigne-toi et amène-moi les sentinelles! Je veux les interroger! Va! »

Resté seul, le « protecteur » de la Judée repensa aux derniers instants du condamné qui expirait sur sa croix. Cet homme était mort exactement comme un homme, à ceci près qu'il avait subi son supplice sans haine et en pardonnant à ceux qui l'avaient jugé. Seule cette attitude noble et singulière donnait à réfléchir. Pour le reste, il avait constaté lui-même la mort du supplicié. Ses fonctions de soldat l'avaient amené à couper des vies, et il savait parfaitement reconnaître quand le dernier souffle d'un blessé s'était envolé, pour ne laisser place qu'à la pâleur cadavérique. Ce prédicateur nazaréen était différent de tous ces prêtres qui représentaient pour le moins cinq ou six sectes d'obédiences religieuses différentes et qui semblaient plus liés par d'obscurs intérêts que par une croyance commune. Lui, paraissait sincère et droit, et sa condamnation restait pour Pilate une profonde injustice. Elle laissait un goût de fiel dans la bouche du puissant gouverneur, qui avait participé, contre son gré, à la parodie de procès voulu par les prêtres juifs.

Dans la grande salle, les minutes s'écoulaient, rythmées par les sombres pensées qui tourbillonnaient sous les cheveux gris. Était-il possible que cet être de chair et de sang se soit évanoui dans les airs? Comme un esprit? Ou un Dieu? C'était contre nature et difficilement croyable. Et pourtant, bien que gardé, le tombeau était vide.

Des pas résonnèrent sur le dallage, tirant le penseur de ses songes. Le centurion était accompagné de deux soldats assez âgés, également de grande taille, mais encore plus réservés que leur chef. Lorsque Liberio Magnus s'écarta pour les présenter au maître des lieux, ils restèrent en retrait, sans bouger.

« Seigneur, voici les deux gardes qui surveillaient la tombe la nuit dernière. Ils étaient là, de la troisième heure jusqu'au lever du jour. Ce sont deux *triarii* de la 5e cohorte appartenant à la 13e légion, des hommes sûrs. »

Pilate s'adressa aux deux légionnaires :

« Que s'est-il passé, là-bas? Comment expliquez-vous que le sépulcre soit vide, alors que vous en gardiez la seule entrée?

— ...

— ... »

Les deux hommes se taisaient en regardant le sol, tête basse, comme des enfants pris en faute, chacun attendant peut-être que l'autre prenne la parole.

Irrité, Pilate haussa le ton en désignant l'un d'eux.

« Toi, à ma gauche! Regarde-moi... et réponds! »

Le soldat leva timidement les yeux et lâcha, dans un souffle :

« Nous ne savons pas, Seigneur. Il y a eu une grande clarté et, aussitôt après, nous avons constaté que le tombeau était vide, en même temps que les femmes arrivées juste à ce moment.

– Des femmes? Que venaient-elles faire?

– Elles étaient trois. Elles portaient des pots en terre contenant des aromates et voulaient en oindre le corps du mort, comme le veut leur coutume.»

Le gouverneur de Jérusalem toisa les gardes en réfléchissant. «Ces deux hommes paraissent sincères, et ils semblent plus effrayés par les évènements que par leur présence dans le palais. Il est assez évident qu'ils ne cachent rien volontairement.» Pourtant, certains détails heurtaient l'esprit logique de Pilate. Il savait que les sentinelles allaient toujours par deux, car la conversation leur permettait plus facilement de rester éveillées. Il s'établissait entre elles une espèce de relais où, pendant que l'une sommeillait, l'autre gardait, et il en allait ainsi jusqu'à la relève suivante. Ces soldats étaient des *triarii*, c'est-à-dire des vétérans rompus au combat et à l'effort. Ils savaient être endurants. Même si le sommeil les avait terrassés tous les deux, le moindre mouvement insolite les aurait réveillés.

«Je sais que l'entrée de la sépulture était fermée par une lourde pierre. L'avez-vous déplacée vous-même pour y pénétrer?

– Non, Seigneur. La pierre avait roulé sur le côté, nous l'avons trouvée ainsi.

– Et vous n'avez rien entendu? Pas un bruit? Pas la moindre voix?

– Non, rien, Seigneur.

– Combien d'hommes fallait-il pour déplacer la pierre? Deux? Trois?

– Au moins quatre ou cinq, Seigneur, car elle était calée dans un creux du sol.»

Pilate commençait à perdre son calme habituel et il éleva la voix:

«Donc, et même si vous dormiez tous les deux, plusieurs hommes forçant pour déplacer le bloc auraient dû faire assez de bruit pour vous alerter!

– …

– …

– Bon. Après, que s'est-il passé? Qu'ont dit les femmes? »

C'était toujours le même légionnaire qui répondait, l'autre avait simplement relevé la tête, se contentant d'écouter.

« L'une d'elles, que les autres nommaient Marie de Magdala, est entrée dans le tombeau et en est ressortie aussitôt en s'écriant: "Le corps de notre Seigneur a disparu! On l'a enlevé!" Elle est ensuite partie en courant, disant qu'elle allait chercher les disciples pour les informer.

– Ensuite!

– Elle est revenue quelques instants plus tard, accompagnée de deux hommes mais précédée par eux, car ils couraient plus vite qu'elle. Le premier arrivé n'a pas osé pénétrer dans le tombeau. C'est le second, nommé Simon-Pierre, qui s'est penché à l'intérieur et, voyant sur le sol les linges qui avaient enveloppé le corps, s'est écrié: "Il est ressuscité!" À ces mots, l'autre homme et les trois femmes sont tombés à genoux, les bras levés, et tous criaient: "Notre-Seigneur est ressuscité!" »

Ponce Pilate imaginait la scène, mais sans trouver d'explication valable à la disparition mystérieuse de celui que le peuple appelait le Messie. Seul un très profond sommeil aurait pu endormir suffisamment l'ouïe des gardiens et permettre la violation de la tombe. Improbable! Ou alors?…

« Soldats, durant cette partie de la nuit et jusqu'à l'aube, qu'avez-vous bu? »

Le garde qui avait déjà pris la parole répondit:

« De l'eau, Seigneur, celle de nos rations. »

Le gouverneur connaissait bien la vie militaire et il savait parfaitement que le vin était très apprécié par l'armée romaine, où qu'elle se trouvât. Si la consommation d'alcool pendant les factions était sévèrement punie, il était néanmoins fréquent que les hommes aient recours à la boisson pour supporter, appuyés sur leur pilum, les longues heures d'attente.

« Seulement de l'eau?

– ...

– ...

– Ainsi, vous seriez les seuls soldats de la légion à ne jamais boire de vin pendant les gardes nocturnes! Je repose ma question : qu'avez-vous bu cette nuit? »

Les deux *triarii* se regardèrent en silence, puis celui qui avait déjà parlé répondit lentement, et presque à voix basse :

« Il faisait très chaud et nous avions bu toute l'eau de nos rations. C'est à ce moment qu'on nous a apporté un peu de vin, mais je jure, Seigneur, que nous n'avions que de l'eau avec nous lorsque nous avons relevé la garde précédente. Ce vin nous a été offert. »

Pilate fronça ses sourcils épais et noirs. Le voile obscur de l'incompréhension se déchirait lentement.

« Le peuple de Palestine sait qu'il est interdit d'enivrer les soldats de Rome. Enfreindre cette loi est un crime grave, qui expose les responsables à de durs châtiments. Qui peut être assez fou pour prendre un tel risque? »

Craignant la colère du maître de Jérusalem, la sentinelle continua à se justifier :

« Mais, Seigneur, personne n'a essayé de nous enivrer, nous n'avons reçu qu'une petite amphore pour deux.

– Et qui vous a apporté ce vin?

– Sortant de la nuit, une femme s'est approchée et nous a tendu un vase en terre, en disant qu'il faisait chaud et que le vin était bien frais. Il y avait au plus deux verres pour chacun de nous. Mais je n'avais jamais vu cette femme, je ne la connaissais pas.

– Moi, je la connais... »

Peut-être impressionné par la tournure de l'interrogatoire et peu disposé à goûter au *flagellum*, le second légionnaire venait de se mêler au dialogue.

Ponce Pilate, qui pensait ses gardes coupables d'ivrognerie et donc incapables de se justifier, se tourna, surpris, vers celui qui venait de parler.

« Que dis-tu? D'où la connais-tu? »

Hésitant, l'homme se racla la gorge.

« Je ne suis pas sûr, Seigneur, car il faisait assez sombre, mais j'ai cru reconnaître une servante d'une *taberna* de la rue des Potiers, à Jérusalem, dans la ville basse. »

* * *

Le gouverneur de Judée était silencieux et perplexe. À ses pieds, la femme se tenait tremblante et courbée. La tête baissée, elle regardait vers le sol. Comment imaginer que cette humble créature, apeurée et impressionnée par l'endroit où on l'avait presque traînée, ait pu enfreindre l'une des lois de Rome? Qu'avait-elle à gagner pour prendre pareil risque?

« Parle, femme! As-tu, cette nuit, porté à boire aux soldats qui gardaient la sépulture du nommé Jésus de Nazareth?

– ... »

Effrayée par la voix autoritaire de Pilate, la servante restait muette et regardait toujours le dallage en tremblant. Le puissant représentant de l'Empire, constatant la peur qu'il inspirait, reprit son interrogatoire sur un ton plus affable :

« Allons, parle sans crainte, je veux simplement connaître la vérité. Je t'écoute. »

Sans lever les yeux et serrant nerveusement un pan de sa longue robe, la femme répondit, cette fois en balbutiant :

« Oui, Seigneur... J'ai bien porté à boire à ces hommes... »

Pilate essaya de ne pas élever la voix pour ne pas rompre le fil qu'il venait péniblement de tirer.

« Ignorais-tu que la loi l'interdit? Sais-tu quel est le châtiment pour cette faute? »

À ces mots, la femme se mit à sangloter et se recouvrit la tête de son châle en gémissant.

« Pardonne-moi, Seigneur, je ne savais pas que c'était interdit. Je le jure! Je n'ai fait qu'obéir.

– Obéir? Obéir à qui? »

Entre deux sanglots, la servante essaya de se disculper :

« Dans la soirée de la nuit dernière, un homme est venu me trouver. Il avait avec lui une petite amphore de vin. Il m'a demandé de l'apporter à la quatrième heure aux sentinelles placées devant l'entrée du tombeau. Il m'a dit que les gardes seraient contents, car le vin était très frais. J'ai fait ce qu'il m'a demandé... sans penser à mal.

– Pourquoi as-tu obéi à cet homme? Que t'a-t-il promis?

– Rien, Seigneur, il m'a seulement donné une pièce d'un as. J'ai d'abord refusé, parce que j'avais peur d'aller de nuit au milieu des tombeaux, mais il a beaucoup insisté, disant qu'il y avait les soldats et que je ne risquais rien. Et aussi, j'ai obéi parce que c'était un serviteur du Temple. »

Le front de Pilate se plissa tandis que ses sourcils noirs se fronçaient.

« Es-tu sûre de ce que tu avances? Réfléchis bien, c'est important. Appartenait-il vraiment au service du Temple?

– Oui, Seigneur, j'en suis certaine, je l'ai déjà vu là-bas. »

* * *

Le légat de Rome s'était assombri. Son raisonnement et son intuition avaient accompli leur chemin, éclairés par une certaine logique, mais les conclusions auxquelles il s'attendait s'envolaient pour faire place à d'inattendues possibilités. Que venait faire le Temple là-dedans? À sa seule évocation, de désagréables souvenirs remontèrent à sa mémoire.

Jérusalem s'était éveillée depuis longtemps maintenant; la ville rebelle respirait à pleins poumons, et ses rues innombrables et tortueuses fourmillaient d'activités. Un peu plus tard, vers midi, l'animation se calmerait, progressivement étouffée par le soleil implacable; l'après-midi serait paisible, donnant l'impression qu'une douce quiétude se serait étendue sur ce décor semi-désertique. Impression illusoire, car le feu, seulement contenu par la puissance de l'occupant romain, couvait toujours. Pilate regardait, songeur, cette ville qui s'étirait au pied de son palais, plusieurs fois perdue, plusieurs fois reprise, mais jamais définitivement conquise. Un éternel recommencement. Réfléchissant à l'inconstance des choses, il s'était appuyé contre l'un des portiques de la terrasse en attendant l'arrivée d'un personnage important. À la seule idée de devoir croiser le regard de cet homme, il eut une moue désabusée. Celui qu'il attendait n'était pas simplement rusé, il était fourbe et retors, ce qui rendait sa fréquentation déplaisante.

Le gouverneur repensa aux semaines passées, avec le pénible sentiment que son futur visiteur l'avait finement manipulé, lui, Ponce Pilate, le représentant du plus puissant empire que la terre eût porté. Dans la vaste pièce, où officiait l'administrateur de la Palestine, placées bien haut derrière son siège de cérémonie, les quatre lettres S-P-Q-R rappelaient à tous qu'il avait été choisi et mandaté par la volonté du Sénat et du peuple romain, ce qui lui donnait a priori force et autorité, mais il savait que cela ne lui serait d'aucune utilité si d'aventure une insurrection mal maîtrisée venait à éclater dans la région. Car Rome ne pardonnait jamais l'échec. Et l'individu qui venait d'arriver était justement de ceux capables de causer ce genre d'évènements.

D'une voix fluette et légèrement chevrotante, le nouveau venu se présenta.

«Je te salue, puissant gouverneur. Que Yahveh soit avec toi. Tu m'as fait chercher? En quoi le grand prêtre du Temple peut-il t'être utile?»

Le Romain regagna son siège et chercha le regard sombre et fuyant du vieillard. De taille moyenne, il était drapé dans une tunique blanche, immaculée. Sa tête était recouverte d'une capuche. Le seul attribut qui distinguait le chef du Temple des autres prêtres était la large ceinture brodée et dorée qui ceignait sa taille. Il se déplaçait lentement en s'aidant d'un bâton finement ciselé. Il observait sournoisement son interlocuteur. Pilate répondit, d'une voix sèche et inamicale:

«Salut à toi, Caïphe. Je t'ai envoyé chercher, car, cette nuit, une sépulture a été profanée. Il s'agit du tombeau de l'homme de Nazareth, celui que ton peuple appelait Jésus, et que toi et les tiens avez tant insisté pour faire crucifier.

— ...»

Le vieil Israélite écoutait en silence, apparemment indifférent à la froideur de l'accueil. Ses yeux noirs et perfides, enfouis sous d'épais sourcils, trahissaient tout de même son attention. Mais son regard insaisissable échappait toujours à celui du gouverneur, qui continua:

«J'avais placé deux légionnaires devant la tombe du Nazaréen. À l'aube du troisième jour de sa mort, ce matin, son corps avait disparu. Comment expliques-tu cela?»

Le maître du Temple leva un peu la tête et le ton saccadé de sa voix anima sa longue barbe blanche.

« Ce que tu m'apprends m'étonne. Mais pourquoi me poses-tu cette question? En quoi suis-je concerné par cette disparition? »

Le ton du patriarche était calme et le tremblement de son timbre, naturel. Le vieil Hébreu paraissait serein, sans doute confiant dans l'immunité que lui conférait sa charge. Seule une accusation directe eût pu, peut-être, le déstabiliser.

« Eh bien, il se trouve que mes soldats ont bu pendant leur garde, sans doute du vin auquel on a ajouté une drogue. Il se trouve aussi que ton Temple est le lieu de provenance de ce vin. Il se trouve encore que c'est l'un de tes serviteurs qui l'a fait porter aux sentinelles du sépulcre. Enfin, qui mieux que toi connaît le Temple et ceux qui le servent? »

Le vieux Juif hésita quelques secondes, puis lâcha, toujours avec le même calme :

« Je ne sais pas ce que font tous les serviteurs. Ils sont nombreux. Puisque tu dis que l'un d'eux est coupable, sans doute aura-t-il voulu rire aux dépens des gardes. »

Caïphe observait Ponce Pilate avec son regard oblique. Il essayait de juger la portée de ses réponses, mais le visage fermé du Romain ne lui laissa que peu d'espoir. Le légat de Rome avait le sentiment que le visiteur lui mentait. D'ailleurs, cette impression se confirmait à chacune de leurs rencontres.

« Abuser les soldats de l'Empire est un crime grave, encore plus grave si c'est pour les tourner en dérision. Il est très facile de retrouver le fautif et de le faire parler, car, étant reconnu, il est peu probable qu'il se taise, surtout si je lui prédis qu'il finira sa vie sur une croix, la tête en bas.

— ... »

L'ancien militaire savait qu'il avait gagné. Le regard

hypocrite de l'Israélite s'égarait, cherchant une issue, et son hésitation était un aveu. Mais le condamner et le punir était une tout autre histoire, car le prêtre était puissant. C'était même la seconde puissance à Jérusalem, après celle de Rome. Il valait mieux faire taire ses sentiments et essayer de négocier. Pourquoi pas la stabilité politique de la ville en échange de l'impunité, malgré l'affront fait aux représentants de l'Empire? Mais, avant toute chose, Pilate voulait comprendre.

«Je n'ai aucun doute sur ton rôle dans cette affaire et, comme tu le vois, je peux facilement faire arrêter ton serviteur. Je veux savoir pourquoi tu as fait déplacer le corps du prédicateur.

– ...»

La tête baissée, le visage en partie caché par la capuche et par sa barbe, le vieil homme se taisait. Son silence était-il un renoncement ou un répit pour mieux préparer une riposte? Le gouverneur s'impatientait, mais il insista, sans hausser le ton:

«Vas-tu te décider à parler, ou dois-je faire comparaître celui ou ceux qui t'ont obéi cette nuit? Je te conseille d'éviter cette alternative. La situation pourrait devenir déplaisante pour toi.»

Le maître du Temple releva son regard sournois et répondit, enfin:

«C'était nécessaire. Même mort, cet imposteur était dangereux. Ses fidèles étaient nombreux et ses disciples attendaient de pouvoir récupérer son corps pour le préparer, le parfumer et ensuite le vénérer. Certains d'entre eux ont même tenté d'acheter à ton centurion Longinus la lance avec laquelle il a percé le flanc du prophète sur la croix. Enfin, lorsque tu as donné sa dépouille à Joseph d'Arimathie, tu as contrevenu à l'usage. Ce Galiléen n'était qu'un faux prêcheur qui racontait des fables subversives dans les rues. Les gens comme lui ne peuvent prétendre à une tombe fermée.

– Comment as-tu fait pour éloigner les gardes qui surveillaient l'entrée du sépulcre?

– Au Temple, nous avons mélangé des graines de pavot à du vin, de façon à préparer une boisson assez forte pour endormir profondément les soldats. Lorsque les deux sentinelles furent inconscientes, mes serviteurs ont aussitôt roulé la pierre et enlevé le corps, avant que les femmes ne viennent, conformément à l'usage, pour le préparer...

– Qu'en as-tu fait? »

Le prêtre n'hésita qu'un instant:

« Les hommes l'ont porté et jeté dans la grande fosse. »

Pilate regarda le Juif à la fois avec colère et dégoût, mais il se garda bien de hausser la voix.

« Ainsi, tu l'as sacrifié une seconde fois en le mettant, avec les mendiants et les brigands, dans la fosse commune! À l'extérieur des murs de Jérusalem, tu savais qu'il serait livré aux chiens errants ou aux hyènes et que personne ne reconnaîtrait ses restes. »

Sentant l'animosité du Romain, l'Israélite essaya de se justifier et, ce faisant, il reprit un peu d'assurance.

« Je te l'ai dit, celui qui se faisait appeler le fils de Dieu était un danger pour les vrais croyants. Ses discours et ses paraboles commençaient à troubler les esprits et à menacer la parole du Temple. Il fallait s'assurer de sa disparition... définitive. Et puis, que t'importe! Ce n'était qu'un agitateur, il n'était même pas pharisien. »

Pilate resta de marbre. Froidement, il lâcha:

« Lorsque tu as provoqué l'arrestation de cet homme et demandé qu'il soit jugé par Rome, tu n'étais guidé que par la peur qu'il t'inspirait. Il n'était un danger que pour toi-même, en voulant chasser les marchands qui envahissent le Temple de votre Dieu et qui vous permettent à vous, les prêtres, de commercer et de vous enrichir. Il t'a fait craindre un bouleversement fatal à ta propre autorité. Au fond, seule ta soif de pouvoir t'a incité à éliminer cet homme; tu as manœuvré avec les autres prêtres afin de faire accuser un innocent, tu as payé des agitateurs qui ont soulevé la foule pour faire croire à tous que le Nazaréen était coupable de mensonges et de blasphèmes. Sachant que les Juifs, selon la loi, ne pouvaient le juger et que Rome avait quant à elle le pouvoir de le condamner, tu me l'as présenté pour que je l'exécute. Ainsi fut fait. Je repense au jour où je l'ai questionné, après que l'un de mes soldats l'eut interrogé. Il était couvert de sang, battu et humilié, mais sans rancœur. À aucun moment il ne vous a accusés ou maudits. Je pense que le Galiléen était droit et sincère, oui, je crois vraiment que cet homme était un juste.»

Le vieillard écoutait en silence. Sa tunique blanche parait d'une fausse candeur cet être rusé, qui avait si bien su intriguer pour garder le pouvoir. Pilate le regarda avec sévérité.

«Le vendredi, la veille de la fête que vous appelez la Pâque, lorsque je vous ai rendu, à toi et aux tiens, le prêcheur coiffé d'une couronne d'épines sanglantes en vous disant *Ecce homo*, j'attendais de vous que la vue de ce corps meurtri vous amène à un peu de compassion. Je n'avais rien à lui reprocher et vous auriez dû me demander de le relâcher. Au lieu de cela, vous avez incité la foule à réclamer que Rome le mette à mort. Souviens-toi, Caïphe, je t'ai laissé libre de ce choix... et m'en suis lavé les mains.»

Le grand prêtre des Juifs releva la tête et, pour la première fois, ses yeux sombres affrontèrent ceux du gouverneur.

«Tu me reproches d'avoir fait tuer cet homme par soif de puissance, par crainte d'une révolte qui aurait bouleversé les croyances du peuple et détruit mon pouvoir. Mais toi, Pilate, as-tu jamais agi autrement? N'as-tu jamais tué ou fait tuer pour la gloire de Rome?

À quoi est due ta présence à Jérusalem, si ce n'est pour accroître la puissance de l'Empire? Dis-moi, Pilate: en quoi sommes-nous différents?»

Le Romain baissa la tête à son tour. Si les prêtres l'avaient manipulé comme un jouet, avait-il su, lui, leur résister? Sa volonté de ménager les hommes du Temple et la foule que ceux-ci avaient astucieusement influencée n'était-elle pas plus une preuve de faiblesse que de diplomatie? Bien servir Rome ne demandait-il pas plus de fermeté, de force et d'intransigeance qu'il n'en avait montré? Parmi toutes ces questions, une certitude s'imposa à lui: un innocent avait payé le prix d'un fragile et illusoire équilibre. Le maître de Jérusalem répondit au maître du Temple, d'une voix grave:

«Je suis un soldat et j'ai toujours agi comme tel.»

Le vieil Hébreu rétorqua aussitôt:

«Moi aussi, je suis un soldat, mais mon Empereur n'est pas de ce monde, il se nomme Yahveh.»

Ponce Pilate se leva soudain et frappa dans ses mains; un serviteur vêtu d'une courte tunique blanche s'avança et s'inclina, attendant les ordres.

«Va me chercher de quoi écrire. Dépêche-toi!»

L'homme se retira prestement, laissant le légat et le grand prêtre face à face. Ils restèrent quelques minutes ainsi, à se toiser silencieusement, et aucun des deux ne voulut baisser les yeux. L'animosité qu'ils éprouvaient l'un envers l'autre était presque palpable. La rancune du Romain et le mépris du vieux Juif se heurtaient dans cet affrontement muet.

L'esclave revint porteur du nécessaire demandé par son maître. Après avoir déposé plusieurs rouleaux sur une grande table en marbre, il s'éclipsa aussi rapidement qu'il était apparu.

Le gouverneur s'approcha du plan de travail et reprit, d'un ton autoritaire:

«Tu vas écrire ce que je te dicterai. Tu es responsable

des évènements de cette nuit, et tu vas le consigner par écrit. »

La voix chevrotante du vieillard s'éleva, un peu hésitante :

« Et... si je refuse?

– Je te le déconseille. Je serais dans l'obligation de livrer tes complices à la foule, en précisant que tu es l'instigateur de la disparition de leur Messie. Je doute que le peuple de Jérusalem apprécie cette vérité. Il est d'ailleurs probable qu'il réclamerait pour toi le même châtiment que tu avais demandé pour le Galiléen, et je me verrais dans l'obligation de lui accorder cette faveur. Vois-tu, Caïphe, si je ne me suis pas opposé aux exigences des prêtres du Temple, c'était uniquement pour éviter une émeute, mais à présent nous en sommes au même point. Depuis l'aurore, grâce à toi, les disciples du crucifié se répandent dans la ville en clamant partout que leur maître est ressuscité d'entre les morts. Tu es l'auteur de ce prodige et, en cas de soulèvement de la population, le seul responsable à mes yeux. Je te laisse ce mérite et ne veux surtout pas le partager avec toi. »

Pilate déroula l'un des *volumen*, libérant le papyrus de son support de bois, puis il commença à écrire en commentant à voix haute :

« *Moi, Ponce Pilate, gouverneur et légat de Judée sur ordre du Sénat et de Caius Julius Octavianus Augustus, César, empereur de Rome et de l'Empire, en l'an 779 de l'ère d'Auguste, déclare recueillir par les présents écrits le témoignage de Caïphe, grand prêtre du Temple de Jérusalem, au sujet des évènements qui ont suivi la Pâque juive.* »

Reposant sa plume d'oie, il poussa le manuscrit vers le vieillard en lui intimant :

« Tu vas écrire deux textes identiques, mais l'un sera en latin et l'autre dans ta langue. Nous signerons tous les deux ces documents. Ils seront la preuve qu'il n'y a pas eu de tromperie de la part de Rome. Maintenant, continue en latin ce que j'ai commencé, en transcrivant exactement ce que je vais te dire. »

Le prêtre prit lentement la longue plume blanche et commença à noter sous la dictée du représentant de l'Empire.

« *Moi, Caïphe, chef des prêtres et des serviteurs du Temple de Jérusalem, déclare les faits suivants: dans la nuit du dernier jour de la Pâque, après la quatrième heure et après avoir provoqué le sommeil de la garde romaine chargée de surveiller le tombeau du crucifié nommé Jésus de Nazareth, j'ai envoyé plusieurs de mes serviteurs déplacer son corps. Celui-ci a été jeté dans la grande fosse, située à l'extérieur des murs de la ville. Usant de ma propre et seule autorité, j'ai agi ainsi pour éviter que les disciples du Galiléen, qui se faisait appeler "Roi des Juifs", ne perturbent la croyance en Yahveh et incitent le peuple à se rebeller contre la parole des prêtres. J'ai ainsi fait retirer de sa sépulture la dépouille de cet homme pour que la rébellion qu'il avait créée s'éteigne avec lui, pour toujours.* »

Le Romain se tut, observant le visage anguleux du vieil Hébreu. Les traits tirés, les mâchoires serrées, ce dernier était d'une pâleur extrême. Il reposa la plume immaculée avec lassitude. L'aveu lui avait manifestement beaucoup coûté. Le gouverneur lut le manuscrit et apposa son sceau au bas du document pour confirmer son accord, puis, tendant le second rouleau au chef des prêtres, il ordonna:

« À présent, recommence, en traduisant ces lignes dans la langue de tes ancêtres, en reprenant fidèlement chaque terme, sans omission. Le texte sera vérifié pour éviter tout malentendu. »

La voix tremblante du vieux prêtre interrogea, incertaine:

« Est-ce nécessaire?

– Indispensable! Ta confession aura encore plus de valeur, en cas de besoin. »

À la fois hésitant et nerveux, allant de droite à gauche, l'étrange alphabet courut quelques instants sur le support végétal. Puis, comme enfin délivré d'un grand poids, Caïphe repoussa sans un mot l'objet de son tourment vers le milieu de la table. Pilate regarda le papyrus couvert de caractères qui lui étaient totalement inconnus. Mis bout à bout, ils formaient des mots, des phrases qui elles-mêmes racontaient à qui pouvait les comprendre qu'une nuit quelconque était devenue particulière, parce qu'un être assoiffé de pouvoir avait tué deux fois le même homme. Posés côte à côte sur le marbre froid, les deux feuillets retraçaient dans deux vocabulaires totalement différents la même infâme vérité. Oui, tout était là, tout, sauf un détail d'importance. Le regard sévère du légat chercha en vain celui redevenu fuyant de son interlocuteur.

« N'oublies-tu rien?

– Quoi encore? Qu'ai-je oublié?

– Ta signature! »

Lorsque les deux écrits furent enfin enroulés autour de leur support, Ponce Pilate repensa fugitivement à ce prophète si magnanime, si sûr de sa foi qui, même dans la souffrance et la mort, paraissait maître de son destin. Pour la première fois, il eut subitement envie de tuer, de détruire l'être malfaisant qui se trouvait devant lui. Et si sa main s'égara sur le pommeau de sa dague, le geste ne resta qu'une intention réprimée par la diplomatie. En baissant la tête, il se contenta de conclure amèrement:

« Je ne sais ce que seront les jours futurs. L'haruspice est resté indécis et n'a pas pu lire l'avenir dans les entrailles. Mais fasse, Caïphe, que ton geste abject n'engendre pas de conséquences néfastes pour Rome. »

XIV

La voix sourde de Scalingeri avait longtemps empli la crypte de son ton monocorde, semblable à un murmure. Le vieux cardinal s'était tu, laissant tomber un silence épais sur les murs voûtés.

Par la pensée, John avait accompagné le récit du prélat, et les personnages au cœur de l'histoire avaient paru revivre d'une façon si intense que le journaliste restait sur l'impression de les avoir connus et rencontrés. Étrange faculté que celle de faire ressurgir du passé des visages et des scènes inconnus. Si les mots s'étaient envolés, la sensation d'amertume demeurait, elle, bien présente, après la terrible révélation. Le secrétaire d'État observa quelques instants le mutisme prostré du prisonnier.

«Vous ne dites rien? Vous souhaitiez pourtant connaître à tout prix les détails liés à l'origine de ces manuscrits!»

Mais Cattuso restait cloîtré dans son isolement, la tête entre les mains. Une foule d'ondes contradictoires se bousculaient dans son crâne, à la recherche d'une cohésion, d'un apaisement. L'idée même que la résurrection du Christ, l'un des dogmes fondamentaux de l'Église catholique, fût d'abord basée sur une méprise, puis sur un mensonge lui était insupportable. Il comprenait maintenant mieux la réaction de Francesco Spà pour qui tout un monde, son monde, s'était brutalement effondré.

Suivi par l'ombre massive et inquiétante du dogue, le chef du pouvoir exécutif du Vatican se rapprocha de l'homme enchaîné à ses pieds. Il se pencha un peu et John pouvait voir les veines saillantes de son cou émacié. Il enchaîna, ironiquement :

« Décidément, à vous voir, *signor* Cattuso, on a l'impression que la courte histoire qui vient de vous être contée vous surprend et vous laisse vraiment sans voix. Pourtant, vous en connaissiez l'essentiel, puisque vous vous êtes entretenu avec notre regretté profès, n'est-ce pas ? »

N'obtenant aucune réponse, le vieil ecclésiastique parut subitement saisi d'un doute.

« Mais, après tout, serait-il possible que votre confident ne vous ait pas traduit les documents ? »

Ses yeux noirs et fragiles, aidés par la lumière dorée de la lanterne, fouillaient le visage du journaliste à la recherche d'un indice, d'une négation peut-être. John baissa de nouveau la tête pour échapper au regard inquisiteur.

« Ainsi, c'est donc ça ! Spà n'a rien dit ! Et, bien entendu, vous ignoriez tout ! Vous êtes bien à l'image de votre réputation : rusé et têtu. Mais que vous sachiez ou non, quelle différence ? Cela n'a plus grande importance.

– Pour moi, il y en a une... cette porte que j'ai forcée et cette vérité que j'ai découverte m'ont éclairé un peu plus sur la nature humaine. Et si j'avais eu quelque espoir à cet égard, il serait à présent à reconsidérer, c'est le moins que je puisse dire. Au point où nous en sommes, j'aimerais connaître la suite de ce récit. Que s'est-il passé ensuite ? Votre Éminence me fera-t-elle l'honneur de poursuivre ? »

Le religieux inclina son profil anguleux sur le côté, commentant lentement :

« Nous nous sommes trompés à maintes reprises sur vous, monsieur John Cattuso. D'abord en sous-estimant votre capacité à enquêter et à suivre jusqu'au bout vos intuitions, puis en ne comprenant pas que, pour vous, la recherche de la vérité est primordiale et vous pousse facilement à l'inconscience. De toute façon, dans la mesure où nous vous attendions, le résultat est identique, et que vous ayez poussé votre quête au-delà du prévisible ne change rien. Tout de même, votre attitude est assez déroutante : au lieu de vous préoccuper de votre situation qui peut paraître pour le moins délicate, vous semblez vous en désintéresser pour ne chercher qu'à en apprendre toujours plus. »

La haute taille voûtée du cardinal se déplaça devant la lumière électrique, projetant une ombre démesurée qui s'allongea sur le sol avant de se perdre dans la noirceur de la grande salle.

« Eh bien soit ! Je vais satisfaire votre insatiable curiosité. Après avoir remis sa confession à Pilate, le vieux patriarche poursuivit avec acharnement ses persécutions contre les disciples du Christ. Cela est fidèlement rapporté par les Saintes Écritures. Il pourchassa les apôtres, les obligeant à la clandestinité et à la fuite. Marie elle-même, protégée et guidée par Jean, dut gagner une région d'Asie Mineure, l'actuelle Turquie, pour échapper à la haine du chef des prêtres. Elle y finit d'ailleurs ses jours, retirée dans une maison sur le mont Pion près d'Éphèse, sans jamais avoir revu la Palestine. Jusqu'à sa mort qui survint à peine trois années plus tard, Caïphe évita la sédition, gagnant ainsi le silence de Ponce Pilate au sujet de la disparition du corps du Galiléen appelé Jésus de Nazareth. Mais, peu de temps après la mort du vieux chef religieux, les Hébreux reprirent leurs incessantes rébellions, multipliant les actes d'insoumission et de résistance contre l'autorité de l'occupant. Pilate, jugé trop tolérant par Rome, fut rappelé dans la capitale. Il tomba en disgrâce et mourut, sept ans plus tard, oublié de tous dans une province reculée de l'Empire. Pendant ce temps, en Judée, la croyance en la résurrection du fils de Dieu s'était rapidement répandue, les fidèles rescapés s'étant éparpillés dans toute la Palestine en clamant la nouvelle du retour de leur Messie d'entre les morts. Le mouvement avait pris une telle ampleur qu'il était inutile et absurde de vouloir l'arrêter. L'Empire romain a toujours vu dans cette religion et la ferveur de ses adeptes une menace pour sa sécurité. Malgré les brutales tentatives d'éradication menées par les Empereurs successifs, le nombre de sympathisants ne cessait de croître. »

John interrompit sèchement le cardinal Scalingeri en agitant nerveusement ses lourdes chaînes, tandis qu'un grognement rauque surgi de la pénombre accompagnait son geste.

« Il eût été plus simple de tout arrêter depuis le début, évitant ainsi de propager cet ignoble mensonge. À cause du silence coupable de l'Église, des générations de croyants sincères ont voué toute leur vie à une... une...

– Une escroquerie, voulez-vous dire? En réfléchissant un instant, vous conviendrez que ce n'était pas aussi facile. À l'origine, les deux seuls protagonistes capables d'expliquer la résurrection du fils de Joseph et Marie n'étaient plus. Et reconnaissez qu'une religion qui vous promet une vie éternelle est bien séduisante. De nos jours encore, c'est le point fort du catholicisme par rapport à d'autres croyances. L'homme, par nature, a besoin de connaître son avenir et est enclin à croire en un futur *post mortem*. N'est-il pas en effet bien triste et angoissant de penser qu'après toute une vie, le vide soit le seul espoir et le néant, la seule issue? Mais tout cela n'est que philosophie, et la réalité, comme toujours, est bien plus pragmatique. Pendant des siècles, Rome a lutté en vain contre le christianisme. Sa lutte s'est achevée en l'an 312 de notre calendrier, par la bataille du pont Milvius où Constantin a défait Maxence. Le Sénat avait compris que pour survivre la Ville éternelle devait, à défaut de pouvoir la vaincre, adopter cette religion qui progressait de façon totalement incontrôlable. Il apporta donc tout son soutien au nouvel Empereur et transforma son ennemie en alliée. C'est grâce à cet opportunisme que Rome a traversé les temps et est aujourd'hui la capitale du monde chrétien. Avouez que c'est là une grande preuve de réalisme.»

Cattuso sentait près de son visage le souffle chaud du mastiff qui, dans l'ombre, guettait le moindre écart. Il essaya de ne pas trop bouger, se contentant de lever légèrement la tête pour interrompre une nouvelle fois le secrétaire d'État:

«Votre cynisme est révoltant. J'ai le très net sentiment que cette vérité que vous détenez et cachez au monde ne vous dérange aucunement. Comment pouvez-vous vivre avec ce mythe sans éprouver aucune lassitude, aucune amertume? Vous êtes pourtant un homme d'Église. Vous êtes même l'une des personnalités les plus importantes de l'institution qui vous a créé. Comment pouvez-vous continuer à tenir ce rôle, en sachant ce que vous savez?»

Le cardinal soupira en esquissant une moue condescendante.

«C'est tout simple, *mio caro signore*. Pour le pouvoir. Lui seul nous intéresse. Le pouvoir absolu, celui qui nous permet de diriger plus d'un milliard d'individus, car, voyez-vous, notre puissance dépasse celle de Sa Sainteté elle-même. En effet, le pape ignore tout de cette histoire; il n'est que l'image dorée et bien-pensante de l'Église. Un personnage très médiatique, certes, et qui, fort de ses sincères convictions, veut porter au plus haut les valeurs de la religion catholique, mais il n'est qu'un homme de lumière et d'apparat, un ambassadeur de luxe, si vous préférez. Depuis longtemps, déjà, les différents papes ont laissé aux secrétaires d'État les charges exécutives nécessaires au fonctionnement du système. Ils ne voulaient garder de ce dernier que la partie la plus noble et la plus représentative. En fait, cet abandon des contraintes les a définitivement éloignés du vrai pouvoir et... de ses contingences. »

Le vieil homme se tenait immobile. Son regard luisant semblait vouloir transpercer les ténèbres. À la seule évocation de puissance et de domination, ses yeux fatigués avaient retrouvé toute leur vigueur, et John ne put que s'interroger, une fois de plus, sur la force de cette motivation qui animait certaines personnes plus sûrement qu'une drogue, leur donnant cette vitalité étonnante, capable de les faire transcender le poids des années.

« Êtes-vous enfin satisfait? »

Tiré de ses pensées par la voix autoritaire du cardinal, l'enquêteur de l'*Herald* répondit, presque à voix basse :

« Pas tout à fait. Il manque un point essentiel à votre récit.

– Ah oui?!... Et lequel?

– Vous ne m'avez pas dit comment les deux manuscrits ont été découverts. Pilate a-t-il décidé de révéler la vérité? Mais peut-être ne le savez-vous pas vous-même.

– Décidément, vous êtes surprenant. Mais la nuit est très avancée et nous n'avons pas l'intention de prolonger cet entretien qui n'a déjà que trop duré. »

Le cardinal saisit la lanterne posée au sol et se détourna de son « hôte ». Sa maigre et haute silhouette s'éloigna lentement, suivie par la masse noire et compacte du dogue. Lorsqu'en haut de l'escalier la lourde porte claqua pesamment, renvoyant un écho d'outre-tombe, John eut l'impression que le couvercle d'un caveau venait de se refermer sur lui.

XV

Mercredi 31 mai, 9h30
Via Montebello

Nancy attendait Mario Pozzi à l'accueil de l'Agence. Depuis la veille, elle était oppressée par une angoisse extrême. Elle avait passé toute la nuit installée sur une chaise, les pieds sur le lit, adoptant cette position inconfortable pour éviter de s'endormir en attendant le retour de John. Mais, vaincue par les interminables heures d'attente, elle s'était finalement assoupie. À son réveil, il n'était toujours pas rentré et elle s'était résolue à en parler au responsable de l'*Herald* romain. Après plus de vingt minutes, celui-ci se présenta et la déshabilla d'un regard.

« Bonjour, mademoiselle Shepard. Je suis heureux de constater que vous avez retrouvé le chemin de nos locaux. »

S'avisant que sa jolie visiteuse était venue les mains vides, il adopta un ton plus caustique.

« Mais je pensais que vous auriez apporté le reste de votre travail. Apparemment, il n'en est rien. Pourriez-vous m'expliquer? »

La jeune femme qui avait prévu l'entrée en matière du Romain répliqua:

« J'ai donné ce que vous attendiez à votre assistante Gabriella dès mon arrivée, il y a déjà presque une demi-heure. »

Mario encaissa le reproche sans broncher.

« Bien. Et comment va notre enquêteur fantôme? Je ne serais pas sûr de le reconnaître si je le rencontrais.

– C'est précisément de lui que je venais vous parler.

– Ah!? Bon, allez-y, je vous écoute.

– En fait, je ne l'ai pas revu depuis hier midi.

– Et alors?

– Je pense qu'il a disparu. »

L'homme la regarda, incrédule.

« Vous plaisantez?

– Non, je suis sérieuse. Depuis son départ de l'hôtel, il n'a pas donné signe de vie. Je n'ai pas cessé de l'appeler, mais son portable ne répond pas. Je suis certaine qu'il lui est arrivé quelque chose. »

Pozzi se voyait tout à fait dans la position du flic recevant les confidences d'une femme dont le mari découchait.

« Allons, voyons! On ne disparaît pas comme ça sans raison. Vous vous faites du cinéma. Il aura sans doute été retenu par ses éternelles et fantaisistes investigations. Moi, je ne vous cacherai pas que, ce qui m'inquiète le plus, c'est son absence totale d'esprit d'équipe et ce, autant à votre égard qu'à celui du personnel de l'Agence. Pour ce qui me concerne, son rôle aura été jusqu'à présent bien en deçà de mes espérances, et j'ai bien peur que votre reportage ne s'en ressente. »

Agacée à la fois par le ton réprobateur et la désinvolture de l'homme, Nancy sentit la colère la submerger en même temps que sa voix se chargeait de sanglots.

« Mais, vous m'écoutez? Je vous dis que John a disparu! Je suis sûre qu'il y a un problème. Il ne m'aurait jamais laissée toute la journée sans nouvelles. Plus maintenant. »

À ces derniers mots, le directeur de l'Agence comprit que les deux collègues avaient dépassé le stade de la collaboration et sans doute ébauché une idylle.

Aussitôt, une pointe de jalousie à l'encontre de l'Américain s'alluma dans son esprit et ce fut presque à contrecœur qu'il essaya de rassurer la jeune stagiaire.

« Bon, calmez-vous. Lorsqu'il vous a laissée hier, où devait-il aller?

– Mais au Vatican! Comme chaque après-midi, il avait rendez-vous avec un prêtre, le père Francesco Spà. C'est ce dernier qui est chargé de nous aider pour le documentaire. Il faut l'appeler pour lui demander s'il a bien vu John... »

Mario Pozzi réfléchit un instant avant de poursuivre, indécis.

« C'est ridicule. Je ne me vois pas appeler la Secrétairerie d'État en demandant: nous avons égaré un journaliste, vous ne l'auriez pas vu par hasard? Voyons, ça ne tient pas debout! »

Nancy leva ses yeux d'émeraude sur le journaliste et implora:

« Je vous en prie, faites-le. Appelez le Vatican... S'il vous plaît. »

Pozzi vit dans le regard où perlait une larme plus qu'une inquiétude professionnelle. Il put y lire qu'un attachement profond était né entre les deux envoyés d'Ellworth. Tendant la main à contrecœur, il saisit le combiné et appela le Gouvernorat. Après quelques instants, il put s'entretenir avec un correspondant. Nancy Shepard attendait anxieusement la fin de la conversation. Lorsqu'il raccrocha, elle comprit à sa mine circonspecte que quelque chose était arrivé.

Elle l'interrogea avec crainte, redoutant sa réponse.

« Alors? Qu'ont-ils dit? Spà a-t-il rencontré John hier?

– Il leur est impossible de l'affirmer. Il y a eu un accident tragique la nuit dernière. Le prêtre est décédé...

– Comment? Le père Spà est mort? Que s'est-il passé?

– Ils ne m'ont pas donné beaucoup d'explications, mais j'ai cru comprendre qu'il s'agirait d'une chute. Je n'en sais pas plus.

– Et John?

– Je vous l'ai dit, ils ne savent pas si Spà l'avait vu dans l'après-midi, et il était le seul lien entre le Vatican et votre confrère. »

Nancy était prostrée sur sa chaise. Elle avait au fond d'elle cette certitude impalpable que le danger si souvent sollicité par Fox avait une nouvelle fois répondu à son appel. Elle insista de nouveau auprès de Mario :

« Il faut absolument le retrouver. Son silence est anormal. Nous devions terminer notre travail ensemble. Et puis, la disparition de Spà est si soudaine... »

Le Romain demeurait hésitant sur la conduite à tenir : secouer la Secrétairerie du Vatican était impensable et il savait n'obtenir *in fine* rien de plus que ce qu'il savait déjà. Et il aurait bonne mine si l'*Americano* réapparaissait soudain, avec sa décontraction habituelle. La sagesse et la politique lui susurraient à l'oreille d'attendre et de laisser venir.

« Écoutez, *signorina*, je pense qu'il est préférable de patienter encore un peu. Après tout, cela ne fait qu'une journée qu'il est parti. Il est sans doute en train d'enquêter, seul, fidèle à son habitude. Je vous propose de passer le reste de la journée avec Ivana, notre documentaliste que vous connaissez déjà. Elle vous aidera à avancer votre travail en attendant. »

Nancy Shepard était amère. Elle n'avait jamais vraiment cru en la sympathie du chef de l'Agence, ni à sa spontanéité à les aider, John et elle, mais aujourd'hui elle mesurait réellement son désengagement. Cet homme était l'image même de l'opportuniste : attentiste et égoïste. En cas d'échec du reportage, elle imagina sans effort qu'il saurait parfaitement se dégager de toute responsabilité, en enfonçant John au maximum. Il était inutile d'espérer de sa part le moindre soutien. Une terrible évidence s'imposa alors à elle, celle de ne pouvoir compter que sur sa propre détermination.

« Je préfère rentrer à l'hôtel, si vous le permettez. Tout ceci m'a un peu secouée et j'ai besoin de réfléchir. Puis-je compter sur Guido pour me ramener?

– Bien sûr! Il va vous raccompagner. »

Avec un sourire magnifique et obséquieux, il ajouta:

« Surtout, si vous avez besoin de quoi que ce soit, n'hésitez pas... »

* * *

Beppi roulait vite, comme à son habitude, se frayant un passage acrobatique dans le flot dense de la circulation. Tout en évitant presque miraculeusement les autres véhicules, il ne cessait de penser à l'appel qu'il avait reçu et se demandait ce qu'on lui voulait. Il stoppa son taxi devant l'entrée de la place Saint-Pierre, comme convenu.

À quelques mètres de là, il reconnut, adossée à une vieille BMW, la belle journaliste américaine qu'il avait transportée la semaine précédente. Bon sang! Elle était encore plus jolie que dans son souvenir. Une vraie merveille! Il songea l'espace d'un instant à la chance qu'avait l'autre journaliste de la côtoyer tous les jours. Un type brun qui se tenait aux côtés de la jeune femme s'avança, auréolé d'une odeur persistante d'eau de Cologne, et se présenta avec un sourire un peu embarrassé:

« Bonjour, je m'appelle Guido Sturlo, c'est moi qui vous ai appelé tout à l'heure, à la demande de la *signorina*. Elle ne parle pas italien. Je vais traduire pour elle. »

Nancy tendit la main au chauffeur de la Fiat, en l'interrogeant aussitôt en anglais:

« Bonjour, Beppi. Je voudrais savoir si hier vous avez accompagné mon collègue, monsieur Cattuso, au Vatican.

– Bien sûr. Comme tous les après-midi. Par contre, pour le retour, je l'ai attendu comme d'habitude à partir de dix-sept heures dans la cour du Belvédère, mais il n'est pas venu. Je l'ai appelé plusieurs fois sur son portable sans pouvoir le joindre. J'ai même laissé un message, mais il ne m'a pas rappelé. Ensuite, j'ai été contacté par ma station pour une autre course et je suis parti. »

La traduction laborieuse et hésitante de Guido assura encore un peu plus la jeune stagiaire du bien-fondé de ses inquiétudes. Elle avait maintenant la certitude que John était bien entré au Vatican et qu'il n'en était jamais ressorti.

Beppi savait bien que quelque chose s'était passé deux jours plus tôt, mais sans pouvoir l'expliquer, car il avait dû se contenter des silences de son passager. À présent, la mine défaite de la jeune Américaine était bien la preuve que son client habituel n'avait toujours pas reparu et qu'il devait sans doute avoir de sérieux ennuis.

Désemparée, Nancy Shepard regarda devant elle. Là-bas s'ouvraient majestueusement les colonnades blanches de la place Saint-Pierre, encadrant l'énorme basilique. Sous un soleil resplendissant, la maison de Dieu était l'image même d'une sérénité intemporelle et immuable. Pourtant, l'envoyée du *New Herald Post* savait maintenant que, quelque part dans ses sous-sols obscurs, un piège s'était refermé.

* * *

Un grincement suivi d'un léger sifflement troubla une seconde le silence sépulcral de la crypte. Après le départ du cardinal, John avait de nouveau essayé de briser ses chaînes, et une fois de plus la morsure des fers avait laissé une trace sanglante sur ses poignets. À défaut de le voir, Fox avait senti couler le liquide poisseux sur ses mains, tandis qu'une douleur lancinante lui coupait les chairs. Fatigué, abattu, il s'était assoupi assis, la tête appuyée sur les genoux.

Le couinement de la porte vint le tirer de sa somnolence, sans qu'il pût dire s'il avait sommeillé quelques minutes ou dormi plusieurs heures.

Précédé par le halo lumineux de sa lanterne, Scalingeri avança sa silhouette allongée dans l'allée centrale. Adossées aux murs, les religieuses semblaient faire une haie d'honneur muette au véritable chef de l'Église. Celui-ci, ignorant les restes macabres, se dirigea vers Cattuso. Mais, étant seul, il se tint à bonne distance.

« Alors? Avez-vous bien dormi? Les chemins de la connaissance vous ont-ils ouvert ceux du repos?

– Je ne sais pas si j'ai dormi, je ne me souviens plus. J'ai perdu mes repères. Quel jour sommes-nous et quelle heure est-il? »

Le secrétaire d'État ne répondit pas, se contentant d'ironiser:

« Quelle importance cela a-t-il? Les jours, les heures, quoi que nous fassions, la vie passera toujours comme un songe. Trop vite. Mais laissons la philosophie pour l'instant. Nous vous avons apporté quelque chose. Nous croyons savoir que vous connaissez le français. N'est-ce pas? »

John acquiesça d'un signe de la tête.

« Très bien. Vous trouverez ici la réponse à votre dernière question. Lisez donc ceci tranquillement. Je vous laisse la lumière. »

Il se baissa, posa la lanterne sur le sol, la poussa du pied en direction du prisonnier et lui tendit un carnet du bout des doigts.

« Prenez-en bien soin. »

En haut de l'escalier, en se refermant, la porte replongea la vaste salle mortuaire dans l'oubli.

Le format du carnet rappela à l'enquêteur son propre calepin. Ce dernier ne le quittait jamais, fidèle et indispensable compagnon d'aventure, capable de suppléer à la mémoire de son propriétaire. Mais celui que venait de lui donner le cardinal était assurément beaucoup plus vieux, avec une couverture en tissu rêche de couleur bleu marine, alors que le sien était noir et plastifié. Cattuso, en tournant précautionneusement quelques pages, remarqua que la reliure des feuillets quadrillés était simplement assurée par une ficelle de coton. Une écriture serrée, presque féminine, courait sur les lignes bleutées; la calligraphie soignée, avec des pleins et des déliés manifestement tracés à la plume d'acier, rappelait les temps d'autrefois.

Soudain, Fox sentit une présence contre son épaule gauche. En levant la grosse lampe, il vit deux orbites vides qui le fixaient. Le corps squelettique de sa voisine, dérangé dans son équilibre séculaire par les mouvements incessants du nouvel arrivé, venait de glisser contre lui. Le crâne décharné était venu se caler sur l'épaule du vivant, dans une attitude presque amicale. John repoussa doucement les restes anonymes et commença sa lecture.

XVI

Rennes-le-Château,
Lundi 1er juin 1885

Je suis arrivé ce matin sous la pluie à Rennes. Le Bugarach était couvert de brume et, en gravissant le chemin muletier, j'ai dû tenir serré mon vieux manteau pour éviter que le vent ne l'emporte.

J'ai été nommé ce jour, par l'évêché de Carcassonne, curé de ce gros village perdu sur les hauteurs. Après le Clat et ses cinquante âmes, j'étais venu ici plein d'espoir et de volonté pour restaurer la maison du Seigneur. Mais cette première journée m'a révélé l'ampleur de la tâche qui m'attend.

L'église est très petite et aux trois quarts détruite, à un point tel que l'office ne peut y être célébré sans danger. Le toit est pour partie effondré et les murs sont tous lézardés. Quant au presbytère, il est inhabitable.

Les belles illusions que j'avais nourries avant de rejoindre ma nouvelle paroisse ont été mises à rude épreuve. Par manque de soins et d'argent, cet endroit est tombé dans l'oubli de Dieu.

Je suis déçu mais point abattu. Si le travail qui m'attend est énorme, je n'en aurai que plus de mérite à l'accomplir. À partir de ce jour, j'ai décidé de tenir ce journal. Il m'aidera à me souvenir et à mesurer les progrès réalisés. Que Notre-Seigneur me guide et me donne la force.

B. S.

Jeudi 4 juin 1885

Les choses sont encore plus difficiles que je ne le pensais. Je n'ai pu obtenir pour me loger qu'une modeste location paroissiale. Elle s'appelle L'Aubépine, mais, de la fleur, le vieux bâtiment n'a que le nom. Pour l'instant, je prends mes repas chez une brave vieille dame, Alexandrine Marro, qui a accepté de me prêter crédit. En attendant mon premier traitement qui a pris du retard, je la rembourse de sa gentillesse et de ses peines en pêchant et en chassant un peu. Cela améliore l'ordinaire et elle semble satisfaite de cet arrangement. C'est la première personne à Rennes qui m'ait porté assistance et se soit inquiétée de mon dénuement. Dieu la bénisse.

J'ai pensé solliciter l'aide de certaines personnes, pour commencer quelques restaurations des plus indispensables à l'église. Ici, la vie est dure et les villageois épargnent sou après sou. Il est donc inutile que je m'adresse aux gens de la paroisse. Mademoiselle Marro m'a parlé d'une noble et charitable personne qui a déjà, par le passé, aidé mes prédécesseurs. Les jours prochains me diront si la charité chrétienne est encore en ces lieux.

Que Notre-Seigneur me guide et me donne la force.

B. S.

Lundi 6 juillet 1885

J'ai rendu ce jour visite à la comtesse de Chambord. Quelle différence! Moi qui suis logé dans des conditions précaires et inconfortables, j'ai pu mesurer pleinement le bien-être des grands de ce monde. Sa demeure est magnifique et nous avons pris une collation dans un superbe jardin. J'étais plein d'espoir et n'ai point été déçu. La noble dame est très âgée et un peu dure d'oreille, mais elle n'a pas été sourde à mon appel. Grâce à sa bonté, je vais pouvoir redonner bonne figure à notre vieille église Sainte-Marie-Madeleine.

Ces derniers temps, j'ai essayé de travailler seul à son nettoyage, mais cela n'a pas servi à grand-chose. À chaque averse, tout était à refaire. Sans bras pour m'aider ni argent pour les travaux nécessaires à la toiture, tout effort était vain. À présent, avec l'aide de cette âme charitable, je compte embaucher quelques compagnons maçons pour avancer l'ouvrage.

Les beaux jours sont là et j'aime me balader sur le promontoire, derrière l'église. C'est un bel endroit. La vue sur la vallée de l'Aude y est splendide et le calme, impressionnant.

Il me tarde de commencer la restauration de la chapelle et d'y ramener toutes ses brebis.

Que Notre-Seigneur me guide et me donne la force.

B. S.

Samedi 5 septembre 1885

Enfin, le toit est fini! Avec l'aide de trois compagnons charpentiers, nous avons complètement refait la toiture de l'église. La chaleur implacable de ces dernières semaines a rendu le travail très pénible, mais je surmonte la fatigue, car la foi me pousse et me réconforte. Malheureusement, les matériaux et la main-d'œuvre coûtent cher et ce premier chantier a eu raison de mes mille francs. N'ayant rien moi-même, j'ai englouti dans ce toit jusqu'au dernier sou que m'avait donné la comtesse de Chambord. Je suis ennuyé, mais je vais devoir de nouveau solliciter sa bonté. La première fois, elle m'a proposé son aide sans hésiter, mais je crains à présent de paraître lassant à ses yeux.

*La remise en état des bâtiments est un gouffre et mes demandes à l'évêché sont restées lettre morte. La seule réponse qui m'ait été faite par M*gr *Billard a été de m'expliquer les énormes dépenses que devait supporter le diocèse de Carcassonne, ce qui ne m'a laissé que peu d'espoir.*

Que Notre-Seigneur me guide et me donne la force.

B. S.

Vendredi 9 octobre 1885

Les jours ont décliné. Même si les après-midi sont encore chauds et agréables, je ne cesse de penser à ce que sera l'hiver.

Ces derniers temps, je n'ai pu m'entretenir avec la comtesse, car elle est très fatiguée. Son état de santé préoccupant ne se prête guère à des discussions d'argent. Il me faut pourtant consolider les murs de l'église avant l'arrivée des premiers gels. Je n'ai plus le moindre franc. J'ai économisé centime après centime sur mon traitement déjà modeste pour pouvoir continuer les travaux, mais à présent, à moins d'un miracle, je vais devoir encore patienter.

Ce matin, un notaire est venu me trouver avec un texte ancien qu'il m'a dit avoir trouvé dans les archives de son étude de Quillan. C'est une personne entre deux âges, affable et d'un commerce agréable. Sans être un homme de lettres, ses connaissances en latin classique sont honnêtes, mais le document étant rédigé en bas latin, il m'a demandé si je pouvais l'aider à le déchiffrer.

Il semble porter beaucoup de crédit à cette traduction, qui parle d'un trésor enfoui dans les collines. De tout temps, la région a été l'objet d'histoires de ce genre, car de nombreuses civilisations s'y sont arrêtées. Je l'ai mis en garde contre son excès d'enthousiasme : en vain. Pour me convaincre, il veut maintenant que nous allions ensemble découvrir le lieu de la cachette. Je vais l'accompagner, cette promenade champêtre me changera les idées. Et puis, qui sait? Dieu me tendra peut-être une main secourable.

Que Notre-Seigneur me guide et me donne la force.

B. S.

Jeudi 22 octobre 1885

Journée tragique!... Documents en main, le notaire de Quillan et moi-même, accompagnés par quelques enfants du patronage, avons gravi une colline du Bugarach jusqu'à l'entrée escarpée d'une faille.

Le brave homme s'est précipité le premier à l'intérieur, à la hâte, escaladant un éboulis et provoquant aussitôt un éboulement qui nous a ensevelis tous deux. J'ai été seulement un peu malmené par les rochers, mais l'un d'eux a malheureusement frappé durement la tête de mon pauvre compagnon d'aventure, qui est mort sur le coup. Sa crédulité a aveuglé toute prudence et l'a mené à sa perte.

J'ai prié pour le repos de son âme en la recommandant à Dieu.

En l'absence de trésor, j'ai redemandé une aide au conseil municipal afin de poursuivre mes travaux. Ma requête est à l'étude, mais, comme la première fois, je n'ai pas le sentiment qu'elle soulève une réelle attention.

La région est austère et ses habitants sont un peu frustes, mais c'est mon pays. J'y suis né et m'y sens bien, malgré les épineux problèmes d'argent que je vis quotidiennement. J'espère que monsieur le maire influencera le conseil, afin qu'il m'attribue enfin cette aide si vitale pour la paroisse.

Que Notre-Seigneur me guide et me donne la force.

B. S.

John feuilleta un peu plus rapidement le journal de l'abbé Saunières. Les pages suivantes, de l'année 1885 à l'année 1887, rapportaient toutes les difficultés d'argent vécues par le curé de Rennes-le-Château, sa lutte permanente pour obtenir des uns et des autres des crédits afin de restaurer sa chapelle. Le prêtre démontrait une patience à toute épreuve, au service d'une foi profonde et sincère.

Cattuso ne put s'empêcher d'éprouver une certaine admiration pour cet inconnu, cet homme pauvre, oublié de son évêché, et qui contre mauvaise fortune s'obstinait à aller de l'avant avec courage, au nom de sa croyance en Dieu.

Au fil des évènements marquants de la vie de cet abbé, qui les avait soigneusement rapportés dans son journal, John découvrait un homme sensible, intelligent et dynamique, continuellement tenaillé par la volonté de réussir sa mission et en même temps exaspéré par les obstacles liés au manque de moyens. Il avait dû être un personnage attachant et plein de ressources.

Le carnet était assez épais et l'écriture était toujours aussi fine et serrée... peut-être était-ce le recueil de toute une vie. Chaque feuillet comportait plusieurs dates, mais l'un d'eux n'en portait qu'une, comme si, ce jour-là, un fait particulièrement important avait demandé plus de place et nécessité plus d'explications. Brusquement, la calligraphie avait changé pour devenir moins appliquée, plus nerveuse, comme si son auteur était anxieux ou exalté.

Intuitivement, Fox pressentit que la réponse promise par le vieux cardinal se trouvait dans ces lignes sorties du passé et de l'oubli par la lumière jaune et crue de la grosse lampe posée à ses pieds.

Lundi 28 mars 1887

Cette journée a été magnifique par le soleil printanier qui l'a illuminée dès l'aube et par la découverte incroyable que j'ai faite. Dieu m'a écouté et tendu cette main charitable que j'espérais tant. Ce matin, avec Captier, notre carillonneur, et les deux maçons Babou et Roussel que j'ai embauchés, grâce au prêt finalement accordé par le conseil municipal, nous avons commencé les travaux de restauration à l'intérieur de l'église.

Nous n'avons pas été trop de quatre pour soulever la lourde pierre du maître-autel que je voulais remplacer. Celle-ci reposait sur deux piliers grossièrement taillés, dont l'un était creusé d'une niche remplie de fougères séchées, au milieu desquelles se trouvaient trois tubes de bois, chacun scellé à la cire.

Nous avons fait sauter le cachet de l'un d'eux et découvert à l'intérieur un manuscrit en occitan que j'ai pu lire assez facilement. Il indiquait différents lieux à l'intérieur même de l'église, ainsi que d'autres à l'extérieur où semblaient enfouies les parts d'un trésor.

Pour ne pas créer de trouble, j'ai caché la véritable traduction à mes compagnons, invoquant une langue morte qui m'était inconnue. Pour vérifier ce qui m'apparaissait trop incroyable, j'ai demandé que l'on soulève une grande dalle gravée, mentionnée dans le document et qui se trouvait dans un coin reculé de la chapelle. À peine l'eurent-ils déplacée que nous entrevîmes des restes humains recouverts de haillons... et une ouille.

Mieux placé que les ouvriers maçons, j'ai vu aussitôt que le vase contenait des objets brillants et précieux. J'ai prétexté l'heure du déjeuner pour les éloigner un moment de l'église. Malgré les réticences de Captier qui pensait avoir aperçu quelque chose, ils ont finalement tous trois obéi.

J'ai pu, seul, à l'aide d'un madrier, déplacer un peu plus la lourde pierre rectangulaire et dégager le récipient en terre qui était posé entre deux squelettes... Il contenait de nombreuses pièces anciennes en or, ainsi que quelques colliers et parures également en or. Le parchemin a donc dit vrai. Je suis en présence d'une partie d'un trésor.

J'ai vidé le pot de terre de son contenu avant le retour de mes trois compagnons, qui sont d'ailleurs revenus plus tôt que prévu, sans doute tenaillés par la curiosité. J'ai dû mentir sur la nature des objets brillants que le carillonneur avait bien entrevus. J'ai dû leur faire croire qu'il s'agissait de médailles saintes.

D'après leur air suspicieux, je crois qu'il vaut mieux ne pas trop solliciter leur convoitise. Je compte poursuivre de nuit mes recherches, à l'aide des indications du vieux manuscrit. Ce devrait être facile, si les autres caches sont aussi précisément situées que la première. La globalité du trésor doit représenter une véritable fortune et devrait me permettre de mener à bien tous mes travaux.

Bénie soit cette journée! Je n'ai jamais connu telle exaltation ni telle fébrilité.

Que Notre-Seigneur me guide et me donne la force.

B. S.

Mardi 29 mars 1887

Si la journée d'hier a été magnifique, pleine de joies et de promesses, cette nuit a été épouvantable. Après avoir durement travaillé avec les ouvriers jusque tard dans la soirée, j'ai décidé d'ouvrir les deux autres tubes cachetés.

Le premier contenait un parchemin apparemment fort ancien, enroulé autour d'un support en bois. Le papier rêche, en assez bon état, m'a fait penser à une espèce de tissu végétal. Il était couvert d'un alphabet étrange qui m'était totalement inconnu et que je n'ai point réussi à déchiffrer.

Il en est allé tout autrement pour le dernier manuscrit. De même apparence que le précédent et sans doute aussi vieux, celui-ci était en latin antique et, à part quelques difficultés de syntaxe, j'ai pu finalement le traduire entièrement... malheureusement!

Je n'avais jamais imaginé recevoir, un jour, semblable et si terrible révélation, à tel point que j'ai dû relire maintes fois le texte apocryphe pour m'assurer de sa traduction. Mais comment douter? Tout y est criant de vérité et même l'aveuglement de ma foi n'a pu résister à l'évidence.

Il s'agit d'une effroyable confession, rédigée de la main même du grand prêtre Caïphe, reconnaissant sa pleine culpabilité dans la disparition du corps du Christ, à l'aube du troisième jour. Supplicié et crucifié, le fils de Marie n'a été que le jouet de la politique et l'enjeu sacrifié d'une éphémère stabilité en Palestine.

Celui que les Saintes Écritures ont nommé le Rédempteur, le Sauveur, le Fils de Dieu, celui-là n'était qu'un homme. Condamné par les prêtres juifs et crucifié par Pilate, il a fini ses jours à peine moins âgé que moi, a été jeté comme le dernier des mendiants dans une fosse commune et, contrairement à la parole du Nouveau Testament, sans espoir de résurrection. Quelle désillusion! Quel terrible mensonge! Et quelle trahison de la part de l'Église! Que de choses se sont faites et combien de destins se sont accomplis au nom de ce mythe qui donnait en retour, et sans vergogne, la promesse d'une vie meilleure dans un paradis accessible à tous.

Désespéré, je suis retourné dans mon église,

où j'ai médité tout le reste de la nuit. J'ai d'abord essayé de me réfugier dans la prière pour trouver le réconfort. En vain! Les murs sombres sont restés sourds à mes appels, mon cœur est demeuré clos et mon esprit, profondément troublé. Je crois que mes convictions sont définitivement mortes.

Pendant plusieurs heures, je suis resté prostré, incapable de lutter, assommé par le poids de mon effroyable découverte. Je n'ai même pas pu pleurer. Puis j'ai longuement réfléchi et hésité sur la conduite à tenir, entre propager cette vérité ou la taire.

Si je n'ai aucun doute sur l'authenticité des documents, je me demande qui partage avec moi la connaissance de leur existence. Qui, au plus haut de l'Église, connaît ce secret? Le pape? Le secrétaire d'État? Les cardinaux? Tout le Vatican peut-être. Si c'est le cas, en provoquant le chaos, je risque l'excommunication... et la misère, car l'existence du trésor attaché aux manuscrits serait immanquablement dévoilée, et je devrais donner tout son «dû» à l'Église.

Non! Si l'homme appelé Jésus-Christ n'était qu'un simple mortel, Dieu, Lui, doit bien exister, Lui qui m'a placé sur le chemin de la fortune, Lui qui m'a fait connaître cette terrible vérité, et en même temps ouvert les portes du bonheur terrestre. Mon destin serait-il de savoir et de tout perdre? Pour qui? Pourquoi? Ma décision est prise: celle de profiter pleinement de la vie et de connaître les joies des grands de ce monde. Autant goûter à ces plaisirs qui m'étaient jusqu'à hier à jamais défendus, à défaut de connaître la vie éternelle.

Je veux effacer toutes ces longues années de privations et de pauvreté au service d'une chimère.

B. S.

Lundi 25 avril 1887

Depuis la découverte de la première ouille, j'ai passé toutes mes nuits à rechercher les autres parts du trésor. L'affaire s'avère plus compliquée que je ne l'imaginais, car le texte qui me sert de guide est soumis à interprétations. Mais grâce à ma persévérance et à un peu de chance, j'ai enfin trouvé hier au soir un second magot.

Dans l'église, au pied de la vieille chaire et sous une dalle fort bien ajustée, j'ai découvert une tombe. Dedans, des ossements recouverts de hardes gardaient une marmite en terre, emplie aux trois quarts de pierres précieuses et de bijoux très anciens.

J'ai ressenti la même euphorie que lors de ma première trouvaille et le même enthousiasme enfantin. Je dois encore chercher, car le manuscrit en occitan paraît totalement fiable et laisse présager d'autres caches, d'autres surprises. Mon immense déception après la lecture du document révélant la vraie nature du roi des Juifs a fait place à l'exaltation de l'aventure. Je vis cette chasse au trésor comme une traque permanente, j'y pense continuellement, et parfois je m'interroge : n'est-ce point cela que d'aucuns nomment la soif de l'or, l'appât du gain ? Peut-être ne suis-je en rien différent du commun des mortels. Quelle ironie ! Moi qui prêchais le renoncement et la pauvreté ! Pour échapper à cette réalité, je vais m'efforcer d'aider les besogneux et les indigents. Au moins, l'enseignement que j'ai dispensé retrouvera-t-il une justification.

Rapidement colportée par Captier, Roussel et Babou, la rumeur de ma première découverte a couru jusqu'aux oreilles du maire : l'abbé a trouvé des documents anciens, et aussi peut-être un mystérieux magot. Ce bruit se propage insidieusement et commence à alimenter bien des conversations. Je dois faire taire rapidement ces mauvaises langues qui risquent de tout compromettre.

Demain, j'irai porter à la mairie le seul manuscrit qui ne risque pas de me porter préjudice, celui que je n'ai pas pu déchiffrer, et qui sera certainement complètement incompréhensible au maire et à ses adjoints. Ceci devrait être suffisant pour étouffer toute curiosité. Quant aux deux autres documents, si l'on m'interroge, je dirai qu'il s'agissait de deux copies du précédent.

Je vais devoir bientôt quitter Rennes pour quelque temps, afin de commencer à monnayer les richesses que j'ai déjà trouvées. Seule une grande ville me permettra de mener anonymement, et aux meilleures conditions, la revente des joyaux, des pièces et de l'or.

Dès mon retour, je m'attacherai à commencer le grand projet que je me suis fixé.

B. S.

Les pages succédaient aux pages dans un tourbillon d'évènements précis. L'abbé notait tout dans les moindres détails, de ses préoccupations les plus insignifiantes aux moments les plus extraordinaires. Les mois qui suivirent ne furent qu'une succession de faits plus ou moins marquants, mais tous désormais inscrits dans les chapitres d'une vie hors du commun.

John suivait chaque ligne, chaque pensée avec une

attention particulière, désormais habité par l'impression de connaître de mieux en mieux cet homme de religion devenu aventurier malgré lui.

Il imagina que le modeste curé de campagne aurait pu être un remarquable enquêteur, car il retrouvait chez ce dernier cette intuition et cette curiosité de toutes choses qui l'avaient lui-même poussé vers le journalisme et... dans les geôles du Vatican.

En quelques années à peine, la fortune amassée par le peu conventionnel curé et convertie à chacun de ses nombreux voyages était devenue conséquente; en peu de temps le pauvre responsable de la misérable cure de Rennes-le-Château s'était hissé au rang de notable. Son train de vie s'étant sensiblement amélioré, il avait pu quitter l'inconfort de L'Aubépine pour s'installer chez un couple de paroissiens qui lui avaient assuré une pension plus agréable.

Cattuso remarqua qu'au fil du temps les états d'âme de l'abbé s'étaient totalement dépouillés de toute nostalgie. Il ne parlait plus ou peu de la raison de ce revirement. C'était un homme pragmatique, capable d'assumer les aléas de la vie et d'orienter son propre destin en conséquence. Semblable à un miroir fidèle, l'écriture tourmentée avait longtemps reflété le désespoir et l'amertume du religieux, pour redevenir à présent régulière et soignée. Son auteur avait manifestement retrouvé un équilibre.

Jeudi 8 novembre 1888

Depuis que j'habite chez les Dénarnaud, je côtoie leur fille Marie. J'avais remarqué dès le premier jour ses attentions à mon égard et j'avais pensé que seuls la curiosité ou l'intérêt la poussaient vers moi. Mais il n'en était rien, et j'ai appris semaine après semaine à accepter sa gentillesse et son dévouement.

Elle était jeune fille, mais... depuis hier elle ne l'est plus.

Nous partageons la même envie d'échapper à notre modeste condition, la même soif de vie et de confort. Elle est humble, intelligente, spontanée et, à tout instant, malgré son jeune âge, elle sait faire preuve d'un solide bon sens. Je crois que le sentiment que j'éprouve pour elle, et qui m'était jusqu'alors inconnu, s'appelle l'amour.

Elle ne m'a rien demandé, mais j'ai eu besoin de me confier, de tout lui raconter. Peut-être qu'au fond ce terrible secret était trop lourd pour moi. Marie sait maintenant tout de mes découvertes et j'en suis heureux, car le fardeau me semble aujourd'hui moins pesant. Elle m'a assuré de son silence, mais c'était inutile, car je la crois sincèrement attachée à moi et je sais pouvoir compter sur sa discrétion.

Le manuscrit a fini de livrer ses indices et ses trésors, à l'intérieur et autour de l'église. Je dois maintenant m'astreindre à effacer toute trace susceptible de prouver l'existence des magots. L'une des pierres tombales du cimetière attenant à la chapelle doit être détruite. L'épitaphe est trop explicite pour un esprit curieux et suffisamment lettré. Je dois l'effacer.

Je sais maintenant d'où viennent toutes ces richesses que j'ai exhumées. Le texte en occitan ne laisse aucun doute à ce sujet: leur origine remonte au temps des hérétiques. Mon trésor est cathare!

La traduction du document et mes recherches sur l'histoire de la région m'ont permis de déterminer son itinéraire. Dans la nuit du 14 au 15 mars 1244, fuyant le castel de Montségur assiégé depuis des mois par une importante coalition de forces catholiques, quatre hommes laissèrent derrière eux deux cents des leurs, promis au bûcher. Ils emportaient loin de la convoitise des assiégeants leurs biens les plus précieux: de nombreux joyaux de toutes sortes et de grande valeur, mais surtout deux manuscrits très anciens, enroulés chacun sur un support de bois. Ils arrivèrent la nuit même à Rennes, qui est peu éloignée, et s'employèrent avec l'aide de sympathisants à cacher ce qu'ils venaient de sauver. Le secret, seulement connu de une ou de deux familles, fut bien gardé.

Des siècles plus tard, lorsque l'église Sainte-Marie-Madeleine fut construite et jugée sans doute plus sûre, une partie du trésor dont l'existence avait été jalousement préservée y fut déposée en différents endroits dont le souvenir fut confié à un parchemin écrit en langue d'oc. Ce document que j'ai découvert était la clef indispensable pour suivre le jeu de piste que je viens d'achever. Cette clef précieusement enfouie dans son lit de fougères avec les deux autres manuscrits...

La confession de Caïphe a traversé les siècles, connue et cachée par les hérétiques. Ils détenaient ainsi la preuve incontestable de l'existence de Jésus de Nazareth et en même temps celle de son origine terrestre. Ils croyaient en l'idée première du christianisme, faite de charité, de pauvreté et de pardon ainsi que l'avait enseigné le Messie, et non en l'image dégradée qu'en donnaient la religion catholique et la papauté. Ils avaient voulu lutter contre le mensonge et ils étaient morts dans les flammes, exterminés sans pitié par leurs persécuteurs.

Une idée effrayante m'a traversé l'esprit, plus

effroyable encore que la vérité elle-même : l'idée que l'existence de ces preuves matérielles était peut-être connue également des autorités catholiques et recherchées par elles. Ceci expliquerait la lutte acharnée et sans concession qu'elles menèrent contre les cathares, jusqu'à leur disparition totale. Un combat injuste et tragique pour que durent le mensonge et le mythe.

B. S.

Le carnet, fidèle compagnon du curé de Rennes-le-Château, continuait à dévoiler le parcours fantastique de son propriétaire. Les années passèrent, et rien ne semblait pouvoir arrêter la soif de grandeur du jeune prêtre. Multipliant les acquisitions, il avait étendu ses propriétés bien au-delà des limites de la modeste église, achetant de nombreuses parcelles de terrain afin d'y construire un vaste et riche domaine.

Ces dépenses démesurées avaient soulevé de multiples interrogations dans son entourage immédiat, et nombreux étaient ceux qui avaient cherché en vain à percer son secret. John suivait le quotidien de cet homme devenu dépensier, dont l'objectif était de posséder encore et toujours plus.

Il était retourné vivre avec sa toute dévouée et jeune servante dans le vieux presbytère qu'il avait fait restaurer à grands frais pour y mener une vie aisée mais secrète. Ce petit univers à présent confortable n'acceptait que de rares visiteurs et ne laissait rien transpirer des projets de l'abbé, qui continuait par ailleurs d'assumer son rôle de berger auprès de ses brebis maintenant rassemblées dans une église complètement rénovée, enrichie de tableaux et de dorures.

Comment put-il continuer à prêcher la bonne

parole? Parler de rédemption et de vie éternelle? Peut-être simplement en puisant dans sa force de caractère, et dans son extraordinaire vitalité...

Lundi 22 juin 1891

Les temps ont changé. J'ai déjà dépensé une grande part du trésor légué par les hérétiques et n'ai même pas commencé la principale partie de mon grand projet. Jusqu'à présent, je n'ai pu qu'acheter des terres pour édifier un beau domaine et embellir l'église de Rennes. Le vieux presbytère, bien que réhabilité, nous abrite Marie et moi dans un confort tout juste suffisant, qui m'aurait semblé princier il y a peu, mais qui me paraît quelconque maintenant. J'aspire à plus d'aisance et de grandeur.

Aujourd'hui j'ai pris une importante décision : celle de laisser un témoignage du secret qui me lie à ces lieux. L'église sera le livre où je glisserai autant de signes que mon imagination pourra en concevoir. Les comprendra qui pourra. J'appellerai cette résolution « Mission 1891 ». J'aurai ainsi l'impression de donner au monde une chance de connaître cette terrible vérité que le hasard m'a confiée. Les indices que je sèmerai seront suffisants pour installer le doute et permettre à un esprit éclairé de deviner et de comprendre mon message.

Je croyais pouvoir vivre en portant seul ce fardeau, mais, bien que l'ayant partagé avec Marie, son poids est encore trop pesant. Et même si la richesse a apaisé ma conscience, je ne peux ignorer que ce mensonge a tué des milliers d'hommes à travers les siècles.

B. S.

Mercredi 11 janvier 1893

J'ai de nouveau un besoin pressant d'argent. J'ai beaucoup dépensé, beaucoup plus que je ne l'avais imaginé. Les sommes dont j'ai besoin sont bien au-delà des aides éventuelles que je pourrais obtenir de mes relations.

Le seul moyen dont je dispose pour retrouver des fonds indispensables à l'avancement de mes travaux est la vente du manuscrit en langue inconnue. Je l'ai montré sans crainte à Mgr Billard, qui m'a conseillé de monter à Paris pour le soumettre à l'une de ses connaissances.

Je sais bien, moi, ce qu'il contient, puisque le second document qui l'accompagnait, et que j'ai traduit, le précise sans équivoque. Le risque que représente la divulgation du seul premier parchemin est presque nul, car, sans doute, rares sont les gens capables de déchiffrer cet alphabet étrange sans l'aide de l'autre manuscrit en latin.

Mgr Billard m'a proposé de rencontrer l'abbé Biel, le directeur de la Compagnie du Saint-Sulpice, qui est d'après lui un homme très instruit et intéressé par les textes anciens. Peut-être pourrai-je lui vendre celui-ci.

Je profiterai du voyage pour céder les derniers joyaux que j'ai découverts dans l'une des tombes du cimetière. Ces quelques pierres sont magnifiques et je les avais gardées, espérant ne pas avoir à m'en défaire. Mais je ne puis me résoudre à abandonner mon œuvre. Je dois continuer et, pour cela, à contrecœur, vendre les gemmes.

B. S.

Samedi 28 janvier 1893

Je ne suis revenu de Paris que depuis hier. J'ai dû rester dans la capitale plus longtemps que prévu, mais ce contretemps a été riche en surprises et en enseignements. Mgr Biel est un homme courtois et raffiné, féru d'histoire et d'humanisme, mais il lui a été impossible, comme je le pensais, de traduire le vieux manuscrit. D'après lui, le texte est écrit dans une langue morte très ancienne, d'origine hébraïque, peut-être de l'araméen, et la consistance du papier s'apparenterait plus à celle du papyrus qu'à celle du parchemin. Par ses hypothèses et son intuition, il n'a fait que confirmer ma propre conviction. Ces textes sont très certainement authentiques et bien âgés de deux mille ans environ.

Se trouvant dans l'impossibilité de dater et d'estimer la valeur de mon document, il m'a proposé de rencontrer un spécialiste de ce genre d'affaire qui fait partie de ses connaissances. J'ai donc été dans l'obligation d'attendre trois jours avant d'obtenir une entrevue avec ce mystérieux personnage.

Celui-ci est venu me trouver un soir au Saint-Sulpice et, les présentations faites, Mgr Biel nous a laissés seuls dans un bureau mal éclairé. Il y régnait une atmosphère étrange et, dans la pénombre, nous avions l'air de deux conspirateurs.

L'homme n'a pas donné son nom. Il s'est simplement annoncé comme le représentant d'une autorité désirant rester anonyme. Entièrement vêtu de noir, il semblait préférer l'ombre à la lumière et parlait très mal le français, avec un très fort accent étranger, italien, m'a-t-il semblé.

Le manuscrit l'a immédiatement intéressé. Il l'a longuement palpé, avec soin, et m'a demandé si c'était le seul en ma possession. Il voulait aussi savoir de quelle façon je l'avais obtenu. Curieusement, il n'a pas eu l'air surpris de ma réponse, mais son regard lourd et inquisiteur m'a donné à penser qu'il ne me croyait pas et qu'il connaissait peut-être l'existence du second manuscrit. Il a rapidement proposé de m'acheter le vieux papyrus. J'ai senti que l'intérêt qu'il portait à ce dernier dépassait largement celui que pourrait manifester un simple collectionneur. Il m'a offert la somme énorme de 50 000 francs... que j'ai refusée, prétextant l'authenticité et l'ancienneté de l'écrit. À ma grande surprise, il a immédiatement et sans hésiter doublé la somme, comme si, pour lui, l'argent n'avait pas la moindre importance. J'ai eu à cet instant la certitude qu'il connaissait la valeur exacte du document, et était fermement décidé à l'acquérir.

Il m'a proposé de fractionner le paiement en plusieurs traites, afin, a-t-il dit, de ne pas ébruiter l'opération. Lorsque je lui ai remis le rouleau contre la promesse de ne parler de ceci à personne, j'ai eu le sentiment de confier mon âme au diable et de trahir le secret de Rennes. Cette désagréable et persistante impression me suit encore aujourd'hui.

B. S.

La lourde lampe posée au sol allumait d'une clarté impersonnelle ces pages issues d'un passé à la fois proche et lointain. Si le récit était vivant par la tournure de ses phrases ainsi que par la foule de détails qu'il relatait, John avait aussi l'impression de feuilleter une histoire ancienne, à la limite entre le réel et l'imaginaire.

Cet abbé du siècle passé vivait une aventure extraordinaire qui bouleversait son existence, et le carnet qui en faisait foi retraçait bien le besoin qu'avait son auteur d'en parler. Il avait choisi de le faire en se confiant à un journal intime, sans doute par souci du secret, préférant les silences muets des pages à l'oreille peut-être bavarde d'un confident. Seule Marie partageait le quotidien du prêtre et le mystère qui l'entourait. À aucun moment elle n'avait semblé vouloir trahir sa promesse de discrétion. En se donnant à l'homme, elle avait aussi épousé ses projets et sa folie de grandeur. Omniprésente, elle participait avec lui à cette nouvelle vie de faste et d'extravagances; la simple servante était devenue une dame.

Mais les travaux gigantesques entrepris par le nouveau notable de Rennes-le-Château avaient rapidement englouti la somme résultant de la vente du vieux papyrus.

John poursuivit sa lecture, mesurant semaine après semaine les nouvelles difficultés que vivait le très dispendieux constructeur.

Les mois se succédaient à un rythme trépidant. Pris par une sorte de frénésie insensée, l'homme échafaudait des plans, imaginait un château, dessinait des jardins somptueux. Sans cesse, son besoin de luxe inconsidéré se heurtait au même éternel écueil, le manque d'argent.

Vendredi 9 août 1895

L'été est magnifique et le Bugarach resplendit de mille feux. Quelle région splendide! J'ai hâte de mener à terme mon grand projet et d'enfin profiter de la quiétude du paysage.

Mes problèmes financiers de ces derniers mois paraissent prendre fin, mais d'une façon assez inattendue. Alors que je désespérais de pouvoir poursuivre mes travaux, j'ai eu une opportunité inespérée: l'homme en noir que j'avais rencontré au Saint-Sulpice est venu me trouver à Rennes sans me prévenir et, à ma grande surprise, il s'est présenté jeudi soir au presbytère. Il faisait nuit noire et j'ai hésité à le reconnaître.

Avant de me préciser l'objet de sa visite, il a insisté pour que Marie sorte de la pièce. L'éclairage était suffisant et j'ai pu à loisir détailler mon visiteur. De haute taille, très mince et recouvert, malgré la chaleur, d'une lourde cape noire, un visage en lame de couteau, orné d'un bouc, le faisait ressembler à un sicaire du Moyen Âge. C'est assurément un bien étrange personnage.

Après quelques banalités, il m'a rapidement interrogé sur le second manuscrit. J'ai feint la surprise et l'ignorance, mais sans que cela semble le perturber. Après m'avoir jeté un regard glacial, il a simplement ajouté que ses commanditaires avaient réussi à traduire le premier document et que le second les intéressait vivement.

Sur l'instant, j'ai senti qu'un piège, armé par mes propres soins, se refermait sur moi et que mes découvertes, à cause de ma légèreté, risquaient pour la première fois de me nuire. Puis j'ai rapidement pensé avoir là le moyen de monnayer au prix fort le deuxième papyrus. Peut-être cette rencontre est-elle un signe du destin. Si ces fameux commanditaires sont ceux auxquels je pense, alors ces vieux écrits ont une valeur inestimable pour « lui »...

Mon mystérieux intermédiaire a accepté sans sourciller la somme énorme que je lui ai demandée. Il m'a simplement imposé un paiement en plusieurs traites, comme la première fois, ainsi qu'un silence absolu sur toute cette affaire.

J'ai le sentiment d'avoir ouvert toute grande la porte de la fortune. Après le départ de l'individu en noir, j'ai tout raconté à ma bonne Marie. Elle seule a le droit de savoir. Mais, d'un naturel méfiant, elle m'a mis en garde contre cette manne si soudainement tombée du ciel. L'apparence, il est vrai, un peu sinistre du voyageur l'a fortement impressionnée. Je ne lui ai pas, par contre, fait part de mes soupçons quant à l'identité du fameux commanditaire de notre homme. Ceci n'aurait fait qu'accroître ses inquiétudes.

Avec la cession du second manuscrit, une page s'est tournée, me laissant l'étrange impression que les deux papyrus vont se retrouver aux mains de ceux-là mêmes qui les méritaient le moins, grâce à moi ou à cause de moi. Mais pouvais-je faire autrement? L'achèvement de mon œuvre est à ce prix.

B. S.

Jeudi 18 février 1897

Aujourd'hui aurait dû être un grand jour... Mon église Sainte-Marie-Madeleine a reçu la visite et la bénédiction de Mgr Billard.

J'avais longuement préparé cet évènement en parant l'autel d'une belle broderie, en allumant quantité de lumignons et en déposant des gerbes de fleurs blanches aux quatre coins de la chapelle. Celle-ci avait enfin l'apparence d'un vrai lieu de culte. Mais j'ai été déçu par celui qui, jusqu'à présent, m'avait éclairé de ses conseils et de son soutien. Car monseigneur l'évêque s'est contenté d'une courte apparition et la cérémonie en a été gâchée. Il a vraiment donné l'impression de fuir l'endroit, comme si le diable y était caché.

La raison de son changement d'attitude est certainement liée aux différents signes que j'ai placés dans l'église. Je ne sais s'il a compris mon message, mais les indices que j'ai semés l'ont mis mal à l'aise et expliquent ses réticences. Il a eu en particulier un mouvement de recul devant le bénitier représentant un démon grimaçant que j'ai fait placer à l'entrée de la maison de Dieu. Je crois que je viens de perdre un allié précieux. Avec les nouvelles orientations qui sont les miennes, il m'apparaît clairement qu'il me sera difficile de garder de bonnes relations avec le clergé.

J'ai maintenant assez d'argent pour continuer mes constructions et rien ne m'arrêtera. L'homme en noir est revenu me voir à plusieurs reprises pour me remettre les sommes convenues. Grâce à elles, les travaux avancent vite et suscitent toujours plus de jalousie autour de moi. Peu importe, je ne me préoccupe point de toutes ces bassesses. Seule Marie m'est fidèle comme au premier jour et m'apporte la sérénité dont j'ai besoin.

À sa dernière visite, qui correspondait à son paiement ultime, le sbire m'a questionné avec insistance, paraissant douter de ma discrétion au sujet des deux manuscrits. Cet homme m'inquiète à mon tour. Il arrive toujours sans s'annoncer, et je sens de plus en plus sa présence, même si elle est rare, comme une menace. Avant de lui céder le second texte en latin, j'en ai fait une copie fidèle que j'ai soigneusement cachée. Peut-être en aurai-je besoin un jour... Sait-on jamais.

B. S.

L'écriture légère et soignée continuait son chemin régulier en suivant scrupuleusement les lignes du carnet. Grâce à la très forte somme perçue, l'abbé avait fait construire une splendide maison, appelée pompeusement villa Béthanie. Elle était contiguë au presbytère et affichait tout le luxe dont, à cette époque, un homme riche pouvait se parer.

John savait que Béthanie était le nom de la ville de Judée où Jésus de Nazareth avait ressuscité le dénommé Lazare. Sans doute était-ce, même si les feuillets ne le précisaient pas, une pointe d'humour de la part du prêtre ou plus simplement un indice supplémentaire. Cette première élégante bâtisse s'était doublée d'une seconde construction imposante, surplombant la vallée de l'Aude. Les pages du journal décrivaient chaque étape de la création de l'énorme bâtiment. Érigé dans un style moyenâgeux, il se composait essentiellement d'une grande tour à deux étages, ceinturée par un chemin de ronde qui défendait une orangeraie où étaient cultivées des essences rares.

En suivant jour après jour la réalisation de ces ouvrages, John Cattuso pouvait appréhender les idées mégalomanes de leur instigateur.

Le curé avait également doté la grande tour d'un nom peu commun : tour Magdala. L'enquêteur se souvint du récit de Scalingeri et reconnut le nom de celle qui, à l'aube du troisième jour, avait été la première à découvrir le tombeau du Christ, vide. Le jeu de piste se poursuivait.

Dans les années qui avaient suivi, B.S. et sa servante avaient vécu des moments fastes, en décalage total avec la rusticité de Rennes et l'austérité de sa région. Recevant beaucoup, ils avaient adopté le mode de vie des grands de ce monde, dépensant sans compter pour s'attirer la présence et la sympathie d'une cour de haute lignée. Des personnages célèbres s'étaient retrouvés en ces lieux, hors des chemins habituels des salons, et avaient offert au gros village une renommée inattendue. Le pauvre et anonyme abbé avait réussi, avec beaucoup de chance et en forçant le destin, à infléchir et à orienter sa propre destinée.

Apparemment, une longue période heureuse s'était écoulée. Malgré cela, après réceptions et fêtes données à la villa Béthanie, le soir venu, le couple retrouvait la solitude du vieux presbytère. Le curé et Marie avaient une double vie, celle dorée qui scintillait dans les vastes et belles pièces de la villa, et celle plus discrète qui s'endormait, la nuit, dans la modeste cure.

John sentait peser une espèce de malédiction sur cet homme et sur cette femme. Le poids du terrible secret qu'ils partageaient les condamnait à la méfiance et à un certain isolement. Il leur empoisonnait l'existence. Peut-être était-ce le prix à payer pour cette richesse et ce bien-être acquis en dehors de toute légitimité.

Et puis, un jour une certaine inquiétude réapparut. Un temps oublié, le besoin d'argent redevint la principale préoccupation de l'abbé. Son fidèle calepin transcrivait l'angoisse de cet homme, dont le solide équilibre naturel avait été à jamais perturbé par ses fantastiques découvertes.

Mardi 5 janvier 1915

L'évêché me harcèle depuis trois années déjà, en fait depuis l'avènement de Mgr de Beauséjour, en remplacement de Mgr Billard, au siège épiscopal de Carcassonne. Même s'il ne m'accordait plus un soutien inconditionnel depuis quelque temps, Mgr Billard avait au moins le mérite de m'ignorer.

Les tracasseries du début ont pris dernièrement une tournure plus sérieuse. J'ai été très souvent interrogé sur l'origine de mes biens et, mes explications étant jugées insuffisantes, je suis maintenant accusé de simonie et de trafic de messes. Quelle dérision! Moi qui suis resté en ces lieux pour continuer de porter la parole de Dieu, au lieu de profiter du trésor sous d'autres cieux, loin de tout souci...

Et quel besoin avais-je de piller les biens de l'Église, alors que la fortune m'avait ouvert ses bras? Mais je ne peux évoquer cette vérité pour me défendre. Je ne puis que rejeter ces basses accusations en essayant de me dérober aux convocations régulières de l'évêque. Malgré la suspense a divinis *dont il m'a frappé il y a trois ans, il continue de me harceler de sa suspicion.*

À ces ennuis avec l'épiscopat s'ajoutent mes problèmes financiers. Mon crédit est vide, et je ne puis pourtant me résoudre à renoncer. Après la tour Magdala, je veux élever un autre donjon encore plus grand, encore plus haut. Situé en contrebas du promontoire il sera le point final de mon œuvre, le plus grandiose.

J'ai décidé de rappeler l'homme en noir, car ma conviction est faite. Après de multiples réflexions et l'étude de nombreuses hypothèses, je n'ai abouti qu'à une seule et même conclusion: le commanditaire de ce triste individu ne peut être que... le Vatican. Assez riche pour dépenser sans compter, assez entouré d'érudits pour traduire le vieil alphabet et assez secret pour souhaiter une totale discrétion et éviter tout scandale contraire à ses intérêts.

Je n'ai plus rien à vendre, mais il est encore un point que je peux sans doute monnayer: ma discrétion.

B. S.

Vendredi 15 janvier 1915

L'homme en noir est venu hier. Lorsqu'il a compris que je voulais lui vendre mon silence, il m'a regardé étrangement et je dois bien avouer que son regard sombre m'a un instant glacé. Il s'est contenté de m'écouter, sans émotion apparente. Cet homme a la froideur du marbre.

En échange de la somme nécessaire à la poursuite de mes travaux, il a souhaité connaître un peu mieux le cercle de mes relations. La plupart de mes proches, à part Marie, sont des religieux, et je ne vois pas l'intérêt qu'il aurait à les rencontrer. Devant ma réticence, il a insisté, déclarant que notre marché ne tenait qu'à cette condition.

Je ne lui ai donné que deux noms, d'inégale importance pour moi : celui de l'abbé Boudet qui est un ami et celui de l'abbé Rascagnères. Ce dernier fait partie de ces gens qui montent une cabale contre moi. Mandaté par Mgr de Beauséjour, il intrigue de longue date pour « élucider le mystère de l'abbé Bérenger Saunière », cherchant obstinément à établir contre moi les preuves d'un quelconque trafic.

L'homme de Rome n'a pas plus insisté, comme s'il connaissait déjà ces noms.

Nous avons scellé notre pacte en buvant quelques verres d'une étrange liqueur qu'il a apportée avec lui d'Italie. Sa couleur émeraude, assez inhabituelle pour un breuvage, cachait un véritable délice pour le palais. Mais j'ai dû abuser de sa douceur, car toute la nuit j'ai été affligé d'une pesante langueur et de violents maux de tête.

B. S.

Mardi 2 février 1915

La nuit dernière l'abbé Rascagnères qui œuvrait avec zèle pour l'évêché, comme je l'avais souligné, a quitté ce monde de bien triste façon. Le bruit court déjà que la mort qui l'a trouvé dans son lit ne serait aucunement naturelle. Je dois bien avouer que cette disparition ne me touche guère. C'était un homme rusé et manipulateur, exploitant finement ses qualités de policier, aux dépens de celles normalement dévolues à un homme d'Église. Il ne m'aura laissé de son passage que le souvenir de son acharnement à me nuire. Mais je suis sans rancune. Puisse Dieu accueillir son âme.

Je m'interroge simplement, comme les gens des environs, sur les circonstances et les causes de son mal. Il n'était pas très âgé et semblait ne souffrir d'aucune affection particulière.

B. S.

Mercredi 31 mars 1915

Cette nuit, j'ai perdu l'un de mes rares bons amis... L'abbé Boudet n'est plus. Je l'avais visité ces derniers jours et avais mesuré à quel point une étrange lassitude le minait. Il m'avait parlé d'une grande faiblesse qui le suivait depuis quelques semaines à peine, sans qu'il puisse en trouver l'origine.

C'était un homme plein d'allant, de gentillesse, et sa mort me cause une grande peine. Nous avions beaucoup parlé de religion, mais ses convictions étaient si entières que j'ai toujours hésité à lui révéler mon secret. J'aurais eu l'impres-

sion de détruire son idéal, et lui causer le moindre chagrin me paraissait inacceptable, tant sa bonté était grande. Il faisait partie de ces êtres dont la pureté est telle qu'ils ne sont pas prêts à connaître certaines vérités.

Si sa disparition a été un choc pour moi, la fatalité a laissé place au doute. Je ne puis m'empêcher de penser que ces deux décès très rapprochés, et dans des circonstances troubles, ont touché des gens de mon entourage immédiat, comme si l'on souhaitait faire le vide autour de ma personne.

Il y a quelques années de cela déjà, à Coustaussa, en 1897, une veille de Toussaint, l'abbé Gélis avait été assassiné dans son presbytère. Nous étions très proches et au cours de nos longues promenades il m'avait confié ses difficultés : oublié par l'évêché et sans le sou, il luttait avec toute l'ardeur de sa foi pour rester fidèle à la parole de Dieu. Je l'avais aidé de bon cœur, peu de temps avant qu'il ne soit lâchement tué. Je songe inévitablement à l'homme en noir. Ai-je bien mesuré le risque en sollicitant ses maîtres ? Je dois malheureusement le revoir encore quelques fois avant d'obtenir le solde de notre affaire.

B. S.

Samedi 6 janvier 1917

J'ai signé avant-hier le devis pour la grande tour. Malgré la suspension qui me frappe toujours, j'ai gardé la confiance des paroissiens de Rennes. En dépit de la guerre et de ses tragédies, je les reçois régulièrement, tous les dimanches que Dieu fait, dans la chapelle de la villa Béthanie. L'évêché en est pour ses frais, car mon remplaçant, le pauvre abbé Marty, officie désormais devant les chaises vides de la vieille église Sainte-Marie-Madeleine.

L'argent, essentiel pour mon œuvre, est rentré trop irrégulièrement. À cause du conflit, l'envoyé du Vatican a eu quelques difficultés pour effectuer les déplacements et m'apporter les fonds. J'ai décidé de conclure définitivement le pacte qui me lie à lui et à ses maîtres en lui réclamant une dernière grosse somme. À cet instant, j'ai vu sourire pour la première fois l'homme de marbre. Nous avons scellé ce dernier accord en buvant une nouvelle fois de sa fameuse liqueur verte de Toscane.

Je suis inquiet pour ma santé. Depuis quelque temps, mes forces m'abandonnent. Une légère fatigue s'est insidieusement installée dans mon corps, pour m'engourdir chaque jour davantage. Je ne m'explique pas cette lassitude que j'ai du mal à combattre. J'ai une vie et une nourriture saine et je ne subis aucune privation. L'air du Bugarach est d'une pureté et d'une fraîcheur exceptionnelles. Pourtant, je me sens las et usé.

L'hiver est rude, mais pas plus que d'autres que j'ai pu connaître. J'attends impatiemment le printemps et l'arrivée des beaux jours, qui m'apporteront sans doute un peu de chaleur pour lutter contre ce froid qui me glace.

B. S.

Jeudi 18 janvier 1917

Je suis alité depuis hier, avec la plus grande difficulté à tenir la plume, car mes doigts sont gourds. Seul mon esprit est intact et libre de tout effort.

Mes gestes sont lents et le moindre mouvement m'est devenu laborieux, me causant une immense fatigue. Je me souviens parfaitement des circonstances de mon malaise : je me promenais en compagnie de Marie, près de la tour Magdala, lorsqu'un froid intense s'est infiltré dans mes membres. J'ai dû m'asseoir pour ne pas défaillir et, à partir de cet instant, je n'ai plus pu bouger. On m'a transporté jusqu'à mon lit, comme une branche de bois mort.

Depuis lors, les quelques forces qui me restent fuient chaque instant davantage mon corps engourdi. Maintenant je sais! Oui, je sais d'où viennent tous ces morts qui m'entourent et ce déclin qui me gagne. C'est le prix pour avoir transgressé la loi du silence, pour avoir joué avec la Vérité interdite... Je sais à présent que je ne me remettrai jamais. Moi, jadis solide comme un roc, je suis réduit à baver sans pouvoir m'essuyer. C'est l'homme en noir qui est la cause de mon malheur. Je suis persuadé que ce sicaire a œuvré dans l'ombre, éliminant les gens de mon entourage afin de m'isoler.

Sans doute ai-je été trop confiant ou trop crédule en supposant que pareil secret pouvait s'acheter sans risque. Marie avait bien raison.

Elle est restée toute la journée à mon chevet, essuyant mon visage qui se fige inexorablement. Je peux lire dans ses yeux rougis tout l'amour qu'elle a pour moi. Malgré sa peine, elle sait rester digne et parle toujours d'espoir, en dépit de l'inquiétude du médecin. Dieu que j'ai mal!

B. S.

Samedi 20 janvier 1917

Mon état a encore empiré et c'est avec une extrême difficulté que je remplis ces quelques lignes. Mes mains sont de plus en plus maladroites et Marie ramasse souvent ma plume tombée à terre. Ma vue s'est brouillée et je vois comme au travers d'un voile, avec la funeste impression que les choses et les gens s'éloignent de moi.

Cet après-midi, l'abbé Rivière a quitté sa cure pour venir m'assister. J'ai aussitôt compris que mon entourage envisage ma mort et que le brave curé d'Espéraza a été appelé pour me donner les derniers sacrements pendant que mon esprit vit encore et se bat à l'intérieur de ce corps de pierre. L'idée que ma vie puisse s'arrêter, alors que mes facultés mentales et ma mémoire sont intactes, m'a été insupportable. J'ai voulu profiter de cette minuscule étincelle qui brûle toujours en moi pour confier mes péchés et mon terrible secret à cet homme intègre et simple.

Nous étions seuls et il m'a écouté en silence, sans m'interrompre. Seule ma voix à peine audible troublait faiblement la quiétude de la chambre. Il s'est penché vers moi, son oreille presque collée à ma bouche, pour recueillir le moindre de mes propos, mais dès le début de mon aventure à Rennes, il s'est légèrement reculé pour, horrifié, s'éloigner du lit en se signant, après que je lui eus révélé le secret du tombeau. Il est resté prostré un long moment, dans un angle de la pièce, la tête entre les mains.

J'essayais de lui parler, de lui expliquer, mais il ne m'entendait pas, les mots qui franchissaient difficilement mes lèvres ne pouvaient atteindre son terrible désarroi. Lorsqu'il s'est enfin levé pour s'approcher du lit, il titubait légèrement et sa voix tremblait: «Je vous plains infiniment, Bérenger. Votre vie dissolue et les révélations que vous venez de me faire montrent votre mépris de la foi. Vous avez tiré profit des terribles documents que le hasard a placés sur votre route. Vous vous êtes conduit comme un Judas et un apostat. Je ne peux vous aider à recourir au pardon de Dieu. Je regrette, c'est au-dessus de mes forces.»

Il a serré ma main glacée puis, comme assommé, est sorti en se signant de nouveau.

Je suis face à mon ultime destin, seul...

Le départ de l'abbé Rivière et son refus de me donner l'extrême-onction m'ont laissé dans une infinie détresse. Le néant s'ouvre à moi, inexorablement, et, au moment de franchir sa porte, personne ne m'aidera à retrouver la paix. Même ma chère Marie ne peut rien pour moi, car elle ne peut me guérir de ma peur du vide et de l'inconnu.

Tantôt, pour préserver sa vie, je lui ai fait promettre le silence sur le secret de Rennes. Je l'ai enjointe de bien cacher ce carnet, dont j'écris peut-être la dernière page.

Curieusement, je n'ai plus froid. Cette froide douleur, qui m'habitait depuis des jours, m'a quitté. Je ne ressens plus rien.

Dieu!... Je t'en supplie, aide-moi!...

François Bérenger Saunière

XVII

Le dernier feuillet du carnet bleu venait de se tourner sur cet appel désespéré; John comprit que l'abbé Saunière n'avait pas pu continuer l'histoire de sa vie et que cet hiver 1917 l'avait vu s'éteindre misérablement. En remontant toutes ces années, l'œil unique de la grosse lampe avait redonné vie à chacune des pages en les éclairant de sa lumière dorée. À chaque ligne, Cattuso avait aussi ressenti les émotions de ce personnage hors du commun, situé à la limite entre le bon sens et l'hérésie. Il avait si bien partagé l'extraordinaire destinée de Bérenger Saunière que sa fin tragique lui laissait à présent une pesante mélancolie, un sentiment presque semblable à celui qu'inspire la perte d'un proche. Les deux manuscrits avaient continué leur chemin sanglant, le parsemant de nouvelles victimes. Funeste destin que celui de cette vérité essentielle qui se cachait depuis des siècles derrière un voile mortel.

Dans la grande cave, les heures s'étaient écoulées: deux, trois, dix peut-être, leur nombre, maintenant, importait peu. Tout au long de la lecture, les chaînes qui entravaient John s'étaient tues, car les faibles mouvements nécessaires pour tourner les pages ne remuaient pas leurs lourds maillons. En voulant déplacer la lanterne, il allongea le bras et aussitôt les fers rappelèrent leur présence, ramenant le prisonnier à la dure réalité. L'œil électrique se promena un bref instant sur le sol et les murs, projetant des ombres mouvantes sur les alignements macabres. Le décor n'avait pas changé, mais il était devenu un peu plus familier. Impalpable et fuyant, le temps, ici, s'était arrêté. L'enquêteur, sans repères, avait du mal à estimer l'heure du jour ou de la nuit.

Maintenant, la tête calée entre les genoux, il pensait aux deux possibilités qui s'offraient à lui : soit on viendrait le chercher pour le faire disparaître, soit on le laisserait se vider de ses chairs dans la crypte. Dans les deux cas...

Un claquement, auquel succéda un grincement, le tira de ses sombres pensées : la porte d'entrée de la grande salle venait de s'ouvrir. Du pied, John repoussa le carnet devant lui. Un pas autoritaire claqua sur le sol, suivi par un léger frottement, tandis qu'un halo de lumière trouait les ténèbres pour se diriger vers Cattuso. La silhouette noire de Klaus Hübner se fondait dans l'obscurité. Seuls son visage clair et la grosse minerve blanche qui maintenait toujours son cou se détachaient de la noirceur environnante. À ses pieds, le dogue immobile toisait l'homme enchaîné avec un regard attentif et inquiétant. La voix gutturale du chef de la Sécurité déchira le silence de la tombe dans un anglais au fort accent germanique.

« Alors, monsieur le journaliste? Content de nous revoir? Teufel commençait à s'ennuyer de vous. N'est-ce pas, Teufel? »

Il ponctua ces quelques mots d'un ricanement métallique qui s'en alla ricocher contre la voûte. Les babines du chien se retroussèrent sur son énorme gueule, découvrant une herse d'ivoire d'où s'échappait un mince filet de bave. Une pensée traversa fugitivement l'esprit du captif : libre et armé, avant toute chose, il aurait fait sauter avec plaisir la tête de ce sale cabot issu tout droit des enfers.

Debout, le chef des gardes toisait l'Américain avec visiblement beaucoup de satisfaction. Il se mit à agiter lentement le bras qui portait la grosse lampe électrique, s'amusant à sortir puis à replonger le visage de son ennemi dans le noir. Ce petit jeu semblait le ravir. L'enquêteur de l'*Herald* décida de mettre fin à cette comédie :

« Au lieu de jouer, si vous me disiez ce que vous comptez faire de moi? »

Hübner continua sans répondre, peut-être pour montrer qu'il n'aimait pas recevoir ses ordres de n'importe qui et que, dans les circonstances présentes, c'était lui le maître. Il poursuivit son manège quelques instants, puis il éclaira franchement devant lui.

« Où est le carnet que Son Éminence vous a laissé?

– Là. Devant moi. »

L'homme orienta la lumière vers les pieds de John. Ayant repéré l'objet, il se pencha pour le ramasser; dans ce geste, seule sa tête, paraissant suspendue dans le vide, sembla se mouvoir dans la nuit, comme une tache issue des ténèbres. Klaus se redressa en empochant le calepin.

« Vous êtes inquiet pour votre avenir, monsieur le journaliste? Vous auriez pu vous en préoccuper plus tôt au lieu de jouer les détectives, mais vous avez de la chance, car Son Éminence le cardinal Scalingeri estime que vous ne représentez aucun danger et il a décidé que vous reverriez le soleil. »

John Cattuso n'en croyait pas ses oreilles! Libre? Il n'avait même pas imaginé cette possibilité. Mais en était-ce réellement une? Et si oui, à quelle condition?

« Après tout ce que j'ai vu, croyez-vous vraiment que je ne représente aucune menace? Je pourrais parler, écrire! Pourquoi tant de mansuétude de sa part? Que cela cache-t-il? »

Le ricanement tinta de nouveau.

« Vous! Une menace? Vous vous donnez beaucoup d'importance! Qui vous croirait? Ce que vous avez trouvé ici est totalement inviolable et si vous êtes parvenu jusque dans cette crypte, c'est uniquement parce que Son Éminence vous l'a permis. Pour arriver à cet endroit, il faut de nombreuses autorisations qui ne seront plus jamais accordées. Vous voyez, il n'est même pas nécessaire de déplacer tous ces restes. Je pense qu'il y a un secret plus grand que celui de ces nonnes murées ici. Mais moi, je me contente de faire mon job sans chercher plus loin. Au contraire de vous, je ne suis pas du tout curieux, et la vie m'a appris à rester à ma place. J'obéis, c'est tout. »

Le regard de John croisa celui d'Hübner; les yeux de velours noir du premier rencontrèrent les yeux de porcelaine bleue du second, avec une totale incompréhension. Il était écrit que tout opposerait ces deux êtres aussi dissemblables : l'un attaché à sa libre pensée, à son indépendance proche de l'individualisme, et l'autre serviteur fidèle, sans émotions ni conscience. Mais peut-on raisonnablement comparer un homme et une machine?

Cattuso pensa à Nancy qui, certainement inquiète, devait le chercher. Avec un pincement au cœur, il imagina son désarroi.

« Quel jour sommes-nous? Et quelle heure est-il?

– Pourquoi? Vous êtes pressé? Nous sommes jeudi et c'est à peine l'aube. Ne soyez pas si impatient, la journée sera, comme d'habitude, ensoleillée et chaude. Ne bougez pas, je vais vous libérer de vos chaînes. »

Sans aucun respect, Klaus poussa du pied le squelette qui était tout près du prisonnier et qui gênait son passage. Il ordonna sèchement :

« Tournez-vous! »

À peine John eut-il obtempéré qu'il sentit les bras noueux de l'Allemand lui serrer le cou et essayer de bloquer son bras droit. Il tenta de résister avec énergie, mais, empêtré dans ses liens, il ne put se libérer de l'étreinte. Rapidement, il se trouva complètement bloqué par la prise de son agresseur. Haletant sous l'effort, il cracha sa surprise :

« Espèce de salaud ! Vous deviez me libérer ! »

Le ricanement métallique grinça de nouveau :

« Mais c'est ce que je fais, monsieur le journaliste, je vous libère ! »

Contraint à l'immobilité, John aperçut une seringue dans la main droite du chef de la Sécurité. L'aiguille traversa le mince tissu de son blouson et il sentit aussitôt une froide brûlure lui déchirer les chairs et les muscles du bras ; incapable de lutter, il se laissa pénétrer par le liquide qui s'insinuait rapidement dans son organisme, lui ôtant toute volonté. Sous la lumière crue de la lampe, le poison fuyant la seringue jetait des reflets vert émeraude, magnifiques…

Jeudi 1er juin, 13 h 20
Pension des Glycines

Une rumeur diffuse traversa les murs de la chambre et s'infiltra dans l'esprit de Nancy Shepard. Les bruits de la rue s'affirmèrent, déchirant progressivement le voile épais qui enveloppait son cerveau et le protégeait des agressions extérieures. Peu à peu, elle sortit du sommeil.

Depuis sa rencontre de la veille avec Beppi, elle n'avait fait qu'attendre, toujours et encore attendre, en espérant un appel de John. Sa crainte de l'avoir perdu était si forte que chaque minute passée était une lueur d'espoir qui disparaissait. La succession des heures lui était devenue un véritable calvaire. Ne sachant à qui confier son angoisse, elle avait regagné sa chambre et, allongée sur le lit, son portable à côté d'elle, elle avait passé des heures à fixer désespérément le plafond.

Elle avait longuement songé aux objectifs qu'elle

s'était fixés naguère et aux rêves qui l'avaient accompagnée durant toutes ces années de travail. Pour quel résultat? Toutefois, l'amertume qu'elle ressentait à l'idée de l'échec probable de son reportage n'était rien en regard de la tristesse qui l'étreignait depuis la veille, plus précisément depuis que John l'avait laissée pour son habituel rendez-vous au Vatican. Nancy avait pressenti un danger, confus, certes, mais suffisamment concret pour essayer de retenir celui qu'elle aimait. L'obstination de Fox l'avait emporté, et elle se reprochait à présent son manque de force. Elle aurait dû insister, crier davantage, pleurer peut-être. Mais que peut-on contre le destin? Car c'était bien avec lui que Cattuso avait rendez-vous. Elle était persuadée que sa façon de procéder et d'enquêter en dépit des règles les plus élémentaires de prudence devait fatalement le placer, tôt ou tard, dans une situation insoluble.

L'après-midi, la soirée puis la nuit s'étaient écoulés ainsi, lentement, interminablement. Vaincue par la fatigue, elle avait finalement perdu pied et glissé dans un état cotonneux situé à la limite indécise entre le repos et l'inconscience.

Mais à présent, chassé par la réalité, le sommeil avait de nouveau laissé place à l'anxiété et celle-ci, comme la veille, grandissait de minute en minute, attisant chez la jeune femme les mêmes interrogations sans réponses.

Avant son départ de la pension des Glycines, John n'avait à aucun moment évoqué de craintes particulières ni la moindre inquiétude quant aux conséquences possibles de sa violente rencontre avec l'Allemand. Il était surtout poussé par une ardente curiosité au sujet de cette dernière porte qu'il voulait absolument ouvrir et dont il ne voulait rien dire. Peut-être appréhendait-il de découvrir un secret encore plus lourd que celui de la crypte. Et pourtant, que pouvait-il exister de plus terrible et inhumain que ces dizaines de corps enchaînés et oubliés encore vivants dans cette tombe commune?

Nancy avait maintenant acquis la certitude que John était en danger. Sa brusque disparition ainsi que la mort aussi soudaine que tragique de Francesco Spà semblaient accréditer l'hypothèse que des évènements dramatiques se succédaient derrière les murs opaques du Vatican. Assise sur son lit, la tête entre les mains, la jeune envoyée de l'*Herald* se sentait immensément seule, perdue dans une ville et un pays inconnus, sans ami ni soutien. Elle savait qu'il était inutile de solliciter une nouvelle fois Mario Pozzi, celui-ci n'ayant à l'évidence aucune envie de s'attirer les foudres des autorités de la Cité papale. Ellworth, quant à lui, était bien trop loin pour juger de la gravité de la situation. Tout au plus pouvait-il lui donner quelques conseils, ou alors lui suggérer d'attendre. Non, personne ne pouvait l'aider à retrouver celui qui à présent occupait chacune de ses pensées. Elle ne pouvait désormais compter que sur elle-même.

Soudain, une idée lui traversa l'esprit: et si tout ce que John avait supposé au sujet de la troublante maladie de l'*ingegnere* Sorsi était vrai! S'il y avait réellement une force occulte qui se débarrassait des curieux! Dans ce cas, Nancy Shepard pensait savoir où trouver Cattuso et, pour y parvenir, elle n'avait qu'un moyen.

Le couloir du deuxième étage de la Maison du Pèlerin était toujours aussi fréquenté. Un va-et-vient incessant lui assurait une animation désordonnée et bruyante. La jeune stagiaire avait la clef de la chambre contiguë à la sienne. Elle ouvrit impatiemment la porte et fut aussitôt enveloppée par une odeur masculine, une fragrance un peu sauvage, mélange de senteurs de tabac blond et d'eau de toilette pour homme.

Elle se dirigea avec un léger pincement au cœur vers la table de chevet où John avait laissé ses affaires.

Après quelques instants, elle trouva ce qu'elle cherchait; maintenant, il ne lui restait plus qu'à attendre encore quelques heures.

* * *

De course en course, de client en client, Beppi bouclait sa journée; la vie était belle, il faisait beau et le taxi tournait à plein régime, transportant tout ce beau monde vers des destinées toutes différentes. Il s'était déjà demandé combien de personnes avaient eu recours à ses services, mais sans pouvoir répondre avec précision. Des milliers, assurément.

Tout allait bien. Puis, il avait reçu cet appel étrange d'une voix féminine, étrangère, qui lui demandait de venir la chercher, dans une espèce de charabia où il lui avait semblé reconnaître un espéranto d'espagnol et d'anglais; flairant une plaisanterie, il avait failli raccrocher, juste avant de comprendre enfin qui l'appelait.

Il était dix-sept heures quarante-cinq. Le conducteur de la Croma s'arrêta à l'angle de *la via della Croce*. Il n'eut que quelques secondes d'attente avant d'avoir la confirmation que c'était bien la belle Américaine qui lui avait téléphoné. Elle avait une tenue plus sobre, moins sexy que les fois précédentes : blue-jean indigo et chemisier blanc sagement boutonné. Mais cela n'enlevait rien à son élégance naturelle. Beppi fut aussitôt frappé par la mine défaite de la jeune femme. Son teint extrêmement pâle mettait en évidence ses grands yeux, rougis d'avoir trop pleuré. Elle remit prestement ses lunettes noires en s'approchant de la voiture.

« Beppi, pouvez-vous m'emmener à la clinique sur la colline, là où vous nous avez conduits l'autre jour ? »

Beppi la regarda sans saisir. Elle parlait anglais, langue qu'il ne connaissait pas, avec un accent américain effroyable où chaque syllabe ressemblait étrangement à la précédente. Voyant qu'elle ne pouvait se faire comprendre, elle prit dans son sac un papier où elle griffonna quelques mots et qu'elle lui tendit. Le visage du chauffeur s'éclaira :

« Ah!... vous voulez aller à la *Clinica del Santissimo Rosario*? O.K., O.K., c'est bon, *signorina*, j'ai compris. *Andiamo*. »

Pendant tout le trajet, Nancy resta silencieuse. Elle repensa avec nostalgie à la première fois où John et elle avaient suivi ce parcours. Il n'y avait que quelques jours de cela, et c'était déjà si loin. Tant d'évènements s'étaient succédé, bouleversant leur vie, peut-être à tout jamais. Elle eut soudain envie de pleurer, mais elle se retint par pudeur. Beppi, concentré sur sa conduite, se taisait. Sans doute avait-il déjà remarqué sa tristesse. Aussi préféra-t-elle éviter d'afficher encore plus son désarroi. À dix-huit heures trente, ils étaient arrivés.

* * *

Le grand bureau sombre du Palais apostolique n'était troublé que par la respiration régulière et discrète de la vieille horloge. Le vieux cardinal était en plein travail. De ses longs doigts semblables à des serres, il tournait méthodiquement les pages de l'épais dossier qu'il étudiait déjà depuis des heures. Sa longue journée était loin d'être terminée, mais, stimulée par l'énergie que donne le pouvoir absolu, la faculté de concentration du vieil homme était encore intacte. Ses yeux fragiles dépouillaient chaque ligne, chaque mot, avec une persévérance redoutable.

On venait de frapper un coup bref contre la porte massive qui isolait parfaitement la grande pièce. Ce simple bruit en perturba l'équilibre de quiétude et de réflexion. Scalingeri, irrité, lâcha sèchement :

« Entrez! »

Hübner, suivi comme son ombre par la masse imposante de son dogue, s'avança dans la pénombre et se dirigea vers le grand bureau. Après s'être incliné, il annonça succinctement, dans son italien aux intonations gutturales :

« C'est fait, Votre Éminence.

– Très bien. Avez-vous pensé à nous ramener le carnet? »

Le chef de la Sécurité sortit de sa poche un calepin qu'il tendit à l'ecclésiastique; ce dernier le prit, le tourna et le retourna dans ses immenses mains, l'ouvrit, feuilleta quelques pages. Contenant difficilement sa contrariété, il interrogea :

« Qu'est-ce que c'est que ça? »

L'homme des basses œuvres répondit, étonné et un peu hésitant :

« Mais... le carnet que Votre Éminence m'a demandé de lui rapporter! »

Le cardinal jeta sur la table encombrée le petit bloc à la couverture noire et plastifiée. Lorsque leurs regards se croisèrent, le garde suisse comprit que le Yankee s'était moqué de lui et que, bien pire, il l'avait poussé à la faute, lui, Klaus, lui qui n'en faisait jamais. Le secrétaire d'État reprit, sur ce ton hiérarchique et cassant qui lui allait si bien :

« Depuis combien de temps est-il là-bas?

– Depuis ce matin, à l'aube. »

Le chef du pouvoir exécutif de l'Église catholique romaine regarda les aiguilles de l'horloge de bronze. Ses yeux fatigués lui indiquèrent qu'il était environ dix-huit heures trente.

« Il vous a magnifiquement berné!... Nous voulons voir le vrai carnet! Ici! Ce soir! Allez! »

En quelques mots, le vieux prélat avait souligné les rôles de chacun. Ulcéré, Klaus Hübner recula en s'inclinant légèrement, puis claqua des doigts sèchement. L'énorme bête couchée à ses pieds se leva aussitôt et emboîta le pas à son maître.

Lorsque le chef de la Sécurité du Vatican sortit du bureau, son visage était crispé par la rage.

* * *

La stagiaire du *New Herald Post* demanda au taxi de garer sa voiture dans un virage de *la via Spinelli* et elle lui fit comprendre laborieusement qu'il devrait attendre son retour. Nancy avait volontairement choisi cette heure un peu tardive, car elle se souvenait que, la dernière fois, la clinique lui avait paru à ce moment peu animée, et elle espérait qu'il en serait de même aujourd'hui. En cette fin d'après-midi, le soleil hésitant donnait un éclairage particulier à la rue dont les rangées de lauriers roses exhalaient un parfum exotique et envoûtant.

La jeune femme remonta à pied *la via* jusqu'à l'entrée de la clinique. Le portail majestueux était grand ouvert sur le parc, comme une invitation, comme un appel. Nancy Shepard avait l'impression que les gravillons du chemin, en crissant sous ses pas, faisaient un bruit de cascade. Et pourtant, c'était à peine si son arrivée dérangeait le chant des oiseaux cachés dans les buissons. L'allée était déserte. Un peu plus loin, elle croisa deux vieillards qui déambulaient. Absorbés par leur discussion, ils la regardèrent passer sans la voir.

Arrivée sur le perron de l'établissement, elle jeta un coup d'œil à l'intérieur, espérant que la réceptionniste se fût absentée. Malheureusement, elle était bien là. Nancy dut se résoudre à s'éloigner discrètement de l'entrée pour aller patienter parmi les massifs de fleurs. Elle dut répéter plusieurs fois son manège avant que la personne chargée de l'accueil n'abandonne quelques instants son poste.

La journaliste se hâta de traverser le hall luxueux qui était maintenant désert. Elle n'avait parcouru que quelques mètres lorsque derrière elle la sonnerie d'un téléphone déchira brutalement le silence. La jeune Américaine sursauta en accélérant aussitôt le pas, craignant que quelqu'un ne la découvre en venant répondre à l'appel. Elle franchit rapidement les couloirs sans faire la moindre rencontre. Il y régnait, comme lors de sa précédente visite, une atmosphère feutrée et cossue, et seule l'odeur éthérée rappelait la vocation des lieux. Quelques portes laissaient passer des bribes de conversations, mais sans un mot plus haut que l'autre, sans un rire. Ici, même les dialogues se voulaient uniformes et policés. Il y avait sans doute dans la clinique un code de bienséance auquel il eût été impensable de déroger.

Nancy Shepard poussa avec soulagement le levier à bascule de la porte située à l'extrémité du corridor. Elle avait marché jusque-là avec la désagréable appréhension d'être à tout moment surprise et éconduite. Lorsque, derrière elle, le battant se referma sèchement, elle poussa un soupir en se disant qu'elle avait fait la moitié du chemin.

Le cloître était magnifique, baigné par une lumière indécise qui hésitait à décliner. Mais encore une heure, peut-être, et le décor irait vers cet instant magique qui verrait le jour partir et la nuit arriver.

À la grande surprise de la jeune femme, il y avait beaucoup de monde dans les galeries, plus que la dernière fois. Elle fit un bref tour d'horizon : ses yeux ne croisèrent que des regards vides. Si un point commun devait réunir tous ces gens, c'était leur absence. En effet, s'ils étaient présents physiquement, ils n'appartenaient déjà plus à ce monde, et s'occupaient à des tâches qu'eux seuls comprenaient, à de folles pensées qu'eux seuls interprétaient. Nancy s'avança parmi les malades en rasant les murs, comme si elle craignait par simple contact de partager leurs démences.

Un personnage mettait un peu d'animation dans toute cette désespérante lenteur. C'était le fumeur qui avait sollicité John l'autre jour. Il continuait d'arpenter le dallage en sautillant inlassablement, sans doute à la recherche d'un illusoire mégot. Il passa devant la jeune stagiaire sans lever les yeux: tout à fait logique, car elle ne fumait pas et, naturellement, ne l'intéressait pas. La gorge serrée, elle songea que jamais autant que parmi tous ces gens qui l'ignoraient elle n'avait eu le sentiment de ne plus exister.

Plus loin, la grande salle voûtée qui servait de réfectoire était vide. Il ne restait que quelques verres et une carafe sur la longue table rectangulaire. L'envoyée de l'*Herald* se hâta de pousser la porte basse au fond de la pièce et se retrouva dans le jardin des simples, enfin à l'abri des regards. Les jambes tremblantes, elle s'adossa au mur, le cœur palpitant à se rompre. À part celui de son aorte qui battait la chamade, il n'y avait aucun bruit. L'endroit était calme et serein, en dehors du temps. Les carrés constitués par les plantes médicinales étaient bien alignés, dépourvus de mauvaises herbes. Mais s'ils procuraient une indéniable fraîcheur, il leur manquait cette note de gaieté que seules les fleurs savent donner.

Nancy attendit quelques longues secondes que ses palpitations se calment, puis elle s'approcha de la porte de métal qui la séparait encore de la cour. Elle appuya fermement sur le levier de sécurité. Au contact tiède du métal chauffé par le soleil, son cœur se mit de nouveau à cogner et ses tempes aussitôt résonnèrent sourdement. Elle ferma les yeux un bref instant puis, inspirant profondément, poussa le battant.

Accueillie par un ricanement de hyène, elle sursauta. Elle eut aussitôt envie de tourner les talons et de s'enfuir, mais sa volonté fut la plus forte et elle resta, tandis que le ricanement s'atténuait.

Devant elle, la cour dressait un tableau qui semblait immuable et intemporel. D'une tristesse infinie, avec ses murs décrépits et ses modestes dimensions, elle ressemblait beaucoup plus à un espace pénitentiaire qu'à une annexe de clinique.

La jeune Américaine ne se souvenait plus des visages qu'elle avait vus précédemment, mais c'étaient sans nul doute les mêmes qu'aujourd'hui. Il y avait, confinées ici, une dizaine de personnes tout au plus. D'un simple coup d'œil, Nancy put balayer l'endroit et constater que... John n'y était pas.

La présence de la visiteuse provoqua parmi les habitants des lieux un flottement qui l'inquiéta. Certains la regardèrent fixement, intensément. Elle eut l'impression fugitive qu'ils voulaient absorber ou effacer son visage. Intrigués par cet être différent, peut-être voulaient-ils lui ressembler ou plus simplement le détruire. Les autres se contentèrent de l'ignorer, absorbés par leur dialogue silencieux avec des interlocuteurs invisibles.

D'où elle se tenait, Nancy Shepard ne pouvait qu'entrevoir le préau. Elle y entra et fit quelques pas dans l'enclos de misère en s'efforçant de calmer son angoisse. La gorge sèche, elle peinait à déglutir et une légère moiteur lui collait à la peau. Sur le moment, elle pensa vraiment savoir ce qu'était la peur. En avançant, elle songea l'espace d'un instant qu'elle était totalement exposée à la folie de ces gens qui erraient sans but dans ces quelques mètres carrés, prisonniers de leur différence. Devant elle, sous l'abri, le ricanement reprit en un staccato inquiétant. Quelques pas et elle en découvrit l'origine : c'était le rire étrange d'un homme dont l'esprit avait franchi le seuil de la démence et qui était occupé à un jeu aussi puéril que cruel. Échevelé, pieds nus, simplement vêtu d'une tunique blanche qui l'enveloppait du cou aux mollets, il s'amusait à piquer avec un clou les mains d'un malade immobilisé dans un fauteuil roulant. Visiblement ravi, il s'adonnait à sa distraction avec un grand sourire.

La stagiaire de l'*Herald* mit sa main devant sa bouche pour étouffer un cri, car elle avait reconnu la silhouette assise qui lui tournait le dos. Aussitôt qu'il aperçut la jeune femme, l'homme à la tunique cessa de jouer. Il la fixa d'un regard hostile, les sourcils froncés, essayant peut-être de comprendre qui était cette intruse qui troublait son passe-temps. Et lorsque Nancy s'approcha du fauteuil, il recula d'autant, visiblement méfiant.

S'étant suffisamment avancée, elle dut de nouveau mettre son poing devant sa bouche pour ne pas hurler : droit comme un I dans son siège, John était totalement immobile et aussi inerte que l'avait été Sorsi. Elle se baissa pour toucher son visage. Il était froid et sa peau cireuse avait la dureté du bois. Ses pauvres mains étaient constellées de taches bleues et elle comprit que c'était là le résultat du jeu qu'elle avait brusquement interrompu. Le clou n'avait pu percer la peau trop dure et le sang, ne pouvant fuir cette enveloppe rigide, avait provoqué quantité d'hématomes. C'était sans doute l'apparition de toutes ces étoiles bleutées qui déclenchait l'hilarité du dément.

Retenant à grand-peine ses larmes, Nancy caressa le visage glacé de celui qui avait pris son cœur et son âme. Elle chercha dans ses grands yeux de velours noir une étincelle de vie, une lueur d'espoir. Puis, surmontant son chagrin, elle prit dans la sienne l'une des mains glaciales de Cattuso.

« John, m'entendez-vous? Je vous en prie, faites-moi un signe! Je vous en supplie, juste un signe... »

Elle était là!... Elle était venue! John, enfermé dans ce

sarcophage de glace qu'était devenu son corps, luttait depuis des heures déjà pour maintenir le léger souffle de vie qui le reliait encore à cette terre. Ses forces l'avaient quitté, mais son esprit était intact. Il se souvenait de tout avec lucidité et avec effroi. Il ne pensait plus depuis longtemps ni au reportage qui l'avait conduit à Rome ni au terrible secret découvert dans les caves du Vatican. Son objectif se limitait maintenant à survivre et à combattre cette douleur qui avait gelé son organisme tout entier. Il ne ressentait plus les agressions extérieures, mais la glace en fusion qui avait envahi ses veines, brûlant son sang et congelant ses chairs, le faisait encore souffrir. Il comprenait à présent ce que le vieil ingénieur et l'abbé Saunière avaient pu vivre et ressentir.

Une nouvelle fois, John s'était surpris à prier, très fort, avec une intense conviction. Il avait supplié Dieu de lui ramener « Nane », de faire qu'elle soit suffisamment inspirée et intuitive pour remonter le fil jusqu'à la clinique, puis jusqu'ici. Il voyait à présent ses traits tirés et ses magnifiques yeux, enfin là, devant lui. Le Créateur avait eu pitié et l'avait écouté.

Une étrange dualité naquit dans le corps en catalepsie de Fox. La joie que lui apportait la présence de Nancy était occultée par le désespoir de ne pouvoir communiquer avec elle. Ces deux sentiments opposés, contraints au mutisme, ne pouvaient coexister sans conflit. Il ne put répondre que d'une seule façon à cette voix implorante qui lui demandait un signe : ce fut en pleurant.

La jeune femme vit une larme s'échapper du regard immobile et rouler sur la joue de cire. Elle l'essuya avec son doigt avant d'ajouter, bouleversée :

« John, écoutez-moi ! Je vais vous tirer de là. Je ne sais pas si vous m'entendez, mais je vais vous donner votre petit bloc, où vous pourrez essayer de griffonner quelques signes ou quelques mots pour répondre à mes questions. »

Elle fouilla fébrilement le blouson de Cattuso, à la recherche de son fidèle calepin, mais ne trouva dans l'une des poches qu'un cahier à la couverture de tissu bleu marine, rêche et usée.

Derrière elle, une voix autoritaire et irritée l'interpella en italien, la faisant sursauter.

« Qu'est-ce que vous faites là? Qui vous a permis d'entrer? »

Elle empocha machinalement le carnet avant de se retourner. Le docteur Manieri, étonné, se radoucit et reprit, en anglais :

« Ah! C'est vous! Que faites-vous ici? Comment êtes-vous entrée? »

La jeune stagiaire essuya nerveusement ses larmes avant de répondre :

« John, mon collègue du journal, avait disparu depuis deux jours. J'ai pensé qu'il pourrait être ici. Pouvez-vous m'expliquer ce qui lui est arrivé?

– Je n'ai malheureusement que peu d'explications à sa présence chez nous. Quand j'ai pris mon service ce matin, il était déjà là. On m'a simplement dit qu'il était apparemment atteint du même mal que l'*ingegnere* Sorsi, que vous aviez rencontré. »

Le médecin regarda au-delà des murs de la cour, en direction des étages de la clinique. Il prit Nancy par le bras et la repoussa doucement sous le préau.

« Je vous en prie, ne restez pas là. Êtes-vous certaine que personne ne vous a vue pénétrer ici? Ou même entrer dans l'établissement?

– Absolument certaine. Il n'y avait personne à l'accueil et je n'ai rencontré que les malades du cloître, puis ceux de cet endroit. »

Manieri était inquiet. Il était responsable de la visite de l'enclos par les deux journalistes, et la présence de la jeune femme pouvait lui procurer quelques ennuis de taille avec le directeur.

« Écoutez-moi, *signorina*. Vous ne pouvez pas rester ici. Je risque d'avoir de gros problèmes à cause de vous.

– Je vais partir, mais répondez d'abord à mes questions. Pourquoi mon collègue est-il ici? Et qu'allez-vous faire de lui? »

L'élégant docteur tira nerveusement sur les manches de son impeccable blouse blanche. Il répondit, contrarié :

« Je vous l'ai déjà dit, je ne connais pas les circonstances qui l'ont conduit ici. Je sais seulement qu'il est venu du Vatican en ambulance, à l'aube ce matin. Pour le reste, il semble atteint de la même terrible infirmité que celle ayant frappé Sorsi et quelques autres avant lui. Je suis vraiment désolé, mais c'est la triste réalité. Je l'ai ausculté attentivement, mais à part une énorme contusion sur le côté et une boursouflure sur le bras, vraisemblablement due à une piqûre, il n'a rien en apparence qui puisse expliquer son état. »

* * *

Là-haut, derrière la fenêtre de son bureau au dernier étage de la clinique, le docteur Mazzola venait de prendre ses jumelles, s'apprêtant à inspecter l'univers qui végétait à ses pieds. Il accomplissait ce rituel plusieurs fois par jour, sans exception, mais l'instant qu'il préférait était celui-ci, à l'heure où le soleil déclinant déposait une touche dorée et oblique sur toute forme, qu'elle soit humaine, végétale ou minérale, un peu comme si la vie voulait se racheter des misères qu'elle concevait en distillant une fois par jour un peu de poésie sur ce décor sordide. Mais c'était aussi et surtout un homme d'un grand pragmatisme, qui aimait ce moment parce que, l'angle d'incidence de la lumière solaire étant plus faible, celle-ci ne l'éblouissait plus et ne perturbait pas son observation.

Ses yeux magiques franchirent le jardin des simples sans s'y arrêter. Pour le directeur, le seul et unique intérêt du jardinet était de créer une zone de sécurité supplémentaire autour de l'enclos... L'enclos... Il aimait ce mot, fier d'avoir réussi à réunir dans cet espace réduit un échantillon de certaines des affections physiques ou mentales les plus atypiques. Une espèce de laboratoire.

Il fouilla rapidement la cour sans trouver ce qu'il cherchait, ne voyant déambuler là-bas que ses habituels spécimens. Il aperçut finalement, partiellement cachée par le préau, la partie arrière du fauteuil roulant.

À côté de sa roue droite pendait, immobile, l'un des bras de son occupant. Cette fois-ci, il s'agissait d'un journaliste, celui qui était déjà venu, et Giovanni Mazzola n'appréciait pas sa présence chez lui, dans son institution: ce genre de personnage était en général plus ou moins connu et pouvait posséder, en conséquence, de nombreuses relations, ce qui coïncidait généralement avec des complications. Il remarqua un mouvement sur le côté gauche du siège et reconnut Manieri avec sa blouse irréprochable. Ce cher bon docteur! Toujours tiré à quatre épingles et si dévoué à ses malades. Il parlait visiblement à quelqu'un, mais à qui? Caché par le préau, son interlocuteur demeurait invisible; les yeux de verre insistèrent encore quelques instants, mais sans succès. Manieri paraissait faire des reproches dans le vide, car l'autre ne se montrait toujours pas.

Le directeur de la Clinique *del Santissimo Rosario* s'impatienta. Il connaissait tous les occupants de la cour, un par un, ainsi que leurs pathologies, et il les savait incapables de soutenir la moindre discussion avec qui que ce soit. Alors?

Brusquement, il y eut un autre mouvement qu'accrochèrent aussitôt les jumelles. Un être échevelé, vêtu de blanc, venait de surgir de l'abri en regardant sauvagement le médecin qui lui faisait face. Mazzola sourit, soulagé. C'était ce brave Matteo, qui venait sans doute de faire les frais d'une réprimande de la part de Manieri. Matteo et son clou. La dernière fois qu'on l'avait surpris avec le même outil, il venait de crever un œil à l'un de ses codétenus et il avait fallu l'intervention de trois infirmiers pour le neutraliser et lui arracher son arme. Apparemment, il avait réussi à se réapprovisionner. Une visite de l'enclos s'imposait. Demain.

Le directeur s'éloigna lentement de la fenêtre, posa ses jumelles et consigna dans son habituel cahier, sous le numéro 28, en face du patient nommé John Cattuso : état stationnaire.

* * *

Nancy était effondrée. Appuyée contre le mur soutenant le petit toit, elle sanglotait silencieusement, le visage caché entre ses mains. Le médecin s'approcha d'elle. Compatissant, il essaya de la calmer :

« *Signorina*, je vous promets de tout faire pour lui. C'est certainement moi qui connais le mieux cette satanée maladie. Je poursuis des recherches qui me permettent de progresser de jour en jour. Peut-être trouverai-je bientôt un remède. Votre ami est très robuste. C'est, à ma connaissance, le malade le plus robuste jamais frappé par cette saloperie. Pendant quelque temps, il ne faudra plus revenir ici. Si vous me laissez votre numéro de portable, je vous tiendrai au courant de l'évolution de son état de santé. Tous les jours, si vous y tenez. Maintenant, écoutez-moi : vous devez absolument partir, tout de suite. Je vais passer devant vous pour vous ouvrir. Il n'y a aucun risque jusqu'au réfectoire du cloître, car l'heure du repas du soir est passée depuis longtemps. Après, nous aviserons. »

Le cœur gros, la jeune femme se pencha vers John. Elle frissonna, car en déposant un baiser sur ses lèvres gelées elle eut l'impression d'embrasser une statue de marbre. Se tournant vers le praticien, elle lui demanda, suppliante:

«Je vous en prie, docteur, protégez-le des autres malades. Et donnez-lui une couverture, il est glacé.»

Lorsqu'elle quitta la cour et vit Manieri ouvrir avec ses clefs la porte métallique, elle prit conscience de n'avoir même pas réfléchi au fait que, sans lui, elle n'aurait pas pu sortir de là. En se laissant guider par l'homme à la blouse immaculée, elle refit ce chemin qui l'éloignait maintenant chaque seconde davantage de Fox. Après avoir marché tout à l'heure dans la crainte de ne pouvoir trouver celui qu'elle aimait, elle sentait à présent peser sur elle une sorte d'apathie ou de résignation. Le médecin semblait vouloir la cacher plus qu'elle-même, paradoxalement, ne paraissait le souhaiter.

Ils arrivèrent sans faire la moindre rencontre jusqu'à la porte du hall de la réception. Le personnel habituel de la clinique était parti. Quelques personnes, sans doute d'astreinte, devaient peut-être encore hanter l'établissement. À travers le hublot en verre martelé de la porte, Nancy regarda la blouse blanche traverser le grand vestibule pour aller distraire et faire sortir la réceptionniste sous un prétexte quelconque. Elle se força alors à bouger et, tremblante, regagna l'entrée principale.

* * *

La grosse BMW noire remonta rageusement *la via Spinelli*, au mépris de toutes les règles les plus élémentaires de prudence; elle passa si près du taxi de Beppi que ce dernier sentit le déplacement d'air provoqué par le passage de la puissante berline.

Il lâcha un instant son journal sportif en pestant:

«*Accidenti*! Passe encore plus près, espèce de c...!»

Il regarda dans son rétroviseur intérieur et vit que le numéro d'immatriculation de la voiture allemande était précédé des lettres SCV. Irrité, il ne put s'empêcher de penser : « Même en dehors du Vatican, ils se croient tout permis. » Les chauffeurs de la Cité papale conduisaient toujours en donnant l'impression de jouir d'une totale immunité.

* * *

À l'extérieur, le soleil se couchait, mais sa luminosité était encore suffisante pour laisser percevoir la beauté du parc. Les massifs de fleurs jetaient leurs derniers feux multicolores, les buissons abritaient les chants guillerets des merles et les grands arbres commençaient à ouvrir leurs ombres gigantesques, prêts à recevoir la nuit.

Nancy s'avançait sur le perron de travertin de la clinique lorsqu'elle entendit le ronflement d'un moteur auquel se mêlait le crissement des gravillons de l'allée. Sans réfléchir, la jeune stagiaire quitta le chemin central et se dirigea vers les premiers arbustes. À peine les eut-elle atteints qu'une BMW noire s'arrêtait à une quinzaine de mètres à peine de l'entrée du bâtiment.

Nancy Shepard se glissa derrière un taillis et observa l'étrange conducteur qui venait de mettre pied à terre. Il était grand, athlétique et entièrement vêtu de noir. Son cou était enserré par une grosse minerve blanche, semblable à un cache-col grotesque. Derrière l'homme suivait un énorme chien, la gueule entrouverte et les oreilles dressées. Ce dernier s'arrêta et regarda dans la direction du buisson, y décelant une présence insolite.

Un claquement sec des doigts de son maître suffit à stopper le dogue qui s'apprêtait à courir. Se souvenant des descriptions de Pasquale et de John, Nancy supposa qu'elle venait sans doute de faire la connaissance de l'Allemand, qui se portait apparemment beaucoup mieux que Fox ne l'avait supposé, même si manifestement leur rencontre avait laissé quelques traces.

De nouveau suivi par sa bête, le chef de la Sécurité s'éloigna rapidement vers la réception. À chacun de ses pas, la lumière déclinante faisait briller les embouts métalliques qui armaient les extrémités de ses chaussures. La gorge serrée, la jeune femme songea qu'il allait peut-être rendre visite à John.

Laissant derrière elle la Clinique *del Santissimo Rosario*, elle se hâta de regagner le taxi garé un peu plus bas. En marchant, le cœur gros, elle pensa à John figé dans son fauteuil par la terrible fièvre glaciale, à cette cour infâme où elle l'avait laissé et... à elle, désemparée, qui ne pouvait rien faire pour l'aider. Les évènements s'étaient précipités, prenant une tournure inattendue et tragique. Le reportage porteur de tant d'espoirs était devenu un cauchemar, et elle se demanda avec angoisse quelle en serait l'issue.

Ayant retrouvé sa bonne humeur, Beppi posa son journal en souriant.

« Alors, *signorina*, vous avez trouvé votre ami? »

Il avait deviné que la belle Américaine était venue jusqu'à la clinique chercher son collègue journaliste. La soudaine disparition de celui-ci devait sans doute terriblement l'inquiéter et, à voir sa mine défaite, elle l'avait peut-être retrouvé.

Sans vraiment comprendre la question, Nancy supposa que le chauffeur lui demandait des nouvelles de John. N'ayant aucune envie d'engager une discussion laborieuse, elle se contenta de répondre laconiquement :

« *No!* »

XVIII

Jeudi 1er juin, 20 h 15
Pension des Glycines

Le hall de la pension était envahi par un groupe cosmopolite et bruyant. Les deux réceptionnistes de service essayaient de rester calmes en répondant de leur mieux aux questions que les gens leur posaient. Les visiteurs fatigués étaient tous pressés de gagner leurs chambres et croyaient sans doute que ceux qui parlaient le plus fort seraient servis les premiers. Il s'ensuivait une cacophonie où l'anglais, l'allemand, l'espagnol et le français essayaient tour à tour d'émerger. Nancy Shepard, en s'immisçant parmi les nouveaux arrivants, pensa que la *Grande Europe* n'était pas pour demain.

Elle s'approcha du comptoir de façon à éviter le portier peu sympathique qui, dès le premier jour, avait montré son hostilité. Mais celui-ci l'aperçut et lui tendit la clef de sa chambre, avant même qu'elle n'ait eu à la demander. Il la dévisagea furtivement, remarquant sans doute ses traits tirés, et lui tourna le dos. Quelques minutes plus tard, la jeune femme se laissait tomber sur son lit.

Vaincue par la fatigue et le stress, elle ferma les yeux, essayant de trouver un instant de repos. Mais, surgies de sa mémoire, de sinistres images défilaient inlassablement. Aux ricanements déments emplissant la cour de la clinique succédaient le fauteuil roulant puis le visage pétrifié de John, guetté par le regard halluciné de l'homme au clou. Et toutes ces scènes tournaient vertigineusement en un carrousel endiablé. Nancy eut tout à coup l'impression que la chambre s'animait autour d'elle. Se sentant prise d'une soudaine nausée, elle s'assit au bord du lit, la tête entre les mains.

En sueur, le cœur battant la chamade, elle essaya de stabiliser ses pensées en nouant un dialogue imaginaire: «Mon Dieu, John! Pourquoi? Pourquoi a-t-il fallu que tu cherches l'impossible? Nous avions fait beaucoup plus que travailler ensemble, nous nous étions trouvés. Avec toi, je savais que j'allais redonner un sens à ma vie et à la tienne. C'est toi que j'ai toujours attendu et espéré. Ton obstination aveugle nous a séparés. Pourquoi? Que cherchais-tu, John? Cela valait-il la peine de sacrifier notre avenir et notre amour? Et qu'as-tu découvert de si terrible qui vaille que l'on te punisse de façon si inhumaine?»

Elle repensa subitement au carnet trouvé dans l'une des poches du veston de Cattuso.

La couverture de couleur bleue marine du cahier était légèrement rugueuse. D'une texture assez fine, le tissu qui la recouvrait était usé et, à certains endroits, déchiré. C'était selon toute apparence un objet assez ancien. En ouvrant le calepin, elle sentit aussitôt cette odeur caractéristique qu'exhalent les vieux papiers, une empreinte olfactive inimitable que seul le temps sait inlassablement reproduire. Les feuillets étaient couverts d'une écriture fine et serrée, élégante; si le texte en français ne posait pas vraiment de problème à la jeune femme qui connaissait assez bien cette langue, la calligraphie à l'ancienne avec des pleins et des déliés lui demandait par contre un effort particulier.

Dès les premières pages, Nancy fut captivée par le journal intime. En lisant ses confidences au style un peu désuet, elle se sentit aussitôt plongée dans une atmosphère mystérieuse digne d'un roman du siècle passé. Chaque mot, chaque ligne révélait un peu plus la personnalité extraordinaire de celui qui signait ses pensées du jour par les initiales B. S. Consciente de découvrir l'histoire et de percer l'intimité d'un inconnu au destin singulier, elle tournait chaque feuille de son carnet presque religieusement, avec une sorte de respect pour cette mémoire qui s'ouvrait à elle.

Les heures s'écoulaient, fuyantes et légères, laissant la chambre dans un silence intemporel. Si le début du récit était intéressant, prenant même, les évènements décrits qui suivaient changèrent la perception qu'en avait Nancy. Elle prit tout à coup conscience d'être en présence d'un fantastique secret, caché sous la pauvre couverture de ce recueil apparemment sans valeur.

Le cœur palpitant, elle continua son étude, mais de plus en plus lentement, pour bien s'assurer de traduire et de comprendre correctement le texte, tout en se sentant accablée par la certitude de son authenticité. Certains mots lui échappaient, car la langue avait évolué, en un siècle. Il ne pouvait pourtant subsister aucun doute sur l'essentiel.

Sa lecture terminée, Nancy posa le calepin à côté d'elle, ferma les yeux, puis se laissa tomber sur son oreiller, atterrée. Une foule de pensées s'entremêlaient dans sa tête, se livrant un combat absurde pour établir une cohérence, chercher une explication, peut-être trouver un apaisement. Les tempes en feu, la jeune femme essaya d'ordonner ses idées, mais la réalité était là, lourde de sens et de conséquences. Elle resta ainsi, de longues minutes, l'esprit errant, incapable de réfléchir rationnellement. Puis, progressivement, tout se mit en place, comme un puzzle compliqué qui se serait débloqué par le fait d'une seule pièce manquante brusquement retrouvée.

Nancy repensa à son enfance à Cedar Rapids, à la

sacro-sainte messe dominicale et au réconfort qu'apportait aux pratiquants l'assurance d'une vie éternelle. Elle les revoyait encore, rassurés d'être officiellement «lavés» de leurs fautes, repartir confiants vers un avenir meilleur. Elle avait maintenant devant elle la réponse à cette question essentielle du lendemain, de l'après. Comme pour tout un chacun, cette interrogation avait à certains moments traversé sa vie. Et, bien sûr, chaque fois la religion avait donné la même solution au problème, une solution énigmatique et mystérieuse. Elle songea au monde complexe et idéaliste qui s'était élaboré sur une simple idée, uniquement basée sur la résurrection d'un homme. Mais ceci avait suffi pour établir le fondement même de l'Église catholique romaine et en faire son ciment. Combien de choses et d'actions fantastiques, issues d'une foi inconditionnelle, étaient nées pour servir cette croyance, combien d'œuvres d'art... Mais aussi, combien de guerres et d'atrocités. Quelle dérision!

Nancy poursuivit sa réflexion. Si le Christ n'avait été qu'un homme parmi les hommes, maltraité puis supplicié par eux, un pauvre jouet utilisé puis brisé, son enseignement de bonté et son message d'amour en étaient-ils pour autant à oublier? Elle avait la preuve formelle que le «fils de Dieu» avait existé. Cela était déjà inestimable en soi. Après toutes les polémiques à son sujet, créant des clivages au sein même de la religion catholique, après toutes les hypothèses suscitant au moins autant d'affrontements entre archéologues, historiens et théologiens, la vraie réponse était là, toute simple et terrible à la fois.

Il y avait deux mille ans, un homme était né, normalement, comme tous ses semblables, mais il s'était distingué d'eux en donnant un sens différent à sa vie. Par sa parole et ses actes, il avait su propager une nouvelle croyance en une religion juste et pure, mais on lui avait volé sa mort, et son véritable héritage s'était perdu.

Et Dieu dans tout cela? Créateur et Grand Maître de l'Univers. L'idée même de son existence ne pouvait en rien être altérée par la mort d'un homme. La jeune femme était persuadée que Dieu n'avait pas besoin des hommes pour exister.

Elle fut soudain tirée de ses pensées par la sonnerie de son portable. Il était tard et seules quelques rares personnes connaissaient son numéro. Elle répondit, inquiète:

« Oui! Nancy Shepard.

– Bonsoir, *signorina*. Docteur Manieri. Excusez-moi de vous appeler si tard, mais c'est important.

– ...

– Vous êtes là?

– Oui... oui... je vous écoute. C'est John, n'est-ce pas?

– Oui... je suis désolé. Une heure après votre départ, je suis allé le chercher pour le conduire à sa chambre, mais il avait été victime d'une embolie. J'ai tout essayé, mais je n'ai pas réussi à le ramener. C'est inexplicable, je ne comprends pas. »

Le médecin continuait à parler, mais sa voix était devenue lointaine, presque inaudible. Nancy eut le sentiment que ces mots s'adressaient à une autre et que désormais plus rien ne pouvait la toucher. Après une éternité, la voix insista, plus forte:

« *Pronto?...* Mademoiselle Shepard? Vous m'entendez? »

Elle répondit, dans un souffle:

« Oui.

– Je suis navré de vous parler de ça maintenant, mais... que devons-nous faire? Je veux dire pour le corps? Votre ami avait-il de la famille en Italie? »

La jeune femme sentit une boule de fiel remonter

de son estomac; elle articula avec difficulté, la gorge serrée :

« Non, il n'a... il n'avait que moi. »

Ces quelques mots qui parlaient de John au passé lui causèrent un véritable déchirement.

« Alors, que faut-il faire?

– Je ne sais pas, non. Pour l'instant, je ne sais pas. Je vous tiendrai au courant. »

Les jambes tremblantes, elle jeta le portable sur le lit. Comment un objet si menu pouvait-il faire autant de mal? Elle s'allongea et, la tête entre les mains, se mit à pleurer. Elle resta longtemps ainsi, prostrée, vaincue par la fatigue et le chagrin. Puis, lentement, elle glissa dans le sommeil.

Lorsqu'elle se réveilla après un long moment, la chambre était silencieuse et tranquille. Nancy se prit un instant à rêver que les heures précédentes n'avaient été qu'un horrible cauchemar et que la réalité était bien moins sombre. Elle en rêva jusqu'à ce que sa main touche la couverture rugueuse du carnet posé à côté d'elle.

D'abord lentement, puis de plus en plus rapidement au fur et à mesure qu'elle sortait de sa torpeur, ses pensées s'ordonnèrent. Elle put enfin imaginer comment l'enquête de John avait conduit ce dernier jusqu'au fauteuil roulant de la sinistre clinique. Il avait tout découvert, mais la macabre crypte n'avait été qu'une étape dans sa recherche de vérité, car cette dernière porte qui l'intriguait tant cachait bien pire encore. Il l'avait certainement ouverte et avait trouvé sans doute les manuscrits dont parlait le calepin. Francesco Spà les lui aurait peut-être même traduits, avant de payer ce service de sa vie. La suite était facile à deviner. John, fidèle à son habitude, avait poussé trop loin son inconscience et, en restant trop longtemps sur les lieux, n'avait pu échapper à la colère des gardiens du terrible secret.

Il avait tout deviné. D'abord poussé par cette intuition têtue qui le caractérisait, il avait compris que Sorsi avait été puni de sa curiosité et que le palais du Saint-Office était le dépositaire de la mauvaise conscience du Vatican. Et enfin que ce dernier mentait depuis deux mille ans.

La jeune stagiaire pensa que certains êtres étaient naturellement prédisposés au bonheur et à l'insouciance, alors que d'autres n'atteignaient jamais cet état idéal, mêlé de contentement et de légèreté; John faisait partie des seconds. Toujours sérieux, soucieux de vérité et d'absolu, se posant beaucoup trop de questions, il ne pouvait partager les mêmes joies que ceux qui acceptaient tout sans s'interroger. À présent, son immense soif de réponses avait disparu, à jamais bâillonnée par l'institution vénérable et au-dessus de tout soupçon qu'était l'Église catholique. Les convictions de Fox avaient trouvé leur ultime limite, et il était parti comme il avait vécu l'essentiel de sa vie, seul. Elle n'avait même pas pu rester auprès de lui pour tenir sa main glacée, ni pour l'assister et l'aider à partir.

Nancy ressentait cette disparition comme un déchirement, tant le lien qui l'unissait à cet homme avait pris de l'importance. Avec sa mort, elle avait le sentiment d'avoir égaré une partie d'elle-même et d'avoir à jamais perdu ses rêves de bonheur.

La jeune femme avait pris sa décision. Malgré l'heure tardive, elle appela la réception qui répondit aussitôt. Elle reconnut la voix peu aimable du portier.

« *Si. Pronto.*

– Mademoiselle Shepard, chambre 223. Pouvez-vous me passer un numéro à l'étranger? Aux États-Unis. »

Après un bref instant d'hésitation, la voix poursuivit, en anglais :

« Bien sûr. Je vous le passe dans la chambre?

– Oui, s'il vous plaît. Je vous donne le numéro. »

Elle raccrocha et s'allongea de nouveau sur le lit, fixant le plafond dont la surface blanchâtre, semblable à un ciel plombé, se détachait de la pénombre. La sonnerie stridente du téléphone la fit sursauter; elle tendit le bras, décrocha le combiné et perçut une voix lointaine, légèrement déformée par la distance :

« Andrew Ellworth à l'appareil. C'est toi, John?

– Non, c'est Nancy.

– Ah! Bonjour, Nancy. J'ai tenté à plusieurs reprises de joindre John sans y parvenir. J'ai laissé des messages, alors j'ai pensé que c'était lui qui me rappelait. Comment allez-vous?

– Pas très bien! Il est arrivé quelque chose de terrible ici.

– Comment? Qu'est-il arrivé?

– ...

– Nancy? Vous m'entendez? John est près de vous? Passez-le-moi, s'il vous plaît...

– Je ne peux pas vous le passer. »

La gorge serrée, elle lâcha dans un souffle :

« Il est mort cette nuit...

– ... »

Un silence douloureux tomba sur la communication. Chacun des deux interlocuteurs peinait à trouver les mots justes. Après quelques secondes, Ellworth ne prononça que les phrases habituelles utilisées dans pareilles circonstances :

« Comment est-ce arrivé? Un accident?

– Non, pas vraiment! J'appellerais plutôt ça une exécution.

– ... »

Le silence était de nouveau tombé. Un court moment qui parut une éternité s'écoula, puis la jeune femme reprit avec lassitude, d'une voix chargée de sanglots :

« Je suis un peu perdue ici. Je ne sais pas comment

faire... je veux dire pour John. Il est à la Clinique *del Santissimo Rosario*. Pouvez-vous vous occuper de lui? Et des formalités?

– Oui, ne vous inquiétez pas. Je vais faire le nécessaire. Je pense qu'il aurait souhaité reposer auprès de sa femme. »

Ces derniers mots firent mal à Nancy. L'image de la défunte, qu'elle avait essayé, pensait-elle, d'effacer, revenait aujourd'hui, plus présente que jamais. Mais elle prit soudain conscience qu'elle était jalouse d'une morte. Elle eut aussitôt honte de ce sentiment. Elle essaya de se raisonner en se disant qu'au fond une certaine logique était respectée. Ceux qui s'aimaient et que la vie avait séparés pouvaient peut-être se retrouver après leur mort.

« Je vous remercie, Andrew. Je voulais vous parler du reportage. J'ai décidé d'arrêter, de quitter le journal et ce métier.

– Vous êtes sûre, Nancy? Pour le reportage, je comprends. Les circonstances ne vous ont pas été très favorables, mais l'équipe de Mario va terminer le travail. Je pense cependant que vous avez les qualités voulues pour faire ce boulot. Nous pourrions en parler à votre retour, ne croyez-vous pas?

– Non, ma décision est prise. Ces derniers jours m'ont été très pénibles, mais si j'ai beaucoup perdu dans cette expérience, elle m'a toutefois ouvert les yeux. Je crois que John avait raison. Ce métier ne peut se faire qu'avec une grande conviction et beaucoup de renoncement. Il l'a exercé de cette façon jusqu'au bout, en payant le prix fort pour cela. Moi, je ne suis pas faite pour ça, je ne m'en sens pas la force. »

Elle entendit Ellworth se racler la gorge. Le rédacteur en chef devait être très touché par la disparition de John, mais il essayait visiblement de surmonter son émotion.

« Bon, je n'insiste pas plus, Nancy. C'est votre décision. Que comptez-vous faire à présent?

– Je vais rentrer, retourner quelque temps à Cedar, près de ma famille. J'ai besoin de retrouver mes racines et un peu de calme. Ensuite, j'aviserai.

– Bien! Je suis vraiment désolé que cela se termine ainsi pour vous. Quant à moi, j'ai perdu peut-être plus qu'un ami. Au revoir, Nancy. »

La voix cassée, le vieil homme avait déjà raccroché; elle répondit néanmoins :

« Au revoir, Andrew. »

La chambre, infime et négligeable parcelle d'univers, retrouva son silence empreint d'une quiétude trompeuse. Nancy était fatiguée, mais elle n'avait pas sommeil. Elle saisit le carnet, le posa sur la table et l'ouvrit. En prenant quelques feuilles blanches et un stylo dans ses affaires, elle jeta un coup d'œil à son réveil de voyage : il était deux heures trente. Elle avait juste le temps.

XIX

Vendredi 2 juin, 8 h 45
Cité du Vatican

Klaus Hübner était passablement irrité. Il avait cherché le maudit carnet depuis la veille sans le trouver, sans même comprendre où ni comment ce dernier avait pu disparaître. À la clinique, il avait fouillé la chambre et, après, les vêtements du Yankee, sans succès. Là-bas, personne n'était au courant. Mystère! Et pourtant, ce damné journaliste avait réussi à substituer les deux calepins dans la crypte et n'avait pu communiquer avec personne par la suite. Ça, c'était une certitude! Peut-être le cahier s'était-il tout simplement perdu pendant le transfert de la cave jusqu'à la clinique. Pour lui, le résultat était le même: il avait failli dans sa mission et il allait subir inévitablement la colère du cardinal.

Le chef de la Sécurité marchait nerveusement dans la cour des Suisses, cherchant une impossible solution à son problème. En désespoir de cause, il ne put libérer sa rage que dans un coup de pied contre l'angle d'un mur. L'acier et la pierre se marièrent en une légère et fugace étincelle, soulignant l'inutilité du geste.

Une sonnerie s'échappa de sa veste; il saisit son portable et interrogea sèchement, en italien:

« *Pronto!* Hübner!

– C'est moi, Anselmo.

– Ah? Il y a du nouveau?

– Oui, elle est partie ce matin.

– Comment ça, partie?

– Elle a posé sa clef à la réception vers huit heures. Je n'étais pas de service et c'est mon collègue qui a enregistré son départ. Elle a emporté tous ses bagages avant le passage du personnel chargé des chambres.

– Tu as respecté les consignes?

– Oui, oui. On n'a rien touché. J'ai interdit aux femmes de chambre d'entrer. Personne n'est passé dans la chambre de l'Américaine après son départ, pas même moi.

– C'est bien, j'arrive. »

Le responsable de la Garde suisse rangea son mobile et se dirigea vers le parking, suivi par son grand dogue. L'homme trottinait presque, alors que l'immense chien se contentait d'allonger sa foulée pour rester à la hauteur de son maître.

Vendredi 2 juin, 9 heures
Aéroport de Fiumicino

Nancy était assise dans la salle d'embarquement. En regardant tristement les pistes d'envol au-delà de la grande baie vitrée, elle pensait avec amertume aux quelques jours qu'elle venait de passer à Rome, ainsi qu'aux faits tragiques qui, en mettant fin à ses rêves, allaient changer sa vie.

Ses yeux se voilèrent et elle maudit secrètement la capitale, cette ville empire sans pitié qui avait si bien su s'adapter aux évènements lorsqu'elle n'avait plus été en mesure de les dicter. De toutes les anciennes puissances ayant traversé les siècles, Rome était la seule encore présente à l'époque moderne, toujours debout et auréolée d'une renommée mondiale. Un véritable modèle de longévité. En repensant aux notes de l'abbé Saunière, la jeune femme redonnait à présent un sens différent à l'histoire. Elle chercha dans sa mémoire et retrouva des dates et des époques, des faits marquants de l'épopée romaine. Tout lui apparaissait maintenant dans une logique implacable. Le prestige de la Ville éternelle, assaillie de toutes parts par la barbarie, et celui de ses Empereurs successifs s'étiolant au fil des siècles, il devenait vital de trouver un nouveau souffle, capable de remplacer la force de ses armées défaillantes. Rome avait décidé que ce souffle serait le christianisme.

D'abord honni et méprisé, ce courant ennemi s'était révélé irréductible en dépit des persécutions. Alors que le centre du monde connu avait basé son aura sur le double mythe de la force et de la puissance, les chrétiens, eux, puisaient leur survie dans une autre idéologie : celle de la croyance en la vie éternelle. Une idée forte et apparemment imbattable. L'adopter et l'utiliser, c'était l'assurance de retrouver la gloire pour l'éternité. Ce que le fer n'avait pu garder, l'espérance de la résurrection le ferait. C'était là, vraiment, un magnifique exemple d'opportunisme et de réalisme, une réussite à l'épreuve du temps.

Via della Croce
Pension des Glycines – 9h30

Précédé par Anselmo, Hübner traversa le long corridor du deuxième étage. Les gens qu'ils croisaient s'écartaient précautionneusement de leur passage, impressionnés par l'énorme mastiff qui suivait de près le réceptionniste et l'homme en noir. La grosse tête du chien dodelinait à chacun de ses pas, et de sa mâchoire entrouverte s'échappait un mince filet de bave qui gouttait sur le sol. « Saloperie », pensa le portier en regardant l'animal du coin de l'œil. Mais il n'osa rien dire.

L'intérieur de la chambre était sombre; Anselmo alluma, mais demeura sur le seuil. L'Allemand s'avança dans la pièce vide et remarqua aussitôt l'objet posé à plat sur la table. C'était la première fois qu'il le voyait, mais il eut immédiatement, sans pouvoir expliquer pourquoi, la conviction d'être en présence de ce qu'il cherchait. Approximativement de même format que l'autre, le cahier s'en différenciait essentiellement par une couverture recouverte d'un tissu bleu, délavé par le temps. Le chef de la Sécurité passa son doigt sur le calepin, effleurant son contour usé, sans l'ouvrir. Il avait enfin devant lui ce fameux carnet qui préoccupait tant Son Éminence. Comment il était arrivé jusqu'ici demeurait un mystère, mais une chose était certaine: elle l'avait récupéré et sans doute lu. Il lâcha en allemand, entre ses dents serrées:

« La garce! »

Aéroport de Fiumicino
Salle d'embarquement – 9h30

Nancy n'en pouvait plus d'attendre. Son avion pour Philadelphie ne partait qu'à onze heures quinze et elle commençait sérieusement à trouver le temps long. Après avoir fondé tant d'espoirs dans ce voyage sur le vieux continent, elle n'aspirait maintenant plus qu'à une seule chose: le quitter au plus vite.

Elle s'était présentée tôt à l'aéroport, sans réservation. Par une chance inespérée, elle avait pu obtenir une place sur un vol de la matinée à destination des États-Unis.

Entre les enfilades de passagers assis, des enfants se faufilaient bruyamment en s'interpellant joyeusement en anglais. Parmi eux, une fillette blonde sautillait en riant, avec cette insouciance heureuse que seule peut donner l'enfance. Sa queue-de-cheval suivant le rythme de chacun de ses sauts, la gamine poursuivait sa danse. Elle semblait infatigable. En la regardant, Nancy eut l'impression de revoir sa jeune sœur Kathy, avec la même frimousse constellée de taches de rousseur et surtout le même air innocent qui forçait le pardon de toutes ses bêtises. Mais c'était il y avait longtemps. Sa cadette avait vingt ans maintenant.

La jeune femme se cala dans son siège en fixant la piste d'envol. Lentement, mais inexorablement, elle se sentit envahie par une écrasante torpeur. Le brouhaha de la grande salle, au lieu de la maintenir éveillée, la berçait comme un doux ronronnement.

Elle avait vécu ces derniers jours dans une tension permanente qui la soutenait, mais à présent la fatigue reprenait le dessus, la plongeant lentement dans un pesant sommeil.

Cité du Vatican
Palais apostolique – 10 h 20

Hübner venait de déposer le carnet sur le bureau encombré de Son Éminence le secrétaire d'État; celui-ci fixa l'objet de ses yeux fatigués, puis le saisit de ses doigts effilés. La contrariété qui habitait Scalingeri depuis la veille s'effaça lorsque sa main rencontra et reconnut la vieille couverture usée du calepin. Une ébauche de sourire s'inscrivit sur son visage ridé. Il demanda, sur un ton anormalement conciliant:

« C'est bien. Où l'avez-vous retrouvé?

– À l'hôtel. C'était elle qui l'avait, mais je ne sais pas comment elle a pu se le procurer.

– Peu importe. L'essentiel est maintenant que nous l'ayons. Qu'avez-vous fait d'elle? »

Le chef de la Sécurité hésita un instant, avant de préciser:

« Elle a quitté la pension ce matin. J'ai été prévenu trop tard pour empêcher son départ. »

Désignant le carnet, il précisa:

« Je pense qu'elle l'a lu... »

Le vieil ecclésiastique opina:

« Elle l'a certainement lu. »

Klaus Hübner regarda sans comprendre le cardinal

qui affichait toujours son semblant de sourire; il crut bon de préciser :

« Je ne sais pas ce qu'il contient, mais si elle l'a vraiment fait, c'est peut-être dangereux. Je me suis renseigné et son avion ne part que dans une heure. Il est encore possible d'intervenir... »

Le véritable chef du Vatican se leva lentement en dépliant sa haute taille et s'approcha d'un secrétaire richement décoré de nacre et d'ivoire. Le bois du meuble antique, patiné par les années, luisait faiblement sous le pâle éclairage de la lampe du bureau.

Le cardinal Scalingeri appuya sur une incrustation invisible, ce qui déclencha l'ouverture d'une cache secrète. Son mécanisme fragile avait déjà franchi plusieurs siècles, mais il était soigneusement entretenu et le tiroir s'ouvrit dans un glissement parfait. Un instant plus tard, il se referma sans bruit et, totalement invisible, replongea les mémoires de l'abbé Saunière dans l'oubli.

Lorsque le prélat regagna sa table de travail et s'installa dans son fauteuil, ce fut avec un visage ayant retrouvé toute son austérité qu'il reprit la conversation interrompue une minute plus tôt.

« *Testis unus, testis nullus*. Témoin unique, témoin nul. À présent, quoi qu'elle dise ou qu'elle fasse, sans preuve, ce ne seraient de sa part que pures allégations sans fondement. Laissons-la repartir, rejoindre son pays et vivre avec ses certitudes. »

Ponctuant ces paroles, les cloches de Saint-Pierre se mirent à sonner, rappelant à tous ses fidèles que c'était l'heure de l'office et celle du repentir. Il était dix heures trente.

Aéroport de Fiumicino
Salle d'embarquement – 11 h 10

La grande salle s'était vidée de ses occupants en transit, laissant les lieux dans un silence relatif. Nancy était toujours là. Immergée dans un profond sommeil, elle n'avait pas entendu les appels répétés annonçant le départ, et le flot des passagers en attente s'était dirigé vers l'avion, sans elle.

Une main se posa sur son épaule, la secouant légèrement, pendant qu'une voix lointaine l'interpellait en italien.

« *Signorina... Signorina...* »

La jeune femme qui venait de la réveiller portait une tenue élégante et son tailleur bleu marine était fermé par de jolis boutons dorés. Ce fut la première chose qu'aperçut Nancy en ouvrant péniblement les yeux. L'hôtesse regarda les étiquettes des bagages calés contre le siège. Elle enchaîna, en anglais :

« Vous êtes américaine ? Je regrette de vous déranger, mais quel vol devez-vous prendre ? »

Nancy rassembla ses idées et répondit, laborieusement :

« Mon avion doit faire escale à Philadelphie, mais j'ai oublié le numéro du vol.

– Pour Philadelphie ! C'est celui de onze heures quinze. Dépêchez-vous, il faut embarquer immédiatement. L'avion part dans quelques minutes à peine. »

Précédée par la jeune femme qui portait l'une de ses valises, la dernière passagère du vol 0003 gagna en hâte sa place à bord du Boeing de l'US Airways. Pendant que les moteurs du 747 montaient en régime, elle essaya de retrouver le sommeil, mais en vain. La tension nerveuse était revenue et se substituait de nouveau à son besoin de s'assoupir. L'heure de repos qu'elle avait prise dans la salle d'embarquement paraissait suffisante pour tenir son esprit en éveil.

Les yeux fermés, elle voyait défiler les images angoissantes des dernières heures. À chacune d'elles, son cœur se serrait un peu plus jusqu'à lui faire mal. Le visage de John apparut, surgi du néant, arborant le sourire d'un homme qui croyait de nouveau en la vie. Il y avait de cela à peine trois jours; c'était à la pension des Glycines. Il venait de l'embrasser une dernière fois avant de partir rejoindre Spà. Trois jours déjà. C'était encore si proche, et pourtant cette vision laissait à Nancy une impression indéfinissable, comme si par instinct de survie sa mémoire essayait d'enfouir les causes de sa peine en estompant la chronologie des choses.

Elle repensa au carnet qu'elle avait volontairement laissé là-bas, bien en évidence sur la table. Avant de se résoudre à l'abandonner, elle avait longuement médité sur la conduite à tenir. L'emporter, c'était laisser planer le doute sur le fait qu'elle pouvait l'avoir, et en même temps courir le risque d'être traquée, dans la probabilité où certains voudraient lever ce doute et récupérer le calepin. Le laisser, c'était par contre l'aveu qu'elle avait eu et peut-être lu le document. Mais en repartant les mains vides elle abandonnait une preuve essentielle et, en conséquence, elle perdait toute crédibilité. Elle avait opté pour la seconde solution en pressentant que c'était la plus raisonnable. S'agissant de la première, elle avait compris depuis longtemps que les frontières ou l'éloignement même des continents n'étaient pas une protection suffisante contre certaines rancunes.

Dans le sifflement strident de leurs réacteurs, les trois cents tonnes de métal quittèrent la piste et prirent rapidement de l'altitude. Traversant une mer de nuages blanchâtres, l'oiseau de l'US Airways s'éloigna de Rome et laissa la Ville éternelle à son prestigieux passé et le Vatican à son pouvoir occulte. Nancy avait décidé au cours de ces dernières heures de donner une nouvelle orientation à sa vie; elle avait choisi de quitter les voies du journalisme pour emprunter celles de l'écriture. Le tragique destin de John était pour beaucoup dans cette décision. Le fabuleux secret qu'il avait découvert et réussi par miracle à lui communiquer, les nombreuses notes qu'elle avait pu tirer du journal de l'abbé Saunière la nuit précédente constituaient une matière inestimable. Elle se sentait maintenant l'obligation morale de répandre la vérité.

Le voyage durerait plusieurs heures; en attendant de se laisser gagner par un sommeil qui ne venait pas, la jeune femme prit quelques feuilles blanches dans son sac. Elle allait écrire les premières lignes d'un récit qui, avant même de naître, avait déjà bouleversé sa vie.

Les mots, magnifiques porteurs d'idées, éternels et terribles capteurs de pensée, capables à la fois de transcrire tous les mensonges et toutes les vérités, commencèrent à courir sur la page vierge:

« Un silence profond étendait ses mailles invisibles... »

DISTRIBUTEURS EXCLUSIFS

Distributeur pour le Canada et les États-Unis
LES MESSAGERIES ADP
MONTRÉAL (Canada)
Téléphone : (450) 640-1234 ou 1 800 771-3022
Télécopieur : (450) 640-1251 ou 1 800 603-0433
www.messageries-adp.com

Distributeur pour la France et autres pays européens
HISTOIRE ET DOCUMENTS
CHENNEVIÈRES (France)
Téléphone : 01 45 76 77 41
Télécopieur :
www.histoire-et-documents.fr

Distributeur pour la Suisse
TRANSAT S.A.
GENÈVE
Téléphone : 022/342 77 40
Télécopieur : 022/343 46 46

Dépôts légaux
1er trimestre 2006
Bibliothèque nationale du Canada
Bibliothèque nationale du Québec